09. 03. 95
Breun.

GOLDMANN

Yvonne Weigold

W0273779

grün 23 Jahre
schwarz, grau 31 Jahre

Buch

Die junge, eigenwillige Lady Clare übernimmt nach dem Tod ihres Vaters die Schutzherrschaft über die Isle of Desire, eine sturmumtoste, wildromantische Insel vor der rauhen Küste Großbritanniens. Doch sie weiß, daß sie allein die Insel vor Übergriffen feindlicher Herrscherfamilien nicht schützen kann. Daher willigt sie ein, als ihr Vormund vorschlägt, ihr einen geeigneten Ehemann zu suchen.

Doch diesen Entschluß bereut sie schlagartig, als der Auserwählte durch die Tore des Schlosses reitet: denn Gareth of Wyckmere ist nicht der zartfühlende Poet, den sie sich gewünscht hätte, sondern ein rauhbeiniger Krieger, der nach einer Reihe gewonnener Schlachten glaubt, es sei ein leichtes für ihn, eine starrsinnige und widerspenstige Frau zu zähmen. Lady Clare jedoch belehrt ihn schnell eines Besseren...

Autorin

Amanda Quick ist das Pseudonym einer erfolgreichen, mehrfach preisgekrönten Autorin historischer und zeitgenössischer Liebesromane, deren Auflagen in den USA mittlerweile die 20-Millionen-Grenze überschritten haben. Nach einem Aufenthalt auf den Virgin Islands und einigen Zwischenstationen lebt Amanda Quick heute im Westen der USA.

Im Goldmann Verlag sind von Amanda Quick bereits erschienen:

Verführung. Roman (42443)
Verlangen. Roman (42444)
Skandal. Roman (42445)
Gefährliche Küsse. Roman (42620)
Süßer Betrug. Roman (42621)
Entfesselt. Roman (42622)
Rendezvous. Roman (42628)
Verruchte Lady. Roman (42627)

AMANDA QUICK

Liebe ohne Skrupel

ROMAN

Ins Deutsche übertragen
von Uta Hege

GOLDMANN VERLAG

Originaltitel: Desire
Originalverlag: Bantam Books, a division of Bantam Doubleday
Dell Publishing Group, Inc., New York

Umwelthinweis:
Alle bedruckten Materialien dieses Taschenbuches
sind chlorfrei und umweltschonend.
Das Papier enthält bereits Recycling-Anteile.

Der Goldmann Verlag
ist ein Unternehmen der Verlagsgruppe Bertelsmann

Deutsche Erstveröffentlichung März 1995

Umschlaggestaltung: Design Team München
Umschlagillustration: Daeni / Schlück, Garbsen
Satz: IBV Satz- und Datentechnik GmbH, Berlin
Druck: Elsnerdruck, Berlin
Verlagsnummer: 42831
Lektorat: Silvia Kuttny
Redaktion: Sabine Unger
Herstellung: Ludwig Weidenbeck
Made in Germany
ISBN 3-442-42831-9

1 3 5 7 9 10 8 6 4 2

Für Stella Cameron –
eine weitere der Schwestern,
die ich niemals hatte.

PROLOG

»Es ist höchst unwahrscheinlich, daß die Lady immer noch Jungfrau ist«, sagte Thurston of Landry. »Aber unter den gegebenen Umständen bin ich sicher, daß du diesen Aspekt der Angelegenheit übersehen kannst.«

Gareth blickte seinen Vater reglos an. Als einzige Reaktion auf die Nachricht, daß seine zukünftige Braut sich bereits mit einem anderen Mann entehrt hatte, verstärkte er den Griff um seinen Weinbecher.

Als uneheliches Kind, das gezwungen gewesen war, sich einen Namen mit dem Schwert zu machen, hatte er es gelernt, seine Gefühle zu verbergen. In der Tat gelang ihm das inzwischen so gut, daß alle dachten, er habe gar keine Gefühle.

»Ihr sagt, sie ist eine reiche Erbin?« Gareth zwang sich, sich auf die Hauptsache zu konzentrieren. »Sie ist Herrin über einen großen Landbesitz?«

»Ja.«

»In dem Fall ist sie eine geeignete Ehefrau.« Gareth zeigte nicht, wie zufrieden er war.

Sein Vater hatte recht. Solange die Lady nicht das Kind eines anderen erwartete, war Gareth durchaus bereit, die Tatsache zu übersehen, daß sie keine Jungfrau mehr war. Hauptsache, sie verfügte über das Land, das er sich seit langem ersehnte.

Eigenes Land. Die Worte klangen vielversprechend.

Ein Ort, der ihm gehörte; ein Ort, an dem er nicht nur der Bastard war, dessen Anwesenheit geduldet werden mußte; ein Ort, an dem er willkommen war und nicht nur wegen seines geübten Umgangs mit dem Schwert vorübergehend gebraucht wurde. Er wollte an einem Ort leben, an dem er das Recht hatte, vor seinem eigenen Kamin zu sitzen.

Gareth war einunddreißig, und er wußte, daß er wahrscheinlich nie wieder eine solche Gelegenheit bekommen würde. Er hatte bereits vor langer Zeit gelernt, jede Chance zu nutzen, die sich ihm bot. Und bisher war er damit immer gut gefahren.

»Sie ist jetzt Herrin über die Isle of Desire.« Thurston hob den reich verzierten Silberbecher an die Lippen, nippte an seinem Wein und blickte gedankenverloren ins Feuer. »Ihr Vater, Sir Humphrey, zog es vor zu reisen und zu lesen, statt das Land zu bearbeiten. Unglücklicherweise starb er vor mehreren Monaten während einer Reise nach Spanien. Er wurde von Banditen ermordet.«

»Und es gibt keine männlichen Erben?«

»Nein. Edmund, Humphreys einziger Sohn, brach sich vor zwei Jahren auf einem Turnier das Genick. Clare, die Tochter, ist die Einzige der Familie, die noch lebt. Demnach ist sie die Erbin des Ritterguts.«

»Und als Sir Humphreys Lehnsherr habt Ihr die Vormundschaft über seine Tochter. Sie wird also auf Euren Befehl hin heiraten.«

Thurston verzog unmerklich das Gesicht. »Das bleibt abzuwarten.«

Gareth bemerkte, daß sein Vater ein Grinsen kaum unterdrücken konnte. Diese Erkenntnis verursachte ihm leichtes Unbehagen.

Gareth war von Natur aus immer ernst und zurückhaltend, er hatte keinen besonderen Sinn für Humor. Auf die Späße, die andere laut lachen ließen, reagierte er höchstens mit einem milden Lächeln.

Sein ernstes Gesicht paßte hervorragend zu seinem Ruf, ein skrupelloser Mann zu sein, den man besser nicht verärgerte, wenn einem das Leben lieb war. Er hatte keine besondere Abneigung gegen lächelnde Gesichter oder fröhliches Lachen; er selber hatte einfach selten Grund dazu.

Und jetzt fragte er sich besorgt, was Thurston wohl so unterhaltsam fand an einer Sache, die eine rein geschäftliche Angelegenheit sein sollte.

Er musterte die schlanke, elegante Gestalt seines Vaters im Licht der Flammen des Kamins. Thurston war Mitte Fünfzig. Sein dichtes, dunkles Haar war inzwischen von silbergrauen Fäden durchzogen, aber er erregte immer noch die Aufmerksamkeit sämtlicher Frauen seiner Umgebung.

Und Gareth wußte, daß es nicht nur seine Machtposition als einer der Lieblingsbarone Heinrichs II. war, die das Interesse der Damen weckte. Auch Thurstons gutes Aussehen zog die Frauen an.

Thurstons Verführungskünste, die er in jüngeren Jahren sowohl vor als auch nach seiner arrangierten Hochzeit häufig angewandt hatte, waren legendär gewesen. Gareths Mutter, die jüngste Tochter einer adligen Familie aus dem Süden, war eine seiner zahlreichen Eroberungen gewesen. Soweit Gareth wußte, war er jedoch der einzige lebende uneheliche Nachkomme. Falls es im Laufe der Jahre noch andere gegeben hatte, so waren sie alle noch als Kinder gestorben.

Zu Thurstons Ehre und zum kaum verhohlenen Mißvergnügen seiner Frau mußte gesagt werden, daß er seine Pflicht gegenüber seinem unehelichen Sohn erfüllt hatte.

Gareth war zunächst bei seiner Mutter aufgewachsen. Während dieser Zeit war Thurston ein häufiger Gast in dem abgelegenen Landhaus gewesen, in dem Gareth mit seiner Mutter gelebt hatte. Aber als der Junge mit acht Jahren ein Alter erreicht hatte, in dem die Söhne der Adligen mit der Ausbildung zum Ritter anfingen, hatte seine Mutter verkündet, sie wolle ins Kloster gehen.

Es hatte heftigen Streit gegeben. Niemals würde Gareth den Zorn seines Vaters vergessen. Aber seine Mutter war unnachgiebig geblieben und hatte sich durchgesetzt. Thurston hatte ihr eine prächtige Mitgift gegeben, auf Grund derer das Kloster Gareths Mutter nur allzu gern als Novizin aufnahm.

Thurston hatte seinen unehelichen Sohn mit zu sich nach Beckworth Castle genommen. Er hatte dafür gesorgt, daß Gareth mit derselben Sorgfalt und derselben Hingabe zum Ritter ausgebildet wurde wie seine ehelichen Söhne und sein rechtmäßiger Erbe Simon.

Thurstons Frau, Lady Lorice, schön, kalt und stolz, war keine andere Wahl geblieben, als die Situation hinzunehmen. Sie hatte sich jedoch nicht besonders bemüht, dem jungen Gareth das Gefühl zu geben, willkommen zu sein. Nun, das war wahrscheinlich normal.

Gareth, der sich seiner Rolle als Außenseiter nur allzu bewußt gewesen war, und der die gelehrte, ruhige Atmosphäre im Haus seiner Mutter vermißt hatte, widmete sich mit ganzem Eifer der Ausbildung mit Lanze und Schwert. Er hatte endlos geübt und eine flüchtige Zufriedenheit in dem Streben nach Perfektion gefunden.

Wenn er nicht gerade seine Kampftechnik verfeinert hatte, hatte er sich in die Abgeschiedenheit der Bibliothek der örtlichen Benediktinerabtei zurückgezogen. Dort hatte er alles gelesen, was Bruder Andrew, der Bibliothekar, ihm in die Hände gegeben hatte.

Als Siebzehnjähriger hatte sich Gareth bereits mit den verschiedensten Themen beschäftigt. Er hatte sich in Abhandlungen über Mathematik und Optik vertieft, die Gerard von Cremona aus dem Griechischen und dem Arabischen übersetzt hatte. Er hatte über die Theorien des Aristoteles von den vier Elementen Erde, Wasser, Luft und Feuer nachgedacht. Er war fasziniert gewesen von den Schriften Platons über Astronomie, Licht und Materie.

Gareths Interesse an derartigen Dingen war nie von praktischem Nutzen für ihn gewesen, aber seine Fähigkeiten als Ritter und als Führer seiner Männer hatten es ihm ermöglicht, eine bedeutende Karriere zu machen.

Zahlreiche mächtige Lehnsherren, einschließlich seines

Vaters, konnten nur allzu gut einen Mann gebrauchen, der wußte, wie man Diebe und Wegelagerer sowie die abtrünnigen Ritter zur Strecke brachte, die eine ständige Gefahr für ihre abgelegenen Güter und Gutshäuser waren.

Die Banditenjagd war ein einträgliches Geschäft, und Gareth war äußerst erfolgreich. Es hatte ihm nie besonderen Spaß gemacht, aber dank seines Talents im Umgang mit dem Schwert war er inzwischen ein vermögender Mann. Seinen Wunsch nach eigenem Land hatte er sich bisher jedoch noch nicht erfüllen können. Nur sein Lehnsherr, das hieß, sein Vater, konnte ihm Grundbesitz übertragen.

Vor vier Tagen hatte Gareth Thurstons Befehl erhalten, nach Beckworth Castle zu kommen. Heute abend hatte er erfahren, daß sein größter Wunsch in Erfüllung gehen sollte. Er mußte sich nur bereiterklären, eine Frau mit einem befleckten Ruf zu heiraten.

Das war ein geringer Preis für die Sache, nach der er sich am meisten sehnte. Gareth war es gewohnt, für die Dinge zu bezahlen, die er wollte.

»Wie alt ist die Lady of Desire?« fragte er.

»Laß mich überlegen. Ich glaube, Clare müßte jetzt dreiundzwanzig sein«, sagte Thurston.

Gareth runzelte die Stirn. »Und immer noch unverheiratet?«

»Es heißt, sie lege keinen besonderen Wert darauf zu heiraten. Weißt du, manche Frauen sind so. Deine eigene Mutter zum Beispiel.«

»Ich bezweifle, daß meine Mutter nach meiner Geburt noch eine andere Wahl hatte«, sagte Gareth in neutralem Ton. Dies war eine alte und nur allzu vertraute Geschichte. Aber inzwischen wußte er seine Verbitterung zu verbergen. »Sie hatte Glück, daß sie ein Kloster gefunden hatte, das bereit war, sie aufzunehmen.«

»Da irrst du dich.« Thurston stützte die Ellbogen auf die

geschnitzten Armlehnen seines Stuhls und faltete die Hände unter dem Kinn. »Mit ihrer Mitgift hatte sie eine Wahl. In der Tat haben sich sämtliche bedeutenden Klöster um sie gerissen.« Er verzog unmerklich den Mund. »Natürlich war keinem der Häuser klar, daß es nur eine Frage der Zeit sein würde, bis sie das Kommando übernommen hätte.«

Gareth zuckte mit den Schultern. Er sah seine Mutter nur selten, aber sie schrieben sich regelmäßig, und er wußte, daß Thurston recht hatte. Seine Mutter war eine aufsehenerregende und schwierige Persönlichkeit. In der Tat ebenso aufsehenerregend und schwierig wie sein Vater.

Gareth wandte sich wieder dem eigentlichen Thema ihrer Unterhaltung zu. »Hat Lady Clare irgendeinen besonderen Makel?«

»So weit ich weiß, nicht. Ich habe sie nicht mehr gesehen, seit sie ein Kind war, aber soweit ich mich erinnere, war sie ein durchaus hübsches Mädchen. Ich hatte zwar nicht den Eindruck, daß sie einmal eine ausgesprochene Schönheit werden würde, aber sie war weder auffallend häßlich noch in irgendeiner Weise deformiert.« Thurston zog eine Braue hoch. »Ist ihr Aussehen denn von besonderer Bedeutung?«

»Nein.« Gareth blickte in die Flammen des Kamins. »Das einzige, was mich interessiert, sind ihre Ländereien.«

»Das dachte ich mir.«

»Ich versuche lediglich zu verstehen, weshalb sie noch nicht verheiratet ist.«

Thurston winkte ab. Die herrlichen, karmesinroten und goldenen Stickereien auf dem Ärmel seiner Tunika schimmerten im Schein des Feuers. »Wie gesagt, manche Frauen legen keinen besonderen Wert darauf, mit einem Mann das Ehebett zu teilen, aus welchen Gründen auch immer. Anscheinend ist Lady Clare so eine Frau. Sie hat sich nur bereiterklärt zu heiraten, weil sie weiß, daß ihr keine andere Wahl bleibt.«

»Wegen ihres Gutes?«

»Ja. Die Isle of Desire ist wie eine goldene Gans, die Gefahr läuft, gerupft zu werden. Die Insel braucht Schutz. Lady Clare schreibt, daß sie bereits Probleme mit ihrem Nachbarn, Nicholas of Seabern, sowie mit einer Bande von Banditen hatte, die ihre Lieferungen nach London gefährden.«

»Demnach braucht sie einen Ehemann, der ihr Gut beschützen kann, und Ihr, Sir, wollt sichergehen, daß Desire weiterhin profitabel bleibt.«

»Ja. Die Insel selbst ist nicht besonders groß. Die Bewohner treiben ein wenig Wollhandel und die Ernte wird regelmäßig eingefahren. Aber das ist nicht der Grund für den Reichtum der Insel.« Thurston nahm eine kleine, reich bestickte Tasche von dem Tisch neben seinem Stuhl. »Das hier ist die bedeutendste Einkommensquelle von Desire.« Er warf seinem Sohn das Täschchen zu.

Gareth fing es auf. Der Duft von Blumen und Kräutern wehte ihm entgegen. Er hob den Beutel an die Nase und atmete den üppigen, reichen, betörenden Duft tief ein. Das berauschende Aroma weckte tief in seinem Inneren ein eigenartiges sinnliches Verlangen. Er roch erneut daran. »Parfüm?«

»Ja. Auf der Insel wachsen zahllose Blumen und Kräuter. Und daraus machen die Leute Parfüms und Cremes aller Art.«

Gareth blickte den hübschen kleinen Beutel an. »Also werde ich Gärtner?«

Thurston lächelte. »Das wäre doch mal eine nette Abwechslung für den Höllenhund von Wyckmere.«

»In der Tat. Ich habe keine besondere Ahnung vom Gartenbau, aber ich nehme an, daß ich alles Erforderliche lernen kann.«

»Egal worum es ging, du hast schon immer eine schnelle Auffassungsgabe besessen.«

Gareth ignorierte diese Bemerkung. »Die Lady of Desire ist also bereit zu heiraten, wenn der Mann in der Lage ist, ihren großen Blumengarten zu beschützen. Und ich will eigenes Land. Wir sollten demnach in der Lage sein, ins Geschäft zu kommen.«

»Vielleicht.«

Gareth kniff die Augen zu schmalen Schlitzen zusammen. »Besteht daran irgendein Zweifel?«

Das Lächeln, das Thurstons Mund umspielt hatte, wurde zu einem ausgewachsenen Grinsen. »Ich fürchte, es gibt noch einen Bewerber für die Position des Ehemannes.«

»Wen?«

»Nicholas of Seabern, Clares nächster Nachbar, ist ebenfalls einer meiner Lehnsmänner. Er hat schon seit geraumer Zeit ein Auge auf Desire geworfen. In der Tat ist er der Hauptgrund für meine Vermutung, daß die Lady keine Jungfrau mehr ist.«

»Er hat sie verführt?«

»Soweit ich weiß, hat Nicholas sie letzten Monat gekidnappt und vier Tage auf Seabern festgehalten.«

»Und dann hat er versucht, sie zu zwingen, ihn als Ehemann zu akzeptieren?«

»Ja. Aber die Lady hat sich geweigert.«

Gareth zog eine Braue hoch. Die Geschichte überraschte ihn nicht. Die Entführung unverheirateter Erbinnen war nichts Besonderes. Aber es überraschte ihn, daß die Lady nicht sofort nach dem Zwischenfall geheiratet hatte. Nur wenige Frauen wären so verwegen, eine Hochzeit abzulehnen, nachdem sie ihre Jungfräulichkeit und ihre Ehre an einen zudringlichen Lord verloren hatten. »Eine höchst ungewöhnliche Frau.«

»Ja. Es scheint, als habe Lady Clare besondere Ansprüche an den Mann, der ihr Herr und Gebieter wird.« Thurston grinste erneut. »In der Tat hat sie mir ein *Rezept* für einen Ehemann geschickt. Weißt du, sie möchte einen Mann, der ihren hohen Anforderungen genügt.«

»Verdammt. Ein Rezept?« murmelte Gareth. »Was für ein

Unsinn ist das nun wieder? Ich wußte, daß Sie mir etwas verheimlichen.«

»Sie hat mir eine detaillierte Liste ihrer Forderungen geschickt. Hier, sieh selbst.« Thurston nahm ein zusammengefaltetes Pergament vom Tisch und gab es Gareth.

Gareth warf einen Blick auf das aufgebrochene Siegel und sah, daß es die Form einer Rose hatte.

Er überflog eilig die Begrüßungsformel und die Einleitung des kunstvoll gestalteten Briefes. Als er an die Stelle kam, an der die Lady erklärte, wie sie sich ihren zukünftigen Gatten vorstellte, wurde er langsamer.

Ich habe lange über Euren Wunsch und über die Bedürfnisse der Menschen auf der Insel nachgedacht. Zu meinem Bedauern erkenne ich die Notwendigkeit einer Eheschließung, und aus diesem Grund habe ich die Angelegenheit gründlich überdacht. Wie Ihr wohl wißt, ist Desire ein sehr abgelegener Ort. In der näheren Umgebung gibt es keinen geeigneten Kandidaten außer meinem Nachbarn, Sir Nicholas, den ich als Gatten nicht akzeptieren kann.

Aus diesem Grund bitte ich ergebenst darum, daß Ihr mir eine Auswahl von mindestens drei oder vier Bewerbern schickt, von denen ich dann einen als Ehemann auswählen werde. Um Euch bei der Auswahl der Kandidaten zu helfen, habe ich ein Rezept erstellt, das die Anforderungen enthält, die ich an meinen zukünftigen Gatten stelle.

Ihr, Mylord, habt ein offensichtliches Interesse an den Ländereien. Ich weiß, daß Ihr ebenso an deren Schutz interessiert seid wie ich. Aus Eurer Sicht muß der zukünftige Lord of Desire demnach ein vertrauenswürdiger Ritter sein, der in der Lage ist, eine kleine, aber schlagkräftige Truppe von Kämpfern zu befehligen. Ich möchte Euch daran erinnern, daß er eine solche Truppe mitbringen muß, da wir hier auf der Insel keine ausgebildeten Waffenträger haben.

Neben diesem ganz offensichtlichen Anspruch, von dem ich weiß, daß Ihr ihn teilt, habe ich noch drei persönliche Anforderungen an meinen zukünftigen Gatten, die ich detailliert aufführen möchte, um sicherzugehen, daß Ihr sie versteht.

Was das Aussehen des zukünftigen Lord of Desire betrifft, so muß er ein Mann von bescheidener Gestalt und Größe sein. Ich habe die Beobachtung gemacht, daß extrem große Männer es vorziehen, ihr Ziel durch rohe Gewaltanwendung statt durch Intelligenz und Überlegung zu erreichen. Ich mag Männer nicht, die versuchen, andere durch ihre körperliche Stärke zu überwältigen. Aus diesem Grund bitte ich Euch, die Größe der Kandidaten zu beachten.

Zweitens muß mein zukünftiger Herr ein fröhlicher, wohlerzogener Mann mit einem angenehmen Wesen sein. Ich bin sicher, Ihr versteht, daß ich nicht den Wunsch habe, an einen Mann gebunden zu sein, der ein melancholisches Gemüt aufweist, zu Wutausbrüchen neigt oder häufig schlechte Laune hat. Ich möchte, daß mein Gatte die Gabe hat zu lachen, daß er ein Mann ist, der sich an den bescheidenen Vergnügungen erfreuen kann, denen wir hier auf der Insel nachgehen.

Drittens ist es absolut unerläßlich, daß mein zukünftiger Gatte ein gelehrter Mann ist, der lesen und schreiben kann und der Gefallen hat an geistvollen Gesprächen. Ich werde mich häufig mit ihm unterhalten wollen, vor allem während der kalten Wintermonate, in denen wir gezwungen sein werden, viel Zeit zusammen innerhalb des Hauses zu verbringen.

Ich hoffe, daß diese drei Anforderungen nicht allzu vermessen sind und daß mein Rezept klar und deutlich ist. Es sollte kein Problem für Euch sein, mehrere passende Kandidaten zu finden.

Bitte schickt mir die Kandidaten, sobald es Euch möglich ist. Ich werde meine Wahl so schnell wie möglich treffen und

Euch umgehend von meiner Entscheidung in Kenntnis setzen.

Geschrieben im Herrenhaus von Desire am siebten April.

Gareth faltete den Brief zusammen. Das unheilige Amüsement in den Augen seines Vaters blieb ihm nicht verborgen. »Ich frage mich, wie sie es angestellt hat, ihr Rezept für einen perfekten Herrn und Ehemann zusammenzustellen.«

Thurston grinste. »Ich nehme an, sie hat die Grundzutaten irgendwelchen romantischen Balladen entnommen. Du kennst diese Lieder. Im allgemeinen wird in ihnen der ritterliche Held besungen, der zum Zeitvertreib böse Zauberer abschlachtet und der Dame seines Herzens unsterbliche Liebe schwört.«

»Einer Dame, die für gewöhnlich bereits einem anderen gehört«, murmelte Gareth. »Dem Lehnsherren des Helden zum Beispiel. »Ja, ich kenne diese Art von Liedern. Obwohl ich sie nicht besonders mag.«

»Die Damen lieben sie.«

Gareth zuckte mit den Schultern. »Wieviele Kandidaten werdet Ihr ihr schicken, Mylord?«

»Ich bin der festen Überzeugung, daß es gut ist, den Wünschen einer Frau bis zu einem gewissen Punkt nachzugeben. Ich werde Lady Clare also erlauben, zwischen zwei Kandidaten zu wählen.«

Gareth zog eine Braue hoch. »Nicht zwischen drei oder vier?«

»Nein. Ich habe die Erfahrung gemacht, daß es immer nur Ärger gibt, wenn man einer Frau eine allzu große Freiheit der Wahl läßt.«

»Also zwei Kandidaten. Ich und ein anderer.«

»Ja.«

»Und mit wem werde ich um die Gunst der Dame buhlen?«

Thurston grinste. »Mit Sir Nicholas of Seabern. Und ich wünsche dir viel Glück, mein Sohn. Die Anforderungen der

Lady sind klar, nicht wahr? Sie will einen kleinen, fröhlichen Mann, der lesen kann.«

Gareth gab seinem Vater den Brief zurück. »Sie hat wirklich Glück, denn schließlich erfülle ich zumindest eine der Anforderungen. Ich kann lesen.«

1. KAPITEL

Clare war gerade mit Margaret, der Priorin von Saint Hermione, im Garten des Klosters, als sie erfuhr, daß der erste der Bewerber auf der Isle of Desire gelandet war.

»Ein riesiger Trupp von Männern ist angekommen, Lady Clare. Und sie kommen direkt auf das Dorf zu«, rief William.

Clare hielt mitten in der Diskussion über die beste Methode zur Gewinnung von Rosenöl inne. »Bitte verzeiht, Madam«, sagte sie zur Priorin Margaret.

»Selbstverständlich.« Margaret war eine kräftig gebaute Frau mittleren Alters. Der Schleier ihrer schwarzen Benediktinerinnentracht umrahmte scharfe Augen und ein sanftes Gesicht. »Das ist schließlich ein bedeutendes Ereignis.«

Clare wandte sich zu dem jungen William um, der aufgeregt vor dem Pförtnerhäuschen des Klosters herumsprang und ihr mit seinem Beutel voller getrockneter Korinthen winkte.

Er war ein pummeliger Zehnjähriger mit braunen Augen und dunklem Haar, der unbekümmert seine lebhafte Neugier und seine kindliche Begeisterungsfähigkeit zeigte. Er und seine Mutter, Lady Joanna, waren vor drei Jahren auf die Isle of Desire gekommen. Clare mochte die beiden sehr gern. Da von ihren eigenen Verwandten niemand mehr lebte, sah sie in William und Joanna ihre Ersatzfamilie.

»Wer ist es, William?« Clare machte sich auf eine unangenehme Antwort gefaßt. Sämtliche Bewohner von Desire sahen diesem Tag seit Wochen mit freudiger Erwartung entgegen. Sie selbst war die einzige, die sich nicht auf die Ankunft eines neuen Herrn für Desire zu freuen schien.

Zumindest würde sie eine Wahl haben, tröstete sie sich selbst.

»Es ist der erste Bewerber, den Lord Thurston Euch schickt.« William stopfte sich eine Handvoll Korinthen in den Mund. »Anscheinend ein mächtiger Ritter, Lady Clare. Und er bringt einen ganzen Trupp bewaffneter Männer mit. Ich habe gehört, wie John der Schmied gesagt hat, daß er die Hälfte aller Boote von Seabern benötigt hat, um all die Männer und Pferde und die ganze Ausrüstung vom Festland herüberzubringen.«

Clare wurde von einer düsteren Vorahnung beschlichen. Sie hatte sich geschworen, daß sie die Sache ruhig und geschäftsmäßig angehen würde, aber nun, da der Moment gekommen war, verspürte sie plötzlich eine ungewohnte Erregung.

»Ein großer Trupp?« Sie runzelte die Stirn.

»Ja.« Williams Gesicht glühte vor Aufregung. »Ihre Helme blitzen so sehr in der Sonne, daß einem davon die Augen weh tun.« Er verschlang zwei weitere Handvoll Korinthen. »Und die Pferde sind riesig. Vor allem eins, sagt John, ein prachtvoller, grauer Hengst mit Hufen, die die Erde erbeben lassen.«

»Aber ich habe keinen großen Trupp bewaffneter Männer angefordert«, sagte Clare. »Desire braucht nur eine kleine Armee von Männern, die unsere Warentransporte beschützen können. Was in aller Welt soll ich mit einer so großen Zahl von Kriegern anfangen? Und mit all ihren Pferden. Wißt Ihr, Männer und Pferde brauchen eine Menge zu essen.«

»Mach dir keine Sorgen, Clare.« Margaret lächelte. »Die Vorstellung des jungen William von einem großen Trupp ist wahrscheinlich eine ganz andere als die unsere. Vergiß nicht, daß der einzige Trupp bewaffneter Männer, den er jemals gesehen hat, Sir Nicholas' kleine Privatarmee auf Seabern ist.«

»Ich nehme an, Ihr habt recht.« Clare griff nach dem Parfümbeutel, der an ihrem Gürtel hing, und atmete die beruhigende Mischung aus Rosen und Kräutern tief ein. Wie immer wirkte der Duft tröstlich. »Trotzdem wird es eine große Belastung sein, so viele Männer und Pferde füttern zu müssen. »Beim Ohr der Heiligen Hermione, die Vorstellung, all die Leute unterbringen zu müssen, gefällt mir nicht. Und das ist erst der erste Kandidat.«

»Beruhige dich, Clare«, sagte Margaret. »Vielleicht sind ja die drei, vier Kandidaten, die du bestellt hast, alle auf einmal angekommen. Das würde auch erklären, warum es so viele Männer und Pferde sind.«

Diese Vorstellung munterte Clare wieder auf. »Ja, so muß es sein.« Sie ließ den kleinen Beutel wieder in die Falten ihres Kleides fallen. »Die Bewerber sind alle zusammen gekommen. Und wenn jeder seine eigene Armee mitgebracht hat, ist es verständlich, daß es so viele Männer und Pferde sind.«

»Ja.«

Doch plötzlich kam Clare ein anderer Gedanke, der ihre momentane Erleichterung wieder zunichte machte. »Ich hoffe nur, daß sie nicht allzu lange bleiben. Es wird ein Vermögen kosten, sie alle zu beköstigen.«

»Du kannst es dir doch leisten, Clare.«

»Darum geht es nicht. Zumindest nicht in erster Linie.«

Margaret mußte lächeln. »Sobald du deine Wahl getroffen hast, werden die anderen Kandidaten mitsamt ihren Männern und anderen Gefolgsleuten wieder abreisen.«

»Beim Zeh der Heiligen Hermione, dann werde ich mich schnell entscheiden, damit wir nicht mehr Lebensmittel und Heu an diesen Haufen vergeuden als unbedingt nötig.«

»Das ist ein vernünftiger Gedanke.« Margaret sah sie aufmerksam an. »Bist du sehr aufgeregt, mein Kind?«

»Nein, nein, natürlich nicht«, log Clare. »Aber ich will die Sache so schnell wie möglich hinter mich bringen. Es gibt schließlich genug zu tun. Ich kann es mir nicht leisten, allzu viel Zeit mit der Wahl eines Ehemannes zu vergeuden. Ich hoffe, Lord Thurston hat mir nur Kandidaten geschickt, die meinen Anforderungen genügen.«

»Ich bin sicher, daß er das getan hat«, murmelte Margaret. »Du hast dich in deinem Brief ja deutlich genug ausgedrückt.«

»In der Tat.« Clare hatte Stunden damit verbracht, ihr Rezept für einen neuen Herrn von Desire zusammenzustellen.

Diese Stunden hatte sie geopfert, nachdem sie noch mehr Zeit damit vergeudet hatte, sich Dutzende vernünftiger Gründe dafür zu überlegen, daß sie keinen Ehemann brauchte. Sie hatte alles, was sie von Margaret über Rhetorik und logische Argumentation gelernt hatte, zu Hilfe genommen. Sie war sich der Tatsache nur allzu bewußt gewesen, daß Lord Thurston eine wahrhaft brillante Rechtfertigung verlangen würde, wenn sie sich weigerte zu heiraten.

Clare hatte jedes ihrer Argumente zuerst gegenüber Joanna und dann an der Priorin Margaret getestet. Die beiden Frauen, die sie nur allzu gut verstanden, hatten all ihre Gründe sorgfältig abgewogen, und ihr mit Kritik und Rat zur Seite gestanden.

In den Monaten seit dem Tod ihres Vaters hatte Clare sich eine Reihe von Argumenten gegen eine Eheschließung überlegt, die auf der natürlich sicheren Lage der Insel basierten und die ihrer Meinung nach vollkommen hieb und stichfest und durch und durch logisch waren. Doch dann war die Katastrophe eingetreten.

Ihr Nachbar vom Festland, Sir Nicholas of Seabern, hatte ihre Überlegungen ad absurdum geführt, indem er sie einfach während eines kurzen Besuchs auf Seabern gekidnappt hatte.

Clare war außer sich gewesen, weil Nicholas alles kaputtgemacht hatte, indem er bewies, daß sie durchaus verwundbar war, und sie hatte sich die größte Mühe gegeben, ihm das Leben zur Hölle zu machen. Am Ende ihres erzwungenen Aufenthaltes auf Seabern war Nicholas richtiggehend froh gewesen, sie wieder los zu werden.

Aber für sie war es zu spät gewesen.

Nachdem ihre Warenlieferungen nach London bereits mehrere Male irgendwelchen Straßen- oder Seeräubern in die Hände gefallen waren, war die Entführung der Tropfen gewesen, der das Faß zum Überlaufen gebracht hatte. Clare hatte gewußt, daß es nur eine Frage der Zeit sein würde, bis Lord Thurston davon erführe. Er würde zu dem Schluß kommen, daß sie nicht in der Lage sei, Desire angemessen zu schützen, und er würde umgehend dafür sorgen, daß die Insel einen neuen Herrn bekäme.

Empört und frustriert hatte Clare sich eingestehen müssen, daß sie es Thurston nicht verübeln konnte, wenn er sie zwang zu heiraten. An seiner Stelle hätte sie dasselbe getan. Seine Einkünfte als Lehnsherr von Desire waren einfach zu bedeutend, als daß er sie aufs Spiel setzen konnte.

Und Clare konnte das Leben der Männer aus dem Dorf, die ihre Parfümlieferungen begleiteten, nicht unnötig gefährden. Früher oder später würden die Räuber bei einem ihrer Überfälle jemanden töten.

Sie hatte einfach keine andere Wahl, und das wußte sie. Sie hatte die Verantwortung für die Menschen von Desire. Ihre Mutter, die gestorben war, als Clare zwölf Jahre alt gewesen war, hatte ihr von der Wiege an erklärt, daß die Wünsche der Herrin der Insel hinter den Bedürfnissen der Bevölkerung und der Ländereien, von denen sie lebten, zurückstehen mußten.

Clare besaß zwar alle Fähigkeiten, die erforderlich waren, um Desire zu einem fetten und ertragreichen Landgut zu machen, aber sie war eben kein ausgebildeter Kämpfer.

Es gab keine Ritter auf Desire, noch nicht einmal einfache Waffenträger. Die wenigen, die früher auf der Burg gelebt hatten, waren im Laufe der Jahre verschwunden. Ein paar von ihnen hatten ihren Bruder Edmund auf die Turniere begleitet und waren nach seinem Tod nicht mehr auf die Insel zurückgekehrt. Schließlich war Desire nicht gerade ein interessanter Ort. Es war nicht das Richtige für junge Ritter und Junker, die sich nach Ruhm und Ehre sehnten und nach den fetten Gewinnen, die sie bei den zahllosen Turnieren oder auf den Kreuzzügen einstreichen konnten.

Die letzten beiden Waffenträger, die auf Desire gelebt hatten, waren mit Clares Vater, Sir Humphrey, nach Spanien gereist. Sie hatten sie zwar vom Tod ihres Vaters benachrichtigt, aber sie waren nicht auf die Insel zurückgekehrt. Nach dem Tod ihres Herrn waren sie von ihrem Treueeid entbunden gewesen. Also hatten sie sich neue Herren im Süden gesucht.

Clare hatte nicht die geringste Ahnung, wie sie eine neue zuverlässige Schutztruppe für die Insel finden sollte, ganz zu schweigen davon, daß sie sie niemals selbst ausbilden und befehligen könnte.

Das erste Warnschreiben von Thurston war vor sechs Wochen gekommen. Es klang freundlich und war voll der Beileidsbezeugungen wegen des Todes von Sir Humphrey. Doch zugleich hatte er sie darauf hingewiesen, daß die Insel neue Schutztruppen benötigte. Und in seinem zweiten Schreiben hatte er ihr unmißverständlich klar gemacht, daß sie heiraten mußte.

Zu ihrer großen Verärgerung war Clare inzwischen selbst zu diesem Schluß gekommen.

Eine Eheschließung war also unvermeidlich, und Clare hatte getan, was sie immer tat, wenn es um ihre Pflicht ging. Sie stellte sich dieser Verpflichtung und war bereit, sie zu erfüllen.

In der für sie typischen Art hatte sie die Situation in Angriff genommen.

Wenn sie schon einen Ehemann in Kauf nehmen mußte, hatte sie Joanna und Margaret erklärt, dann war sie zumindest entschlossen, bei seiner Auswahl ein Wörtchen mitzureden.

»Sie kommen näher, Lady Clare«, schrie William vom Pförtnerhäuschen herüber.

Clare wischte sich die fruchtbare, dunkle Erde des Klostergartens von den Händen. »Bitte entschuldigt mich, Madam. Ich muß zurück zur Burg, um mich umzuziehen, ehe meine Gäste ankommen. Diese Ritter aus dem Süden erwarten zweifellos, daß man sie mit einem gewissen Zeremoniell empfängt.«

»Zu Recht«, sagte Margaret. »Ich weiß, daß du nicht gerade begeistert bist von der Idee zu heiraten, mein Kind. Aber sei frohgemut. Denk dran, es werden drei, vielleicht sogar vier Kandidaten sein. Du hast also eine reiche Auswahl.«

Clare sah ihre alte Freundin und Lehrerin fragend an. Dann senkte sie die Stimme, so daß weder William noch die Pförtnerin sie hören konnten. »Und wenn mir keiner der Kandidaten gefällt, die Lord Thurston geschickt hat?«

»Nun, dann werden wir uns fragen müssen, ob du einfach zu anspruchsvoll bist bei der Wahl eines neuen Lord of Desire, oder ob du nur eine Entschuldigung suchst, um nicht heiraten zu müssen.«

Clare verzog das Gesicht und bedachte Margaret dann mit einem wehmütigen Blick. »Ihr seid immer so ungemein praktisch und direkt, Madam. Ihr versteht es, eine Sache immer genau auf den Punkt zu bringen.«

»Ich habe die Erfahrung gemacht, daß eine Frau im allgemeinen das meiste erreicht, wenn sie praktisch denkt und sich selbst gegenüber ehrlich ist, vor allem, wenn sie sich in einem Zwiespalt befindet.«

»Ja, das habt Ihr mir schon öfter gesagt, Madam.« Clare straffte ihre Schultern. »Und ich werde versuchen, Eure weisen Worte zu beherzigen.«

»Deine Mutter wäre stolz auf dich, mein Kind.«

Clare bemerkte, daß Margaret nicht von ihrem Vater sprach. Das war auch nicht nötig. Sie beide wußten nur allzu gut, daß Sir Humphrey sich nie besonders für seine Ländereien interessiert hatte. Solche Dinge hatte er erst seiner Frau und dann seiner Tochter überlassen, während er sich seinen wissenschaftlichen Studien und Experimenten gewidmet hatte.

Von der Straße hinter der Klostermauer ertönten laute Rufe. Die Dorfbewohner waren zusammengelaufen, um die Neuankömmlinge zu begrüßen, und nun schrien sie aufgeregt durcheinander und gaben ihrer Bewunderung lautstark Ausdruck.

William stopfte die restlichen Korinthen zurück in den Beutel, der an seinem Gürtel hing, und rannte zu der kleinen Bank, die an der Mauer stand.

Zu spät merkte Clare, was er vorhatte. »William, wag es ja nicht, auf die Mauer zu klettern. Du weißt, was deine Mutter dazu sagen würde.«

»Keine Angst, ich falle schon nicht runter. Ich will nur die Ritter und ihre prachtvollen Pferde sehen.« William stieg auf die Bank und begann, seine füllige Gestalt auf die Steinmauer zu hieven.

Clare stöhnte und tauschte einen resignierten Blick mit Margaret aus. Es bestand kein Zweifel daran, daß Williams überängstliche Mutter in Ohnmacht fallen würde, wenn sie ihn jetzt sähe. Joanna war der Überzeugung, daß William ein schwächliches Kind war, das keinerlei Risiken eingehen durfte.

»Lady Joanna ist ja nicht da«, sagte Margaret trocken, als hätte Clare ihre Gedanken laut ausgesprochen. »Ich schlage also vor, daß wir die Sache einfach übersehen.«

»Wenn William herunterfällt, verzeiht Joanna mir das nie.«

»Eines Tages muß sie ja mal aufhören, den Jungen immer zu bemuttern.« Margaret zuckte mit den Schultern. »Wenn sie ihn weiterhin derart verhätschelt, wird er zu einem ängstlichen, zimperlichen, extrem fetten jungen Mann heranwachsen.«

»Ich weiß, aber ich kann es Joanna nicht verübeln, daß sie William beschützen will«, sagte Clare leiser. »Außer ihm hat sie niemand mehr auf der Welt. Und sie erträgt den Gedanken nicht, daß sie auch noch ihren Sohn verlieren könnte.«

»Ich sehe sie.« William schwang ein Bein über die Mauer. »Sie sind bereits in die Straße eingebogen.« Er schirmte seine Augen gegen die Frühlingssonne ab. »Der riesengroße graue Hengst kommt als erstes. Ich schwöre, der Ritter, der darauf sitzt, ist fast genauso groß wie das Pferd.«

Clare runzelte die Stirn. »Ich habe Kandidaten von kleiner Gestalt verlangt.«

»Er hat einen schimmernden Helm und ein Kettenhemd«, rief William. »Und er trägt ein silbernes Schild, das in der Sonne wie ein großer Spiegel glänzt.«

»Ein großer Spiegel?« Fasziniert lief Clare in Richtung der Mauer, um sich die Neuankömmlinge ebenfalls anzusehen.

»Es ist wirklich eigenartig, Mylady. Alles an dem Ritter ist silber oder grau – sogar seine Kleider und das Geschirr seines Pferdes sind grau. Es ist, als ob er und sein Hengst ganz aus Silber und Rauch bestehen würden.«

»Silber und Rauch?« Clare blickte zu William auf. »Deine Fantasie geht mal wieder mit dir durch.«

»Ich schwöre, es stimmt, was ich sage.« William schien von dem Anblick, der sich ihm bot, ehrlich beeindruckt zu sein.

Clares Neugierde wuchs. »Wie groß ist dieser Rauch-und-Silber-Ritter genau?«

»Sehr, sehr groß«, berichtete William von seinem Aussichtsposten. »Und der Ritter, der hinter ihm reitet, ist fast genauso groß.«

»Das geht so nicht.« Clare ging zum Tor und spähte auf die Straße, doch die aufgeregten Dorfbewohner versperrten ihr die Sicht.

Die Kunde von der Ankunft der Fremden hatte sich in Windeseile herumgesprochen. Fast das ganze Dorf war ausgeschwärmt, um das Schauspiel zu genießen, das ihnen ein Aufmarsch von Rittern auf Desire bot. John der Schmied, Robert der Faßbinder, Alice der Brauer und drei muskulöse Bauern standen Clare im Weg, so daß sie nichts sehen konnte.

»Mach dir keine Sorgen wegen der Größe dieses grauen Ritters.« Margaret stellte sich neben Clare. Ihre Augen blitzten amüsiert auf. »Wie ich bereits sagte, dürfen wir nicht vergessen, daß William bisher noch nicht allzu viel von der Welt gesehen hat. Wahrscheinlich erscheint ihm jeder Ritter auf einem

Pferd wie ein Hüne. Es ist die Rüstung, die sie so groß erscheinen läßt.«

»Ja, ich weiß. Trotzdem würde ich diesen grauen Ritter gern selbst sehen.« Clare warf der Mauer einen prüfenden Blick zu. »William, hilf mir mal.«

William riß seinen Blick von dem faszinierenden Anblick auf der Straße los, um kurz zu ihr hinunterzusehen. »Wollt Ihr Euch neben mich auf die Mauer setzen, Lady Clare?«

»Ja. Wenn ich hier unten stehen bleibe, werde ich der letzte Mensch auf der ganzen Insel sein, der diese Invasion sieht.« Clare schürzte die Röcke ihrer langen Tunika und kletterte auf die Bank.

Margaret schnaubte leise. »Also wirklich, Clare, das ist höchst unschicklich. Denk nur daran, wie peinlich es wäre, wenn einer der Bewerber sähe, daß du dich wie einer der jungen Burschen aus dem Dorf auf eine Mauer schwingst. Er könnte dich schließlich durchaus später auf der Burg wiedererkennen.«

»Niemand wird bemerken, daß ich hier oben sitze. Es klingt ganz so, als seien unsere Gäste viel zu sehr damit beschäftigt, die Dorfbewohner zu unterhalten. Und ich habe nicht die Absicht, mir dieses Schauspiel entgehen zu lassen.«

Clare umfaßte den Mauerrand, fand einen Spalt, in den sie die Spitze ihres weichen Lederschuhs schieben konnte und hangelte sich neben William.

»Seid vorsichtig, Mylady.« William beugte sich herab, um ihr behilflich zu sein.«

»Keine Sorge.« Keuchend schwang Clare erst ein Bein und dann das andere über die breite Steinmauer. »Ich bin vielleicht eine alte Jungfer von dreiundzwanzig, aber ich bin durchaus noch in der Lage, auf eine Mauer zu klettern.« Grinsend schob sie ihre Röcke zurecht. »Da, siehst du? Ich hab's geschafft. Also, wo ist denn nun dieser Ritter aus Silber und Rauch?«

»Er ist am oberen Ende der Straße.« William zeigte in Richtung des Hafens. »Hört nur, wie die Hufe donnern. Es ist, als käme ein gewaltiger, heulender Sturm vom Meer herüber.«

»Auf jeden Fall machen sie genug Lärm, um die Toten zu wecken.« Clare schob die Kapuze ihres Umhangs zurück und wandte den Blick zum oberen Ende der engen Straße.

Das Donnern der Hufe kam immer näher und die Dorfbewohner versanken in ehrfürchtiges Schweigen.

Und dann sah Clare den Ritter und den Hengst, beide in Silber und Rauch. Sie hielt den Atem an. Plötzlich konnte sie Williams Staunen verstehen.

Sowohl der Mann als auch das Pferd schienen aus den Elementen eines stürmischen Unwetters zu bestehen: sie waren zu Fleisch gewordener Wind, Regen, Blitz und Donner. Ein kurzer Blick auf diese furchterregende, graue Gestalt genügte, um zu wissen, daß sie in der Lage war, alles zu zerstören, was ihr in den Weg kam.

Der Anblick des Ritters aus Silber und Rauch machte Clare ebenso sprachlos wie die Dorfbewohner. Als ihr klar wurde, daß sie zweifellos einen der Bewerber vor sich hatte, sank ihr Herz in die Knie.

Er ist zu groß, dachte sie. *Viel zu groß. Und zu gefährlich. Auf jeden Fall der falsche Mann.*

Der graue Ritter führte eine Kompanie von sieben Männern an. Der Trupp bestand aus Rittern, Waffenträgern und ein oder zwei Bediensteten. Clare blickte neugierig auf die Krieger, die hinter dem großen, grauen Schlachtroß ritten. Sie hatte in ihrem Leben noch nicht viele Kämpfer gesehen, aber sie wußte, daß die meisten von ihnen starke, schimmernde Farben für ihre Rüstung bevorzugten.

Diese Männer folgten alle dem Beispiel ihres Anführers. Sie trugen dunkles Grau, Braun und Schwarz, was sie irgendwie noch bedrohlicher erscheinen ließ.

Die Neuankömmlinge waren inzwischen sehr nahe. Sie füllten die enge Straße vollkommen aus. Ihre Banner wehten im

Wind. Clare hörte das Knarren und Quietschen von Stahl auf Leder. Geschirr und Waffen bewegten sich im gleichen Rhythmus.

Die schwer beschlagenen, riesigen Streitrösser bahnten sich ihren Weg. Sie bewegten sich mit einem langsamen, unerbittlichen Schritt, der ihre Kraft noch betonte und der allen Anwesenden ausreichend Gelegenheit bot, das Schauspiel eingehend zu verfolgen.

Clare starrte ebenso verblüfft wie alle anderen auf die Straße. Sie hörte kaum das aufgeregte Flüstern, das bei der kleinen Steinzelle der Dorfeinsiedlerin seinen Anfang nahm und das sich wie eine Welle fortsetzte, bis es bei ihr ankam.

Fasziniert von den berittenen Männern auf der Straße ignorierte sie das leise Murmeln zunächst. Aber als es an Lautstärke zunahm, erregte es schließlich doch ihre Aufmerksamkeit.

»Verstehst du, was die Leute sagen, William?«

»Keine Ahnung. Ich glaube, irgend was von einem Hund.«

Clare blickte über ihre Schulter in Richtung der Zelle, die in die Klostermauer eingelassen war. Beatrice die Einsiedlerin lebte dort, seit sie vor nunmehr beinahe zehn Jahren beschlossen hatte, ihr Leben in der Einsamkeit fortzusetzen. Gemäß den religiösen Vorschriften, die sie befolgte, verließ sie ihre Zelle nie.

Beatrice hätte sich als Einsiedlerin gänzlich dem Gebet und der Meditation widmen müssen, aber in Wahrheit widmete sie sich mit Vorliebe dem Tratsch. Es mangelte ihr nie an Gelegenheit, da im Verlauf des Tages fast jeder einmal an ihrem Fenster vorbeiging. Und viele blieben stehen, um sich mit ihr zu unterhalten oder sie um Rat zu bitten. Wann immer Beatrice Besuch bekam, ging sie mit ihm um wie die Magd mit der Kuh. Sie molk ihren Gast so lange, bis er keine Neuigkeit mehr zu bieten hatte.

Darüber hinaus folgte Beatrice ihrer Berufung, indem sie

allen, die zu ihrem Fenster kamen, gutgemeinte Ratschläge erteilte. Nicht selten gab sie hilfreiche Tips selbst dann, wenn niemand sie gebeten hatte. Am liebsten jedoch machte sie düstere Prophezeiungen und warnte vor drohendem Unheil und Verderben.

Manchmal hatte sie damit sogar recht.

»Was sagen sie?« rief Margaret zu Clare hinauf.

»Ich weiß nicht genau.« Clare strengte sich an, das Geflüster der Leute unter sich zu verstehen. »William meint, irgendwas über einen Hund. Ich glaube, die Einsiedlerin hat damit angefangen.«

»Dann ignorieren wir es am besten«, sagte Margaret.

»Hört«, unterbrach William sie. »Jetzt versteht man, was sie sagen.«

Die Woge des Raunens hatte sie erreicht.

»... Höllenhund.«

»Es heißt, es sei ein Höllenhund irgendwo aus dem Süden. Ich hab den Namen nicht richtig verstanden.«

»Der Höllenhund von Wyckmere?«

»Ja, genau, Wyckmere. Er ist bekannt als der Höllenhund von Wyckmere. Angeblich hat er ein riesiges Schwert, das sie das Tor zur Hölle nennen.«

»Warum nennen sie es so?«

»Weil es das letzte ist, was ein Mann sieht, ehe er stirbt.«

William riß die Augen auf. Er zitterte vor Aufregung und griff automatisch in den Beutel an seinem Gürtel, um sich mit einer weiteren Handvoll Trockenfrüchte zu beruhigen. »Habt Ihr das gehört, Lady Clare?« fragte er mit vollem Mund. »Der Höllenhund von Wyckmere.«

»Ja.« Clare bemerkte, daß sich mehrere Dorfbewohner bei dieser Neuigkeit bekreuzigten, aber ihre Mienen waren so aufgeregt wie zuvor. Enttäuscht stellte sie fest, daß die Leute von den Rittern tatsächlich begeistert waren.

Alles in allem waren die Dörfler ein ehrgeiziger Haufen.

Zweifellos dachten sie an das Prestige, das sie erlangen würden, wenn sie einen Herrn bekämen, der den Ruf eines gefürchteten Kämpfers hatte.

Ein solcher Ruf war ja schön und gut, dachte Clare, außer, wenn man gezwungen war, den Mann, der ihn hatte, zu heiraten.

»Der Höllenhund von Wyckmere«, hauchte William mit einer Ehrfurcht, die eigentlich nur eines Gebets oder einer göttlichen Erscheinung würdig gewesen wäre. »Er muß wirklich ein sehr bedeutender Ritter sein.«

»Mich interessiert vielmehr«, sagte Clare, »wo die anderen stecken.«

»Welche anderen?«

Clare runzelte die Stirn. »Es sollten mindestens drei Ritter kommen, unter denen ich dann einen Ehemann auswähle. Aber diese Kerle scheinen alle unter dem Banner eines einzigen Mannes zu reiten.«

»Tja, nun, dieser Höllenhund von Wyckmere ist fast so groß wie drei Männer zusammengenommen«, sagte William mit deutlicher Zufriedenheit. »Wir brauchen keinen anderen Kandidaten mehr.«

Clare kniff die Augen zusammen. Der Höllenhund war zwar nicht gerade so groß wie drei Männer zusammen, aber auf jeden Fall wirkte er durchaus beeindruckend. Und auf jeden Fall entsprach er nicht ihren Anforderungen bezüglich eines Mannes von bescheidener Gestalt.

Der graue Ritter und sein Gefolge waren inzwischen beinahe bei ihr angekommen. Was auch immer man gegen die Neuankömmlinge sagen konnte, zumindest boten sie allen Inselbewohnern wunderbare Unterhaltung. Es würde interessant werden zu sehen, ob die anderen Bewerber dieses Schauspiel noch überbieten konnten.

Sie war so gefangen von dem ungewöhnlichen Anblick, daß sie das erneute Flüstern der Leute kaum bemerkte. Sie meinte, ihren Namen zu hören, aber sie achtete nicht weiter darauf, da sie es als die Herrin von Desire gewöhnt war, daß die Menschen von ihr sprachen. So war es nun einmal.

Margaret blickte zu ihr hinauf. »Clare, du begibst dich am besten umgehend in die Burg. Wenn du da oben auf der Mauer sitzen bleibst, schaffst du es nie, rechtzeitig dort zu sein, um diesem großen Ritter einen angemessenen Empfang zu bereiten.«

»Dafür ist es bereits zu spät, Madam.« Clare mußte beinahe schreien, um sich bei all dem Stimmengewirr und dem Donnern der Pferdehufe Gehör zu verschaffen. »Ich werde warten müssen, bis sie vorbei sind, ehe ich wieder herunterkommen kann. Ich sitze hier fest, solange die ganze Straße voller Menschen ist. Joanna und die Bediensteten werden unseren Gästen schon einen angemessenen Empfang bereiten.«

»Was sagst du da?« schalt Margaret. »Joanna und die Bediensteten können kaum für den Empfang sorgen, den der zukünftige Lord of Desire wahrscheinlich erwartet.«

Clare wandte sich zu Margaret um und grinste. »Ah, aber wir wissen doch noch gar nicht, ob dieser graue Ritter der zukünftige Lord of Desire wird, oder? In der Tat halte ich das für sehr unwahrscheinlich. Soweit ich sehe, hat er nicht im geringsten die von mir geforderte Statur.«

»Die Statur eines Mannes ist wohl kaum das Wichtigste, mein Kind«, murmelte Margaret.

Plötzlich verstummte das Donnern der Hufe und das Klappern des Geschirrs. Williams erstaunter Aufschrei und die plötzliche Stille, die sich über die Dorfbewohner senkte, ließen Clares Kopf erneut herumfahren.

Überrascht sah sie, daß der gesamte Trupp, der sich langsam, aber unaufhaltsam durch das Dorf gewälzt hatte, mitten auf der Straße zum Stillstand gekommen war.

Genau an der Stelle, an der sie auf der Mauer saß.

Clare schluckte, als sie bemerkte, daß der graue Ritter sie

direkt ansah. Ihr erster Gedanke war der, sich auf der anderen Seite von der Mauer fallen zu lassen und sich diskret in den Garten zurückzuziehen.

Aber dafür war es jetzt zu spät. Sie würde sich ihm stellen müssen.

Plötzlich wurde sich Clare ihres schmutzigen Kleides und ihres windzerzausten Haares bewußt. Mit feuchten Händen umklammerte sie den Rand der sonnengewärmten Mauer.

Sicher blickte er nicht sie an.

Es war vollkommen unmöglich, daß er sie anblickte.

Es gab keinen Grund, weshalb sie die Aufmerksamkeit des grauen Ritters hätte erregen sollen. Sie war einfach eine Frau, die auf einer Mauer saß, und gemeinsam mit allen anderen Dorfbewohnern das Schauspiel des einziehenden Ritters beobachtete.

Aber er *blickte* sie an.

Ein peinliches Schweigen senkte sich über die Menge, als der Rauch-und-Silber-Ritter Clare einen endlosen Augenblick lang nachdenklich ansah. Sie hatte das Gefühl, als habe selbst der Wind aufgehört zu wehen. Die Blätter der Bäume im Klostergarten hingen reglos herab. Kein einziger Laut war zu hören, noch nicht einmal das Schnappen eines Banners.

Clare blickte in ein Paar dunkler, unergründlicher Augen unter dem Stahlhelm und betete, daß der Höllenhund von Wyckmere sie für eine der Dorfbewohnerinnen hielt.

Auf ein unsichtbares Kommando hin begann der riesige graue Hengst, sich auf die Mauer zuzubewegen. Diejenigen, die dem Biest im Wege standen, wichen beiseite, um ihm den Weg freizumachen. Aller Augen richteten sich auf Clare.

»Er kommt zu uns herüber, Mylady«, quietschte William. »Vielleicht erkennt er Euch.«

»Aber wir sind uns doch noch nie begegnet.« Clare umklammerte die Steine der Mauer. »Er kann unmöglich wissen, wer ich bin.«

William öffnete den Mund, um etwas zu sagen, aber er klappte ihn wieder zu, als das massige Pferd direkt vor Clare stehen blieb. Der Blick des grauen Ritters richtete sich auf Clare.

Sie sah in ein Paar leuchtender Augen in der Farbe von rauchigem Bergkristall, in denen nicht das kleinste Lächeln lag. Die kalte, berechnende Intelligenz, die in den Tiefen dieses Kristalls aufblitzte, verriet ihr, daß er sehr wohl wußte, wen er vor sich hatte.

Clare hielt den Atem an und versuchte verzweifelt nach einer Möglichkeit, die Situation in den Griff zu bekommen. Nie zuvor war sie so verlegen gewesen.

»Ich suche die Lady of Desire«, sagte der Ritter.

Der Klang seiner Stimme ließ Clare erschaudern. Sie wußte nicht, weshalb sie so eigenartig darauf reagierte, denn die Stimme paßte zu ihm. Sie war tief und vibrierte vor kaum gezügelter Kraft.

Sie klammerte sich an die Mauer, um das Zittern ihrer Hände zu verbergen. Dann reckte sie das Kinn und straffte die Schultern. Sie war die Herrin dieser Insel und hatte durchaus die Absicht, sich ihrem Titel gemäß zu benehmen, auch wenn sie dem bestaussehendsten Mann gegenübersaß, den sie jemals gesehen hatte.

»Ich bin diejenige, die Ihr sucht, Sir. Und wer seid Ihr?«

»Ich bin Gareth of Wyckmere.«

Clare erinnerte sich an das Geflüster der Leute. *Der Höllenhund von Wyckmere.* »Wie ich hörte, habt Ihr noch einen anderen Namen.«

»Ich habe noch viele andere Namen, aber ich reagiere nicht auf alle.«

In seinen Worten lag eine deutliche Warnung. Clare hörte sie und beschloß, daß es sicherer sei, gutes Benehmen zu zeigen. Also neigte sie höflich den Kopf.

»Ich heiße Euch auf Desire willkommen, Sir Gareth. Erlaubt

mir, Euch im Namen des ganzen Dorfes für die nette Unterhaltung zu danken, die Ihr uns geboten habt. Wir haben nur selten das Vergnügen eines derart prächtigen Aufmarschs in unserem kleinen Dorf.«

»Es freut mich, daß Ihr mit meiner bisherigen Leistung zufrieden seid, Mylady, und ich nehme an, daß Euch auch der Rest gefallen wird.« Gareth ließ die Zügel seines Hengstes sinken, hob die Hände, die in Kettenhandschuhen steckten, an und setzte seinen Helm ab.

Er blickte sich nicht einmal um und gab, soweit Clare sehen konnte, auch sonst kein sichtbares Zeichen. Trotzdem kam sofort einer der anderen Ritter, nahm Gareth den Helm ab und zog sich zurück.

Auch wenn es nicht gerade von gutem Benehmen zeugte, musterte Clare Gareth mit kaum verhohlener Neugier. Schließlich war er einer der Männer, die geschickt worden waren, um sie zu umwerben. Überrascht stellte sie fest, daß irgend etwas tief in ihrem Inneren durchaus zufrieden war mit dem, was sie vor sich sah.

Er war eindeutig zu groß, aber irgendwie erschien ihr dieser Makel plötzlich nicht mehr ganz so gravierend. Der Grund war offensichtlich. Trotz seiner Größe und seiner offensichtlichen körperlichen Kraft sagte ihr etwas, daß dieser Mann sich nicht nur auf rohe Gewalt verlassen würde, um seine Ziele zu erreichen.

Gareth of Wyckmere war ein ausgebildeter Ritter, durchaus versiert in der blutigen Kunst des Krieges, aber er war kein dickschädeliger Narr. Das erkannte Clare an seinem Gesicht.

Das Sonnenlicht fiel auf seine glänzenden, schulterlangen schwarzen Haare. Seine stolzen, steinernen Züge erinnerten Clare an die mächtigen Klippen, die ihre geliebte Insel vor Eindringlingen schützten. Sie spürte, daß er trotz der Intelligenz, die in seinen Augen aufgeblitzt war, unnachgiebig und unversöhnlich sein konnte.

Dies war ein Mann, der sich alles, was er im Leben erreichen wollte, erkämpfte.

Er sah Clare an, als sie ihn musterte, und es schien, als begegnete er dieser Prüfung mit Gleichgültigkeit. Er saß einfach ruhig da und wartete geduldig ab, als sei ihr Urteil ohne besondere Bedeutung. Ihr kam der Gedanke, daß er ein Ziel vor Augen und die Absicht hatte, es zu erreichen – ungeachtet ihrer Wünsche und Vorstellungen.

Diese Erkenntnis machte Clare angst. Der Höllenhund von Wyckmere würde sich nicht so einfach abweisen lassen, wenn er es sich in den Kopf gesetzt hatte, der neue Lord of Desire zu werden.

Aber sie konnte ebenso entschlossen sein, wenn sie ein bestimmtes Ziel erreichen wollte. Schließlich hatte sie seit ihrem zwölften Lebensjahr die Befehlsgewalt über die Insel.

»Nun, Mylady?« sagte Gareth. »Seid Ihr zufrieden mit Eurem zukünftigen Herrn?«

Ihrem zukünftigen Herrn? Clare blinzelte. Sie wußte nicht, ob sie lachen oder schimpfen sollte über diese bodenlose Arroganz. Also setzte sie ein höfliches, aber zugleich entschlossenes Lächeln auf.

»Das kann ich noch nicht sagen«, sagte sie verhalten. »Ich habe schließlich die anderen Kandidaten noch nicht gesehen.«

»Da unterliegt Ihr einem Irrtum, Madam. Es gibt nur zwei Kandidaten, mich und Sir Nicholas of Seabern.«

Clare riß entgeistert den Mund auf. »Aber das ist unmöglich. Ich habe eine Auswahl von mindestens drei oder vier Rittern gefordert.«

»Wir bekommen im Leben nicht immer alles, was wir fordern, nicht wahr?«

»Aber Ihr entsprecht meinen Anforderungen ganz und gar nicht, Sir«, platzte Clare heraus. »Ich möchte Euch ja nicht zu nahe treten, aber Ihr habt nicht gerade die richtige Größe. Und außerdem erscheint Ihr mir wie ein Mann des Krieges, nicht wie ein Mann des Friedens.« Sie starrte ihn finster an. »Des weiteren habe ich nicht gerade den Eindruck, als wärt Ihr ein sonderlich fröhlicher Mensch.«

»An meiner Größe kann ich nichts ändern. Und es stimmt, daß ich in der Kriegskunst ausgebildet bin, aber ich schwöre Euch, daß ich ein ruhiges, friedliches Leben suche. Was mein Temperament angeht, wer weiß? Ein Mann kann sich schließlich ändern, nicht wahr?«

»Da bin ich mir keineswegs sicher«, sagte Clare zögernd.

»Außerdem kann ich lesen.«

»Nun, ich nehme an, das ist schon mal etwas. Trotzdem –«

»Mylady, ich habe die Erfahrung gemacht, daß wir alle lernen müssen, uns mit dem zufriedenzugeben, was uns zuteil wird.«

»Das weiß wohl niemand besser als ich«, entgegnete Clare mit eisiger Stimme. »Sir, ich will offen mit Euch sein. Ihr seid einen weiten Weg gekommen und Ihr habt uns einen unterhaltsamen Vormittag beschert. Ich möchte Euch wirklich nicht enttäuschen, aber ich fürchte, Ihr seid nicht der Richtige für die Position des Lord of Desire. Vielleicht wäre es das beste, wenn Ihr mit Euren Männern gleich wieder kehrtmacht.«

»Oh, nein, Mylady. Ich habe lange auf diese Gelegenheit gewartet, und ich habe eine weite Reise hinter mir. Ich bin gekommen, um meine Zukunft zu sichern. Und ich habe nicht die Absicht, wieder zu gehen.«

»Aber ich bestehe darauf –«

Plötzlich vernahm sie ein leises, tödliches Zischen, und auf einmal hielt Gareth sein Schwert in der Hand. Die unmerkliche Bewegung ließ die umstehenden Dorfbewohner vor Furcht erstarren. Clare unterbrach sich mitten im Satz. Mit weit aufgerissenen Augen starrte sie auf die Waffe.

Das Sonnenlicht tanzte und blitzte auf dem Stahl, als Gareth die Klinge in die Luft reckte.

Erneut schien alles und jeder in Stille zu erstarren.

William war derjenige, der es wagte, den Bann zu brechen.

»Ihr dürft meiner Lady nichts tun«, schrie er Gareth an. »Ich werde es nicht zulassen, daß Ihr ihr etwas zuleide tut.«

Williams Kühnheit verblüffte die Umstehenden ebenso wie der Anblick des gezückten Schwertes.

»Pst, William«, flüsterte Clare.

Gareth sah ihren Beschützer an. »Du bist sehr mutig, mein Junge. Es gibt Männer, die stürzen beim Anblick des Tores zur Hölle kopflos davon.«

Es war nicht zu übersehen, daß auch William sich fürchtete, aber seine Miene verriet trotzige Entschlossenheit. Er starrte Gareth an. »Ich lasse es nicht zu, daß Ihr ihr etwas antut.«

»Ich werde ihr nichts antun«, beruhigte ihn Gareth. »In der Tat bin ich als ihr zukünftiger Herr froh zu sehen, daß sie bis zu meiner Ankunft einen derart tapferen Beschützer hatte. Ich stehe tief in deiner Schuld, mein Junge.«

William blickte ihn unsicher an.

Mit einer erneuten unmerklichen Bewegung drehte Gareth das Schwert um, so daß die Klinge auf ihn wies. Als unverkennbares Zeichen seines Respekts und seiner Ehrerbietung reichte er Clare den Griff und wartete, daß sie die Waffe entgegennahm.

Unter den Umstehenden erhob sich überraschtes und zustimmendes Gemurmel. Clare hörte es. Sie spürte Williams kaum verhohlene Aufregung. Die erwartungsvolle Anspannung aller Beteiligten war überwältigend.

Wenn sie sich weigerte, das Schwert entgegenzunehmen, ginge sie damit ein unkalkulierbares Risiko ein. Sie hatte keine Ahnung, wie Gareth darauf reagieren oder was seine berittenen Kämpfer dann tun würden. Innerhalb weniger Minuten könnten sie das gesamte Dorf dem Erdboden gleichmachen.

Wenn sie das Schwert jedoch annahm, würden sowohl Gareth als auch alle anderen annehmen, daß sie seinem Werben positiv gegenüberstand.

Es war eine Falle. Eine äußerst geschickte Falle, aber dennoch eine Falle. Sie hatte nur zwei Möglichkeiten, und beide waren gefährlich. Und er hatte sie bewußt in diese Falle gelockt. Aber schließlich hatte sie sofort gewußt, daß er ein Mann war, der nicht nur seine Kraft, sondern auch seinen Verstand benutzte, um seine Ziele zu erreichen.

Clare blickte auf den Griff des blankpolierten Schwertes. Sie sah, daß der Knauf mit einem Stück Bergkristall verziert war. Der trübe graue Stein schien mit silbrigem Rauch von unsichtbaren Feuern gefüllt zu sein. Plötzlich wußte Clare, woher die Waffe ihren Namen hatte. Man brauchte nicht besonders viel Fantasie, um den Kristall im Griff als ein Tor zur Hölle zu betrachten.

Sie begegnete Gareths ruhigem Blick und sah, daß der rauchige Kristall hervorragend zu seinen Augen paßte.

Da ihr keine andere Wahl blieb, entschied sich Clare für eine der beiden Möglichkeiten. Langsam streckte sie die Hand aus und ergriff das Schwert. Die Waffe war so schwer, daß sie sie mit beiden Händen nehmen mußte.

Die Menge brach in lauten Jubel aus. William grinste. Hochrufe erfüllten die Luft. Es rasselte und klirrte, als die Ritter und die Waffenträger ihre Lanzen schwangen und ihre Schilde reckten.

Clare blickte Gareth an und hatte das Gefühl, als sei sie soeben von einer der hohen Klippen von Desire gesprungen.

Gareth streckte seine riesigen Hände aus, umfaßte ihre Taille und zog sie von der Mauer. Clare wurde schwindlig. Beinahe hätte sie das riesige Schwert fallen gelassen.

Einen Augenblick später saß sie sicher vor dem Höllenhund von Wyckmere im Sattel. Ein gepanzerter Arm, so dick wie ein Baumstamm, bewahrte sie davor herunterzufallen. Sie blickte auf und sah die Zufriedenheit in Gareths Augen.

Clare fragte sich, weshalb sie immer noch das Gefühl hatte zu fallen.

Gareth hob eine Hand, und sofort eilte einer der Ritter herbei, ein Kerl mit einem Gesicht wie aus Stein.

»Ja, Sir Gareth?«

»Ulrich.« Gareth erhob die Stimme, um in dem allgemeinen Jubel Gehör zu finden. »Begleitet den edlen Beschützer meiner Lady in einer Weise auf die Burg, die seiner hervorragenden Dienste würdig ist.«

»Ja.« Ulrich führte sein Pferd näher an die Mauer und streckte die Arme nach William aus. Dann hob er den Jungen von der Mauer und setzte ihn vor sich in den Sattel.

Clare sah, daß William die Augen aufriß, als er auf dem riesigen Schlachtroß durch die Menge ritt. Mit Bedauern wurde ihr klar, daß Gareth soeben einen treuen Ergebenen fürs Leben gefunden hatte.

Sie hörte den Jubel der Menschen, als der Höllenhund von Wyckmere seinen grauen Hengst durch die Straße lenkte. Sie warf einen Blick über die Schulter und sah, daß Margaret in der Tür des Pförtnerhäuschens stand.

Die Priorin winkte fröhlich.

Clare umklammerte das Tor zur Hölle mit beiden Händen und dachte über die Falle nach, in der sie gefangen war.

2. KAPITEL

»Der Lady das Tor zur Hölle zu übergeben war wirklich eine nette Geste.« Ulrich grinste, während er Gareth zusah, der sich in der großen Badewanne einseifte. »Recht untypisch für Euch, wenn ich so sagen darf.«

»Ihr meint also, ich sei nicht zu einer netten Geste gegenüber einer Lady fähig?« Gareth schob sich das nasse Haar aus den Augen und sah seinen Freund und Vertrauten an.

Ulrich saß auf der Bank am Fenster. Das Sonnenlicht fiel auf seinen kahlen Kopf. Er war ein erprobter Ritter mit dicken Muskelpaketen und einem erstaunlich hübschen Gesicht.

Lord Thurston hatte den damals zweiundzwanzigjährigen Ulrich an Gareths sechzehntem Geburtstag als dessen Mentor eingestellt. Er war sowohl ein guter Taktiker als auch ein erfahrener Kämpfer. Er war dabei gewesen, als Gareth seine ersten Sporen verdient hatte und in den Ritterstand erhoben worden war. Diese Ehrung war die Folge einer gewaltsamen Auseinandersetzung mit einer Bande abtrünniger Ritter gewesen, die die Dorfbewohner eines von Thurstons Lehen malträtiert hatten.

Von dem Tag an waren Ulrich und Gareth immer zusammen gewesen. Ihre Beziehung basierte auf Freundschaft, auf Vertrauen und gegenseitigem Respekt. Gareth hatte am Anfang eine Menge von Ulrich gelernt, und er hörte auch heute noch auf den Rat des anderen. Aber irgendwann hatte sich die Beziehung zwischen Lehrer und Schüler gewandelt, und sie hatten begonnen, als gleichberechtigte Ritter zu kämpfen.

Inzwischen war Gareth derjenige, der die Befehle erteilte.

Er war derjenige, der eine verschworene, disziplinierte Truppe um sich versammelt hatte, deren Dienste für einen sehr hohen Preis zu haben waren.

Er hatte die Rolle des Führers nicht wegen seiner Beziehung zu Thurston of Landry übernommen, sondern einfach, weil es allen Beteiligten natürlich erschienen war. Für Gareth war der Wille nach Macht etwas Naturgegebenes, ein ebenso natürlicher, nicht hinterfragter Impuls wie das Atmen.

Ulrich hatte kein besonderes Interesse an der Position des Führers. Er war ein unabhängiger Mensch. Er suchte sich die Männer aus, denen er Treue schwor, und der Herr, dem er zu Diensten war, konnte sich seiner unverbrüchlichen Loyalität sicher sein. Vor vier Jahren hatte er dem Höllenhund von Wyckmere die Treue geschworen.

Ulrich kannte Gareth besser als irgend jemand anders, selbst als Thurston. Er wußte nur allzugut, daß Gareth nie zuvor einem Menschen, ob Mann oder Frau, Lord oder Lady, Master oder Mistress, das Tor zur Hölle angeboten hatte.

»Ich gebe zu, daß Ihr ein gewisses Talent für große oder eindrucksvolle Gesten habt.« Ulrich strich sich nachdenklich über das Kinn. »Für gewöhnlich lockt Ihr die Menschen mit derartigen Gesten immer in irgendwelche cleveren Fallen. Aber dies hier war ungewöhnlich, selbst für Euch.«

»Es war ja auch eine ungewöhnliche Situation.«

»Trotzdem war es mal wieder eine Falle, nicht wahr? Ihr habt der Lady keine andere Wahl gelassen, als das Tor zur Hölle anzunehmen.«

Gareth zuckte mit den Schultern.

»Es wäre dumm gewesen, wenn sie das Schwert genommen und versucht hätte, es Euch in den Bauch zu rammen.«

»Das hätte sie wohl kaum getan. Aber es bestand durchaus das Risiko, daß sie sich weigern würde, die Waffe entgegenzunehmen.« Gareth hielt sich die parfümierte Seife unter die Nase und schnupperte vorsichtig daran. »Ist Euch schon aufgefallen, daß hier auf Desire alles nach Blumen duftet?«

»Die ganze Insel riecht wie ein einziger, großer Garten. Ich schwöre, selbst der Abwassergraben im Dorf ist parfümiert.«

»Er scheint durch eine Art Kanal mit dem Meer verbunden zu sein.« Gareth runzelte nachdenklich die Stirn. »Die Abwässer werden zweifellos mit der Ebbe hinausgespült. Die Räume hier auf der Burg scheinen an ein ähnliches System angeschlossen zu sein. Höchst interessant.«

»Ich habe Eure Begeisterung für irgendwelche neuen Erfindungen noch nie verstanden.« Ulrich atmete den Frühlingsduft, der durch das offene Fenster hinter ihm ins Zimmer drang, tief ein. »Erzählt mir, was hättet Ihr getan, wenn die Lady das Schwert nicht angenommen hätte?«

»Das ist doch jetzt egal, oder nicht? Schließlich hat sie es angenommen.«

»Und zugleich ihr Schicksal besiegelt. Ist es das, was Ihr denkt? Da wäre ich mir an Eurer Stelle nicht so sicher, mein Freund. Ich habe das Gefühl, als sei die Lady of Desire eine einfallsreiche Frau. Nach allem, was Ihr mir erzählt habt, ist schließlich sie diejenige, die dafür sorgt, daß die Ländereien so üppige Erträge einbringen.«

»Ja. Ihre Mutter hat sie in das Geheimnis der Parfümherstellung eingeweiht. Ihr Bruder hat offenbar seine ganze Zeit auf irgendwelchen Turnieren verbracht, bis er schließlich bei einem umkam. Ihr Vater war ein gelehrter Mann, der kein Interesse an der Verwaltung seiner Güter hatte. Er zog es vor, seine Zeit damit zu verbringen, durch die Gegend zu reisen und wissenschaftliche Abhandlungen aus dem Arabischen zu übersetzen.«

Ulrich lächelte leicht. »Wie schade, daß Ihr ihn nie kennengelernt habt. Ihr hättet bestimmt viel miteinander zu besprechen gehabt.«

»Ja.« Plötzlich wallte eine ungewohnte Zufriedenheit in Gareth auf. Wenn er erst einmal verheiratet wäre, würde er aufhören Banditen zu jagen und sich ganz seiner großen Liebe widmen – der Jagd nach den Schätzen, die in den Büchern und Manuskripten versteckt waren.

Ein regelrechter Wasserfall ergoß sich von seiner riesigen Gestalt, als er aufstand und nach einem Handtuch griff. »Verdammt. Ich rieche wie eine frisch erblühte Rose.«

Ulrich grinste. »Vielleicht weiß Eure Lady den Duft ja zu schätzen. Erzählt mir, wie habt Ihr erraten, daß das Mädchen auf der Klostermauer in Wahrheit die Herrin von Desire war?«

Gareth winkte ab und rubbelte sich die Haare trocken. »Ganz offensichtlich hatte sie genau das richtige Alter. Und sie war besser gekleidet als irgendeiner der Dorfbewohner.«

»Ja. Trotzdem –«

»Sie strahlte Selbstbewußtsein und eine gewisse Autorität aus. Ich wußte also, daß sie entweder eine Bewohnerin des Klosters sein mußte, die noch nicht den Schleier trug, oder aber die Lehnsfrau. Ich habe es einfach darauf ankommen lassen.«

Gareth erinnerte sich daran, wie er Clare erblickt hatte. Er hatte beobachtet, wie sie auf die Steinmauer geklettert war, eine geschmeidige, elegante Gestalt in einem grünen Kleid und einem safranfarbenen Umhang. Kragen, Saum und Ärmel ihrer Tunika waren gelb und orangefarben bestickt gewesen, genau wie der Gürtel, der locker um ihre Hüfte gehangen und ihre schmale Taille sowie die durch und durch weiblichen Schenkel betont hatte.

Gareth war die Frau auf der Mauer wie die Personifizierung des Frühlings erschienen, so frisch und lebendig wie die Rosen- und Lavendelfelder, mit denen die Insel übersät war.

Ihr langes, dunkles Haar, das von einem kleinen Reif und einem Band aus feinem Tuch locker zusammengehalten wurde, hatte in der Sonne geglänzt. Aber es war ihr Gesicht gewesen, das seine Aufmerksamkeit erregt hatte. Ihre herrlichen, feinen Züge hatten dieselbe unverhohlene Neugier und Aufregung gezeigt wie das Gesicht des Jungen, der neben ihr gesessen hatte. Der Stolz in ihrem Blick hatte ihm verraten, daß sie eine Frau sein mußte, die es gewohnt war, Befehle zu erteilen.

Ihre riesigen grünen Augen jedoch hatten äußerst argwöhnisch geblickt. Gareth, dessen Blick während der jahrelangen Jagd nach Banditen derart geschärft worden war, daß er auch das kleinste Detail bemerkte, war die Vorsicht, die sie zeigte, nicht verborgen geblieben. In der Tat war es gerade diese Vorsicht gewesen, die ihm schließlich den letzten Hinweis auf ihre Identität gegeben hatte.

Die gutgekleidete Lady auf der Mauer hatte ein sehr persönliches Interesse an den Rittern, die in ihre Ländereien eingedrungen waren.

Gareth hatte gewußt, daß er ein kalkulierbares Risiko einging, als er beschloß, zu der Mauer hinüberzureiten und sie direkt anzusprechen. Er hatte sogar kurz befürchtet, daß sie einfach hinter der Mauer im Klostergarten verschwinden könnte. Aber das hatte sie nicht getan. Wie er vermutet hatte, war sie viel zu stolz gewesen, um sich einfach zurückzuziehen.

Beim Näherkommen hatte er die Erde auf ihrem Kleid bemerkt, und er hatte sich gesagt, daß das ein gutes Zeichen war. Die Lady of Desire war sich also nicht zu schade dafür, ihre Hände auch einmal schmutzig zu machen.

Gareth schüttelte die Erinnerungen ab. Er warf das nach Kräutern duftende Handtuch beiseite und griff nach einer frischen grauen Tunika.

Während er sich anzog, blickte er hinüber zu den großen Wandteppichen, die die Steinwände des Zimmers wärmten. Blumen und Kräuter, die Haupteinnahmequellen von Desire, schienen auf der Insel ein beliebtes Thema zu sein. Selbst die herrlich gewobenen Wandbehänge zeigten Gartenszenen.

Dies war ein Land duftender Blüten und üppigen Grüns. Wer hätte jemals gedacht, daß der Höllenhund von Wyckmere an einen solch hübschen, wohlriechenden Ort kommen würde, um sich dort niederzulassen, überlegte Gareth.

Aber er war durchaus zufrieden mit der Isle of Desire. Er spürte, daß sie das besaß, wonach er immer gesucht hatte.

Er schlang seinen langen Ledergürtel um die Hüften und ging barfuß hinüber zu einem der schmalen Fenster, die in die Steinmauer eingelassen waren. Die warme, duftende Brise erinnerte ihn an Clares Haar.

Gareth konnte nicht umhin, den Geruch ihrer dunklen Haare einzuatmen, als er sie vor sich auf dem Pferd durch das Dorf und zur Burg hinauf geführt hatte.

Der Blumenduft hatte sich mit ihrem eigenen süßen Duft vermischt. Gareth war wie betäubt gewesen. Sie roch anders als jede Frau, der er zuvor begegnet war.

Der dezente, berauschende Duft und ihre sanft gerundete Hüfte, die sich gegen sein Bein preßte, hatten Gareth nicht unberührt gelassen. In seinem Inneren war ein heftiges, unbekanntes Verlangen erwacht.

Er runzelte die Stirn und biß die Zähne zusammen, als er sich an die rohe Gewalt, die in diesem Verlangen lag, erinnerte. Er mußte dafür sorgen, daß es nicht übermächtig wurde. Er hatte nicht so lange überlebt, indem er sich von seinen Gefühlen leiten ließ.

Ulrich sah ihn an. »Ihr habt also die Lady of Desire einfach so erkannt?« Er schüttelte bewundernd den kahlen, glänzenden Kopf. »Ich muß Euch gratulieren, Gareth. Wie gewöhnlich ist es Euch gelungen, die Tatsachen zusammenzuzählen und zu dem richtigen Ergebnis zu kommen.«

»Das war nicht besonders schwierig.« Gareth setzte sich auf einen Hocker, um ein Paar weicher Lederschuhe anzuziehen. »Aber genug davon. Ich würde lieber hören, was Ihr über diese Entführungsgeschichte herausgefunden habt.«

»Da gibt es nicht viel zu erzählen. Wie Ihr wißt, habe ich gestern abend ein paar Krüge Bier mit den Leuten in der Taverne von Seabern geleert. Das Interessanteste, was ich dabei erfahren habe, ist, daß alle Beteiligten, das heißt Sir Nicholas, der gesamte Haushalt und die Lady selbst, darauf bestehen, daß es keine Entführung war.«

Gareth zuckte mit den Schultern. »Das war zu erwarten. Schließlich geht es um den Ruf der Lady.«

»Ja. Es heißt, sie habe Sir Nicholas einen überraschenden Besuch abgestattet und sei vier Tage geblieben.«

»Und danach hat er ihr die Ehe angeboten?«

»Ja. Aber sie hat abgelehnt.« Ulrich grinste. »Ihr müßt zugeben, daß das unter den gegebenen Umständen einen gewissen Mut erforderte.«

»In der Tat. Die meisten Frauen hätten sich wahrscheinlich ihrem Schicksal ergeben.« Gareth war zufrieden. Seine zukünftige Frau ließ sich nicht so leicht einschüchtern. Und er wußte Mut zu schätzen.

Bis zu einem gewissen Punkt.

»Als Entschuldigung sagte sie ihm, ihr Vormund, Thurston of Landry, habe eingewilligt, daß sie ihren zukünftigen Mann selbst auswählt.«

»Das also hat sie veranlaßt, meinem Vater zu schreiben und eine Auswahl an Kandidaten zu fordern.«

»Zweifellos.«

»Und es erklärt, warum mein Vater mich angewiesen hat, mich sofort auf den Weg zu machen.« Gareth dachte kurz nach. »Er fürchtet, daß Nicholas noch einmal versuchen könnte, Desire zu übernehmen.«

»Über eine zweite Entführung könnte man nicht mehr so leicht hinwegsehen.« Ulrich machte eine kurze Pause. »Rein interessehalber, was habt Ihr mit Nicholas vor?«

»Im Moment noch nichts. Ich glaube nicht, daß Clare bereit ist, ihn der Entführung oder der Vergewaltigung zu bezichtigen, auch wenn sie jetzt in Sicherheit ist.«

»Sie muß schließlich an ihren Ruf denken. Wie Ihr selbst, Gareth. Die Lady würde es Euch gewiß nicht danken, wenn Ihr ihre Ehre in den Schmutz ziehen würdet.«

»Nein. Außerdem habe ich im Moment andere Sorgen. Ich werde mich also später mit Nicholas befassen.«

Nicholas of Seabern würde für das, was er getan hatte, bezahlen, aber den Ort und den Zeitpunkt der Bezahlung würde Gareth auswählen. Der Höllenhund von Wyckmere ließ sich manchmal Zeit, aber früher oder später rächte er sich für jedes Unrecht.

Schließlich ging es auch um seinen Ruf.

Ulrich erhob sich, wandte sich zum Fenster und stützte die Hände auf den Sims. Er ließ den Blick über die Blumenfelder wandern, die sich hinter der alten Holzmauer erstreckten, von der die Burg umgeben war. Er sog tief die frische, duftende Luft ein.

»Ihr habt Euch eine höchst ungewöhnliche Insel ausgesucht, und eine höchst ungewöhnliche Lady. Ganz zu schweigen vom Rest des Haushaltes.«

»In der Tat. In welcher Beziehung steht Lady Clare zu dem Jungen?«

»William?« Ulrich lächelte. »Ein mutiges Kerlchen. Aber ein wenig mehr Bewegung würde ihm guttun. Er hat eine Vorliebe für süße Kuchen und Nachspeisen.«

»Ich verstehe.«

»Er und seine Mutter, Lady Joanna, leben beide hier auf der Burg. Lady Joanna ist Witwe.«

Gareth sah Ulrich fragend an. »Der Junge ist also alles, was Lady Joanna geblieben ist?«

»Ihr Ehemann hat anscheinend alles, was er besaß, einschließlich seiner Ländereien im Norden, verkauft, weil er Geld für einen Kreuzzug ins Heilige Land brauchte. Dort ist er dann getötet worden. Joanna und William saßen ohne einen Pfennig da.«

»Also kam Lady Joanna in der Hoffnung nach Desire, hier ein sicheres Heim für sich und den Jungen zu finden?«

»Ja.« Ulrich sah Gareth nachdenklich an. »Ich habe den Eindruck, daß Eure Lady in solchen Dingen sehr weichherzig ist.«

»Ach ja?«

»Joanna und ihr Sohn sind nicht die einzigen, denen sie ein Zuhause gegeben hat. Ihr ältlicher Hofmarschall, der, so wie er aussieht, eigentlich schon vor Jahren durch jemand jüngeren hätte ersetzt werden sollen, und ihr Kindermädchen leben auch noch am Hof. Offenbar hatten sie keinen anderen Ort, an den sie hätten gehen können.«

»Gibt es sonst noch irgendwelche heimatlosen Geschöpfe hier?«

Ulrich runzelte leicht die Stirn. »William sagt, daß vor ein paar Monaten ein junger Barde vor der Burg aufgetaucht ist, den Clare ebenfalls aufgenommen hat. Zweifellos wird er uns heute abend unterhalten. William erzählte mir, daß Clare eine besondere Vorliebe für Liebeslieder hat.«

Gareth dachte an Clares Rezept für einen Ehemann. »So etwas habe ich schon befürchtet.«

»Der Name des Barden ist Dallan. William sagt, der Troubadour ist seiner neuen Lady treu ergeben.«

»So ist es nun einmal mit Minnesängern«, murmelte Gareth. »Sie sind wirklich lästig mit ihren lächerlichen Liedern von Verführung und gehörnten Ehemännern.«

»Die Ladys lieben solche Balladen.«

»Hier werden keine solchen Lieder gesungen werden«, sagte Gareth ruhig. »Sorgt dafür, daß Dallan der Troubadour das rechtzeitig erfährt.«

»Wie Ihr wünscht, Sir.« Ulrich verzog den Mund zu einem flüchtigen Grinsen, ehe er sich wieder zum Fenster wandte.

Gareth ignorierte das kaum verhohlene Amüsement seines Freundes. Er versuchte gar nicht erst zu verstehen, was Ulrich so ungemein erheiternd fand. Das einzig Wichtige war, daß Gareth wußte, daß seine Befehle ausgeführt wurden.

Zufrieden, endlich wieder sauber zu sein und in frischen Kleidern zu stecken, ging Gareth zur Tür. »Ich glaube, es ist Zeit, daß ich mich zu meiner zukünftigen Frau begebe. Sie und ich haben schließlich eine Menge zu besprechen.«

»Ihr findet sie in ihrem Garten.«

Gareth blickte über die Schulter. »Woher wißt Ihr das?«

»Ich sehe sie von hier aus.« Ulrich sah immer noch aus dem Fenster. Ein leichtes Lächeln umspielte seine Lippen. »Sie spricht gerade mit ihren getreuen Gefolgsleuten. Ich wette, sie erteilt ihnen Anweisungen zur Verteidigung der Burg.«

»Was in aller Welt soll das heißen? Die Burg wird schließlich nicht belagert.«

»Das, mein Freund, ist sicher Ansichtssache. Ich habe den Eindruck, daß Eure Lady sich darauf vorbereitet, den Belagerern zu widerstehen.«

»Mir?«

»Ja.«

Gareth zuckte mit den Schultern. »Dann vergeudet sie ihre Zeit. Die Schlacht ist bereits entschieden.«

»Da bin ich mir nicht so sicher.« Ulrich grinste. Das Grinsen wurde immer breiter, und schließlich begann er, lauthals zu lachen.

Wieder versuchte Gareth nicht, herauszufinden, was Ulrich derart amüsierte. Er hatte Wichtigeres zu tun.

»Sind alle Männer und Pferde ordentlich untergebracht?« Clare stapfte mit gerunzelter Stirn vor den versammelten Mitgliedern ihres Haushaltes auf und ab.

Ihre Familie, die aus lauter Menschen bestand, die kein anderes Zuhause hatten, saß auf der Steinbank unter dem Apfelbaum oder stand daneben.

William, dessen Gesicht immer noch von der Aufregung seines ersten Ritts auf einem echten Schlachtroß glühte, saß zwischen seiner Mutter Joanna und Dallan, dem schmächtigen, nervösen jungen Minnesänger.

Eadgar, der ältliche Hofmarschall, stand neben der Bank und sah seine Herrin höchst besorgt an. Er hatte auch allen Grund zur Besorgnis. Als Hofmarschall war er mit der Führung des

Haushaltes beauftragt. Er war derjenige, der dafür Sorge zu tragen hatte, daß in den Küchen genug gekocht wurde, um all die Neuankömmlinge zu versorgen. Außerdem war er verantwortlich dafür, daß die Bediensteten Bäder einließen, Kleider flickten und die Gemächer in Ordnung hielten.

Das Ganze war wirklich lästig, dachte Clare.

Sie machte sich Sorgen, daß Eadgar es vielleicht nicht schaffen würde, mit einer solch großen Gästezahl fertigzuwerden. Er war ihr zwar treu ergeben und arbeitete wirklich hart, aber er war inzwischen beinahe siebzig, und die Jahre waren nicht gerade spurlos an ihm vorübergegangen. Er humpelte und sein Gehör war nicht mehr das beste.

Als Eadgar nicht antwortete, seufzte Clare und wiederholte ihre Frage noch einmal lauter. »Sind alle Männer und Pferde untergebracht, Eadgar?«

»Oh, ja, Mylady. Natürlich. Gewiß.« Eadgar straffte die herabhängenden Schultern und gab sich die größte Mühe, den Eindruck zu erwecken, als habe er alles unter Kontrolle.

»Es wundert mich, daß Ihr für all die Leute Platz gefunden habt. Ich hoffe doch, daß keiner dieser Riesenochsen auf der Treppe vor meinem Schlafzimmer nächtigen wird?«

»Nein, Mylady«, versicherte Eadgar ihr ernst. »Im oberen Stockwerk gibt es genug Zimmer für seine Lordschaft und ein paar der anderen. Die übrigen werden auf Strohsäcken in der Haupthalle oder in den Stallungen schlafen. Ich versichere Euch, daß für alles gesorgt ist.«

»Beruhige dich, Clare.« Joanna blickte von ihrer Stickarbeit auf und bedachte ihre Freundin mit einem Lächeln. »Wir haben alles unter Kontrolle.«

Joanna war fünf Jahre älter als Clare. Sie war eine hübsche Frau mit goldblondem Haar, sanften blauen Augen und einem weichen Gesicht.

Sie war im Alter von fünfzehn mit einem Mann verheiratet worden, der dreißig Jahre älter war, und kurz darauf hatte sie als Witwe ohne einen Pfennig mit einem kleinen Kind dagestanden.

Völlig verzweifelt war sie vor drei Jahren nach Desire gekommen, weil ihre und Clares Mutter einmal gut befreundet gewesen waren, und da sie sich nirgendwo sonst hätte hinwenden können. Clare hatte Joanna und William ein neues Zuhause gegeben.

Joanna hatte von Anfang an ihren Beitrag zum gemeinsamen Haushalt geleistet, indem sie herrliche Stickereien anfertigte, und Clare hatte schnell herausgefunden, wie sich dieses Talent lukrativ nutzen ließ. Die Einnahmen, die Clare mit ihren getrockneten Blumen und Kräutermischungen erzielte, hatten sich erheblich gesteigert, nachdem sie dazu übergegangen war, ihre Produkte in Beuteln und Taschen zu verkaufen, die mit von Joanna entworfenen Mustern wunderbar bestickt wurden.

Die Nachfrage war so groß geworden, daß Joanna mehrere Frauen aus dem Dorf in der Kunst der Stickerei unterwiesen hatte. Und auch einige der Nonnen von Saint Hermione fertigten inzwischen unter ihrer Anleitung elegante Beutel für einige von Clares Duftmischungen an.

»Eadgar, sag der Köchin, daß sie der Versuchung widerstehen soll, heute abend das ganze Essen blau, rot oder gelb zu färben.« Die Hände hinter dem Rücken gefaltet, stapfte Clare immer noch auf und ab. »Ihr wißt, wie sehr es ihr gefällt, das Essen bei besonderen Anlässen zu färben.«

»Ja, Madam. Sie sagt, es beeindruckt die Gäste.«

»Ich sehe keinen Grund, weshalb wir uns besondere Mühe geben sollten, Sir Gareth und seine Männer zu beeindrucken«, murmelte Clare. »Und ich persönlich finde keinen besonderen Gefallen an blauen oder roten Nahrungsmitteln.«

»Aber Gelb ist eine recht schöne Farbe«, sagte Joanna nachdenklich. »Als die Äbtissin Helen letzten Herbst hier war, war sie sehr beeindruckt, als man ihr ein Menü servierte, das ganz in gelb gehalten war.«

»Es ist eine Sache, eine Äbtissin zu bewirten. Aber es ist etwas gänzlich anderes, einen Haufen riesiger Ritter und Waffenträger durchfüttern zu müssen. Bei Hermiones heiliger Sandale, ich werde bestimmt keine Unmengen an Safran vergeuden, um heute abend alles gelb zu färben. Safran ist sehr teuer.«

»Du kannst es dir doch leisten, Clare«, murmelte Joanna.

»Darum geht es nicht.«

Eadgar räusperte sich. »Ich werde mit der Köchin sprechen.«

Clare stapfte weiter. Normalerweise war der kunstvoll gestaltete Garten für sie ein Hort der Freude und Besinnung. Die Blumen- und Kräuterbeete waren extra so angelegt worden, daß eine komplizierte und verführerische Duftmischung über dem Garten lag.

Für gewöhnlich war ein Spaziergang hier wie eine Reise durch eine Welt bezaubernder, verlockender Gerüche – das reinste Vergnügen für Clares sensible Nase.

Im Augenblick jedoch konnte sie nur an den ganz und gar nicht blumigen, eigenartig beunruhigenden, durch und durch männlichen Geruch von Sir Gareth, dem Höllenhund von Wyckmere, denken.

Unter den irdischen Gerüchen von Schweiß, Leder und Pferd, die Gareth umgeben hatten, hatte ein anderer Geruch gelegen, sein eigener. Während des Ritts vom Dorf zur Burg war Clare in diesen Duft eingehüllt gewesen, und sie wußte, daß sie ihn niemals mehr vergessen würde.

Auf eine unerklärliche Weise roch er genau *richtig*.

Ihre Nase bebte bei der Erinnerung. Er hatte gewiß keinen süßen Duft verströmt, aber Clare hatte darauf genauso reagiert wie auf ein neues Parfüm, das genau die richtige Mischung aus Kräutern, Gewürzen und Blumen aufwies. Sein Geruch war vollständig gewesen, beruhigend und zugleich erregend.

Diese Erkenntnis ließ sie erschaudern. Noch nicht einmal Raymond de Coleville, der Mann, den sie einst geliebt hatte, hatte so sehr *richtig* gerochen.

»War das Tor zur Hölle furchtbar schwer?« fragte William neugierig. »Ich habe gesehen, daß der Höllenhund es Euch den ganzen Weg bis zu den Toren der Burg hat tragen lassen. Sir Ulrich meint, das sei höchst ungewöhnlich.«

»Ach, ja?« fragte Clare.

»Sir Ulrich sagt, der Höllenhund habe noch nie jemandem sein Schwert überlassen«, fuhr William fort. »Geschweige denn, daß er jemandem gestattet hätte, es in einer Prozession vor einem ganzen Dorf zu tragen.«

»Er hat mir nicht gestattet, es zu tragen«, knurrte Clare. »Er hat mich mehr oder weniger dazu gezwungen. Er hat sich geweigert, es mir abzunehmen, ehe wir nicht die Burg erreicht hatten. Und ich konnte ja wohl schwerlich ein so wertvolles Schwert in den Schmutz fallen lassen.«

Joanna zog eine Braue hoch, blickte jedoch nicht von ihrer Stickarbeit auf. »Warum, glaubst du, hat er es nicht einfach wieder eingesteckt?«

»Er hat behauptet, er könne es nicht zurück in die Scheide stecken, solange ich vor ihm sitze. Und er weigerte sich, mich abzusetzen. Er sagte, das sei nicht *ritterlich*. Hah. Was für eine Arroganz, von Ritterlichkeit zu sprechen, während er mich zur gleichen Zeit gefangenhielt.«

Joanna spitzte die Lippen. »Ich habe den deutlichen Eindruck, daß es seiner Lordschaft gewiß nicht an Mut oder Verwegenheit fehlt.«

»Sir Ulrich sagt, daß der Höllenhund ein sehr großer Ritter ist, der im Süden Dutzenden von Räubern und Mördern den Garaus gemacht hat«, erklärte William. »Sir Ulrich sagt, er habe Euch eine große Ehre erwiesen, indem er Euch gestattet hat, das Tor zur Hölle zu tragen.«

»Auf diese Ehre hätte ich durchaus verzichten können«, schnaubte Clare.

Sie wußte ganz genau, weshalb Gareth sich höflich geweigert hatte, sein Schwert zurückzunehmen, ehe sie nicht an der

Burg angekommen waren. Er hatte sichergehen wollen, daß sämtliche Inselbewohner vom Schäfer bis zur Wäscherin sahen, wie die Lady of Desire das riesige Schwert des Höllenhunds trug.

Nein, der Höllenhund hatte ihr wahrlich keine große Ehre erwiesen, dachte sie. Es war eine wohlberechnete Geste gewesen.

»Wenn Ihr mich fragt, so glaube ich nicht, daß er Euch eine besondere Ehre damit erwiesen hat, Mylady«, erklärte Dallan leidenschaftlich. »Ganz im Gegenteil. Er hat sich über Euch lustig gemacht.«

Clare sah ihren neuen Barden an. Er war ein hagerer junger Mann von kaum sechzehn, der sich durch plötzliche Geräusche oder laute Stimmen leicht aus der Fassung bringen ließ. Wenn man ihn zufällig irgendwo überraschte, sprang er erschreckt auf oder erstarrte wie ein entsetztes Kaninchen.

Nur wenn er seine Balladen sang, schien er seine innere Ruhe zu finden.

Seit seiner Ankunft auf Desire hatte er ein wenig zugenommen, aber Clare bemerkte immer noch allzu oft den ängstlichen, gehetzten Blick, den er auch gehabt hatte, als er plötzlich auf den Stufen der Burg gestanden hatte.

Dallan hatte gesagt, er suche eine Anstellung als Minnesänger. Clare hatte ihn nur einmal ansehen müssen, um zu wissen, daß seine Vergangenheit alles andere als angenehm gewesen sein mußte. Sie hatte ihn auf der Stelle zu sich genommen.

Jetzt jedoch runzelte sie die Stirn. »Ich glaube nicht, daß er sich über mich *lustig* gemacht hat.«

»Nun, ich schon«, murmelte Dallan. »Wahrscheinlich ist er ein grausamer und mordlustiger Mann. Er hat wohl nicht umsonst den Namen Höllenhund von Wyckmere.«

Clare fuhr zu ihm herum. Sie hatte genug von seinem Geunke. »Wir sollten irgendwelchen dummen Spitznamen nicht allzu viel Bedeutung beimessen.«

»Ich glaube nicht, daß sein Name dumm ist«, verkündete William begeistert. »Sir Ulrich sagt, er hat den Namen wegen all der Banditen, die er getötet hat.«

Clare stöhnte. »Ich bin sicher, daß all das Gerede von seinen großen Taten übertrieben ist.«

»Mach dir keine Sorgen, Clare«, sagte Joanna. »Ich verstehe, wie unwohl dir bei dem Gedanken an eine Heirat mit ihm ist. Aber ich bin sicher, daß Lord Thurston dir gewiß keinen Kandidaten schicken würde, der nicht den meisten deiner Anforderungen entspricht.«

»Mir kommen da langsam Zweifel«, entgegnete Clare.

Sie blieb abrupt stehen, als ein großer Schatten direkt vor ihr auf den Kiesweg fiel.

Und wie aus dem Nichts tauchte plötzlich Gareth auf. Ohne irgendeine Vorankündigung war er lautlos hinter der hohen Hecke hervorgetreten.

Sie starrte ihn böse an. Es erschien ihr nicht richtig, daß ein so großer Mann sich so leise zu bewegen vermochte. »Beim kleinen Finger der Heiligen Hermione, Sir, Ihr habt mich wirklich erschreckt. Ihr hättet ruhig etwas sagen können, ehe Ihr einfach so hinter den Büschen hervorkommt.«

»Ich bitte um Verzeihung, Mylady«, sagte Gareth gelassen. »Man sagte mir, ich würde Euch hier im Garten finden.« Er blickte zu der kleinen Gruppe, die immer noch unter dem Apfelbaum versammelt war. »Die Bekanntschaft des jungen William habe ich ja bereits gemacht. Wärt Ihr vielleicht so freundlich, mich der Lady, die neben ihm sitzt, und den anderen Mitgliedern Eurer Haushaltung vorzustellen?«

»Natürlich«, erwiderte Clare steif. Mit betonter Gleichgültigkeit in ihrer Stimme zählte sie ihm die Namen auf.

Joanna musterte Gareth eingehend. »Willkommen auf Desire, Mylord.«

»Vielen Dank, Madam.« Gareth verbeugte sich. »Es ist gut zu wissen, daß zumindest eine Person mich hier willkommen heißt. Seid versichert, daß ich mir die größte Mühe geben werde, soviele Anforderungen wie möglich zu erfüllen, die meine Lady an mich stellt.«

Clare errötete und winkte eilig Dallan, der mißmutig in der Ecke stand.

»Willkommen auf Desire, Sir«, murmelte der Sänger. Er starrte Gareth feindselig an, war jedoch vernünftig genug, seine Zunge im Zaum zu halten.

Gareth zog eine Braue hoch. »Vielen Dank, Barde. Ich freue mich bereits darauf, Eure Lieder zu hören. Aber ich sage Euch besser gleich, daß ich bestimmte Vorlieben habe.«

»Habt Ihr, Sir?« fragte Dallan mit zusammengekniffenem Mund.

»Ja. Ich mag keine Lieder über Ladies, die von Rittern verführt werden, die nicht ihre angetrauten Herren sind.«

Dallan schnaubte. »Lady Clare findet großen Gefallen an Liedern, in denen von Liebe zwischen einer Dame und ihrem ergebenen Ritter die Rede ist, Sir. Sie findet sie äußerst aufregend.«

»Ach, ja?« Gareth zog erneut eine Braue hoch.

Clare spürte, wie ihr heiß wurde, und sie wußte, daß sie puterrot anlief. »Man sagte mir, solche Balladen seien an den besten Höfen im christlichen Abendland sehr beliebt.«

»Ich persönlich habe es noch nie als besonders wichtig oder angenehm empfunden, immer der neuesten Mode nachzueifern«, sagte Gareth. Er bedachte die kleine Menschenmenge mit einem kühlen Blick. »Ich hoffe, die Anwesenden entschuldigen ihre Lady und mich. Wir würden gerne etwas unter vier Augen besprechen.«

»Natürlich.« Joanna erhob sich. Dann wandte sie sich mit einem Lächeln an Gareth. »Wir sehen Euch ja dann beim Abendessen. Komm, William.«

William sprang von der Bank. Er grinste Gareth an. »Ist das Tor zur Hölle sehr schwer, Sir Gareth?«

»Ja.«

»Glaubt Ihr, ich könnte es hochheben, wenn ich es versuchen würde?«

Joanna runzelte die Stirn. »Gewiß nicht, William. Am besten denkst du noch nicht einmal an so etwas. Schwerter sind sehr gefährlich und extrem schwer. Du bist viel zu zart für solche Waffen.«

William sah niedergeschlagen aus.

Gareth blickte ihn an. »Ich habe keinen Zweifel daran, daß du ein Schwert tragen könntest, William.«

Der Junge strahlte.

»Warum fragst du nicht Sir Ulrich, ob du sein Schwert einmal untersuchen kannst?« schlug Gareth vor. »Es ist genauso schwer wie das Tor zur Hölle.«

»Ja?« William war hingerissen. »Dann gehe ich sofort zu ihm und frage ihn.«

Joanna starrte ihn entgeistert an. »Ich glaube nicht, daß das vernünftig ist.«

»Seid beruhigt, Lady Joanna«, sagte Gareth. »Sir Ulrich hat Erfahrung mit solchen Dingen. Er wird aufpassen, daß William sich nicht verletzt.«

»Seid Ihr ganz sicher, daß es nicht gefährlich ist?«

»Ja. Aber jetzt würde ich gern mit Lady Clare sprechen, wenn es Euch nichts ausmacht, Madam.«

Joanna zögerte, doch dann gewann ihr gutes Benehmen die Oberhand. »Verzeiht mir, Sir. Ich wollte nicht unhöflich sein.« Dann eilte sie ihrem Sohn nach.

Clare unterdrückte ihre Verärgerung. Jetzt war vielleicht nicht der geeignete Zeitpunkt, Gareth davon in Kenntnis zu setzen, daß Joanna nicht wollte, daß man Williams Begeisterung für alles, was mit dem Rittertum zu tun hatte, noch unterstützte.

Dallan zögerte und sah Clare fragend an. Er wirkte ängstlich, aber entschlossen.

Clare runzelte die Stirn und schüttelte unmerklich den Kopf. Das letzte, was sie jetzt noch brauchte, war, daß Dallan versuchte, ihr in dieser unangenehmen Situation heldenhaft beizustehen. Der junge Troubadour hätte nicht die geringste Chance gegen den Höllenhund von Wyckmere.

Als sie schließlich allein waren, wandte Clare sich zu Gareth um. Er roch nicht mehr nach Schweiß und Stahl, aber die Rosenseife, mit der er sich gewaschen hatte, überdeckte nicht den anderen Geruch, der sie so sehr angesprochen hatte.

Obwohl er das Kettenhemd und den Helm abgelegt hatte, wirkte er noch genauso groß wie zuvor.

Clare mußte sich eingestehen, daß es nicht nur seine Körpergröße war, die ihn so riesig und beeindruckend erscheinen ließ. Es war etwas anderes, etwas, das mit der Selbstbeherrschung und der kühlen Intelligenz zu tun hatte, die er ausstrahlte.

Dieser Mann wäre ein sehr gefährlicher Gegner, dachte Clare. Oder aber ein sehr starker, sehr loyaler Freund.

Aber was für ein Geliebter wäre ein solcher Mann?

Diese Frage beunruhigte sie zutiefst.

Um ihre eigenartige Reaktion auf ihn zu verbergen, setzte sich Clare eilig auf die Steinbank. »Ich hoffe, meine Diener haben alles zu Eurer Zufriedenheit vorbereitet, Sir.«

»Oh, ja.« Gareth schnüffelte. »Ich scheine im Augenblick nach Rosen zu riechen, aber ich nehme an, der Geruch wird sich bald verflüchtigen.«

Clare biß die Zähne zusammen. Sie konnte nicht sagen, ob er sich beschwerte, ob er scherzte oder ob er lediglich eine neutrale Bemerkung über den Duft der Seife machte. »Die Rosenseife ist eines unserer ertragreichsten Erzeugnisse, Sir. Das Rezept habe ich selbst erfunden. Wir verkaufen große Mengen davon an die Londoner Händler, die auf den Frühlingsmarkt in Seabern kommen.«

Er nickte. »Dieses Wissen steigert meinen Genuß an dem Bad noch erheblich.«

»Zweifellos.« Sie atmete tief durch. »Ihr wolltet etwas mit mir besprechen, Sir?«

»Ja. Unsere Hochzeit.«

Clare fuhr zusammen, aber wenigstens fiel sie nicht von der Bank. Unter den gegebenen Umständen erschien ihr das bereits als eine beachtliche Leistung. »Ihr seid sehr direkt, Sir.«

Er sah sie leicht überrascht an. »Ich wüßte nicht, weshalb ich das nicht sein sollte.«

»Ich auch nicht. Also gut, Sir, ich will ganz offen sein. Trotz Eurer Bemühungen, Euch in den Augen aller als der einzige in Frage kommende Bewerber um meine Hand zu präsentieren, muß ich Euch noch einmal sagen, daß Eure Erwartungen unrealistisch sind.«

»Nein, Madam«, entgegnete Gareth sehr ruhig. »Eure Erwartungen sind unrealistisch. Ich habe den Brief gelesen, den Ihr Lord Thurston geschickt habt. Es ist offensichtlich, daß Ihr hofft, ein Phantom heiraten zu können, einen Mann, den es nicht gibt. Ich fürchte, Ihr müßt Euch mit etwas weniger zufrieden geben.«

Sie reckte das Kinn. »Ihr denkt, daß kein Mann gefunden werden kann, der meinen Anforderungen genügt?«

»Ich glaube, daß wir beide alt und vernünftig genug sind, um zu wissen, daß eine Eheschließung etwas Praktisches ist. Es hat nichts mit der Leidenschaft zu tun, von der die Troubadoure in ihren lächerlichen Balladen singen.«

Clare preßte ihre Hände so fest zusammen, daß die Knöchel ganz weiß wurden. »Bitte erspart Euch die Mühe, mir einen Vortrag zum Thema Ehe zu halten. Ich bin mir der Tatsache nur allzu bewußt, daß es in meinem Fall eine Frage der Pflichterfüllung ist. Aber um die Wahrheit zu sagen, bei der Zusammenstellung meines Rezeptes für einen Ehemann hatte ich nicht den Eindruck, daß ich zuviel verlange.«

»Vielleicht entdeckt Ihr ja einige Vorzüge an mir, die Euch zufriedenstellen, Madam.«

Clare blinzelte. »Glaubt Ihr das tatsächlich?«

»Ich bitte Euch, einmal etwas genauer zu betrachten, was ich Euch zu bieten habe. Ich glaube, daß ich einen Großteil Eurer Anforderungen erfüllen kann.«

Sie musterte ihn von Kopf bis Fuß. »Auf keinen Fall entsprecht Ihr meiner Vorstellung, was die Größe meines zukünftigen Gatten betrifft.«

»Was meine Größe angeht, so habe ich vorhin schon einmal gesagt, daß ich daran leider nichts ändern kann, aber ich versichere Euch, daß ich mich im allgemeinen nicht darauf verlasse, wenn ich ein Ziel erreichen will.«

Clare schnaubte ungläubig.

»Es ist wahr. Wenn möglich, ziehe ich es vor, mein Hirn zu benutzen statt meine Muskeln.«

»Sir, ich will ehrlich zu Euch sein. Ich will einen Mann des Friedens für meine Insel. Es hat noch niemals Gewalt auf Desire gegeben. Und ich habe die Absicht, dafür zu sorgen, daß es auch so bleibt. Ich will keinen Ehemann, der vom Krieg lebt.«

Er blickte sie überrascht an. »Ich mag weder Gewalt noch Krieg.«

Clare zog die Brauen hoch. »Wollt Ihr mir damit etwa sagen, daß Ihr kein Interesse an solchen Dingen habt? Ihr, der Ihr ein Schwert mit einem so furchtbaren Namen tragt? Ihr, der Ihr einen Ruf als Verfolger von Mördern und Dieben habt?«

»Ich habe nicht gesagt, daß ich kein Interesse daran habe. Schließlich habe ich mir durch meine Fähigkeiten als Kämpfer einen Namen gemacht. Die Waffen sind mein Handwerkszeug.«

»Schön gesagt, Sir.«

»Und wahr. Ich bin die Gewalt leid, Madam. Ich suche ein ruhiges, friedliches Leben.«

Clare machte sich nicht die Mühe, ihre Skepsis zu verbergen. »Eine interessante Feststellung, angesichts Eurer Karriere.«

»Ich hatte keine Wahl, was meine Karriere betraf«, sagte Gareth. »Hattet Ihr eine Wahl?«

»Nein, aber das –«

»Laßt uns lieber über die zweite Anforderung sprechen. Ihr habt geschrieben, daß Ihr einen fröhlichen, ausgeglichenen Mann sucht.«

Sie starrte ihn verblüfft an. »Ihr meint, Ihr wärt ein fröhlicher Mann?«

»Nein, ich gebe zu, daß mir bereits mehrfach gesagt wurde, meine Natur sei nicht besonders fröhlich. Aber auf jeden Fall bin ich ein ausgeglichener Mensch.«

»Das glaube ich nicht eine Sekunde lang, Sir.«

»Ich schwöre, es ist wahr. Ihr könnt Euch bei jedem erkundigen, der mich kennt. Fragt Sir Ulrich. Er und ich haben seit Jahren miteinander gelebt und gekämpft. Er wird Euch sagen, daß ich ein äußerst ausgeglichener Mann bin. Ich neige weder zu Zornesausbrüchen noch zu schlechter Laune.«

Und genauso wenig zu guter Laune und Gelächter, dachte Clare, während sie in seine rauchigen Kristallaugen blickte. »Also gut, Ihr mögt in gewisser Weise ein ausgeglichener Mensch sein, aber das war nicht ganz das, was ich meinte.«

»Seht Ihr? Wir machen bereits erste Fortschritte.« Gareth streckte die Hand aus und ergriff einen Zweig des Apfelbaums. »Nun, denn, fahren wir fort. Was Eure letzte Forderung betrifft, so erinnere ich Euch nochmals daran, daß ich lesen und schreiben kann.«

Clare überlegte fieberhaft, welche Taktik sie nun anwenden sollte. »Es reicht, Sir. Ich gebe zu, daß Ihr ein paar meiner Forderungen erfüllt, wenn man sie so interpretiert, wie Ihr es tut. Aber was ist mit Euch? Ihr habt doch bestimmt auch gewisse Ansprüche an Eure zukünftige Frau?«

»Ansprüche?« Diese Frage schien Gareth zu überraschen. »Meine Ansprüche an eine Ehefrau sind ganz einfach, Madam. Und ich glaube durchaus, daß Ihr ihnen genügt.«

»Weil ich Ländereien besitze und ein paar Rezepte zur Parfümherstellung? Überlegt es Euch lieber zweimal, bevor Ihr meint, daß Euch das genügt, Sir. Wir führen ein einfaches Leben hier auf Desire. Ziemlich langweilig. Ihr seid ein Mann, der zweifellos die Art von Unterhaltung gewohnt ist, die einem an einem großen Hof geboten wird.«

»Ich komme gut ohne diese Art von Unterhaltung aus, Mylady. Sie reizt mich in keinster Weise.«

»Ihr habt ganz offensichtlich ein Leben voller Abenteuer und Aufregung geführt«, fuhr Clare fort. »Werdet Ihr mit dem Züchten von Blumen und der Herstellung von Parfüm zufrieden sein?«

»Ja, Madam, das werde ich«, sagte Gareth im Ton vollster Zufriedenheit.

»Das ist wohl kaum eine passende Karriere für einen Ritter mit Eurem Ruf, Sir.«

»Seid versichert, daß ich erwarte, hier auf Desire die Dinge zu finden, die mir am wichtigsten sind.«

Clare verlor allmählich die Geduld angesichts seiner Uneinsichtigkeit. »Und was für Dinge sind das, Sir?«

»Landbesitz, eine Burg, die ich mein Eigen nennen kann, und eine Frau, die mir Kinder schenkt.« Gareth beugte sich zu ihr hinab und zog sie so mühelos an seine Brust, als sei sie eine Feder. »Ihr könnt mir all diese Dinge geben, Mylady. Und das macht Euch so wertvoll für mich. Denkt also nicht, daß ich Euch nicht beschützen werde. Und denkt nicht, daß ich Euch noch einmal freigebe.«

»Aber –«

Gareths Mund legte sich auf ihre Lippen und erstickte ihren Protest.

3. KAPITEL

Gareth hatte nicht vorgehabt, sie zu küssen. Dafür war es zweifellos noch zu früh. Aber sie wirkte so verführerisch, wie sie dort im Schatten eines herabhängenden Astes saß, daß er einfach handelte, ohne vorher sämtliche möglichen Konsequenzen seines Tuns abzuwägen.

Also tat er etwas, das er sich höchst selten gestattete. Er ergab sich einem Impuls. Und dem neuen Verlangen, das tief in seinem Inneren erwacht war.

Sie würde bald seine Frau sein. Der Wunsch, ihren erregenden Duft zu kosten, hatte seit dem Augenblick an ihm genagt, als er sie wie eine wunderschöne Blume von der Klostermauer gepflückt hatte. Plötzlich sehnte er sich verzweifelt danach herauszufinden, ob auch nur die geringste Hoffnung darauf bestand, daß ihn in seinem Ehebett ein wenig Wärme erwartete.

Wahrscheinlich war er ein Narr, daß er so etwas hoffte. Diese Heirat war für Clare eine Pflicht. Sie ging die Angelegenheit in derselben Weise an wie sie ihre Parfüms herzustellen schien; sie hatte ein ideales Rezept zusammengestellt und dann versucht, sämtliche Zutaten in einem einzigen Mann zu finden.

Zwangsläufig hatte ihr Gebräu mißlingen müssen, und sie war mutig genug, ihrer Enttäuschung darüber Ausdruck zu verleihen.

Die Logik sagte Gareth, daß er von der Lady mit dem verlokkenden Titel – Herrin der Insel des Begehrens – eben dieses Begehren nicht erwarten konnte. Trotzdem war irgend etwas in ihm verzweifelt darauf aus, hier auf dieser Blumeninsel ein Zuhause zu finden.

Er und Clare würden lange Jahre miteinander leben, und

Gareth hoffte, daß er diese Jahre nicht in einem kalten Bett verbringen mußte.

Sein Kuß schien sie zu überraschen, aber nicht zu ängstigen. Gareth war erleichtert. Wenigstens hatte ihre Erfahrung mit Nicholas of Seabern keine Angst oder Abscheu vor der Berührung eines Mannes in ihr geweckt.

Vielleicht hatte Nicholas sie nicht vergewaltigt, sondern eher verführt.

Vielleicht empfand sie sogar eine gewisse Zuneigung zu ihrem Nachbarn. Es war durchaus möglich, daß sie die vier Tage bei Nicholas genossen hatte, und daß sie die Hochzeit mit ihm aus Gründen ablehnte, die nichts mit Leidenschaft zu tun hatten.

Dieser letzte Gedanke gefiel Gareth ganz und gar nicht.

Zu Anfang stand Clare steif vor ihm, die Schultern gestrafft, den Mund fest verschlossen. Eine eigenartige Verzweiflung wallte in ihm auf. Er fragte sich, ob die verführerische Wirkung, die die Lady auf ihn hatte, trügerisch war. Vielleicht hatte sie statt dessen Eis in ihren Adern, und dann wäre er dazu verdammt, ein Bett zu teilen, in dem ewiger Winter herrschte.

Es sollte ihm egal sein, aber das war es nicht.

Verflucht, es war ihm wirklich wichtig.

Doch dann erschauderte Gareth unmerklich. Sie stieß einen leisen Schrei aus und ihre Lippen wurden weicher. Gareth fand die Bestätigung für das, was er von Anfang an vermutet hatte. Clare zu küssen war, als würde man die Blütenblätter einer Blume küssen. Sie schmeckte frisch und süß.

Und tief zwischen den Blütenblättern war der Nektar verborgen. Gareth fand ihn und trank in tiefen Zügen davon. Seine Zunge berührte die ihre. Sie zuckte zusammen, aber zog sich nicht zurück. Statt dessen schmiegte sie sich enger an ihn, offenbar ebenso neugierig wie er, herauszufinden, wie ihre gemeinsame Zukunft aussehen würde.

Ihre Fingerspitzen glitten über seinen Nacken. Sie seufzte

leise in seinen Mund. Es war ein atemloser Seufzer erblühender Leidenschaft.

Gareths ganzer Körper reagierte darauf, als habe er ein Aphrodisiakum zu sich genommen.

Eine Woge des Verlangens wallte in ihm auf. Seine Hände zitterten leicht, als er sie enger an sich zog. Ihr Mund war weich, reif und einladend.

Gareth hatte sich nur einen kleinen Schluck ihres Nektars genehmigt, aber der Trank im Kelch der Blüte erwies sich als übermächtig. Der Drang, mehr davon zu kosten, überwältigte ihn und drohte, seine Selbstbeherrschung zunichte zu machen.

Er nahm ihr Gesicht in seine Hände und strich ihr mit den Daumen über das feste, kleine Kinn. Ihre Züge wiesen dieselbe erlesene Qualität auf wie die herrlichen Wandteppiche, die die Wände in ihrer Burg verzierten.

Er ließ seine Hände über ihren fein gerundeten Körper gleiten. In den sanften Rundungen ihrer Brüste und der weichen Form ihrer Hüften fand er das Versprechen vibrierenden Lebens. Sein Innerstes zog sich in schmerzlichem Verlangen zusammen. Er legte seine Finger um ihre Taille.

Clares Hände legten sich zart wie Schmetterlinge auf seine Schultern. Zögernd fuhr sie mit ihrer Zungenspitze über seine Unterlippe. Gareth konnte ihre Brüste fühlen, die sich gegen ihn drängten, rund und voll wie Sommerfrüchte.

»Ihr werdet mir gute, starke Söhne schenken«, sagte er an ihrem Mund.

Sie zog sich zurück und runzelte die Stirn. »Und vielleicht ein oder zwei Töchter.« Die Rauhheit in ihrer Stimme verriet ihm, daß es ihm irgendwie gelungen war, sie zu verärgern.

»Ja.« Er streichelte ihren Rücken in derselben Art, in der er seinen stolzen, temperamentvollen Hengst besänftigte. »Es würde mir gut gefallen, eine Reihe von Töchtern zu haben, die ebenso hübsch und intelligent sind wie ihre Mutter.«

Sie sah ihn an, als versuche sie, in das Innerste seiner Seele zu blicken. »Ich kann Euch nicht garantieren, daß Ihr Kinder von mir bekommen werdet, Sir, ganz zu schweigen davon, daß es Söhne sein werden. Keine Frau kann ein solches Versprechen geben.«

»Das einzige, was ich will, und was Ihr mir auf jeden Fall geben werdet, Madam, ist der Schwur, daß alle Kinder, die Ihr mir einmal schenken werdet, von meinem Blut sind.«

Sie riß ihre smaragdgrünen Augen auf, erst schockiert, dann verärgert. Dann trat sie eilig einen Schritt zurück und entwand sich seinen Händen.

»Wie könnt Ihr es wagen, auch nur anzudeuten, daß ich Euch derart hintergehen könnte«, brach es leidenschaftlich aus ihr heraus.

Er musterte sie und versuchte, in ihrem Blick die Wahrheit zu erkennen. Aber alles, was er sah, war weiblicher Zorn. Er hatte einen groben Fehler gemacht. Soviel war klar. Aber andererseits, dachte er, vielleicht war es an der Zeit, daß sie offen miteinander sprachen.

»Ich verlange einen Treueschwur von den Männern, die mir zu Diensten sind, und von meiner Frau verlange ich dasselbe. Ich möchte, daß das klar ist.«

»Ich bin keiner Eurer Lehnsmänner, Sir. Ich finde, daß Ihr mich schwer beleidigt habt.«

»Beleidigt? Weil ich sichergehen will, daß meine Frau sich mir gegenüber loyal verhält?«

»Ja. Ihr habt nicht das Recht, meine Ehre anzuzweifeln. Ich verlange eine Entschuldigung.«

»Eine Entschuldigung?« Gareth blickte sie nachdenklich an. »Bitte sagt mir doch, welchen Eurer ergebenen Bewunderer Ihr bitten werdet, diese Beleidigung zu rächen, falls ich mich nicht entschuldige. Den jungen William? Euren neuen Minnesänger? Oder vielleicht Euren Hofmarschall, der aussieht, als ob er bereits Schwierigkeiten hat, einen Krug Bier zu stemmen, ganz zu schweigen von einem Schwert?«

»Euer Sinn für Humor ist geschmacklos, Sir.«

»Ich mache keine Witze.«

»Das wage ich zu bezweifeln. Ich glaube, Ihr habt einen sehr gefährlichen Sinn für Humor. Er gefällt mir ganz und gar nicht.«

Allmählich hatte Gareth genug von diesem dummen Spiel. Er hatte sich klar und deutlich ausgedrückt. Er hatte Clare gewarnt. Und er hatte es sich zur Angewohnheit gemacht, immer nur eine einzige Warnung auszusprechen. »Genug von diesem Unsinn. Wir haben noch andere Dinge zu besprechen.«

»Da habt Ihr recht, Sir. Ich werde Eure Beleidigung nicht vergessen, aber wir haben wirklich noch andere Dinge zu besprechen.« Clare blickte ihn nachdenklich an. »Ich habe mir über die Situation eingehend Gedanken gemacht, und ich bin zu einem Schluß gekommen.«

»Ach, ja?«

»Ja. Ich glaube, Thurston of Landry ist ein freundlicher, mitfühlender Lehnsherr.«

»Wie, zum Teufel, kommt Ihr denn auf die Idee?«

Clare ignorierte diesen Einwurf. »Ich kann mir nicht vorstellen, daß er darauf bestehen würde, daß ich einen Ritter eheliche, der so unritterlich ist, meine Ehre bereits vor der Hochzeit in Zweifel zu ziehen.«

»Lady Clare –«

»Offensichtlich wußte Lord Thurston nicht, was für ein Mensch Ihr seid, als er Euch als Kandidaten auswählte. Er wird entsetzt sein, *entsetzt,* wenn er erfährt, daß er einen groben Fehler gemacht hat.«

Gareth sah ihr an, daß sie ernsthaft die Möglichkeit in Erwägung zog, die Hochzeit mit einem derart fadenscheinigen Grund zu umgehen. Die Lady wäre ein hervorragender Anwalt gewesen. Er verspürte den eigenartigen Drang zu grinsen. Eine Ecke seines Mundes verzog sich bereits leicht nach oben, aber er zwang sich, gleichgültig zu blicken.

»Falls Ihr daran denkt, die ganze Sache zu verzögern, indem Ihr an Thurston schreibt, um Euch über mein unritterliches Benehmen zu beschweren, dann gebe ich Euch den guten Rat, Eure Zeit nicht unnötig zu vergeuden. Oder Thurstons. Er wird es Euch nicht danken.« Gareth machte eine Pause, um seinen nächsten Worten ein größeres Gewicht zu verleihen. »Ebenso wenig wie ich.«

»So.« Clare nickte einmal heftig, als habe er soeben irgendeinen heimlichen Verdacht bestätigt. »Jetzt kommen also auch noch Drohungen von unserem unritterlichen Ritter. Die Sache wird immer inakzeptabler.« Sie wirbelte herum und begann, zornig den schmalen Weg hinunterzustapfen. »Je besser wir beide uns kennenlernen, Sir, um so mehr fürchte ich, daß Ihr einfach nicht als Ehemann geeignet seid.«

»Wie seltsam.« Gareth faltete die Hände hinter dem Rücken und holte sie ein. Allmählich begann die Sache, ihm Spaß zu machen. »Mir geht es genau andersherum. Je besser ich Euch kennenlerne, um so sicherer bin ich mir, daß Ihr eine durchaus passende Ehefrau abgeben werdet.«

»Da habe ich ernste Zweifel, Sir.« Clare verzog bedauernd das Gesicht. »Ernste Zweifel. Auf jeden Fall muß ich Lord Thurston schreiben, um ein paar Aspekte der Sache zu klären, ehe wir irgendwelche weiteren Schritte unternehmen.«

»Was für Aspekte meint Ihr, Mylady?«

»Als erstes finde ich es eigenartig, daß Ihr bisher der einzige Kandidat seid, der auf Desire angekommen ist.«

»Ich sagte Euch doch bereits, daß Ihr nur zwischen Nicholas of Seabern und mir wählen könnt. Es gibt keine anderen Kandidaten.«

Sie runzelte die Stirn. »Es muß noch andere passende Männer für diesen Posten gegeben haben. Wahrscheinlich seid Ihr nur als erster auf der Insel angekommen. Die anderen sind vielleicht auf dem Weg hierher, gerade, während wir dieses Gespräch führen.«

»Vielleicht habe ich ja auch die anderen Kandidaten unterwegs überholt und sie davon überzeugt, daß ihr Werben aussichtslos ist.«

»Ja.« Ihr Stirnrunzeln verstärkte sich. »Das wäre möglich.«

»Oder vielleicht ist es mir auch nicht gelungen, sie davon zu überzeugen, so daß ich mich ihrer einfach entledigt habe«, fuhr Gareth hilfreich fort.

»Das ist überhaupt nicht lustig, Sir.«

»Jetzt reicht es aber wirklich.« Gareth griff in seine Tunika und zog ein zusammengefaltetes Pergament hervor. »Am besten lest Ihr diesen Brief von Lord Thurston, ehe Ihr weiter irgendwelche absurden Vermutungen anstellt, Mylady.«

Clare sah das Schreiben argwöhnisch an, ehe sie es ihm aus der Hand nahm. Sie musterte eingehend das Siegel, und dann brach sie es langsam auf. Ihr Mund verzog sich zu einer schmalen Linie, als sie las.

Gareth sah sich die sorgsam eingerahmten Blumenbeete und die ordentlich geschnittenen Begrenzungen des Gartens an, während er wartete, daß sie den Brief zu Ende las. Er wußte, was in Thurstons Schreiben stand. Sein Vater hatte es in Gareths Gegenwart diktiert. Es wäre interessant zu sehen, wie Clare darauf reagierte.

Er mußte nicht lange warten.

»Es fällt mir schwer, das zu glauben«, murmelte sie, während sie eilig den ersten Absatz überflog. »Lord Thurston behauptet, Ihr wärt der beste Kandidat, den er finden konnte. Er sagt, Ihr wärt der einzige, der auch nur im Entferntesten mit Lord Nicholas zu vergleichen ist.«

»Das habe ich Euch ja bereits gesagt.«

»Darauf wäre ich an Eurer Stelle nicht besonders stolz. Nicholas ist wohl kaum der Inbegriff des edlen Ritters.«

»Ich habe gehört, daß er gut mit dem Schwert umgehen kann und daß er seinem Lehnsherrn treu ergeben ist«, sagte Gareth leise. »Das ist für Thurston das wichtigste.«

»Es ist leicht für Lord Thurston, sich mit so etwas zufrieden zu geben. Schließlich ist er ja nicht gezwungen, den zukünftigen Lord of Desire zu heiraten.«

»Da habt Ihr recht.«

Mit gerunzelter Stirn wandte sie ihre Aufmerksamkeit wieder dem Schreiben zu. »Es muß doch noch andere gegeben haben, die... Beim Ellbogen der heiligen Hermione, Sir, das ist unmöglich.« Clare blickte auf. Sie war ehrlich verblüfft. »Lord Thurston behauptet, Ihr wärt sein ältester Sohn.«

»Ja.«

»Das kann nicht wahr sein. Erwartet ja nicht, daß ich glaube, Thurston of Landry würde wollen, daß sein Erbe jemanden wie mich heiratet.«

Gareth warf ihr einen fragenden Blick zu. »Wieso, was stimmt denn nicht mit Euch?«

»Natürlich ist mit mir alles in Ordnung. Aber von Thurstons Erben wird ja wohl erwartet, daß er eine wirklich bedeutende Erbin heiratet, die Tochter einer Familie, die Einfluß am Hof von König Heinrich hat. Eine große Lady mit einer prächtigen Mitgift, mit viel Geld und großen Ländereien. Ich habe nur ein kleines Gut, dessen Lehnsherr Lord Thurston bereits ist.«

»Ihr versteht die Sache falsch.«

»Oh, nein, ich verstehe sie durchaus.« Clares Stimme bebte vor Zorn. »Ihr, Sir, versucht, mich zu täuschen.«

Diese Anschuldigung ärgerte ihn. »Nein, Madam, ich versuche nicht, Euch zu täuschen.«

»Bildet Euch ja nicht ein, Ihr könntet mich so einfach hinters Licht führen. Wenn Ihr wirklich der Erbe des Barons wärt, würde er Euch nicht mit diesem winzigen Gut bedenken.«

»Madam –«

»Und weshalb solltet Ihr als Thurstons Sohn und Erbe hier an diesem entlegenen Ort leben wollen, wenn Ihr die Wahl zwischen zahlreichen großen Ländereien und prächtigen Burgen habt?«

»Es stimmt, daß ich Thurston of Landrys ältester Sohn bin«, knurrte Gareth mit zusammengebissenen Zähnen. »Aber ich bin nicht sein Erbe.«

»Wie ist das möglich?«

»Ich bin sein Sohn, aber nicht sein rechtmäßiger Erbe.« Gareth blickte sie an, um zu sehen, wie sie reagieren würde, wenn sie die ganze Wahrheit erführe. »Um die Wahrheit zu sagen, Madam, ich bin Thurstons unehelicher Sohn.«

Clare war einen Augenblick lang sprachlos. »Oh.«

Er sah, daß sie überrascht war, aber es war nicht zu erkennen, ob der Gedanke, bald mit einem Bastard verheiratet zu sein, sie schockierte, verärgerte oder entsetzte. »Jetzt versteht Ihr vielleicht, weshalb er mich geschickt hat.«

»Ja, Sir, das tue ich. Unter diesen Umständen ist Desire zweifellos alles, was Sie an Erbe erwarten dürfen, nicht wahr?«

Das Mitgefühl in ihrer Stimme gefiel ihm nicht. »Es reicht mir. Es ist mehr, als ich erwartet hätte.«

Clare sah ihn finster an und beugte sich erneut über den Brief. »Das ist einfach zu viel. Euer Vater fordert, daß ich umgehend heirate und hofft, daß ich Euch wähle, aber er ist notfalls bereit, auch Nicholas of Seabern zu akzeptieren.«

»Ich habe Euch bereits gesagt, daß Thurston großen Wert darauf legt, daß die Sache so schnell wie möglich vonstatten geht«, sagte Gareth in gleichgültigem Ton. »Er macht sich ernsthafte Sorgen, seit er weiß, daß die Ländereien seit geraumer Zeit keinen Herren mehr haben.«

»Ah –«

»Aus irgendeinem Grund hat er erst kürzlich vom Tod Eures Vaters erfahren. Offenbar hatte Euer Schreiben, in dem Ihr ihn vom Tod Eures Vaters in Kenntnis gesetzt habt, ein paar Monate Verspätung.«

»Nun, was das angeht, ja, es gab eine leichte Verzögerung.« Clare räusperte sich leise. »Natürlich war ich vor Trauer eine Zeitlang wie betäubt.«

»Natürlich.«

»Und als ich mich schließlich erholt hatte, stellte ich fest, daß viele Dinge getan werden mußten.«

»Verständlich.«

»Und dann war es bereits Winter«, fuhr Clare bekümmert fort. »Ich nahm an, daß die Straßen unpassierbar sein würden mit all dem Schnee und Eis. Also beschloß ich, es sei das beste, bis zum Frühling zu warten, ehe ich Thurston eine Nachricht zukommen lassen würde.«

Beinahe hätte Gareth gelächelt. »Und während Ihr gewartet habt, bis die Straßen wieder frei wurden, habt Ihr versucht, eine Möglichkeit zu finden, einer Ehe aus dem Weg zu gehen.«

Clare warf ihm einen bösen Blick zu. »Es war einen Versuch wert.«

Er zuckte mit den Schultern. »Aber der Versuch ist gescheitert. Also müssen wir jetzt einen neuen Weg beschreiten.«

»Wir?«

»Ja. Es gibt keinen Grund, weshalb die Hochzeit nicht bereits morgen stattfinden sollte, nicht wahr?«

»Unmöglich.« In Clares Augen blitzte blanke Verzweiflung auf. »Vollkommen unmöglich. Das geht einfach nicht.«

»Und ob es geht, und das wißt Ihr genau. Wir brauchen nur einen Priester zu bestellen –«

»Wir haben keinen Priester hier auf Desire«, beeilte Clare sich zu sagen.

»Ich bin sicher, daß wir einen in Seabern auftreiben können. Wir werden unser Ehegelübde vor Zeugen ablegen, und das wär's dann.«

»Aber so einfach geht das nicht«, protestierte Clare. »Es muß eine würdige Zeremonie sein. Und mein Hofmarschall hat bereits alle Hände voll damit zu tun, sich um Eure Männer zu kümmern. Er wird Wochen brauchen, um ein Hochzeitsbankett und ein angemessenes Fest für die Dorfbewohner zu organisieren.«

»Ich bin sicher, daß das alles sehr schnell geht, sobald Ihr Eure Wahl getroffen habt. Ein, höchstens zwei Tage.«

»Man merkt, daß Ihr noch nie ein solches Fest organisiert habt«, sagte sie leicht verächtlich. »Es müssen Unmengen von Brot gebacken werden. Es müssen Fische gefangen werden, Saucen zubereitet, Wein und Bier herbeigeschafft werden. Irgendwer muß nach Seabern geschickt werden, um ein paar der Dinge dort zu besorgen.«

Gareth blieb unmittelbar vor ihr stehen. »Mylady, ich habe ganze Schlachten in weniger Zeit organisiert. Aber ich bin durchaus gewillt, Geduld zu zeigen.«

»Wieviel?«

»Wollen wir etwa handeln? Allmählich dämmert mir, daß ich eine Frau mit einem ausgeprägten Geschäftssinn heiraten werde. Also gut, meine Bedingungen sind ganz einfach. Ich werde Euch einen Tag geben, um Eure Entscheidung zu treffen und alles vorzubereiten.«

»Einen Tag?«

»Ja. Einen ganzen Tag. Morgen. Irgendwie bin ich gerade nachgiebig gestimmt.«

»Das nennt Ihr nachgiebig?«

»Jawohl. Wir werden übermorgen heiraten, auch wenn wir gezwungen sind, nichts als schlechtes Bier und trocken Brot zu servieren. Versteht Ihr mich?«

»Sir, ich bin keiner Eurer Ritter, der sich einfach so herumkommandieren läßt.«

»Und ich bin keiner Eurer Bediensteten und auch kein katzbuckelnder junger Barde, der Euch mit Hingabe jeden Herzenswunsch erfüllt«, sagte Gareth ruhig. »Es sei denn, Ihr hättet den Wunsch, Nicholas of Seabern zu heiraten –«

»Auf keinen Fall werde ich diesen Ochsen heiraten.«

»Dann werde also ich bald der Herr über Euch und dieses Haus sein. Am besten denkt Ihr daran, wenn es Euch in den Sinn kommt, mir zu widersprechen.«

»Woran ich denke, ist, daß ich die Herrin von Desire bin, und ich erwarte, daß ich mit dem mir gebührenden Respekt behandelt werde.«

Gareth machte einen Schritt auf sie zu. Es gefiel ihm, wenn Clare sich nicht von ihm einschüchtern ließ, aber er achtete darauf, ihr seine Zufriedenheit nicht zu zeigen. Schließlich war er kampferprobt. Er wußte besser als die meisten, daß es höchst unvernünftig war, jemals irgendeine Schwäche zu zeigen.

»Seid versichert, daß ich den größten Respekt vor Euch habe, Madam. Aber Ihr müßt den Tatsachen ins Auge sehen. Lord Thurston hat Euch befohlen, sobald wie möglich zu heiraten.«

Clare klopfte sich mit dem Brief auf die Handfläche und sah Gareth mit zusammengekniffenen Augen an. »Seid Ihr Euch wirklich sicher, daß Ihr nicht die anderen Kandidaten unterwegs überholt, ihnen etwas Schreckliches angetan und dann diesen Brief selbst geschrieben habt?«

»Das ist das Siegel von Thurston of Landry. Das müßt Ihr doch erkennen.«

»Siegel können gestohlen oder nachgemacht werden.« Clares Miene hellte sich auf. »Ja, daran hätte ich sofort denken sollen. Es ist durchaus möglich, daß dieses Siegel falsch ist. Ich muß also erst an Lord Thurston schreiben, um sicherzugehen, daß er diesen Brief wirklich selbst geschrieben hat.«

Gareth starrte sie verblüfft an. Clare ergab sich wirklich nicht so einfach, auch wenn es unvermeidlich war. »Madam –«

»Es wird zweifellos mehrere Tage, wenn nicht sogar Wochen dauern, bis ich eine Antwort von Eurem Vater habe. Es ist natürlich unangenehm, aber wir werden die Auswahl eines Ehemannes verschieben müssen, bis ich eine Nachricht von ihm habe, die die Echtheit dieses Schreiben bestätigt.«

»Verdammt.«

Sie bedachte ihn mit einem unschuldigen Lächeln. »Denkt nur an die Komplikationen, die es gäbe, wenn wir überstürzt handelten.«

Gareth packte ihr Kinn, beugte sich zu ihr herab und strich ihr sanft mit den Lippen über den Mund.

»Gebt es auf, Mylady«, sagte er leise. »Der Brief ist echt. Euer Lehnsherr, mein Vater, will, daß Ihr sobald wie möglich sicher verheiratet seid. Es gibt für Euch keinen Ausweg. Am besten macht Ihr Euch gleich auf den Weg und sorgt dafür, daß die Vorbereitungen für unser Hochzeitsbankett beginnen. Es sei denn, Ihr zieht es vor, Nicholas of Seabern zu heiraten –«

»Auf keinen Fall.«

»Dann werdet Ihr übermorgen meine Frau.«

Clare starrte ihn einige spannungsgeladene Sekunden lang schweigend an. Ein plötzliches Rascheln ließ Gareth nach unten blicken. Er sah, daß sie Thurstons Brief in der Hand zerknüllte.

Ohne ein Wort wirbelte Clare herum und stapfte davon. Sie blickte sich nicht ein einziges Mal nach ihm um, als sie den Garten verließ.

Gareth stand reglos da, bis sie verschwunden war. Dann betrachtete er lange den sorgfältig angelegten Garten, bis er sich schließlich auf den Weg machte, um Ulrich zu suchen.

Clare suchte Zuflucht in ihrem Studierzimmer. Es war ein Ort, an dem sie normalerweise einen ebensolchen Frieden fand wie in ihrem Garten oder in den Arbeitsräumen, in denen sie ihre Parfüms und Arzneien kreierte.

Die Wände des sonnendurchfluteten Zimmers waren mit herrlichen Teppichen bedeckt, die mit verschiedenen Gartenszenen bestickt waren. Die Luft war erfüllt von dem lieblichen Duft, der den Urnen entströmte, die voller zerstampfter, getrockneter und dann sorgfältig gemischter Blumen waren.

In den flachen Metallbecken in den Ecken, mit denen an kalten Tagen geheizt wurde, brannten beduftete Kohlestückchen, die Clares sensible Nase erfreuten.

In den Tagen nach dem Tod ihres Bruders Edmund und dann

nach dem Erhalt der Nachricht vom Tod ihres Vaters in Spanien, hatte Clare Ruhe und Trost in diesem Raum gefunden.

Vor ein paar Monaten hatte sie, um sich von ihren zahlreichen Problemen abzulenken, angefangen, ein Buch zu schreiben. Sie wollte einen Teil ihrer ausgeklügelten Parfümrezepte zu Papier bringen.

Diese Aufgabe erfüllte sie mit großer Zufriedenheit.

Heute jedoch gelang es ihr nicht, sich von den Problemen abzulenken, die sie augenblicklich hatte.

Sie saß eine Zeitlang mit Feder und Pergament am Tisch und versuchte, sich auf das Rezeptbuch zu konzentrieren, aber es war sinnlos.

Nach drei mißlungenen Versuchen gab sie auf und warf die Feder beiseite. Sie starrte trübsinnig aus dem Fenster und dachte daran, wie sich Gareths Mund angefühlt hatte.

Sein Kuß hatte sie stärker erschüttert, als sie zugeben wollte. Er war ganz anders gewesen als die nassen, widerlichen Schmatzer, mit denen Nicholas sie letzten Monat bedrängt hatte, als er sie auf Seabern festgehalten hatte.

Ihr hatte alles an Nicholas' Kuß mißfallen. Als er sie an seinen hünenhaften Körper gezogen hatte, hatte sie nicht nur die bedrohliche Größe seiner erregten Männlichkeit, sondern auch seinen Geruch als abstoßend empfunden.

Ein Teil des Problems beruhte natürlich auf der Tatsache, daß Nicholas nicht allzu gerne badete. Aber es war nicht nur der Geruch nach Schweiß und Schmutz gewesen, der sie angewidert hatte; es war der persönliche, körpereigene Geruch des Mannes selbst. Clare hatte gewußt, daß sie ihn niemals würde ignorieren können.

Sie hob die Fingerspitzen an ihre Lippen und atmete tief ein in dem Versuch, eine Spur von Gareths Geruch zu finden.

»Clare?« Joanna stand mit gerunzelter Stirn in der Tür. »Ist alles in Ordnung?«

»Was? Oh, ja, alles in Ordnung, Joanna.« Clare schenkte ihr

ein beruhigendes Lächeln. »Ich habe nur gerade über etwas nachgedacht.«

»Über Sir Gareth vielleicht?«

»Worüber sonst?« Clare bedeutete Joanna, auf einem Hocker am Fenster Platz zu nehmen. »Wußtest du, daß er Lord Thurstons Sohn ist?«

»Ja. Ich habe es gerade unten in der Halle gehört.« Joanna musterte sie aufmerksam. »Genau genommen ist er Thurstons unehelicher Sohn.«

»Aber trotzdem sein Sohn.« Clare spielte achtlos mit der Feder. »Es gibt bestimmt genug Leute, die der Meinung wären, daß ich mich deshalb geehrt fühlen sollte.«

»Und es gibt bestimmt genug Leute, die sagen würden, daß Lord Thurston großen Wert auf diese Ländereien legt«, erwiderte Joanna trocken. »Offensichtlich will er sichergehen, daß er sich auf seinen neuen Lehnsmann verlassen kann. Und was wäre da geschickter als dich mit einem Mann zu verheiraten, mit dem ihn Blutsbande verbinden?«

»Stimmt.« Clare blickte auf den Brief, der vor ihr auf dem Tisch lag. »Er behauptet, daß er keine Kandidaten außer Sir Nicholas und Sir Gareth finden konnte, die meinen Anforderungen auch nur im mindesten genügen würden.«

»Ach, tatsächlich?«

»Ich persönlich bezweifle jedoch allmählich, daß er sich bei der Suche auch nur die geringste Mühe gegeben hat.«

»Männer neigen dazu, solche Dinge von der praktischen Seite her zu sehen«, murmelte Joanna. »Aber wenigstens läßt er dir die Wahl zwischen zwei Männern.«

»Eine tolle Auswahl, wenn du mich fragst.«

Joanna schnalzte mit der Zunge. »Besser als die Auswahl, die ich hatte.«

Clare zuckte zusammen. Sie wußte sehr gut, daß Joanna bei der Wahl ihres Ehemannes keinerlei Mitspracherecht gehabt hatte. »Warst du sehr unglücklich in deiner Ehe, Joanna?«

»Lord Thomas war wohl weder besser noch schlechter als die meisten Männer«, sagte Joanna philosophisch. »Zumindest war er niemals grausam mir oder William gegenüber.«

»Das ist wohl immerhin etwas, nehme ich an.«

»Das ist schon eine ganze Menge«, erwiderte Joanna.

»Hast du ihn jemals geliebt?«

Joanna seufzte. »Nein. Ich habe ihn respektiert, wie eine Frau ihren Ehemann respektieren sollte, aber ich konnte ihn nicht lieben.«

Clare klopfte mit der Feder auf den Tisch. »Die Äbtissin Helen schrieb mir in ihrem letzten Brief, daß ein guter Mann eine Frau dazu bringt, ihn nach der Hochzeit zu lieben.«

»Ich möchte der Äbtissin Helen ja nicht zu nahe treten, Clare, aber was weiß sie wohl von der Ehe?«

»Da hast du wahrscheinlich recht.« Clare ließ den Blick über die Regale wandern, in denen ihre wertvollen Bücher und Abhandlungen standen.

Zwei der Bände hatten ihrer Mutter gehört. Ein paar andere Bücher hatte Clare im Verlauf ihrer unermüdlichen Suche nach Informationen über die Parfümherstellung aufgetrieben. Der Rest stammte von ihrem Vater. Er war von jeder Reise mit neuen Schriftstücken zurückgekehrt, von denen er einige der Klosterbibliothek vermacht hatte. Das letzte, ein Buch, das er selbst geschrieben hatte und das nur sehr schwer zu entziffern war, hatte er ihr kurz vor seinem Tod geschickt.

Einer der großen, schweren Bände, eine Abhandlung über Kräuter, war von der Äbtissin Helen of Ainsley verfaßt worden. Clare hatte eine Kopie davon von einem Kloster im Süden gekauft.

Sie hatte das Buch bis zur letzten Seite genau studiert, und Helens Arbeit hatte sie derart beeindruckt, daß sie es gewagt hatte, der Äbtissin einen Brief zu schreiben. Zu ihrer Überraschung hatte sie sogar eine Antwort erhalten.

Die Brieffreundschaft der beiden Frauen, die vor allem auf

ihrem gemeinsamen Interesse an Blumen und Kräutern basierte, bestand nunmehr seit über einem Jahr. Im letzten Herbst war Clare das große Vergnügen und die Ehre eines kurzen Besuchs der Äbtissin auf Desire zuteil geworden.

Helen hatte nicht im Kloster, sondern auf der Burg gewohnt, und sie und Clare hatten lange Gespräche bis tief in die Nacht geführt. Sie hatten stundenlang über alle erdenklichen Themen diskutiert.

Aber Joanna hatte recht. Die Äbtissin Helen war zwar zweifellos eine intelligente und gelehrte Frau, aber sie war niemals verheiratet gewesen. Sie konnte demnach keine allzu profunden Kenntnisse über die intimen Seiten des Ehelebens haben.

Clare starrte auf die Spitze ihrer Feder, während sie überlegte, wie sie ihre nächste Frage möglichst taktvoll formulieren könnte. »Hast du jemals irgend eine, hmmm, Wärme für Sir Thomas empfunden?«

Joanna schnaubte. »Nur wenige Frauen finden Leidenschaft im Ehebett, Clare. Und sie sollten sie auch gar nicht erst suchen. Leidenschaft ist eine frivole Sache. Eine Frau heiratet aus anderen, wesentlich wichtigeren Gründen.«

»Ja, das ist mir nur allzu bewußt.« Aber trotzdem hatte sie gehofft, etwas Wärme im Ehebett zu finden, dachte sie wehmütig. Und Gareths Kuß, der immer noch auf ihren Lippen brannte, hatte ihr das Gefühl gegeben, daß sie derartiges vielleicht bei ihm finden würde.

Wie war das möglich? Abgesehen davon, daß er angeblich lesen konnte, schien Gareth nicht gerade ihrem Rezept für einen Ehemann zu entsprechen.

Sie verstand einfach nicht, weshalb sie derart auf seine Berührung reagiert hatte.

»Ich will dir die Wahrheit sagen«, fuhr Joanna fort. »Thomas war dreißig Jahre älter als ich, und er hatte nur sehr wenig Geduld mit seiner jungen Braut. Unsere Hochzeitsnacht war unangenehm, aber erträglich, wie für die meisten Frauen. Man überlebt es und dann ist es geschafft. Danach habe ich mich an die Sache gewöhnt, und dir wird es genauso gehen.«

Clare stöhnte. »Ich weiß, daß du versuchst, mir Mut zu machen, Joanna, aber das gelingt dir nicht.«

»Es sieht dir nicht ähnlich, dich über deine Pflichten zu beschweren, Clare.«

»Ich beschwere mich nicht ohne Grund. Sir Gareth hat mir buchstäblich befohlen, ihn übermorgen zu heiraten. Und Thurstons Brief gibt ihm das Recht dazu.«

»Was hast du denn erwartet?« Joanna seufzte. »Das ist wohl kaum überraschend.«

»Nein.« Clare erhob sich und ging hinüber zum Fenster. »Ich wünschte, ich hätte mehr Zeit. Das ist im Augenblick meine Hauptsorge. Ich würde es mich auch durchaus etwas kosten lassen.«

»Meinst du, es würde einen großen Unterschied machen, wenn du mehr Zeit hättest? Sir Nicholas wird täglich zudringlicher. Du hast deine letzten beiden Warensendungen an Räuber verloren. Du hast selbst gesagt, daß Desire einen Herrn braucht, der die Insel beschützen kann.«

»Ja. Aber ich brauche einen Ehemann, den ich für den Rest meines Lebens sowohl im Bett als auch am Tisch ertragen kann.« Clare wurde von einer eigenartigen Panik ergriffen. *Für den Rest ihres Lebens.*

»Weshalb meinst du, daß es dir unmöglich ist, Sir Gareth zu ertragen?«

»Das ist ja das Problem«, flüsterte Clare. »Ich weiß einfach noch nicht, ob er und ich ein gewisses gegenseitiges Einverständnis erreichen können. Ich kenne den Mann ja kaum. Alles, was ich bisher über ihn weiß, ist, daß er nur eine meiner Forderungen erfüllt. Offenbar kann er lesen.«

»Das ist doch schon mal ein Anfang.«

»Ich brauche einfach mehr Zeit, Joanna.«

»Was soll dir das nützen? Du hast von Anfang an gewußt,

daß es höchst wahrscheinlich keine Liebesheirat werden würde. Nur wenige Frauen in deiner Position haben eine solche Möglichkeit.«

»Ja, aber ich hatte gehofft, eine Ehe eingehen zu können, die auf Freundschaft und gemeinsamen Interessen basiert.« Clare kaute nachdenklich auf ihrer Unterlippe herum. »Aber vielleicht ist das zuviel verlangt. Trotzdem, wenn ich etwas mehr Zeit hätte, würde es mir bestimmt gelingen...«

»Was würde dir dann gelingen?« Joanna warf ihr einen argwöhnischen Blick zu. »Mir mißfällt dein Gesichtsausdruck, Clare. Du führst mal wieder etwas im Schilde, nicht wahr? Genau so siehst du aus, wenn du dabei bist, das Rezept für ein neues Parfüm zusammenzustellen. Gib dir nur keine Mühe. Ich fürchte, du hast keine Zeit, um irgendwelche cleveren Pläne auszuhecken.«

»Vielleicht, aber ich frage mich, ob ich nicht die Hochzeit noch ein wenig hinauszögern kann, wenn ich Sir Gareth davon überzeuge, daß er selbst etwas mehr Zeit braucht.«

Joanna blickte sie überrascht an. »Zeit für was?«

»Zeit, um herauszufinden, ob er wirklich mit der Rolle des Lord of Desire zufrieden sein wird.« Clare erinnerte sich an Gareths verhaltene Reaktion auf die Rosenseife, die er für sein Bad benutzt hatte. »Ich glaube nicht, daß er sich bereits irgendwelche Gedanken darüber gemacht hat, was es heißt, der Herr über eine Blumeninsel zu sein.«

»Du hoffst also, daß ein Mann, der seinen Lebensunterhalt bisher mit der Jagd nach Mördern und Banditen verdient hat, zu dem Schluß kommen könnte, daß das Leben als Gärtner vielleicht etwas langweilig ist?«

»Es wäre immerhin möglich.«

Joanna schüttelte den Kopf. »Das wage ich zu bezweifeln. Im Augenblick nehme ich an, daß alles, woran Sir Gareth denken kann, die Aussicht ist, Herr über reiche Ländereien zu werden.«

»Aber was wäre, wenn es mir gelänge, ihn davon zu überzeugen, daß er zumindest ein wenig Zeit zum Nachdenken braucht?« Clare wirbelte zu ihrer Freundin herum. Sie war begeistert von ihrer neuen Idee. »Er ist schließlich ein intelligenter Mann, der sorgfältig überlegt und plant, ehe er handelt.«

»Bist du dir da sicher?«

»Oh, ja, absolut.« Clare machte sich gar nicht erst die Mühe, darüber nachzudenken, weshalb sie sich ihrer Sache so sicher war. »Wenn ich ihn davon überzeugen kann, daß er sich diese Ehe noch einmal reiflich überlegen sollte, habe ich die Zeit gewonnen, die ich brauche.«

»Und was willst du in der Zeit machen?«

»Zuerst einmal will ich ihn besser kennenlernen«, sagte Clare. »Das wäre gewiß recht nützlich, falls wir dann tatsächlich heiraten. Ich wüßte zumindest etwas mehr über meinen Ehemann, ehe ich gezwungen bin, mit ihm das Schlafzimmer zu teilen. Zweitens, wenn ich feststelle, daß ich den Gedanken, mich für den Rest meines Lebens an Sir Gareth zu binden, einfach nicht ertrage, gibt mir mein Plan die Möglichkeit, mir einen Ausweg aus meinem Dilemma zu suchen.«

»Es wird nicht funktionieren, Clare. Nach allem, was ich bis jetzt gehört habe, ist der Höllenhund von Wyckmere ganz versessen auf diese Heirat. Er will seine Braut und seine neuen Ländereien umgehend in Besitz nehmen.«

»Aber vielleicht kann ich ihn ja überreden, noch ein Weilchen zu warten.«

»Wie willst du das machen?«

»Ich werde ihm sagen, daß ich ihm noch mal die Möglichkeit geben werde, darüber nachzudenken, ob er mich tatsächlich heiraten will, und daß ich mir währenddessen keinen anderen Mann suchen werde.«

»Du hast keine Ahnung von den Männern, Clare. Glaub mir, dein Plan ist aussichtslos.«

»Das kann man nie wissen«, beharrte Clare auf ihrer Meinung. »Im Augenblick ist der Höllenhund von Wyckmere vor allem deshalb so versessen auf eine umgehende Heirat, weil er glaubt, ich mache mir Sorgen wegen der geringen Auswahl an Kandidaten, die man mir angeboten hat. Aber wenn ich ihn davon überzeugen kann, daß ich nicht versuchen werde, jemand anderen zu finden, bis er sich die Sache überlegt hat, ist er vielleicht bereit, die Hochzeit zu verschieben.«

»Das halte ich für sehr unwahrscheinlich.«

»Warum mußt du nur so pessimistisch sein, Joanna?« Clare unterbrach sich, als sie entferntes Hufgetrappel hörte. Sie ging zurück ans Fenster.

»Was ist los?« fragte Joanna.

»Eine kleine Gruppe von Männern kommt vom Dorf herauf.« Clare spähte zu der Staubwolke hinüber, die in einiger Entfernung aufgewirbelt wurde. Dann sah sie ein vertrautes gelbes Banner. »Oh, nein.«

»Clare?«

»Beim Saum des Kleides der heiligen Hermione, ich kenne nur einen Mann, der garantiert immer zum falschen Zeitpunkt irgendwo auftaucht. Was für ein Idiot.«

»Wer?«

»Sir Nicholas.«

»Oh, nein, das darf doch nicht wahr sein.« Joanna sprang von ihrem Hocker und eilte zum Fenster. Mit zusammengekniffenen Augen beobachtete sie den berittenen Trupp, der sich der Burg näherte. »Das macht die Situation nicht gerade einfacher.«

»Das ist noch milde ausgedrückt.«

»Glaubst du, daß Sir Gareth etwas von der Entführung weiß?«

»Wie sollte er?« Clare runzelte die Stirn. »Wir haben die ganze Geschichte bestmöglichst vertuscht. Ich habe allen Leuten deutlich zu verstehen gegeben, daß ich auf Seabern nur zu Besuch war. Und ich habe den Zwischenfall in meinem Schreiben an Lord Thurston mit keinem Wort erwähnt. Sir Gareth kann also nichts davon wissen.«

»Ich hoffe, du hast recht«, sagte Joanna mit grimmiger Miene. »Denn wenn der Höllenhund von Wyckmere Grund zu der Annahme hat, daß seine Braut von einem anderen Mann geschändet wurde, fürchte ich, daß er dafür blutige Rache nehmen wird.«

Plötzlich kam Clare ein Gedanke. »Glaubst du, er würde mir nicht länger den Hof machen, wenn er erführe, daß ich entführt wurde?«

Joanna sah sie alarmiert an. »Also, Clare –«

»Vielleicht ist eine entehrte Frau nicht nach Sir Gareths Geschmack. Dafür, daß er ein Bastard ist, ist er ein sehr stolzer Mann.« Clare machte eine kurze Pause. »Oder vielleicht ist er es gerade deswegen.«

Joanna runzelte die Stirn. »Schlag dir derartige Gedanken am besten sofort aus dem Kopf. Ich stelle mir lieber gar nicht erst vor, was passieren könnte, wenn Gareth das Schlimmste annehmen würde.«

»Hmmm.« Clare wandte sich zur Tür.

»Was hast du vor?« rief Joanna ihr nach.

»Ich werde unsere Besucher begrüßen. Was sonst?«

»Clare, ich bitte dich, versprich mir, daß du nichts Unüberlegtes tun wirst.«

»Du klingst allmählich wie Beatrice die Einsiedlerin mit all deinen Warnungen und düsteren Prophezeiungen.« Clare bedachte sie mit einem beruhigenden Lächeln. »Aber keine Sorge. Ich werde mir eingehend Gedanken machen, ehe ich die nächste Figur in diesem Schachspiel setze.«

Sie stürzte durch die Tür und über den Korridor zur Treppe. Dann flog sie die Stufen hinauf in die Eingangshalle, wo inzwischen großes Durcheinander herrschte.

Eadgar kam auf sie zugelaufen, das Gesicht vor Aufregung und Besorgnis ganz zerfurcht. »Sir Nicholas und ein paar seiner

Ritter, Mylady. Sie sind bereits im Hof. Was soll ich mit ihnen machen?«

»Zunächst einmal werden wir herausfinden, weshalb sie ohne Vorankündigung von Seabern herübergekommen sind. Und dann werden wir sie einladen, heute abend mit uns zu essen und hier zu nächtigen.«

»Zu nächtigen?« Eadgar sah aus, als würde er jeden Moment in Ohnmacht fallen. »Aber wir haben bereits das Haus voller Gäste. Es ist kein Platz für noch mehr Leute.«

»Ich bin sicher, daß wir noch genug Platz für ein paar weitere Strohsäcke hier in der Halle finden.«

Clare wandte sich ab und ging hinüber zur Haupttreppe. Im Hof herrschte noch regeres Treiben als in der Halle. Pferdeburschen rannten aus den Stallungen, um die Tiere der Neuankömmlinge entgegenzunehmen. Mehrere von Gareths Männern tauchten auf. Ihre Augen waren wachsam, und sie hatten die Hände dicht an den Griffen ihrer Schwerter.

Eine große, vertraute Gestalt warf ihren Helm einem Knappen zu und kletterte von ihrem Pferd.

»Ich grüße Euch, Mylady.« Nicholas' Stimme dröhnte über den Hof.

Clare stöhnte.

Mit seinem sandfarbenen Haar und seinen blauen Augen war Nicholas of Seabern ein durchaus attraktiver Mann. Clare fand seine Züge ein wenig zu rauh, aber sie wußte, daß es genügend Frauen gab, die seinen Stiernacken, seine breite Brust und seine kräftigen Schenkel anziehend fanden. Sie hatte einmal gehört, wie eins der Mädchen einer Freundin kichernd anvertraute, daß Nicholas' Männlichkeit ebenso muskulös war wie der Rest seines Körpers.

Clare selbst hatte jedoch nicht den Wunsch, den Wahrheitsgehalt dieser Behauptung zu prüfen.

»Willkommen, Sir Nicholas«, erwiderte sie kühl. »Wir hatten Euch nicht erwartet.«

»Mir ist zu Ohren gekommen, daß die Jagd eröffnet wurde.« Nicholas schlug zufrieden die Hände zusammen. »Und ich hatte schon immer Spaß an diesem Sport.«

»Was für eine Jagd?« Clare starrte ihn böse an. »Wovon sprecht Ihr, Sir?«

»Wie ich höre, seid Ihr nun doch gezwungen, Euch einen Ehemann zu suchen. Ist auch wirklich höchste Zeit, wenn Ihr mich fragt.«

»Ich frage Euch aber nicht.«

»Und außerdem habe ich aus zuverlässiger Quelle erfahren, daß bereits ein Bewerber auf Desire angekommen ist.« Nicholas grinste. »Und ich kann ja wohl kaum einem Fremden einfach das Feld überlassen.«

»Dies ist keine Jagd, Sir, und ich bin auch kein hilfloses Kaninchen, das sich einfach einfangen läßt. Ich habe in dieser Sache auch noch ein Wörtchen mitzureden.«

Nicholas' Grinsen wurde noch breiter. »Und, habt Ihr bereits eine Wahl getroffen, Madam?«

»Nein, das habe ich nicht.«

»Hervorragend. Dann ist es ja noch nicht zu spät. Ich werde mich also an der Jagd beteiligen.«

»Ich fürchte, die Lady beliebt zu scherzen.« Plötzlich stand Gareth hinter Clare. Arrogant baute er sich in seiner vollen Größe auf der obersten Stufe auf, eine seiner großen Hände lässig auf den Griff des Tors zur Hölle gestützt. »Die Jagd ist vorbei.«

»Wer seid Ihr?« wollte Nicholas wissen.

»Gareth of Wyckmere.«

»Der, den sie den Höllenhund von Wyckmere nennen.« Nicholas grinste. »Ich habe bereits von Euch gehört, Sir.«

»Ach, ja?«

»In der Tat. Ihr habt einen Ruf, der dem Teufel alle Ehre machen würde. Also seid auch Ihr hier, um um die Lady zu buhlen?«

»Sie findet es amüsant, so zu tun, als habe sie sich noch nicht für einen Gatten entschieden. Und wer kann es ihr schon verübeln, daß sie versucht, die angenehme Zeit zu verlängern, in der ihr der Hof gemacht wird? Aber in Wahrheit ist die Sache bereits entschieden. Ich bin der einzige Kandidat, der ihren Anforderungen entspricht.«

»Nicht unbedingt«, murmelte Clare. Es ärgerte sie, daß die beiden Männer sich einfach über ihren Kopf hinweg unterhielten. Außerdem drängten sie beide sich so in ihre Nähe, daß die Sonne sie nicht mehr erreichte. Sie stand völlig im Schatten.

Nicholas musterte Gareth von Kopf bis Fuß. »Ich weiß, daß Lady Clare gewisse Anforderungen an einen Ehemann stellt. Und ich möchte nicht, daß sie sich mit weniger zufrieden gibt, als sie verdient hat.«

»Darüber braucht Ihr Euch keine Sorgen zu machen«, entgegnete Gareth.

»Oh, doch.« Nicholas wandte seine Aufmerksamkeit wieder Clare zu. »Wir sind schließlich seit Jahren Freunde und Nachbarn, nicht wahr, Madam?«

»Zumindest sind wir seit Jahren Nachbarn«, sagte Clare.

»Ja, und wegen dieser engen Bindung habe ich das Gefühl, daß es meine Pflicht ist sicherzustellen, daß der Gatte, den Ihr wählt, genau weiß, was er bekommt.« Nicholas' Grinsen wurde hämisch. »Ein Mann sollte in der Hochzeitsnacht keine Überraschung erleben.«

Clare sah ihn alarmiert an. Sie hob die Nase in die Luft und meinte, die bedrohliche, gefährliche Spannung zwischen Gareth und Nicholas beinahe riechen zu können.

Auf ihrer Insel war es noch nie zu Gewalttaten gekommen. Und sie würde nicht zulassen, daß es jetzt dazu kam.

In diesem Augenblick wußte Clare, daß sie ihren halbfertigen Plan, die Situation zu ihren Gunsten auszunutzen, aufgeben mußte. Plötzlich stand sie einem ganz anderen, viel drängenderen Problem gegenüber.

Sie mußte einen Weg finden, um Gareth und Nicholas davon abzuhalten, einander an die Gurgel zu gehen.

4. KAPITEL

Die Situation beim Abendessen erwies sich als genauso gefährlich wie Clare befürchtet hatte. Sie saß am Kopf des Tisches zwischen Gareth und Nicholas, und sie fühlte sich wie der Akrobat, den sie letztes Jahr auf dem Erntedankfest gesehen hatte. Es war sicher nicht schwieriger, auf einem straff gespannten Seil zu balancieren als zu versuchen, in einem Raum voller streitlustiger Ritter für Frieden zu sorgen.

Nicht, daß es bisher irgendwelche offenen Streitigkeiten gegeben hätte. Aber Clare spürte, daß die Anspannung der Männer wuchs. Diese spiegelte die Feindseligkeit wider, die zwischen den beiden Rittern am Kopf der Ehrentafel herrschte.

In dem Versuch, Gareths und Nicholas' Männern nur wenig Möglichkeiten für Provokationen zu bieten, hatte Clare dafür gesorgt, daß sie an den entgegengesetzten Enden der langen Tische saßen. Sie hoffte, daß der Abstand zwischen den Kriegern sich als nützliche Barriere im Fall von Ausschreitungen erweisen würde.

Falls es zu gewaltsamen Auseinandersetzungen käme, dann würden sie am Ehrentisch beginnen, sagte sie sich. Solange sie Gareth und Nicholas unter Kontrolle hatte, würde in der ganzen Halle Ruhe herrschen.

Es war keine leichte Aufgabe.

»Wie, noch mehr Gemüse?« Nicholas blickte auf das Sortiment neuer Speisen, die zwischen den Primeln abgestellt worden waren, die die Tische schmückten. »Wirklich, Ihr eßt mehr Grünzeug hier auf Desire als die Hasen und Rehe in meinen Wäldern.«

»Wir mögen frisches Gemüse, Mylord«, erklärte Clare mit einem entschlossenen Lächeln. »Aber vielleicht sind Euch die

Austern lieber? Die Köchin bereitet sie mit Mandeln und Ingwer zu. Ich bin sicher, daß Ihr sie mögt.«

Nicholas senkte die Lider und bedachte sie mit einem Schlafzimmerblick, der sicher das Feuer der Leidenschaft in ihrem Schoß entfachen sollte, ihr jedoch eher den Eindruck vermittelte, als schlafe er gleich mitten beim Essen ein. »Ich werde sie noch lieber mögen, wenn Ihr sie mir mit Euren zarten Fingern reicht, Mylady.«

Clare biß die Zähne zusammen und schenkte ihm ein eisiges Lächeln. Es war allgemein üblich, daß man einem Ehrengast einen besonders guten Happen reichte, aber sie hatte nicht die Absicht, Nicholas diese besondere Ehre zuteil werden zu lassen. Schließlich betrachtete sie ihn nicht als Ehrengast. In der Tat war er eher lästig. Und außerdem wußte Clare nicht, wie Gareth reagieren würde, wenn er dächte, daß sie Nicholas den Vorzug gab.

Das also kam dabei heraus, wenn man versuchte, sich einen Ehemann auszusuchen. Früher war das Leben hier auf Desire so friedlich und unkompliziert gewesen, dachte sie.

»Ich glaube nicht, daß ich selbst Austern möchte, Sir«, erklärte sie. »Aber bitte nehmt soviel Ihr wollt. Und vergeßt nicht die Gemüsesuppe. Die Köchin hat sie mit Fenchel und Koriander gewürzt. Sie ist einfach köstlich.«

»Ja.« Nicholas nahm sich eine Handvoll Austern und stopfte sie sich in den Mund. »Ihr bewirtet Eure Gäste immer hervorragend, Mylady«, sagte er, noch während er schluckte. »Und Eure Gegenwart ist das Köstlichste von allem.«

»Vielen Dank.« Clare warf ihm einen drohenden Blick zu und flehte stumm, daß er sich benehmen möge. Falls Nicholas es bemerkte, so zeigte er es nicht.

Nicholas bemerkte vieles nicht, dachte Clare. Er wurde unachtsam, sobald er ein paar Krüge Bier getrunken hatte.

»Aber so liebreizend Ihr auch heute abend seid hier in Eurer eigenen Halle«, fuhr er mit gedehnter, provozierender Stimme fort, »so glaube ich doch, daß ich die Erinnerung daran, wie Ihr ausgesehen habt, als Ihr vor weniger als einem Monat neben mir in der Halle von Seabern gesessen habt, vorziehe.« Er machte eine Pause, um sich noch mehr Austern in den Mund zu stopfen. »Damals hatte ich das Gefühl, daß Ihr dorthin gehört.«

Clare bemerkte, daß Gareth zu ihrer Linken unruhig wurde. Panik wallte in ihr auf. Ihr Löffel schepperte laut gegen den Rand ihrer Schüssel. »Es war ein netter Besuch, Sir, und Ihr wart ein wohlwollender Gastgeber. Aber ich gehöre hierher.«

»Und hier werdet Ihr auch bleiben«, sagte Gareth sehr sanft.

Clare warf ihm einen besorgten Blick aus den Augenwinkeln zu. Die tödliche Sanftheit in seiner Stimme gefiel ihr nicht. Je mehr Nicholas höhnte und provozierte, um so sanfter und höflicher wurden Gareths Antworten.

Clare machte sich wirklich Sorgen wegen Gareths eisiger Höflichkeit. Sie fragte sich, ob sie die einzige war, die wußte, wie gefährlich Gareths vermeintliche Ruhe war. Sie hatte das Gefühl, als müsse jeder der Anwesenden die dahinter versteckte Drohung wahrnehmen.

Nicholas, der dumpfe Narr, bemerkte sie natürlich nicht. In der Tat schien ihn Gareths Sanftmut noch zu ermutigen.

Ihr dämmerte, daß Gareth bewußt veranlaßte, Nicholas in die Falle zu locken.

Gareth blickte kurz zu ihr hinüber, als er sich ein Stück von der Fleischpastete abschnitt. Er lächelte nicht gerade – dieser Mann lächelte nie –, aber seine Miene verriet Clare, daß er sich bei der ganzen Sache so gut amüsierte, wie es ihm möglich war.

Der Höllenhund von Wyckmere empfand auch noch Vergnügen an der Situation.

Am liebsten hätte Clare ihm den Inhalt der Suppenschüssel über den Kopf gekippt.

»Vielleicht hätten wir alle Spaß an etwas Musik«, sagte sie entschlossen. Sie sah zu Dallan hinüber, der am Ende eines der langen Tische saß und schmollte. »Würdet Ihr uns mit einem fröhlichen Lied erfreuen, Dallan?«

Der Barde sprang auf die Füße und verbeugte sich tief. »Wie Mylady befiehlt.«

Er nahm seine Laute und stimmte eine vertraute Melodie an. Clare entspannte sich, als sie eins ihrer Lieblingslieder erkannte. Dallan hatte es kurz nach seiner Ankunft auf Desire für sie komponiert. Es hieß »Der Schlüssel«.

Das Lächeln meiner Lady birgt dieselbe Zaubermacht
wie der Mond und die Sterne in einer lauen Sommernacht.
Ihre Augen sind Smaragde, eine sanfte, grüne Wiese,
ihr Gesicht ist so rein wie eine kühle, frische Brise.
Den Schlüssel nehm ich heute nacht,
den sie mir so freundlich hat vermacht.

Clare erschauerte.

»Ja, ja, der Schlüssel.« Einer von Nicholas' stämmigen Männern, der noch betrunkener war als sein Herr, klopfte mit seinem Messer gegen seinen Bierkrug. »Und was wirst du mit dem Schlüssel machen, Junge?«

Weitere Messer klopften gegen Bierkrüge, und auch die anderen Männer von Seabern riefen Dallan ermutigende Worte zu. Clare sah, daß Nicholas grinste. Er leerte seinen Bierkrug und griff dann nach seinem Weinbecher.

Es ist der Schlüssel, zu ihrem Raum,
sie dort zu besuchen ist wie ein Traum.

»Ein schöner Traum«, brüllte einer der Männer unter dem schallenden Gelächter der anderen.

Ihr Herr hat kein Recht, diesen Schatz zu verstecken,
ich werde ihm trotzen, sie finden, sie wecken.

Werde teilen den Vorhang vor ihrem Bett,
wo mich erwartet ihr Anblick, so nett.

Nicholas donnerte mit der Faust auf den Tisch, so daß die Becher und Teller klirrten. »So ist's richtig, Junge, auf zum Bett der Lady. Das ist jedes Risiko wert.« Er bedachte Clare mit einem lüsternen Blick.

Clare sah hilflos zu Joanna, die ihrerseits ängstlich zu Ulrich blickte. Ulrich sah gleichmütig zu Gareth hinüber, als warte er auf ein Signal von ihm.

Ihre seidigen Schenkel sind rund und weich,
edlen Säulen aus Alabaster gleich.
Zwischen ihnen finde ich die goldene Tür,
und nehme den Schlüssel, den ich habe dafür.

»Ja, ja, den Schlüssel«, grölte Nicholas.

Aus dem Augenwinkel heraus sah Clare, daß Gareth eine der zarten gelben Primeln in die Hand nahm, mit denen die Tafel geschmückt war. Die Blüte sah klein und zerbrechlich aus in seiner riesigen Pranke. Langsam strich er über die Blütenblätter, Clare hielt den Atem an.

Die Männer brachen erneut in Gelächter aus. Clare zwang sich, den Blick von Gareth abzuwenden.

Sie versuchte, Dallan ein Zeichen zu geben, daß er aufhören sollte, aber er tat so, als bemerke er ihre verzweifelten Versuche, seine Aufmerksamkeit zu erregen, nicht. Mit grimmiger Entschlossenheit strich er über die Saiten seiner Laute.

Nicholas lehnte sich in seinem Stuhl zurück. »Ihr scheint Euch zu langweilen, Höllenhund von Wyckmere. Was ist los? Gefällt Euch das Lied des Barden nicht?«

»Nein.« Gareth strich weiter über die Blütenblätter der Primel, deren Zartheit ihn offenbar faszinierte.

Clare sprang auf. Sie warf Dallan einen bösen Blick zu. »Meister, wenn es Euch nichts ausmacht, würde ich lieber ein anderes Lied hören. Vielleicht die wunderbare Ballade, die Ihr über die Blumen des Frühlings geschrieben habt.«

»Aber ›Der Schlüssel‹ ist eins von Euren Lieblingsliedern, Mylady«, protestierte Dallan.

»Ja, aber heute abend würde ich lieber ein anderes meiner Lieblingslieder hören.«

Einen Augenblick fürchtete sie, Dallan würde sich allen Ernstes weigern. Doch schließlich nickte er knapp und begann ein anderes Lied, eins, in dem es um Blumen ging.

Clare seufzte erleichtert auf, nahm wieder Platz und winkte Eadgar, daß er mehr Essen und Bier bringen sollte.

Der Hofmarschall bewegte sich erstaunlich behende für einen Mann, dessen Glieder bereits steif waren. Es war offensichtlich, daß auch er das drohende Unheil spürte, und daß er versuchte, sein Möglichstes zu tun, um es abzuwenden.

Auch Joanna entspannte sich sichtlich. Clare sah, daß sie Ulrich ein zaghaftes Lächeln schenkte, als er ihr zuvorkommend einen Leckerbissen von seinem Teller reichte. Zu Clares Verwunderung errötete Joanna leicht und nahm den angebotenen Bissen an.

Nicholas verzog mürrisch das Gesicht wie ein kleiner Junge, der den Erwachsenen einen Streich hatte spielen wollen, und dessen Spiel ein Ende gemacht worden war, ehe er richtig zum Zuge kam.

Gareth legte die Primel beiseite und griff seelenruhig nach seinem Weinbecher, als sei nichts Ungewöhnliches passiert. »Das neue Lied Eures Barden gefällt mir sehr gut.«

»Das freut mich, Sir.« Clare bedachte ihn mit einem verärgerten Lächeln. Es fiel ihr schwer, weiterhin den Anstand zu wahren. Sie war auf Gareth genauso böse wie auf Nicholas, und es war ihr egal, ob er es merkte. »Schließlich möchte ich nicht, daß irgendeiner meiner Gäste mit der gebotenen Unterhaltung unzufrieden ist.«

Nicholas knallte seinen Becher auf den Tisch. »Nun, mir gefällt das neue Lied nicht besonders. Dieser ganze Unsinn über Frühlingsblumen ist uninteressant und langweilig.«

»Findet Ihr?« Gareth sah ihn ohne großes Interesse an. »Vielleicht fehlt es Euch einfach an der geistigen Größe, um die feineren Aspekte der Verse zu verstehen.«

Nicholas funkelte ihn böse an. »Wollt Ihr damit etwa sagen, daß ich keinen Verstand habe?«

»Ja. Das ist zweifellos einer der Gründe, weshalb Lady Clare noch andere Kandidaten gefordert hat. Sie hat deutlich zum Ausdruck gebracht, daß sie einen Ehemann möchte, der sowohl intelligent als auch gebildet ist.«

Nicholas wurde rot vor Zorn. In seinen Augen blitzte es gefährlich auf. »Ich wette, Lady Clare zieht das andere Lied vor. Stimmt's nicht, Madam?«

Clare überlegte fieberhaft, wie sie den Abend am besten beenden und alle Männer zu Bett schicken könnte. Sie wünschte sich, jemand würde ihr den Gefallen tun und Feueralarm melden oder den Belagerungszustand ausrufen.

»Mir gefällt jede Art von Musik.« Sie mußte unbedingt das Thema wechseln. »Würdet Ihr mir wohl bitte die Schale mit den Feigen reichen, Sir Nicholas?«

»Natürlich.« Nicholas lächelte. »Erlaubt mir, eine Feige für Euch auszusuchen.« Statt ihr die Schale zu geben, griff er mit seinen kurzen Wurstfingern hinein und zog eine der getrockneten Früchte heraus. Er tauchte sie in einen Teller mit Zimt und Honig und hielt ihr den Leckerbissen an die Lippen.

Sie starrte auf den Dreck unter Nicholas' Fingernägeln und versuchte nachzudenken. Sie war sich bewußt, daß Gareth die kleine Szene genau verfolgte.

Die ganze Sache wurde allmählich einfach lächerlich, dachte Clare wütend. Dies hier war ihre Halle und sie war die Herrin über die Burg. Sie weigerte sich, sich einem dieser riesigen, anmaßenden Kerle zu unterwerfen.

Sie bedachte Nicholas mit einem kühlen Lächeln und nahm ihm die Feige aus der Hand. Dann legte sie die getrocknete Frucht auf ihren Teller, ohne auch nur einmal hineinzubeißen. »Ich habe es mir anders überlegt. Ich glaube, ich habe heute abend genug gegessen.«

»Ihr enttäuscht mich, Mylady«, sagte Nicholas. »Als Ihr letzten Monat bei mir in Seabern wart, hattet Ihr einen wesentlich größeren Appetit.« Er machte eine Pause und sah sie lüstern an. »Und nicht nur auf Feigen.«

Clare erschauderte. »Daran erinnere ich mich nicht.«

»Ah, aber ich«, fuhr Nicholas fort. »Wie sollte ich jemals die verführerischen Speisen vergessen, die wir geteilt haben? Ich gebe zu, am liebsten erinnere ich mich daran, wie zufrieden Ihr wart, daß es mir gelang, Euren Hunger zu stillen. Ich nehme doch an, daß Ihr Eure süße Zufriedenheit nicht vergessen habt?«

»Ihr beliebt zu scherzen, Sir Nicholas«, sagte Clare. Sie wurde von einer düsteren Vorahnung beschlichen. Irgendwie glitt ihr die ganze Sache aus der Hand. »Bitte hört sofort damit auf. Ich finde Eure Bemerkungen ganz und gar nicht amüsant.«

»Nein?« Nicholas sah sie an, aber es war offensichtlich, daß er eigentlich Gareth beobachtete. Er wog jedes seiner aufreizenden Worte sorgsam ab, setzte nach, suchte nach dem Punkt, an dem er seinen Gegner am besten träfe. »Das trifft mich tief, Madam. Denn ich meinerseits fand Euch äußerst unterhaltsam. In der Tat erwarte ich bereits sehnsüchtig Eure Rückkehr nach Seabern, damit wir dort erneut gegenseitig unseren Hunger stillen können.«

Die Bedeutung von Nicholas' Worten war allen klar. Joanna spielte nervös mit ihrem Löffel herum. Ulrich starrte zu Gareth hinüber und schwieg.

Gareth nahm sich eine Feige. Er sagte nichts.

»Es wäre mir lieb, wenn wir das Thema wechseln könnten.« Clare bemerkte, daß ihre Stimme schrill wurde.

»Aber ich möchte noch ein wenig in den Erinnerungen an unsere gemeinsamen Mahlzeiten schwelgen.« Nicholas nahm die honiggetränkte Feige, die Clare auf ihren Teller gelegt hatte. Er saugte genüßlich daran und dann schmatzte er zufrieden. »Sie waren etwas so herrliches.«

Gareth lehnte sich auf seinem Stuhl zurück. »Lady Clare hat darum gebeten, daß wir über etwas anderes sprechen. Sie findet Eure Worte nicht sonderlich amüsant. Ebenso wenig wie ich.«

Nicholas lachte leise. »Glaubt Ihr, es würde mich interessieren, was Euch amüsiert oder nicht?«

»Es geht mir nicht um mich, sondern um die Wünsche der Lady. Und sie sollten auch Euch nicht vollkommen gleichgültig sein.«

Clare sank das Herz bis in die Knie. Die Situation wurde immer gefährlicher. Vielleicht sollte sie den beiden Männern soviel zu trinken anbieten, daß sie irgendwann beide einschliefen. »Möchte einer der Herren vielleicht noch etwas Wein?«

Nicholas ignorierte ihre Frage. Er starrte Gareth mit zusammengekniffenen Augen an. »Glaubt Ihr, daß Ihr die Lady besser unterhalten könnt, als ich, Höllenhund von Wyckmere?«

»Ja.«

»Das ist wohl höchst unwahrscheinlich, wenn Ihr mich fragt. Warum sollte sie den Schlüssel zu ihrem Zimmer einem Bastard geben, nachdem sie bereits die Berührung eines wohlgeborenen Ritters kennengelernt hat?«

Schockiertes Schweigen senkte sich bleischwer über die gesamte Halle. Clare sah, daß Joanna die Augen vor Entsetzen über diese Beleidigung weit aufriß. Ulrich saß mit grimmiger Miene neben ihr.

Dallan fummelte an den Saiten seiner Laute herum. Er hörte auf zu spielen und sprang auf. Er blickte sich verzweifelt um, als suche er einen Platz, an dem er sich verstecken könnte.

Eadgar, der mit einer neuen Weinflasche kam, blieb mitten in der Tür stehen und blickte hilflos zu Clare hinüber.

Endlich fand Clare ihre Stimme wieder. »Es reicht, Sir Nicholas. Ich glaube, Ihr seid betrunken.«

»Nicht zu betrunken, um nicht zu wissen, was er tut«, sagte Gareth leise.

»Stimmt.« In Nicholas' Augen lag ein böses Glitzern. »Aber was ist mit Euch, Höllenhund von Wyckmere? Seid Ihr noch ganz bei Verstand?«

»Ja. Das bin ich immer. Und Ihr tätet gut daran, das nicht zu vergessen.«

»Lady Clare scheint ein Problem zu haben, was die Wahl zwischen uns beiden betrifft.« Nicholas' dröhnende Stimme hallte laut durch die Halle, in der ansonsten immer noch furchtsames Schweigen herrschte. »Ich schlage also vor, daß wir ihr die Entscheidung abnehmen. Hier und jetzt.«

»Wie?« fragte Gareth freundlich. »Sollen wir vielleicht eine Partie Schach um die Hand der Lady of Desire spielen? Nun gut, ich nehme an, das ist eine durchaus vernünftige Lösung.«

Clare war so wütend, daß sie momentan die drohende Katastrophe vergaß. »Eine Partie Schach? Um meine Hand? Wie könnt Ihr es wagen, Sir?«

Nicholas lächelte böse. »Ja, wie könnt Ihr es wagen, Höllenhund von Wyckmere? Das ist wirklich höchst unritterlich.«

»Ich gebe zu, daß das nicht allzu fair wäre«, erwiderte Gareth. »Schach ist schließlich ein Spiel, das von beiden Spielern Intelligenz erfordert. Sir Nicholas wäre demnach eindeutig im Nachteil.«

»Verdammt, das ist keine Frage der Intelligenz«, schnauzte Nicholas. »Ihr beleidigt die Lady, indem Ihr vorschlagt, daß wir eine Partie Schach um ihre Hand spielen.«

Clare schloß für einen kurzen Augenblick die Augen und sandte ein Stoßgebet an die heilige Hermione.

»Welches Spiel schlagt Ihr also vor?« fragte Gareth.

»Eine Entscheidung durch Kampf. Hier und jetzt.«

»Einverstanden.« Gareth schien dieser Vorschlag genauso

wenig auszumachen wie der erste. »Ihr habt die Wahl der Waffen.«

Clare sprang erneut auf. »Jetzt habe ich endgültig genug von diesem idiotischen Hickhack.«

Alle starrten sie an.

Sie legte beide Hände flach auf den Tisch, damit sie nicht zitterten, und bedachte alle Anwesenden mit einem zornigen Blick. »Hört mir gut zu, alle, die Ihr heute abend an meiner Tafel eßt und trinkt. Ich habe genug von dieser lächerlichen Wahl eines Ehemannes. Thurston of Landry hat mir versprochen, daß die Entscheidung mir überlassen bleibt. Also werde ich mich jetzt entscheiden und der Sache ein Ende machen.«

Die Gäste brachen in aufgeregtes Gemurmel aus. Ein paar der Männer flüsterten mit ihren Nachbarn, um eilig eine Wette über den Ausgang dieses recht ungewöhnlichen Werbens abzuschließen.

»Meine tapferen, edlen Freier wollen also um meine Hand *spielen*«, sagte Clare in beleidigtem Ton. »Also gut, dann wird gespielt. Aber ich werde das Spiel aussuchen, und ich werde auch die einzige sein, die spielt.«

Gareth wandte seine rauchigen Kristallaugen nicht ein einziges Mal von ihrem Gesicht.

Nicholas grinste böse.

»Anscheinend muß ich mich zwischen Sir Gareth of Wyckmere und Sir Nicholas of Seabern entscheiden.« Clare machte eine Handbewegung in Richtung der beiden Männer. »War vor mir eine Frau jemals in einer so glücklichen Lage?«

Die Anwesenden brachen in zustimmendes Gemurmel aus. Niemand schien den Sarkasmus in Clares Stimme zu bemerken.

Sie nahm eine der gelben Primeln vom Tisch und hielt die Blüte hoch, so daß alle sie sehen konnten. »Ich werde jetzt die Blütenblätter einzeln abreißen. Während ich das tue, werde ich abwechselnd die Namen dieser beiden edlen Ritter rufen, die als Lord of Desire in Frage kommen. Und ich schwöre, daß ich den Mann heiraten werde, dessen Namen ich als letzten nenne.«

Nicholas hörte auf zu grinsen. »Um Gottes willen, Clare, Ihr könnt nicht allen Ernstes eine so wichtige Entscheidung einfach dem Zufall überlassen.«

Sie starrte ihn böse an. »Es ist genauso eine Zufallsentscheidung wie die Entscheidung durch Kampf, die Ihr vorgeschlagen habt, Sir Nicholas, aber wesentlich unblutiger.«

»Verdammt«, murmelte Gareth. »Wißt Ihr auch genau, was Ihr da tut, Mylady?«

»Ja.« Clare ließ niemand anderem mehr die Zeit, noch etwas zu sagen. Sie zupfte das erste Blütenblatt ab. »Sir Gareth.«

Die Anwesenden wurden unruhig. Weitere Wetten wurden abgeschlossen.

Gareths Blick wanderte zu der Primel. Er sah sie ein paar Sekunden lang aufmerksam an und dann lehnte er sich mit dem Ausdruck größter Zufriedenheit in seinem Stuhl zurück.

»Sir Nicholas.« Clare riß ein weiteres Blütenblatt ab und ließ es auf den Tisch segeln.

Nicholas starrte mit gerunzelter Stirn auf die Blume. »Das ist eine wirklich idiotische Art, sich einen Ehemann auszusuchen.«

»Wenn man die Wahl zwischen Idioten hat, bedient man sich eben einer idiotischen Auswahlmethode.« Clare lächelte süß und riß erneut ein Blütenblatt ab. »Sir Gareth.«

Es waren nur noch zwei Blütenblätter übrig. Clare zupfte das vorletzte ab. »Sir Nicholas.«

Enttäuschtes Gemurmel mischte sich mit Ausrufen der Begeisterung, als die Menge erkannte, wer der Gewinner sein würde.

Clare hielt die Primel hoch, um das letzte verbleibende Blütenblatt zu zeigen. Mit grimmiger Entschlossenheit riß sie es vom Stiel. »Sir Gareth of Wyckmere.«

Donnerndes Getöse brach in der Halle aus, als die Gäste mit ihren Krügen auf die Tische klopften.

Nicholas' Gesicht war wutverzerrt. »Verdammt, Frau, was meint Ihr eigentlich, was Ihr da tut?«

»Ich wähle den neuen Herrn dieser Ländereien aus.« Clare wandte sich von ihm ab und reichte Gareth die zerrupfte Primel. »Willkommen, Mylord. Ich hoffe, Ihr seid zufrieden mit dem, was Ihr gewonnen habt.«

Gareth nahm den nackten Stiel und erhob sich mit geschmeidiger Eleganz von seinem Stuhl. »Ja, Mylady.« Seine Augen blitzten auf. »Ich bin durchaus zufrieden.«

»Bei Gott.« Auch Nicholas sprang von seinem Stuhl. »Ich bin alles andere als zufrieden. Ihr könnt einen Ehemann nicht auf eine solche Weise wählen.«

»Die Sache ist erledigt. Ich habe meine Wahl getroffen, wie es mir von Thurston of Landry befohlen war.« Clare trat vom Tisch zurück. »Und jetzt müßt Ihr mich bitte entschuldigen. Ich ziehe mich zurück. Ich merke, daß die ganze Aufregung mich ziemlich erschöpft hat.«

»Bei Gott«, brüllte Nicholas. »Das lasse ich mir nicht bieten.«

»Ihr, Sir, habt in der Angelegenheit nichts mehr zu sagen.« Clare reckte das Kinn. »Aber da es zu spät ist, um noch nach Seabern zurückzukehren, seid Ihr herzlich eingeladen, die Nacht auf Desire zu verbringen. Es ist bereits alles vorbereitet.«

Sie raffte ihre Röcke und verließ die Runde. Joanna sprang eilig auf und rannte ihr nach.

Clare war sich der Tatsache bewußt, daß alle Anwesenden ihr nachsahen, während sie durch den Saal in Richtung der Treppe ging. Auf der untersten Stufe blieb sie stehen und blickte noch einmal zu dem Tisch, an dem Gareth und Nicholas saßen.

»Ehe ich gehe, Sir, habe ich noch etwas zu sagen.« Sie sah

Gareth direkt in die Augen. »Als mein zukünftiger Gatte sollt Ihr wissen, daß es auf dieser Insel noch niemals Gewalt gegeben hat. Und ich werde auch heute abend keine Ausschreitungen dulden. Habt Ihr mich verstanden?«

»Ja, Mylady«, sagte Gareth sanft.

»Wenn in dieser Halle vor Anbruch der Dämmerung Blut vergossen wird«, fuhr sie mit zusammengebissenen Zähnen fort, »dann werde ich eher ins Kloster gehen, als Euch oder irgendeinen anderen Mann zu heiraten. Das schwöre ich.«

Erneut brachen die Anwesenden in verwundertes Gemurmel aus. Nicholas grinste plötzlich hinterhältig.

Clare bedachte ihn mit einem vernichtenden Blick und dann wandte sie sich wieder an Gareth. »Und falls einer von Euch zu dem Schluß kommen sollte, er sei ohne mich sowieso besser dran, so laßt Euch sagen, daß ich das Kloster nicht mit leeren Händen betreten werde. Ich werde all meine Rezepte zur Parfümherstellung mitnehmen. Sie werden meine Mitgift an das Kloster sein.«

Schweigen senkte sich über die Halle, als allen die Bedeutung ihrer Worte klar wurde. Es gab niemanden auf der Insel, der nicht wußte, daß der Reichtum von Desire auf Clares Parfümrezepten gründete. Ohne sie waren die Blumen- und Kräuterfelder nutzlos.

Zufrieden, daß sie sich klar ausgedrückt hatte, bedachte Clare Gareth mit einem grimmigen Lächeln. »Eure erste Aufgabe, Sir Gareth, wird demnach sein, für Frieden in dieser Halle zu sorgen. Wenn Ihr die zukünftigen Profite von meinen Parfüms mit mir teilen wollt, müßt Ihr diese Aufgabe bewältigen und ein Blutvergießen verhindern. Ich wünsche Euch eine gute Nacht.«

Sie nahm die Öllampe, die auf einem Tisch neben der Treppe stand, wirbelte herum und eilte die schmalen, gewundenen Stufen hinauf, dicht gefolgt von Joanna.

»Gütiger Himmel, wie konntest du deine Wahl nur auf diese

Weise treffen?« keuchte Joanna, während sie hinter Clare die Treppe hinaufsegelte. »Was hättest du denn gemacht, wenn Sir Nicholas gewonnen hätte? Du verabscheust ihn schließlich nach allem, was letzten Monat vorgefallen ist. Du hast selbst gesagt, daß du so ziemlich jedem anderen Mann den Vorzug geben würdest.«

»Sir Nicholas konnte unmöglich der Gewinner werden. Ich wußte bereits, bevor ich das erste Blütenblatt abgerissen habe, wer der neue Lord of Desire würde.« Clare hatte das obere Stockwerk erreicht und stapfte zu ihrem Schlafgemach. »Schließlich hat eine Primel nur fünf Blütenblätter.«

»Aber woher wußtest du, welchen Namen du als letzten nennen würdest?« Doch dann hellte sich Joannas Miene auf. »Oh, ich verstehe. Du hattest also die Blütenblätter vorher abgezählt und wußtest, mit welchem Namen du anfangen mußtest.«

»Ja.« Clare öffnete die schwere Holztür zu ihrem Zimmer. Sie ging hinein, stellte die Öllampe auf einen Tisch und wandte sich zum Fenster. Dort atmete sie tief die duftende Nachtluft ein, die von draußen hereindrang. »Ich wußte die Antwort im voraus. In der Tat wußte ich sie bereits vor Stunden.«

Joanna sah sie genau an. »Warum hast du dann das ganze Theater mit der Primel veranstaltet?«

Clare klopfte mit einem Finger auf den Fenstersims. »Ich war wütend auf die beiden Kerle, aber besonders auf Sir Gareth. Nicholas ist eben Nicholas. Er ist einfach nicht intelligent genug, um etwas anderes als unangenehm zu sein.«

»Und Sir Gareth?«

Clare verzog grimmig das Gesicht. »Sir Gareth besitzt auf jeden Fall ein hohes Maß an Intelligenz und Verstand. Es hat mich geärgert, daß er bereit war, sein Ziel durch Einschüchterung und Gewalt zu erreichen.«

Joanna runzelte die Stirn. »Glaubst du, daß er das getan hätte?«

»Ja. Hast du nicht bemerkt, wie er mit der Blume herumgespielt hat, als Dallan ›Der Schlüssel‹ gesungen hat?«

»Es war doch nur eine Blume, Clare. Wieso findest du, daß diese Geste einschüchternd war?«

»Ich kann es nicht genau erklären. Irgendwas an der Art, in der er die Blütenblätter gestreichelt hat, hat mich zutiefst beunruhigt.« Clare blickte hinaus auf das mondbeschienene Meer. »Er hat mir ganz unverblümt erklärt, daß er sowohl sanft als auch gefährlich sein kann. Er wollte mir damit sagen, daß ich die Wahl habe.«

Joanna starrte sie an. »Glaubst du wirklich, daß das seine Absicht war?«

»Ich traue ihm durchaus zu, daß er hin und wieder Gebrauch von seinem schrecklichen Ruf macht, um sein Ziel zu erreichen. Er ist ein geschickter Mann, und zweifellos nicht immer vollkommen uneigennützig. Aber wenn er der neue Herr über die Insel werden will, dann muß er lernen, daß wir die Dinge anders regeln. Ich will keine Gewalt auf Desire.«

»Er ist ein Mann, der die Gewalt gewohnt ist, Clare. Für ihn ist es wahrscheinlich nur natürlich, sein Ziel zur Not mit brutalen Methoden zu erreichen.«

»Ja, so ist es wohl.« Clare zögerte. »Aber ich glaube nicht, daß es ihm Spaß macht, Gewalt anzuwenden. Zumindest hat er das behauptet. Sozusagen als Ehrenrettung. Aber wenn wir die Nacht überstehen, ohne daß es unten zu einer Riesenschlägerei kommt, habe ich Grund zu der Hoffnung, daß ich vielleicht die richtige Wahl getroffen habe.«

Zwei Stunden später seufzte Ulrich erleichtert auf und wandte sich grinsend an Gareth. »Ich gratuliere Euch. Eure erste Aufgabe als Herr über diese Burg habt Ihr erfolgreich erfüllt.«

»Danke.«

»Ich muß zugeben, ich war mir nicht sicher, daß wir den Abend ohne ein bißchen Blutvergießen hinter uns bringen würden. Aber Ihr habt mal wieder bewiesen, daß Ihr mit Eurem Verstand ebenso schnell seid wie mit dem Tor zur Hölle.«

»Es war nicht weiter schwierig, Nicholas und seine Männer dazu zu bewegen, soviel zu trinken, daß sie irgendwann einfach einschliefen. Sie waren ja bereits auf dem besten Wege dahin, als Mylady die Halle verließ.« Gareth stapfte mit einer für ihn ungewöhnlichen Unruhe in seinem Zimmer auf und ab. »Habt Ihr die Wachen aufgestellt?«

»Ja. Wenn einer von Nicholas' Männern vor Morgengrauen erwacht, kriegt er noch einen Becher Wein.«

»Und Nicholas?«

»Schläft wie ein Baby, dank seiner Bemühungen, Euch unter den Tisch zu trinken.« Ulrich lachte leise. »Was dieses unblutige Turnier angeht, das Ihr mit Eurem Rivalen veranstaltet habt –«

»Ja?«

»Was habt Ihr mit all dem Wein gemacht, den Ihr angeblich getrunken habt?«

»Ich habe ihn in die Strohballen unter dem Tisch gekippt, wenn Nicholas nicht hingeguckt hat.«

»So etwas hatte ich mir schon gedacht.« Ulrich verzog das Gesicht. »Die Halle wird in keinem besonders guten Zustand sein, wenn Lady Clares Gäste morgen früh mit platzenden Schädeln und verrenkten Mägen aufwachen, aber zumindest wird es kein Blutvergießen geben.«

»Und das ist das einzig Wichtige.« Gareth verspürte wieder dieses seltsame Ziehen um seine Mundwinkel. Beinahe hätte er gelächelt. »Ich werde die Wünsche meiner Lady soweit wie möglich erfüllen, bis wir erst einmal verheiratet sind. Ich möchte schließlich nicht, daß sie denkt, sie hätte die falsche Wahl getroffen.«

»Ihr seid ungewöhnlich zufrieden für einen Mann, dessen Schicksal noch vor kurzem von den zarten Blütenblättern einer Primel und von den Launen einer Frau abhing.«

»Das ist schließlich nicht das erste Mal, daß meine Zukunft durch Glück und Schicksal bestimmt wurde. Und ich bezweifle, daß es das letzte Mal war.«

»Ich dachte, Ihr würdet ebenso wütend werden wie Nicholas, als Lady Clare eine so eigenartige Methode für die Wahl ihres zukünftigen Gatten wählte.«

Gareth blieb am Fenster stehen und stützte eine Hand auf den steinernen Sims. »Ich wußte, daß ich gewinnen würde, als sie das erste Blütenblatt abriß und meinen Namen nannte. Und was noch wichtiger ist, sie wußte es auch. Angesichts ihrer Botanikkenntnisse ist es ausgeschlossen, daß sie die Antwort nicht schon kannte, ehe sie anfing zu zählen.«

Ulrich runzelte die Stirn. »Woher wißt Ihr das?«

Gareth erinnerte sich an die Primel, die er untersucht hatte, als Dallan trotzig das unflätige Lied gesungen hatte. »Gelbe Primeln haben nur fünf Blütenblätter. Oder zumindest hatten die Blumen, mit denen die Tische heute abend geschmückt waren, immer nur fünf.«

»Ah.« Ulrich lächelte. »Ich verstehe, was Ihr meint. Auf Grund der ungeraden Zahl der Blütenblätter war es unvermeidbar, daß der Name, mit dem Lady Clare anfing, auch als letzter fallen würde.«

»Ja.«

»Warum meint Ihr, hat sie sich dann die Mühe gemacht und dieses kleine Spiel gespielt? Warum hat sie dann nicht einfach verkündet, daß die Wahl auf Euch gefallen ist?«

Gareth gab dem Drang zu lächeln nach. »Sie findet mich arrogant. Ich glaube, sie hat versucht, mir eine Lehre zu erteilen.«

»Eine *Lehre*?«

»Sie wollte, daß ich denke, sie mache keinen großen Unterschied zwischen Sir Nicholas und mir. Es war ihre Art, mir zu zeigen, daß ich erst noch beweisen muß, daß ich die bessere Wahl bin.«

Ulrich sah argwöhnisch in Gareths lächelndes Gesicht. »Und das amüsiert Euch?«

Gareth dachte eingehend über die Frage nach. »Ich glaube, ja.«

Ulrich fluchte. »Die paar Male, bei denen ich Euch amüsiert gesehen habe, kann ich an den Fingern einer Hand abzählen.«

»Ihr übertreibt.«

»Nein, ich erinnere mich noch sehr gut an jedes einzelne Mal, weil es uns immer um ein Haar das Leben gekostet hätte.«

5. KAPITEL

Clare hielt sich ihren kleinen Parfümbeutel an die Nase, als sie sich am nächsten Morgen behutsam durch die Haupthalle bewegte.

Selbst die duftenden Kräuter, die sie zwischen den Strohballen hatte ausstreuen lassen, milderten den Gestank randvoller Nachttöpfe, verschütteten Weins und schweißgetränkter Körper kaum.

Es würde Stunden dauern, die Halle zu reinigen. Frische Strohballen müßten verteilt werden, ehe der Raum wieder begehbar wäre. Clare rümpfte angewidert die Nase. Die Bediensteten konnten mit dem Aufräumen nicht anfangen, ehe die Männer, die überall herumlagen, aufwachten.

Sie schob sich zwischen den Strohballen durch, ignorierte das Schnarchen ihrer Gäste und erreichte die Vordertreppe, ohne sich zu übergeben. Der junge Wachposten, der dort stand, nickte ihr respektvoll zu.

»Guten Morgen, Mylady.«

»Guten Morgen.« Clare ließ den Parfümbeutel fallen, so daß er wieder an ihrem Gürtel baumelte. »Ihr seid einer von Sir Gareths Männern, nicht wahr?«

»Ja, Mylady. Mein Name ist Ranulf.«

»Wie kommt es, daß Ihr heute morgen so munter seid, Ranulf? Die anderen scheinen so fest zu schlafen, daß sie wahrscheinlich erst zum Jüngsten Gericht wieder erwachen.«

Ranulf lächelte. »Die Männer, die in der Halle liegen und schlafen, gehören alle zu Sir Nicholas. Ihr dürft sicher sein, daß diejenigen, die unter dem Kommando von Sir Gareth stehen, wach und auf ihren Posten sind. Die meisten von uns sind gerade in den Stallungen.«

»Und weshalb sind die Männer von Sir Gareth immun gegen die Wirkung von zuviel Wein und Bier?«

Ranulf grinste. »Der Höllenhund von Wyckmere verbietet den Männern, die unter seinem Banner reiten, so viel zu trinken, daß sie am nächsten Morgen nicht aufstehen und ihren Dienst versehen können.«

Clare fand diese Regel richtig, aber Ranulfs Worte brachten sie auf einen anderen unschönen Gedanken. »Sir Gareth ist also ein harter Herr?«

Ranulf starrte sie überrascht an. »Nein, Madam. Er ist ein durch und durch gerechter und ehrenwerter Ritter. Ich wollte damit nur sagen, daß er weder Ungehorsam noch Faulheit bei den Männern duldet, die in seinen Diensten stehen. Er sagt, solche Dinge könnten anderen den Tod bringen.«

Clare entspannte sich ein wenig. Die Wache schien es ehrlich zu meinen. »Ich könnte einen harten Herrn hier auf dieser Burg nicht dulden, egal wie intelligent er zu sein scheint«, sagte sie gepreßt. Dann noch eher ein Narr wie Nicholas als ein cleverer, aber zugleich bösartiger Mann.

»Wie bitte, Mylady?«

»Schon gut.« Sie lächelte Ranulf an. »Ich hoffe, es gab keine ernsthaften Probleme gestern abend?«

Ranulf blinzelte. Ihr Lächeln schien ihn zu verwirren. Dann errötete er heftig. »Nein, Mylady.«

»Und niemand wurde verletzt?«

»Ich glaube, Sir Ulrich hat einen Bierkrug auf ein oder zwei Dickschädel knallen lassen, als der Wein nicht wirkte, aber dabei wurde niemand ernsthaft verletzt. Sir Gareth hat strengste Anweisung erteilt, daß es kein Blutvergießen geben dürfe.« Ranulf zuckte mit den Schultern. »Also gab es keins.«

Clare war zufrieden, daß Gareth ihrem Befehl gehorcht hatte. Das war ein gutes Zeichen. »Gehe ich recht in der Annahme, daß Sir Gareth Nicholas und seine Männer bewußt betrunken gemacht hat?«

»Ja, Mylady. Er sagte, das sei der einfachste Weg, um die Sache zu erledigen.«

»Sehr clever.« Clares Lächeln wurde breiter. Dann begann sie zu kichern, als sie sich daran erinnerte, daß sie während ihres erzwungenen Aufenthaltes auf Seabern bei Nicholas dieselbe Taktik angewandt hatte. »Sir Gareth scheint wirklich so gewieft zu sein, wie ich angenommen hatte.«

Ranulf grinste stolz. »Es war nichts weiter als eine Halle voller feiernder Männer, Mylady. Wohl kaum eine schwere Schlacht für den Höllenhund von Wyckmere. Ihr hättet sehen sollen, wie er mit der Bande mörderischer Diebe umgesprungen ist, die letzten Herbst die Gegend von Galtonsea unsicher gemacht haben. Nun, das war wirklich ein denkwürdiges Ereignis. Sir Gareth hat die Halsabschneider in eine Falle gelockt und dann –«

»Ich bin sicher, daß das sehr aufregend war«, unterbrach Clare ihn eilig. Das Letzte, was sie an diesem Vormittag zu hören wünschte, war ein Bericht über Gareths blutrünstige Vergangenheit. Sie versuchte, die Tatsache zu ignorieren, daß sie einen Mann heiraten würde, der bis vor kurzem von Mord und Totschlag gelebt hatte.

Dallan kam aus der Küche am anderen Ende des Hofes. Er kaute an einem großen Stück frischgebackenen Brotes herum.

»Mylady«, rief er, als er Clare entdeckte. Er stopfte sich den letzten Rest Brot in den Mund und eilte zu ihr hinüber. »Ich wünsche Euch einen guten Morgen.«

»Guten Morgen, Dallan. Ich hoffe, du erstickst nicht an deinem Frühstück.«

»Nein, Mylady.« Dallan schluckte hastig und wischte sich mit dem Ärmel seiner Tunika den Mund ab. »Ich hoffe, Ihr habt gut geschlafen.«

»Ja, danke.«

»Das ist ein Wunder.« Dallan runzelte finster die Stirn. »Ich danke den Heiligen, daß Ihr nicht durch die schrecklichen

Dinge von Eurer Ruhe abgehalten worden seid, die sich in der Halle zugetragen haben, nachdem Ihr gegangen wart.«

Clare zog die Brauen hoch. »Ich dachte, es sei nichts Schreckliches passiert. Die Halle sieht heute morgen recht ungemütlich aus, aber das war ja wohl bei so vielen Gästen nicht anders zu erwarten.«

Dallans mageres Gesicht wurde ernst. »Es war ein Gelage, das eine so feine, elegante Lady wie Ihr es seid, schockiert und entsetzt hätte. Ja, ein Anblick wie die Hölle selbst.«

Clare runzelte die Stirn. »Also, bitte, so schlimm kann es ja wohl nicht gewesen sein.«

»Ihr wart ja nicht dabei, Madam, dem Himmel sei Dank.« Dallan straffte seine schmalen Schultern. Seine Augen blitzten vor Empörung. »Muß ich Euch erst daran erinnern, daß der Höllenhund persönlich den Vorsitz hatte?«

»Was redet Ihr da, Meister?« fragte Gareth freundlich, als er vor die Tür trat und sich hinter Clare stellte. »Erzählt Ihr schon so früh am Morgen wilde Geschichten? Man sollte meinen, Ihr wüßtet Besseres mit Eurer Zeit anzufangen.«

Dallan fuhr zusammen und trat einen Schritt zurück. Seine Finger zuckten nervös. Dann riß er sich zusammen, runzelte verärgert die Stirn und wandte sich an Clare. »Bitte entschuldigt mich, Mylady.«

»Ja, ja, natürlich«, murmelte Clare.

Sie beobachtete, wie Dallan davoneilte und holte tief Luft, ehe sie sich dem Mann zuwandte, der bald ihr Ehemann sein würde.

Ihr Ehemann. Der Gedanke machte sie schwindlig.

»Guten Tag, Madam«, sagte Gareth.

»Guten Tag, Sir.« Clare setzte ein Lächeln auf und drehte sich zu ihm um. Obgleich sie gedacht hatte, daß sie auf seinen Anblick vorbereitet sei, mußte sie feststellen, daß sie ein wenig atemlos war.

Nach ihrem Gespräch mit dem jungen Ranulf überraschte es

sie nicht, daß Gareths Gesicht keine Spur eines nächtlichen Trinkgelages mit Nicholas aufwies. Sie nahm an, daß der Großteil seines Weins zusammen mit Nicholas und seinen Männern unter dem Tisch gelandet war. Zumindest war dort ihr Wein gelandet an jenem ersten, gefahrvollen Abend, als sie sich plötzlich auf Seabern gefangen gesehen hatte.

Damals war sie Nicholas entflohen, nachdem sie ihn ermutigt hatte, mehr zu trinken, als ihm guttat. Sie war die Treppe hinauf gerannt und hatte sich in einem der Turmzimmer eingeschlossen.

Dort hatte sie die nächsten drei Tage verbracht, ohne auf Nicholas' Wut, seine Drohungen und sein donnerndes Klopfen zu reagieren. Eines Nachmittags, als Nicholas frustriert auf die Jagd gegangen war, war es ihr dann gelungen, sich zu befreien.

Nun kam ihr der Gedanke, daß sie wahrscheinlich nicht so leicht hätte fliehen können, wenn sie vom Höllenhund von Wyckmere gefangen genommen worden wäre.

Gareth sah heute morgen noch größer aus, als sie ihn in Erinnerung hatte. Die Kraft und Geschmeidigkeit, die er ausstrahlte, war ebenso ein Teil von ihm wie seine Intelligenz und seine Entschlossenheit. Clare verspürte den flüchtigen Wunsch, daß ihr Vater und Bruder noch leben würden, um ihn kennenzulernen.

Aber wenn ihr Vater und ihr Bruder noch lebten, wäre sie Gareth of Wyckmere wahrscheinlich niemals begegnet, ganz zu schweigen davon, daß sie ihn geheiratet hätte. Sie hätte ihn niemals als Gatten ausgewählt, und Gareth hätte wohl auch niemals Interesse an ihr gehabt, da sie schließlich keine Erbin gewesen wäre.

Manchmal spielte das Leben einer Frau schon seltsame Streiche.

Gareth trug eine graue Tunika über seinem pechschwarzen Unterkleid. Obwohl er keine Rüstung anhatte, steckte das Tor zur Hölle sicher in der Scheide an seiner Hüfte. Der kristallene

Knauf glich den Augen seines Herrn. Clare hatte den Eindruck, als gehöre das Schwert ebenso zu Gareths Alltagskleidern wie seine Schuhe und die Tunika.

Mit nachdenklichem Blick sah er Dallan nach. »Euer Barde und ich werden uns einmal ausführlich miteinander unterhalten müssen.«

»Dallan meint es nicht böse, Sir. Er macht sich nur Sorgen um mich.« Clare runzelte die Stirn. »Ich hoffe, Ihr macht es Euch nicht zur Gewohnheit, die Mitglieder meines Haushaltes in Angst und Schrecken zu versetzen.«

»Es wird Eurem Poeten nicht schaden, ein wenig Benehmen zu lernen. Er will Euch nicht nur schützen, Madam. Ich glaube, er ist eifersüchtig.«

»Eifersüchtig.« Clare klappte ungläubig den Mund auf.

»Ja. Was ja auch durchaus zu verstehen ist.«

Clare errötete. »Danke, Sir, aber ehrlich gesagt habe ich nur sehr wenig Erfahrung mit eifersüchtigen Männern.«

»Eine weitverbreitete Krankheit. Viele Männer fallen ihr zum Opfer, wenn sie in Dallans Alter sind.«

»Eine Krankheit?«

»Liebeskummer. Die Symptome sind leicht zu erkennen. Wenn die Krankheit ausbricht, werden die jungen Männer überernst und äußerst leidenschaftlich, fest entschlossen, auch noch den Rocksaum ihrer Liebsten anzubeten.«

»Ich verstehe.«

»Und Dallan hat sich offensichtlich mit seinem reinen, jungen Herzen ganz Euch verschrieben, und da möchte er natürlich Eure ungeteilte Aufmerksamkeit.«

»Seid Ihr Euch sicher? Ich habe nicht gewußt, daß seine Gefühle derart intensiver Natur sind.«

Gareth zuckte mit den Schultern. »Wie gesagt, es ist ein weitverbreitetes Problem bei Jungen in seinem Alter. Aber es ist nichts, aus dem er nicht irgendwann herauswachsen würde.«

Clare kreuzte die Arme vor der Brust. »Sagt mir, Sir, seid Ihr jemals dieser Krankheit erlegen, die Ihr mir da beschreibt?«

»Es gab eine kurze Zeit in meinem Leben, als ich die Höllenqualen nicht erwiderter Leidenschaft auszustehen hatte. Aber das ist lange her.« Gareths Augen glitzerten. »Ich kam zu dem Schluß, daß man durch derartige Leidenschaft nichts gewinnen kann, und dann war ich den Liebesschmerz bald leid. Ich habe kein Talent dazu, eine Lady aus der Ferne anzubeten.«

»Schade.« Clare wollte es sich nicht eingestehen, aber die Tatsache, daß Gareth ritterliche Liebe und Leidenschaft einfach so abtat, entmutigte sie. Sie durfte nicht vergessen, daß er diese Ehe ebenso aus praktischen Gründen in Erwägung gezogen hatte wie sie.

»Ich hoffe, Ihr erwartet von mir nicht, daß ich in meinem Alter noch Liebeskummer bekomme«, sagte Gareth leise.

Clare blickte in seine kristallfarbenen Augen und bemerkte zu ihrer Verblüffung, daß er sich wieder einmal köstlich zu amüsieren schien. Dieses Wissen verbesserte ihre Laune nicht gerade. Gareth war ein Mann, der seine Gefühle sehr gut versteckte, aber wenigstens besaß er welche. Gestern war sie sich da noch nicht so sicher gewesen.

Sie erinnerte sich daran, daß sie niemals erwartet hatte, durch ihre Hochzeit einen leidenschaftlichen Liebhaber zu bekommen. Alles, was sie erhoffen durfte, war ein Ehemann, der ein intelligenter Freund und Begleiter wäre.

Sie brauchte Zeit. Sie räusperte sich und beschloß, die Gelegenheit beim Schopf zu packen. »Obwohl Ihr scherzt, Sir Gareth, würde ich doch gern –«

»Niemals, Madam.«

Sie blinzelte verwirrt. »Wie bitte?«

»Ich scherze niemals.«

Sie winkte ab. »Unsinn, natürlich tut Ihr das. Trotzdem, Eure letzte Bemerkung bringt mich auf ein recht heikles Thema, über das ich mit Euch sprechen möchte, ehe wir heiraten.«

»Wir werden uns später unterhalten, wenn es Euch nichts ausmacht. Es gibt noch ein, zwei Dinge, die ich erledigen muß, ehe Nicholas und seine Männer wach werden.« Gareth sah sich im Hof um und hob eine Hand, um Ulrich auf sich aufmerksam zu machen.

»Aber Sir Gareth, die Sache, über die ich mit Euch sprechen möchte, ist von größter Wichtigkeit.«

»Es ist ebenso wichtig, Eure Halle von all dem Unrat zu befreien.«

Diese Bemerkung lenkte Clare von ihren Gedanken ab. »Nun, das stimmt. Wollt Ihr damit sagen, daß Ihr Euch darum kümmert?«

»Wie könnte ich das nicht tun? Ich bin schließlich derjenige, der dieses Durcheinander veranstaltet hat.«

Sie konnte sich ein Lächeln nur mit Mühe verkneifen. »Allerdings, das seid Ihr. Aber unter den gegebenen Umständen bin ich bereit, diese Sache zu übersehen.«

»Ihr seid in der Tat eine äußerst großherzige Frau.«

»Es freut mich, daß Ihr das so seht.« Sie runzelte die Stirn. »Ich nehme an, unsere Unterhaltung kann noch ein wenig warten. Vielleicht hättet Ihr ja heute nachmittag ein wenig Zeit?«

»Ich stehe Euch jederzeit zur Verfügung, Madam.«

»Außer wenn Ihr gerade dabei seid, eine Halle aufzuräumen?«

»Genau.«

Einer der Stallburschen wählte genau diesen Augenblick, um eines der riesigen Streitrösser über den Hof zu führen. Die stählernen Hufbeschläge dröhnten auf den Steinen, als das Tier einen klappernden Karren voller Heu hinter sich herzog.

Aus der Halle drang ein schmerzliches Stöhnen.

»Beim Teufel und all seinen Lakaien, was ist denn das für ein verdammter Krach?« Nicholas kam herausgeschlurft, blieb aber im Schatten der Tür stehen. Er kratzte sich geistesabwesend über die Bartstoppeln in seinem Gesicht, als er mit trübem Blick auf den Hof sah. »Oh, Ihr seid's, Clare.«

Clare versuchte, den beißenden Geruch zu ignorieren, der von ihm ausging. »Guten Tag, Sir.«

»Ach, ist es ein guter Tag? Das habe ich bis jetzt noch nicht bemerkt.«

Sie runzelte die Stirn. »Ihr seht krank aus.«

»Das bin ich auch.« Nicholas zuckte zusammen. »Mein Kopf fühlt sich an, als habe irgendein Idiot ihn benutzt, um seinen Faustschlag zu trainieren.«

»Erwartet ja kein Mitleid von mir«, sagte Clare. »Nachdem Ihr Euch gestern abend äußerst schlecht benommen habt, habt Ihr kein Mitgefühl verdient.«

Nicholas warf Gareth einen flehenden Blick zu. »Ihr habt die Hand der Lady gewonnen. Nehmt sie mit meinem Segen. Aber dafür könntet Ihr mich zumindest vor ihrer spitzen Zunge schützen.«

Gareth sah Clare an. »Lady Clare wollte sowieso gerade auf den Klippen spazierengehen.«

»Ich wollte was?« Sie starrte ihn verblüfft an.

»Ich glaube, das wäre im Augenblick das beste«, sagte Gareth. »Bis Ihr zurück seid, wird Eure Halle wieder sauber sein.«

Clare zögerte. »Vielleicht wäre ein Spaziergang gar nicht so dumm. Ich gehe oft morgens spazieren. Und zufällig habe ich im Dorf noch etwas zu erledigen.« Ihre Miene hellte sich auf. »Ich laufe nur schnell nach oben und hole etwas, das ich Beatrice der Einsiedlerin versprochen habe. Ich bitte die Herren, mich zu entschuldigen.«

»Ja, ja«, murmelte Nicholas. »Ihr seid entschuldigt. Ich bin froh, wenn ich Euch los bin.«

Clare warf ihm einen bösen Blick zu, als sie an ihm vorbeiging. »Also wirklich, Sir Nicholas, Ihr solltet Euch für Euer Benehmen gestern abend schämen.«

»Bitte haltet mir jetzt keinen Vortrag«, stöhnte Nicholas. »Der Schädel, den ich habe, ist Strafe genug für alles, was ich gestern getan habe. Werdet glücklich mit Eurem Höllenhund, wenn er denn tatsächlich der Mann Eurer Wahl ist.«

»Er ist nicht mehr der Höllenhund von Wyckmere«, sagte Clare heftig. »Morgen wird er Gareth, Lord of Desire, und es wäre mir lieb, wenn Ihr ihm den gebührenden Respekt zollen würdet.«

Gareth zog eine Braue hoch und sah Clare mit einer gewissen Neugier an, als sei sie ein seltsames, fremdartiges Geschöpf.

Nicholas stützte den Kopf in beide Hände. »Ich werde ihn mit jedem Namen ansprechen, den Ihr mir nennt, wenn Ihr nur aufhört zu kreischen, Mylady.«

»Ich kreische nicht.« Clare ging um ihn herum in Richtung der Treppe.

»Das ist wohl Ansichtssache.«

Clare ignorierte ihn. Aber auf halber Höhe der Treppe fiel ihr ein, daß sie vergessen hatte, Nicholas zu fragen, ob er die Absicht habe, bis zur Hochzeit zu bleiben. Wenn er und seine Männer noch eine Nacht blieben, müßte sie Eadgar vorwarnen.

Also raffte sie ihre Röcke und rannte die Treppe wieder hinunter. Sie wich einem schnarchenden Mann aus, der halb von seinem Strohsack auf den schmutzigen Fußboden gerutscht war und eilte zurück zum Eingang.

Gareth und Nicholas standen immer noch in der Tür und unterhielten sich leise. Keiner der beiden bemerkte, daß sie näherkam und stehenblieb, als sie ihren Namen hörte.

»Nein, bei allem, was mir heilig ist, ich habe wirklich nicht den Wunsch, noch einen Tag länger zu bleiben und an Lady Clares Hochzeit teilzunehmen«, sagte Nicholas. »Sie gehört Euch und ich wünsche Euch viel Spaß mit ihr.«

»Das ist unter den gegebenen Umständen äußerst großmütig«, erwiderte Gareth.

»Es stimmt, sie bringt großartige, gewinnbringende Ländereien als Mitgift mit in die Ehe. Also habe ich gedacht, ich sollte wenigstens versuchen, sie in die Hände zu bekommen, aber ehrlich gesagt bin ich nicht traurig, daß ich sie an Euch verloren habe. Der Mann, der Clare zur Frau nimmt, zahlt einen hohen Preis dafür. Das werdet Ihr schnell genug herausfinden.«

»Das geht Euch ja wohl nichts an«, meinte Gareth.

»Ja, und ich gebe zu, daß ich heute morgen wirklich dankbar dafür bin.« Nicholas rieb sich die Schläfen. »Gott bewahre mich vor cleveren Frauen.«

»Seid versichert, daß Ihr vor dieser Frau gewiß bewahrt seid.«

»Die Schwierigkeit ist, daß sie das Gut geleitet hat, seit sie ein junges Mädchen war«, beschwerte sich Nicholas. »Sie hat sich viel zu sehr daran gewöhnt, Befehle zu erteilen. Ich warne Euch, Höllenhund von Wyckmere, sie wird es nicht dulden, daß ihr ein Mann die Zügel aus der Hand nimmt.«

»Das kommt vielleicht auf den Mann an.«

»Nein, Ihr wißt einfach nicht, auf was Ihr Euch einlaßt.« Nicholas entfuhr ein abgrundtiefer Seufzer. »Wißt Ihr, ich hatte ja schon einen Plan, wie ich mit ihr fertig geworden wäre.«

»Ach ja?«

»Ja, und großmütig wie ich nun einmal bin, werde ich Euch raten, Euch meinen Plan zu eigen zu machen.«

»Was für ein Plan war es denn?«

»Wenn Ihr erst einmal mit ihr verheiratet seid, müßt Ihr einfach Tag und Nacht mit ihr ins Bett gehen, bis Ihr Euren Samen in sie eingepflanzt habt. Und wenn Ihr sicher seid, daß sie ein Kind erwartet, könnt Ihr die Insel verlassen.«

»Verlassen?« Gareths Stimme klang neugierig.

»Warum nicht? Laßt sie hier, damit sie sich um Desire kümmert. Dafür hat sie schließlich Talent. Und Ihr könnt den Großteil des Jahres außer Reichweite ihrer spitzen Zunge verbringen.«

Es entstand eine kurze Pause.

»Das also war Euer brillanter Plan, um mit Lady Clare fertig zu werden?« fragte Gareth schließlich. »Ihr ein Kind anzuhängen und dann die Insel zu verlassen?«

»Ja, und es hätte auch geklappt. Wenn Ihr nur halb soviel Verstand habt, wie die Leute sagen, dann befolgt Ihr meinen Rat, Höllenhund von Wyckmere.«

Nicholas' Worte schmerzten. Clare versuchte, den Schmerz und den Zorn zu ignorieren, den sie in ihr weckten, aber das war unmöglich. Sie trat einen Schritt näher an den Eingang.

»Ihr seid ein noch größerer Narr als ich dachte, Nicholas«, sagte Gareth leise.

Clares Miene hellte sich ein wenig auf. Es war nett, daß zumindest ihr zukünftiger Mann sie verteidigte.

»Bah. Wir werden ja sehen, was für ein Narr ich bin, wenn Ihr erst einmal Gelegenheit hattet, Clare besser kennenzulernen«, knurrte Nicholas. »Und erwartet ja nicht, daß ich Euch Unterschlupf auf Seabern gewähre, wenn Ihr erst einmal genug habt von ihrem Mundwerk.«

»Seabern wäre der letzte Ort auf Erden, an dem ich Zuflucht vor meiner Frau suchen würde.«

»Ganz wie Ihr meint.« Nicholas wandte sich zur Halle um. »Wenn Ihr nichts dagegen habt, wecke ich jetzt meine Männer und mache mich auf den Weg. Ich wünschte bloß, mir bliebe die Überfahrt nach Seabern erspart.«

»Nur eins noch, ehe Ihr geht.«

»Ja?« Nicholas blieb stehen. »Und das wäre?«

»Es hat mit dem Besuch zu tun, den Clare Euch vor einem Monat abgestattet hat.«

»Was ist damit?«

»Die wahren Umstände ihres Aufenthaltes auf Seabern sind mir durchaus bekannt. Ich weiß, daß Ihr sie gegen ihren Willen dort festgehalten habt.«

»Es war nichts anderes als ein Freundschaftsbesuch. Fragt doch die Lady selbst.«

»Was mich betrifft, so war es eine Entführung. Und laßt Euch gesagt sein, Nicholas, ich werde Genugtuung dafür verlangen.«

Clare erstarrte.

»Um Gottes willen, Mann.« Nicholas klang wirklich bestürzt. »Ihr wollt damit doch nicht etwa sagen, daß Ihr die Absicht habt, mich wegen dieses Besuches herauszufordern?«

»Heute nicht. Clare wünscht keine Gewalt auf Desire und ich bin momentan in der Stimmung, ihr ihre Wünsche zu erfüllen. Aber es wird die Zeit und der Ort kommen, diese Sache zu begleichen.«

»Aber es ist nicht das Geringste passiert«, platzte Nicholas heraus. »Ich habe die Lady nicht ein einziges Mal angerührt.«

»Gestern abend klang das aber noch ganz anders.«

»Gestern abend habe ich nur etwas anderes behauptet, weil ich hoffte, daß Ihr dann vielleicht kein Interesse mehr an ihr hättet. Ich wußte, daß das meine einzige Chance war. Außerdem war ich betrunken, falls Ihr Euch daran erinnert. Ich wußte nicht, was ich tat.«

»Ihr könnt nicht erwarten, daß ich glaube, Ihr hättet Clare entführt und sie vier Tage lang auf Seabern festgehalten, ohne sie zu berühren.«

»Ihr kennt Clare wirklich nicht besonders gut, nicht wahr?« erwiderte Nicholas. »Verdammt, warum stehe ich überhaupt hier und streite mit Euch? Ihr werdet in der Hochzeitsnacht ja sowieso die Wahrheit erfahren.«

»Ja«, sagte Gareth. »Das werde ich.« Der Ton seiner Stimme verriet, daß er nicht erwartete, daß seine zukünftige Frau noch Jungfrau war.

Clare war sprachlos. Nicholas' Worte hatten geschmerzt, aber Gareths Vermutung, daß sie bereits entehrt sei, machte sie wirklich wütend. Er besaß noch nicht einmal den Anstand, sie selbst zu fragen. Er hatte einfach irgendwelche Gerüchte als letzte Wahrheit akzeptiert.

Ihre Wangen brannten und ihr Magen zog sich zusammen. Sie hatte nie besonders viel von Nicholas erwartet, aber sie hatte angefangen zu glauben, daß Gareth ein vernünftiger und halbwegs höflicher Mann sei. Offenbar hatte sie sich geirrt.

Clare trat aus der schattigen Halle auf die sonnenbeschienene Treppe.

Gareth sah sie an. »Ich dachte, Ihr wolltet etwas aus Eurem Zimmer holen.«

»Ich habe jedes Wort gehört.« Clare ignorierte Nicholas und beobachtete Gareth mit einem eisigen Blick. »Sir Nicholas spricht die Wahrheit, wenn er sagt, daß er mich nicht entehrt hat, als ich auf Seabern war.«

»Ach, tut er das?«

»Ja, das tut er«, sagte Clare mit lauter Stimme.

Nicholas zuckte zusammen. »Bitte, Madam, denkt an meinen armen Kopf.«

Clare wirbelte zu ihm herum. »Beim kleinen Finger der heiligen Hermione, hört endlich auf, über Euren schmerzenden Schädel zu jammern, Sir. Es ist mir egal, wenn Euch der Kopf von den Schultern fällt und die Straße hinunterrollt.«

Nicholas machte eine hastige Verbeugung und zog sich zurück. »Ich lasse Euch am besten mit Sir Gareth allein, damit Ihr diese nette Unterhaltung unter vier Augen mit ihm weiterführen könnt. Ich fahre zurück nach Seabern. Wenn ich dort ankomme, werde ich auf direktem Weg in die Kapelle eilen, um den Heiligen dafür zu danken, daß sie mir diese Ehe erspart haben.«

»Ja, tut das, Sir Nicholas.« Sein feiger Rückzug machte Clare noch wütender. »Ich wünschte, mir würde ebenfalls diese Hochzeit erspart. Mir ist durchaus bewußt, daß es nur meine Ländereien und meine Parfümrezepte waren, die die Aufmerksamkeit zweier so edler Ritter wie Euch und Sir Gareth erregt haben.«

Nicholas stöhnte und hielt sich die Ohren zu.

»Lady Clare«, sagte Gareth freundlich. »Vielleicht wäre es das beste, wenn wir dieses Gespräch woanders fortführen würden.«

Sie drehte sich zu ihm um. »Es ist mir egal, wer mich hört. Die ganze Insel weiß, daß ich vier Tage auf Seabern verbracht habe. Es ist also kein Geheimnis.«

Gareth sah sie nachdenklich an. »Wie Ihr wünscht, Madam.«

»Ich erwarte weder Leidenschaft noch Ergebenheit von Euch, Sir, aber ich erwarte, daß Ihr mir glaubt, wenn ich Euch mein Wort gebe. Und ich schwöre Euch hier und jetzt, daß Sir Nicholas nicht mit mir das Bett geteilt hat, während ich auf Seabern war.«

»Eure Jungfräulichkeit oder ihr Fehlen hat keinerlei Auswirkung auf unsere Hochzeit«, sagte Gareth beruhigend. »Ich wußte bereits von Eurem Aufenthalt auf Seabern, ehe ich hierher kam.«

»Und Ihr habt das Schlimmste angenommen, nicht wahr?«

»Es ist nur logisch anzunehmen, daß Nicholas Euch entehrt hat, während er Euch gefangenhielt, um eine Hochzeit zu erzwingen.«

»Warum? Weil Ihr es an seiner Stelle so gemacht hättet?«

»Beruhigt Euch«, sagte Gareth. »Ihr erregt Euch zu sehr.«

»Tue ich das? Wie dumm.« Am liebsten hätte Clare vor Zorn geschrien. »Ihr habt mein heiliges Ehrenwort, Sir, daß ich niemals mit Nicholas of Seabern das Bett geteilt habe.«

»Es besteht keinerlei Notwendigkeit, Eure Tugendhaftigkeit der ganzen Welt zu verkünden.« Gareth sah sich bedeutungsvoll in dem belebten Hof um. »Schließlich werde ich morgen nacht sehen, ob Ihr die Wahrheit sagt, oder nicht?«

»Nein, das werdet Ihr nicht«, knurrte Clare mit zusammengebissenen Zähnen.

Schockiertes Schweigen senkte sich über alle, die in der Nähe standen oder gingen. Der Stallbursche, der das Pferd über den Hof führte, zerrte an den Zügeln und zwang den riesigen Hengst stehenzubleiben.

Gareth musterte Clare mit unbeweglicher Miene. »Was soll das heißen, Madam?«

»Das heißt, Sir, daß ich nicht im geringsten die Absicht habe, Euch irgend etwas zu beweisen, vor allem nicht meine Tugendhaftigkeit.« Clare ballte die Hände zu Fäusten. »Und das, Sir, bringt mich auf das Thema, über das ich heute nachmittag mit Euch hatte sprechen wollen. Aber wir können genauso gut an Ort und Stelle darüber reden.«

»Nein, Madam, wir werden nicht an Ort und Stelle darüber reden.« Gareth warf ihr einen kalten, herausfordernden Blick zu. »Es sei denn, Ihr möchtet Eure Probleme vor einem breiten Publikum ausdiskutieren.«

»Warum nicht? Ich gebe zu, daß ich ursprünglich nicht die Absicht hatte, vor dem gesamten Haushalt mit Euch zu reden.« Sie bedachte ihn mit einem eisigen Lächeln. »Wißt Ihr, ich wollte Euren Stolz nicht verletzen.«

»Meinen Stolz?«

»Ja.« Clares Lächeln legte sich. »Aber weshalb sollte ich mir wegen Eurer Ehre Gedanken machen, wenn Ihr ja keinerlei Skrupel zu haben scheint, hier auf der Eingangstreppe meiner eigenen Burg mit einem anderen Mann über meine Tugendhaftigkeit zu sprechen.«

»Mylady, ich glaube, Ihr seid jetzt weit genug gegangen.«

»Ich habe gerade erst angefangen. Hört mir gut zu, Sir Gareth, der Ihr der Lord of Desire werden wollt. Hört mir zu und laßt Euch gesagt sein, daß ich jedes Wort ernst meine. Wir werden morgen heiraten, wie Ihr und mein Vormund es verlangt.«

»Ja, Madam, das werden wir.«

»Aber wir werden diese Ehe nicht vollziehen, ehe ich nicht davon überzeugt bin, daß Ihr ein passender Ehemann seid«, endete Clare triumphierend. »Ihr, Sir, werdet Euch meiner

Achtung und meines Respekts würdig erweisen müssen, ehe ich das Ehebett mit Euch teilen werde.«

Die Zuschauer, die zusammengelaufen waren, um den Streit zu verfolgen, standen mit vor Überraschung offenen Mündern da. Ulrich verzog das Gesicht und schüttelte das glänzende Haupt.

Aus den Augenwinkeln sah Clare, daß sich Dallans beleidigtes Schmollen in eine Art beleidigte Zufriedenheit verwandelte.

In den Reihen von Gareths Männern erhob sich aufgeregtes Flüstern. Clare wußte, daß sie erneut Wetten abschlossen.

Nicholas begann zu lachen. »Beim Teufel, diese Szene ist wirklich toll. Ich glaube, sie ist es sogar wert, daß ich trotz meines schmerzenden Schädels bis zur Hochzeit bleibe.«

»Ich glaube nicht«, sagte Gareth. »Ruft Eure Männer zusammen und macht Euch zur Abfahrt bereit. Ihr habt uns bereits genug Ärger beschert. Macht mir heute morgen noch mehr Scherereien und Ihr dürft Euch das Tor zur Hölle einmal aus der Nähe ansehen.«

Nicholas hob abwehrend die Hände. »Keine Angst, Höllenhund von Wyckmere. Meine Männer und ich sind bereits auf dem Weg zurück nach Seabern. Ich bin wirklich nicht in der Verfassung, um heute mit Euch zu kämpfen. Vielleicht ein anderes Mal.« Er grinste verstohlen. »Aber ich glaube, daß Ihr erst noch eine andere Schlacht gewinnen müßt, oh, großer Lord of Desire.«

»Verschwindet, ehe ich meine Meinung ändere und doch noch heute Rache nehme.«

»Noch eines, ehe ich gehe«, sagte Nicholas. »Wenn Ihr wissen wollt, wie schwer die kommende Schlacht werden wird, dann fragt Eure Lady doch einmal, wie sie auf ihr Rezept für einen Gatten kam.«

»Ich habe Euch gewarnt, Nicholas.« Gareth legte die Hand

auf den Griff seines Schwertes. »Und ich spreche immer nur eine Warnung aus.«

»Fragt Sie nach Raymond de Coleville. Er ist der tapfere Ritter, der ihr als Anregung für ihr Rezept diente. Keiner von uns Sterblichen kann darauf hoffen, ihm jemals das Wasser zu reichen, noch nicht einmal Ihr, Höllenhund von Wyckmere. Der Mann konnte nicht nur lesen, er konnte sogar Gedichte schreiben.«

Nicholas lachte so heftig, daß er kaum noch Luft bekam. Mehrere seiner Männer erhoben sich ungelenk hinter ihm. Sie alle grinsten.

»Falls Ihr herausfindet, daß Eure Lady keine Jungfrau mehr ist«, gelang es Nicholas schließlich zu sagen, »dann fragt nicht mich nach einer Erklärung. Wendet Euch an Raymond de Coleville.«

Clare erschauderte. Sie sah Gareth an und fragte sich, ob sie vielleicht besser hätte ihre Zunge hüten sollen, bis sie ihren Zorn wieder unter Kontrolle gehabt hätte.

Aber jetzt war es zu spät, um ihre überstürzte Ankündigung zurückzunehmen. Und sie war niemand, der so schnell einen Rückzieher machte.

»Anscheinend stellt die Schlacht, in die ich ziehe, eine noch größere Herausforderung dar, als ich zunächst angenommen hatte«, sagte Gareth.

Es war nicht seine sanfte Stimme, die Clare beunruhigte.

Es war sein Lächeln.

6. KAPITEL

»Sir Ulrich sagt, daß Sir Gareth am gefährlichsten ist, wenn er lächelt.« Die kühle Morgenbrise, die vom Meer herüberwehte, zupfte an Joannas Umhang. Sie rückte ihre Kapuze zurecht und warf Clare einen besorgten Blick zu. »Er sagt, daß der Höllenhund von Wyckmere nur selten lächelt, und wenn er wirklich mal etwas amüsant zu finden scheint, dann versteht niemand anderes den Witz an der Sache.«

»Es läßt sich nicht leugnen, daß Sir Gareth eine etwas eigenartige Vorstellung von Humor hat«, murmelte Clare. Sie hatte die Kapuze ihres orangefarbenen Umhangs zurückgeschoben, und der rauhe, beißende Wind spielte mit ihrem locker zusammengebundenen Haar.

»Sir Ulrich behauptet, daß immer etwas Schreckliches passiert, wenn der Höllenhund von Wyckmere lächelt.«

»Nun, das ist vollkommener Unsinn. Sir Ulrich klingt ein bißchen wie Beatrice. Immer prophezeit er irgend ein Unglück oder eine Katastrophe.« Clare wog den kleinen Beutel in der Hand, der an ihrem gelb-orangefarbenen Gürtel hing und in dem ein Topf besonders parfümierter Kräutercreme steckte.

»Sir Ulrich ist Sir Gareths engster Vertrauter. Er hat mir erzählt, daß er ihm bereits seit vielen Jahren dient. Aber Ulrich sagt, daß selbst er vorsichtig ist, wenn der Höllenhund von Wyckmere Anzeichen von Belustigung zeigt.«

Clare warf Joanna einen ungeduldigen Blick zu. Ihre Freundin sah ängstlich und besorgt aus, was ganz und gar nicht zu ihr paßte. Ihr Verhalten war höchst beunruhigend, und gerade jetzt wollte Clare sich nicht noch mehr beunruhigen lassen, als sie es sowieso schon war. Sie mußte einen kühlen Kopf bewahren und die Sache mit Verstand und Logik angehen.

Und sie mußte an ihre Pflichten und ihre Verantwortung gegenüber der Insel und ihren Bewohnern denken.

Der Spaziergang über die Klippen zum Dorf hätte ihr helfen sollen, die Gedanken, die in ihrem Kopf herumschwirrten, zu ordnen. Es war zwar Gareths Vorschlag gewesen, aber Clare hatte es sich tatsächlich zur Gewohnheit gemacht, jeden Morgen einen Spaziergang zu machen. Es gefiel ihr nur nicht, wenn man ihr den *Befehl* dazu gab, dachte sie und ärgerte sich bei der Erinnerung daran, wie Gareth sie aus ihrer eigenen Burg geworfen hatte.

Es war offensichtlich, daß Gareth es gewohnt war, Befehle zu erteilen.

Ebenso wie sie.

Und das könnte zu einem Problem werden.

»Mir scheint«, sagte sie zu ihrer Freundin, »daß du und Sir Ulrich euch recht eingehend über Gareth unterhalten habt.«

Überraschenderweise errötete Joanna leicht. »Sir Ulrich ist ein äußerst höflicher Ritter. William mag ihn sehr.«

»Das habe ich bereits bemerkt.«

Joanna runzelte die Stirn. »Heute morgen hat William immer noch von seinem Ritt auf Ulrichs Streitroß gesprochen. Ich hoffe nur, daß mein Sohn kein allzu großes Interesse an Schlachtrössern und Waffen und so weiter entwickelt.«

Clare blickte auf das sonnenbeschienene Meer. Williams zunehmende Begeisterung für das Rittertum machte Joanna angst. »Ich verstehe deine Sorge. Aber es wird schwierig werden, einen Jungen wie William von Gareths Männern fernzuhalten.«

»Vielleicht würde es helfen, wenn ich dafür sorge, daß er mehr Zeit mit seinen Studien verbringt.«

»Ja. Vielleicht.« Aber insgeheim bezweifelte Clare, daß irgend etwas das Interesse des Jungen an der rauhen Welt der Waffenträger mindern könnte. Verstärkte Studien waren wohl kaum das geeignete Mittel.

Sie verstand Joannas Besorgnis besser als die meisten, da sie ihren eigenen Bruder auf einem Turnier verloren hatte. Aber Clare wußte außerdem, daß Joannas übermäßige Fürsorglichkeit wahrscheinlich nicht die beste Methode war, einen kleinen Jungen zu erziehen.

Clare atmete tief ein. Wie immer genoß sie die frische, würzige Morgenluft. Sie liebte den purpur- bis rosafarbenen Lavendel, der die Klippen bedeckte.

Über die schmale Meerenge hinweg, die Desire vom Festland trennte, konnte man den dunklen Turm von Seabern sehen, der sich hinter dem kleinen Dorf an der Küste erhob. Der Anblick ließ sie angewidert erschauern.

»Ich gebe zu, daß ich einige ernste Zweifel an Sir Gareths Eignung zum Ehemann hege«, sagte sie. »Aber ich nehme an, es hätte noch schlimmer kommen können. Ich hätte gezwungen sein können, mich mit Sir Nicholas abzufinden.«

Joanna warf ihr einen eigenartigen Blick zu. »Mit dem wärst du zumindest auf jeden Fall fertiggeworden, Clare.«

»Mit Sir Gareth werde ich auch fertig«, sagte Clare optimistisch.

»Da wäre ich mir an deiner Stelle nicht so sicher.« Joanna sah sie genauer an. »Hast du wirklich vor, ihn erst dann in dein Bett zu lassen, wenn er sich als geeigneter Ehemann erwiesen hat?«

»Ich habe dir doch schon gesagt, daß ich ein bißchen Zeit brauche, um ihn besser kennenzulernen. Ich möchte, daß mein Mann und ich uns in einer bestimmten Art und Weise verstehen, ehe ich das Bett mit ihm teile. Das ist wohl nicht zuviel verlangt.«

»Sir Ulrich sagt, das klappt nie. Er sagt, du hättest den Höllenhund von Wyckmere niemals derart herausfordern dürfen. Und da stimme ich ihm zu.«

Clare kniff die Lippen zusammen. »Sir Gareth hätte meine Ehre nicht anzweifeln sollen.«

»Also bitte, es ist doch wohl logisch, daß er annimmt, du seist keine Jungfrau mehr. Thurston of Landry hat ihm offensichtlich von den Gerüchten über die Entführung und von deinem viertägigen Aufenthalt auf Seabern erzählt.«

»Es ist mir egal, was Thurston Gareth erzählt hat. Dieser Höllenhund hätte mich fragen sollen, anstatt irgendwelche Vermutungen anzustellen. Und es steht ihm auch nicht zu, dem armen Nicholas Rache zu schwören.«

Joanna lächelte traurig. »Dann ist er also inzwischen der arme Nicholas? So hast du ihn aber nicht genannt, nachdem du letzten Monat endlich von Seabern flüchten konntest.«

»Er ist ein furchtbar lästiger Kerl, und ich bin dankbar, daß ich ihn nicht heiraten muß. Aber trotzdem hat er mir heute morgen ein wenig leid getan.«

»Ich an deiner Stelle würde mein Mitleid nicht an Nicholas verschwenden«, sagte Joanna. »Heb dir diese Gefühle lieber für dich selbst auf. Du bist diejenige, die den Höllenhund von Wyckmere herausgefordert hat.«

»Glaubst du wirklich, daß ich heute morgen einen Fehler gemacht habe, als ich Gareth sagte, daß er in meinem Bett nicht willkommen ist?«

»Ja. Das war ein großer Fehler. Und ich kann nur beten, daß du dafür nicht allzu teuer bezahlen mußt.«

Clare grübelte darüber nach, während sie und Joanna den Klippenweg verließen und ins Dorf gingen.

Als Clare und Joanna bei der Steinzelle der Einsiedlerin ankamen, lag diese verlassen da. Clare klopfte gegen die Steine, die eins der beiden Fenster der Zelle umgaben.

»Wir wünschen Euch einen guten Morgen, Beatrice«, rief sie. »Stören wir Euch gerade beim Gebet?«

»Ja, aber das macht nichts. Ich habe Euch bereits erwartet, Mylady.« Aus dem Zelleninneren drang ein Rascheln. Einen Augenblick später erschien Beatrice am Fenster. Sie trug einen verblichenen Nonnenschleier und ein dunkles Kleid.

Sie war eine große Frau Mitte Fünfzig, deren Miene immer von drohendem Unheil und Entsetzen sprach. Vor zehn Jahren, nachdem ihr Mann gestorben war, hatte sie sich für das Leben als Einsiedlerin entschieden, und der Bischof hatte ihrer Bitte stattgegeben. Sie schien mit ihrem Leben in der Abgeschiedenheit recht zufrieden zu sein.

Das Fenster des zweiten Zimmers ihrer kleinen Zelle ging zur Kirche hinaus. Es war so ausgerichtet, daß Beatrice die Gottesdienste verfolgen und sich bei ihren Gebeten vom Anblick des Gotteshauses inspirieren lassen konnte.

Aber jeder im Dorf wußte, daß sie die meiste Zeit an dem anderen Fenster verbrachte, an dem auch Clare und Joanna jetzt standen. An diesem Fenster flossen die Gerüchte wie ein unendlicher Strom.

»Guten Tag, Beatrice«, sagte Joanna.

»Nein«, erwiderte Beatrice grimmig. »Es ist kein guter Tag. Und morgen wird ein noch schlimmerer Tag. Merkt Euch meine Worte, Clare of Desire, Euer Hochzeitstag wird von dem eisigen, grauen Rauch von den Feuern der Hölle angekündigt werden.«

»Das bezweifle ich, Beatrice.« Clare blickte zum Himmel hinauf, an dem nicht eine einzige Wolke zu sehen war. »In den letzten Tagen war es recht klar und warm. Und ich habe von niemandem gehört, daß ein Sturm kommen soll. Hört zu, ich werde heiraten. Da könnt Ihr mir zumindest Glück wünschen.«

»Das wäre reine Zeitverschwendung«, murmelte Beatrice. »Hört mir gut zu, Mylady, es wird auf der Insel einen gewaltsamen Tod geben, wenn der Höllenhund von Wyckmere seine Braut nimmt.«

Joanna schnalzte mißbilligend mit der Zunge. »Beatrice, das könnt Ihr unmöglich wissen.«

»Ah, aber ich weiß es. Ich habe das Zeichen gesehen!«

Clare runzelte die Stirn. »Was für ein Zeichen?«

Beatrice beugte sich weiter vor und senkte die Stimme. »Der Geist von Bruder Bartholomäus geht wieder um.«

Joanna rang nach Luft. »Beatrice, das ist einfach lächerlich.«

»Ja, pflichtete Clare ihr mit heiserer Stimme bei. »Ihr glaubt doch wohl nicht allen Ernstes an Geister, Beatrice.«

»Ich glaube an das, was ich weiß«, beharrte Beatrice auf ihrer Meinung. »Und ich habe den Geist gesehen.«

»Unmöglich«, sagte Clare.

»Euer Zweifel bringt Euch in Gefahr, Mylady. Es ist seit langer Zeit bekannt, daß jedes Mal, wenn Bruder Bartholomäus innerhalb der Mauern dieses Klosters auftaucht, irgend jemand eines gewaltsamen Todes stirbt.«

Clare seufzte. »Beatrice, die Legende von Bruder Bartholomäus und Schwester Maud ist nichts weiter als ein altes Ammenmärchen, das erzählt wurde, um die Kinder dazu zu bringen, ihren Eltern zu gehorchen, mehr nicht.«

»Aber ich sage Euch, ich habe den Geist mit eigenen Augen gesehen.«

»Wann war das?«

»Kurz nach Mitternacht.« Beatrice bekreuzigte sich. »Der Mond schien hell genug, um zu erkennen, daß er eine schwarze Kutte trug. Er hatte sich die Kapuze über den Kopf gezogen, damit niemand seinen blanken Schädel sah. Er stand vor dem Pförtnerhäuschen und als Schwester Maud nicht erschien, um mit ihm zusammen fortzugehen, ging er direkt durch das Tor hindurch, um sie zu suchen.«

»Das Tor ist nachts verschlossen«, sagte Clare geduldig. »Und Schwester Maud ist seit über fünfzig Jahren tot. Gott sei ihrer Seele gnädig.«

»Das Tor hat sich für den Geist geöffnet«, erklärte Beatrice. »Zweifellos hat er es mit Schwarzer Magie aufgeschlossen. Ich habe gesehen, wie er das Grundstück betreten hat und durch den Garten gegangen ist. Dann ist er verschwunden.«

»Ihr habt bestimmt geschlafen und geträumt, Beatrice«,

sagte Clare. »Macht Euch keine Sorgen. Bruder Bartholomäus würde es nicht wagen, das Grundstück dieses Klosters zu betreten. Er weiß ganz genau, daß er es dann mit der Priorin Margaret zu tun bekäme. Sie würde es nicht zulassen, daß irgendein Geist in den Klostergärten herumspaziert.«

»Ihr beliebt zu scherzen, Lady of Desire, aber Ihr werdet bald genug die Wahrheit erfahren«, sagte Beatrice. »Ich sage Euch, Eure Hochzeit mit dem Höllenhund von Wyckmere hat den Geist von Bruder Bartholomäus geweckt. Und bald nach seinem Erscheinen wird der Tod hier Einzug halten, so wie dies immer geschieht.«

»Vielleicht sollte ich heute nacht wiederkommen und mich einmal eingehend mit Bruder Bartholomäus unterhalten«, sagte Clare.

»So ähnlich wie du es heute morgen mit Sir Gareth gemacht hast?« Joanna zog die Brauen hoch. »Würdest du diesen Geist an seinen Platz verweisen, wie du es mit deinem zukünftigen Mann getan hast?«

Clare verzog das Gesicht. »Ich schwöre, wir sind jahrelang sehr gut hier zurechtgekommen, ohne daß wir mit all diesen schwierigen Männern fertigwerden mußten, die in letzter Zeit hier herumlungern. Wir scheinen es neuerdings mit einer ganzen Reihe lästiger Kerle zu tun zu haben.«

Beatrice schüttelte kummervoll den Kopf. »Wehe uns allen, Mylady. Der Höllenhund von Wyckmere hat die Dämonen der Hölle heraufbeschworen. Bruder Bartholomäus ist nur der erste.«

»Ich bin sicher, daß Sir Gareth keinen Dämon heraufbeschwören würde, den er nicht unter Kontrolle hätte.« Clare griff in den Beutel, der an ihrem Gürtel hing. »Ehe ich's vergesse, hier ist Eure Creme, Beatrice.«

»Pst, nicht so laut, Mylady.« Beatrice streckte den Kopf durch das Fenster und blickte argwöhnisch die Straße hinauf und hinunter, um sich zu vergewissern, daß niemand in der

Nähe war. Dann schnappte sie sich den Topf mit der parfümierten Creme und steckte ihn eilig ein.

»Niemand käme jemals auf den Gedanken, Euch zu beschuldigen, den weltlichen Versuchungen zu erliegen, nur weil Ihr meine Creme benutzt«, sagte Clare. »Die Hälfte der Frauen aus dem Dorf benutzt die eine oder andere meiner Mischungen.«

»Bah, die Leute werden alles mögliche sagen und noch Schlimmeres denken.« Beatrice ging hinüber zum Schrank, stellte den Topf hinein und kam zurück ans Fenster.

»Oh, da ist Schwester Anne.« Joanna hob eine Hand, um der Nonne zu winken, die gerade aus dem Pförtnerhäuschen des Klosters trat. »Bitte entschuldige mich einen Augenblick, Clare. Ich möchte kurz mit ihr über ein neues Strickmuster sprechen.«

»Natürlich.« Clare beobachtete, wie Joanna loseilte, um mit Schwester Anne zu sprechen.

Beatrice wartete, bis Joanna außer Hörweite war. »Pst, Lady Clare.«

»Ja?« Clare wandte sich ihr mit einem kleinen Lächeln zu.

»Bevor Ihr Euch morgen in Euer Unglück stürzt, möchte ich Euch noch ein kleines Geschenk und einen guten Rat geben.«

»Ich habe vor zu heiraten, nicht, mich in mein Unglück zu stürzen, Beatrice.«

»Für eine Frau gibt es da oft keinen Unterschied. Aber darum geht es jetzt nicht. Euer Schicksal wurde an dem Tag besiegelt, als Euer Vater starb. Daran läßt sich jetzt nichts mehr ändern.«

Beatrice steckte einen kleinen Gegenstand durch das Fenster. »Nun, nehmt dieses kleine Fläschchen Hühnerblut.«

»Hühnerblut.« Clare starrte überrascht auf das Fläschchen. »Was soll ich denn damit?«

»Versteckt es in Eurer Hochzeitsnacht in der Nähe des Bettes«, flüsterte Beatrice. »Wenn der Höllenhund von Wyckmere eingeschlafen ist, öffnet Ihr das Fläschchen und gießt etwas Hühnerblut auf das Laken.«

»Aber warum, im Namen der heiligen Hermione, sollte ich... Oh.« Clare merkte, daß sie dunkelrot anlief. »Offensichtlich ist mein zukünftiger Ehemann nicht der einzige, der fürchtet, ich sei keine Jungfrau mehr.«

»Glaubt mir, mir ist das egal. Aber Männer sehen das anders.« Beatrice sah sie eindringlich an. »Warum sollte man ein Risiko eingehen? Auf diese Art ist die Ehre aller gerettet und der Höllenhund von Wyckmere ist zufrieden.«

»Aber ich –« Clare unterbrach sich, da sie hörte, wie hinter ihr ein Reiter die Straße hinabgeritten kam.

Als sie sich umdrehte, erblickte sie Gareth. Er saß auf einem kräftigen Wallach, nicht auf seinem Streitroß, und er führte Clares kleines weißes Reitpferd am Zügel.

»Die heilige Hermione möge uns beschützen«, flüsterte Beatrice. »Der Höllenhund persönlich. Schnell, versteckt das Fläschchen.« Beatrice ließ es in den Beutel fallen, der an Clares Gürtel hing.

»Beatrice –«

»Hört auf meine Worte, Mylady, wenn Ihr Eure Hochzeitsnacht überleben wollt.«

»*Wenn ich meine Hochzeitsnacht überleben will.*« Entsetzt fuhr Clare noch einmal zu der Einsiedlerin herum. »Bei der Nase der heiligen Hermione, dies ist zuviel des Unsinns, selbst von Euch.«

»Ich fürchte um Euer Leben, Madam. Ich habe gehört, daß Ihr geschworen habt, Eurem Ehemann seine Rechte im Ehebett zu verweigern.«

»Die Gerüchte machen wirklich schnell die Runde. Das habe ich vor weniger als einer Stunde gesagt. Wollt Ihr etwa andeuten, Sir Gareth könnte mich ermorden, wenn ich mich weigere, das Bett mit ihm zu teilen?«

»Er ist der Höllenhund von Wyckmere.« Beatrice packte Clare am Handgelenk. »Er ist gefährlich, Lady Clare. Ihr dürft es nicht riskieren, Euch seinen Zorn zuzuziehen, indem Ihr ihm seine Rechte als Ehemann verweigert. *Fordert ihn nicht in Eurer Hochzeitsnacht heraus.*«

»Aber Beatrice –« Aus den Augenwinkeln sah Clare, daß Gareth sein Pferd zum Stehen brachte und lässig abstieg.

»Wenn Ihr ihn herausfordert, wird er sein Schwert ziehen.« Beatrice sah sie mit grimmiger Miene an. »Ich habe es in einer Vision gesehen. In Eurem Schlafzimmer wird Blut fließen. Ich fürchte, Euer Blut, Mylady. Ich rate Euch also, Eure Pflicht als Ehefrau zu erfüllen und dann das Hühnerblut zu benutzen.«

Gareth kam hinüber zu dem Fenster, an dem Clare stand. »Darf ich mich vielleicht an der Unterhaltung beteiligen?«

»Das wäre wohl nicht besonders interessant für Euch, Sir.« Clare setzte ein entschlossenes Lächeln auf. »Beatrice hat mir nur ein paar gute Ratschläge für die Ehe gegeben.«

»Ich an Eurer Stelle würde derartigen Ratschlägen, die von einer Einsiedlerin kommen, keine besondere Bedeutung beimessen. Sie hat ja wohl gezwungenermaßen keine allzu große Ahnung vom Thema Ehe.«

»Beatrice hat lediglich versucht, mir behilflich zu sein, Sir.«

»Auch wenn es sinnlos ist«, murmelte Beatrice. »Es ist heutzutage sinnlos, jungen Bräuten irgendwelche Ratschläge zu erteilen. Sie hören ja doch nicht zu.«

»Das ist in diesem Fall auch besser.« Gareth wandte den Blick nicht von Clare. »Ich ziehe es vor, meine Braut selbst zu unterweisen.«

Beatrice sah ihn alarmiert an. »Ich bitte Euch, Höllenhund von Wyckmere, zeigt Euch in der Hochzeitsnacht Eurer Lady gegenüber gnädig. Sie hatte keine Mutter, die sie hätte führen können, und ihr Vater – Gott sei seiner Seele gnädig – hat sie nicht so beschützt, wie er es hätte tun sollen. Was auch immer passiert ist, bedenkt, daß es nicht ihre Schuld war.«

»Beatrice, bitte«, zischte Clare erschöpft. »Ihr habt mir für heute wirklich genug gute Ratschläge erteilt.«

»Blut und Tod«, flüsterte Beatrice, während sie sich in den

Schatten ihrer Zelle zurückzog. »Es wird Blut fließen und es wird einen Toten geben. Ich habe den Geist gesehen.«

Gareth warf Clare einen interessierten Blick zu. »Es wird ja immer interessanter. Ist mein jüngster Rivale ein Geist?«

Clare sah ihn böse an. »Macht Euch nicht lächerlich. Beatrice hat eine äußerst lebhafte Phantasie. Was macht Ihr überhaupt hier, Sir? Ich dachte, Ihr würdet die Abreise von Nicholas und seinen Männern überwachen.«

»Darum kümmert sich Ulrich. Ich habe Euch gesucht.«

»Warum?«

»Ich möchte Euch bitten, mich bei der Besichtigung der Ländereien zu begleiten.«

»Oh.« Clare fiel keine Entschuldigung ein, mit der sie ihm diese Bitte hätte abschlagen können. Schließlich war durchaus einzusehen, daß er sich seinen zukünftigen Besitz ansehen wollte. »Aber ich muß so schnell wie möglich zurück auf die Burg. Es ist noch eine Menge zu tun bis morgen.«

»Ulrich und Euer Hofmarschall haben dort alles bestens im Griff, und wie ich sehe, ist Eure Freundin Joanna ebenfalls beschäftigt«, sagte Gareth. »Also kommt.« Er nahm Clare am Arm und führte sie zu ihrem Pferd. »Ich kann es kaum erwarten, Desire kennenzulernen.«

Während des fünfzehnminütigen Ritts zu dem Hügel, von dem aus man das Dorf überblicken konnte, sprachen sie kein Wort. Clare warf mehrere verstohlene Blicke zu Gareth hinüber, der mit ruhigem, ausdruckslosem Gesicht neben ihr herritt. Sie versuchte, seine Stimmung zu ergründen, und schließlich kam sie zu dem Schluß, daß er nicht böse auf sie war.

Sie wußte nicht, ob sie verärgert oder beeindruckt sein sollte. Nie zuvor war sie einem Mann begegnet, der über eine derart unerschütterliche Selbstbeherrschung verfügte.

»Erzählt mir, wie Ihr Eure Parfüms und Cremes herstellt.« Gareth brachte seinen Wallach zum Stehen und ließ seinen Blick über die Felder voller Frühlingsblumen streifen.

»Seid Ihr sicher, daß Ihr das in allen Einzelheiten wissen wollt, Sir? Wahrscheinlich werdet Ihr das langweilig finden.«

Gareth sah immer noch auf das wogende Meer von Blumen und Kräutern, mit denen die sanften Hügel und Täler von Desire bedeckt waren. Seine Miene zeigte sowohl etwas Besitzergreifendes als auch ehrliches Interesse. »Wie sollte mich auch nur das kleinste Detail langweilen? Ich bin verantwortlich für die Sicherheit und den Schutz der Insel. Also muß ich soviel wie möglich darüber wissen.«

Clare streichelte den Hals ihres Pferdes. »Also gut. Aber bitte sagt mir, wenn es Euch reicht. Mir wurde schon ein paarmal gesagt, daß ich dazu neige, allzu begeistert über mein Lieblingsthema zu reden.«

Sie begann zu erzählen, erst langsam, unsicher, wieviel er wirklich wissen wollte. Bisher hatte nur ein Mann jemals ehrliches Interesse an ihrer Arbeit gezeigt – Raymond de Coleville.

Doch bald stellte sie fest, daß Gareth alles andere als gelangweilt war. Seine vernünftigen Fragen ließen sie bald all den Unsinn vergessen, den Beatrice über Geister und gezogene Schwerter erzählt hatte.

»Dann werden die Blumen und Kräuter gesammelt und entweder getrocknet oder mit Öl übergossen, je nach Rezept«, schloß sie eine Ewigkeit später. »Man braucht Unmengen von Blütenblättern für die Herstellung der Parfümöle.«

»Und die Öle sind die Grundlage für die verschiedenen Parfüms und Seifen, die Ihr herstellt?«

Clare nickte. »Sie werden mit anderen Zutaten wie zum Beispiel Bienenwachs und Honig gemischt, und daraus werden dann die verschiedenen Lotionen und Cremes gemacht.«

»Eine faszinierende Arbeit.«

Clare lächelte schüchtern. »Ich schreibe gerade ein Rezeptbuch, in dem die Herstellung der profitabelsten Parfüms von Desire beschrieben wird.«

»Ihr seid eine Frau mit vielen Talenten.« Gareths Blick wurde ernst. »Ich kann mich wirklich glücklich schätzen.«

Clares Begeisterung legte sich und ihr alter Argwohn kehrte zurück. »Es freut mich, daß Ihr so denkt.«

»Sagt mir, Clare, habt Ihr eigentlich für alles ein Rezept?«

Clare trommelte mit den Fingern auf den Sattelknauf. »Das fragt Ihr wegen Sir Nicholas' idiotischer Bemerkung über mein Rezept für einen Ehemann, nicht wahr?«

»Ich wußte, daß Ihr ein Rezept für den idealen Ehemann zusammengestellt hattet. Aber ich wußte nicht, daß Ihr dabei einen Mann aus Fleisch und Blut als Vorbild hattet. Ich glaube, Nicholas sagte, sein Name sei Raymond de Coleville.«

Clare zögerte. »Kennt Ihr ihn, Sir?«

»Nein. Aber ich bin daran interessiert, mehr über dieses perfekte Vorbild an Tugend und Ritterlichkeit zu erfahren.«

»Er ist nicht gerade perfekt.«

»Und wo ist sein Fehler?«

»Er ist verheiratet.«

»Ah.« Gareth schwieg einen Augenblick. »Und wann habt Ihr ihn zum letzten Mal gesehen?«

»Es ist fast ein Jahr her, seit er zum letzten Mal hier war.« Clare starrte über das Meer in Richtung des Festlands. »Er kam ein letztes Mal, um mir zu sagen, daß sein Vater eine Ehe für ihn arrangiert hatte.«

»Ich verstehe.«

»Er sagte, er müsse eine reiche Erbin heiraten, eine, die ihm zahlreiche Güter und große Ländereien in der Normandie einbrächte. Ich hatte einem Ehemann nichts zu bieten außer einer abgelegenen kleinen Insel voller Blumen.«

»Und das war für Raymond de Coleville nicht genug?«

Clare sah Gareth verblüfft an. »Wie sollte es einem Vergleich mit dem standhalten, was eine reiche Erbin zu bieten hatte? Ihr selbst wärt auch nicht hier auf Desire, wenn Ihr eine bessere Verbindung hättet eingehen können.«

»Und Ihr wärt überhaupt keine Verbindung eingegangen, wenn Ihr die Wahl gehabt hättet. Stimmt das?«

»Ja.«

»Es sei denn, Ihr hättet Raymond de Coleville heiraten können.«

Clare mißfiel die Schärfe in Gareths Ton. Sie beschloß, daß es an der Zeit war, das Thema zu wechseln. »Bald ist Frühlingsmarkt in Seabern. Dort verkaufen wir einen Großteil unserer Lotionen und Parfüms. Die reichen Händler aus London und York kommen extra deswegen hierher. Würde es Euch interessieren, mehr über diesen Teil der Geschäfte zu erfahren?«

»Später. Im Augenblick würde es mich interessieren zu erfahren, wie Ihr Raymond de Coleville kennengelernt habt.«

Clare seufzte. »Er war ein Freund meines Vaters, ein Gelehrter. Sie lernten sich vor zwei Jahren kennen, als mein Vater nach Paris fuhr, um die Vorlesungen zu hören, die dort über arabische Forschungen gehalten werden.«

»Raymond de Coleville hat also auch in Paris studiert?«

»Ja. Obwohl er ein Ritter war, ist er ein sehr gebildeter Mann.«

»Erstaunlich.«

»Er interessiert sich viel mehr für Bücher und wissenschaftliche Abhandlungen als für Turniere und Kriege.«

»Ach ja?«

»Wie Ihr, war er so freundlich, großes Interesse an meinen Cremes und Parfüms zu zeigen. In der Tat haben wir oft stundenlang über dieses Thema gesprochen.«

»So?« fragte Gareth leise.

»Natürlich war sein Interesse an diesem Thema rein theoretischer Natur, während das Eure eher praktische Gründe hat.«

»Ihr meint also, mein Interesse sei nur geschäftlicher Natur?«

Clare errötete. »Ich wollte Euch nicht zu nahe treten, Sir. Es ist nur natürlich, daß Eure Neugierde auf der Tatsache beruht, daß meine Parfüms Eure zukünftige Einkommensquelle sein werden.«

»Ich komme nicht als armer Mann hierher, Clare. Ich habe zwar kein Land, aber ich bin nicht arm.«

Clare fühlte sich immer ungemütlicher. Sie suchte nach einem Ausweg aus dieser peinlichen Situation. »Falls ich Euch beleidigt haben sollte, bitte ich um Entschuldigung.«

Gareth blickte sie nachdenklich an. »Ein Geist, ein benachbarter Burgherr, ein unangenehmer junger Troubadour, und jetzt auch noch ein Mann aus der Vergangenheit, an dem Ihr alle anderen Männer meßt. Endet die Liste der Rivalen, die ich ausstechen muß, denn nie, Madam?«

Clare hatte den unangenehmen Eindruck, daß Gareth sich wieder einmal über sie lustig machte. »Ich weiß nicht, was Ihr meint, Sir. Schließlich ist ganz offensichtlich, daß Ihr niemanden ausstechen müßt. Unsere Hochzeit ist beschlossene Sache.«

»Nein, nicht ganz. Es gibt noch etwas, über das wir sprechen müssen.«

»Was?«

»Unsere Hochzeitsnacht.«

»Oh, das.« Clare straffte die Schultern. »Jetzt, da Ihr davon sprecht, sollten wir vielleicht die Details klären.«

»Vielleicht.«

Sie atmete tief ein. »Ich bedaure, daß das Thema heute morgen auf eine so unglückliche Weise angeschnitten wurde.«

»Unglücklich? Ich würde es nicht nur unglücklich nennen.«

»Also gut, peinlich.« Clare runzelte die Stirn. »Ich versichere Euch, daß ich die Absicht hatte, mit Euch unter vier Augen darüber zu sprechen.«

»Ihr habt mich heute morgen herausgefordert, Madam. Und das vor dem gesamten Haushalt und vor dem Herrn der Nachbarburg. Inzwischen wird ganz Desire wissen, daß Ihr die Absicht habt, mir meine Rechte als Ehemann zu verweigern.«

Clare räusperte sich etwas verlegen, doch sie war nicht bereit nachzugeben. »Wie gesagt, ich hatte nicht die Absicht, die Sache in aller Öffentlichkeit zu besprechen. Das war allein Eure Schuld, Sir.«

»Meine Schuld?«

»Ja. Die Drohungen, die Ihr gegenüber Nicholas ausgesprochen habt, waren eine Beleidigung für mich.«

»Also habt Ihr die Beherrschung verloren und Dinge in alle Welt hinausposaunt, die Ihr mir eigentlich hattet unter vier Augen sagen wollen.«

Clare seufzte. »Es tut mir leid, aber ich habe nicht soviel Selbstbeherrschung wie Ihr sie zu haben scheint, Sir Gareth.«

»Vielleicht fehlt es Euch einfach an Übung.«

Sie sah ihn an. »Wie kommt es, daß Ihr Eure Gefühle so gut unter Kontrolle habt?«

»Falls Ihr Euch daran erinnert: Ich bin ein Bastard.«

»Das verstehe ich nicht. Was hat denn das mit Eurer Selbstbeherrschung zu tun?«

»Ein unehelicher Sohn lernt früh im Leben, daß für ihn immer nur die Reste übrig bleiben. Und außerdem stellt er schnell fest, daß er kämpfen muß, wenn er die Dinge behalten will. Heftige Gefühle sind für einen Bastard gefährlich.«

»Aber warum? Ihr müßtet doch Unrecht noch viel stärker empfinden als andere, da Ihr schließlich gezwungen seid, um alles zu kämpfen, was Ihr wollt.«

Gareth warf ihr einen seltsamen Blick zu. »Ihr habt eine gute Beobachtungsgabe. Aber zufälligerweise sind Vernunft, Logik und Entschlossenheit die Waffen, die mir bisher am besten gedient haben, Mylady, und nicht wilde, unkontrollierte Leidenschaft.«

Clare sah ihn an und merkte, daß er das, was er sagte, auch wirklich meinte. »Ich verstehe. Euer Temperament ist Eure Sache, Sir. Aber ich hoffe, Ihr versteht, daß mein Temperament sich von Eurem unterscheidet.«

»Ja.« Gareth setzte eins seiner seltenen Lächeln auf. »Euer Temperament bereitet Euch zweifellos mehr Scherereien als mir das meine.«

Clare gab auf. Sie hatten schließlich noch wichtigere Dinge zu besprechen. »Sir, ich will ganz offen sein. Es geht mir nicht nur darum, daß Ihr heute morgen meine Ehre in Frage gestellt habt.«

»Ich wollte Eure Ehre heute morgen verteidigen, nicht in Frage stellen.«

»Nun, Ihr habt mich beleidigt«, gab sie heftig zurück. »Aber davon abgesehen muß ich sagen, daß ich Euch einfach besser kennenlernen möchte, ehe wir die Ehe vollziehen.«

»Wir kennen uns so gut wie die meisten Eheleute sich vor der Hochzeit kennen.«

»Das mag sein, aber das hat nichts zu sagen. Ich möchte, daß wir mehr übereinander erfahren. Ich möchte, daß wir Freunde werden, Sir.«

»Ihr wart mit Raymond de Coleville befreundet, nicht wahr?«

»Ja, aber das hat damit nichts zu tun.« Clare wurde immer verärgerter. Der Kerl war aalglatt. »Laßt uns lieber aufs Thema zurückkommen. Es tut mir leid, wenn ich Euch in Verlegenheit gebracht habe, aber es war mein Ernst. Ich möchte warten, ehe wir die Ehe vollziehen. Versteht Ihr mich?«

Gareth sah sie lange schweigend an. Dann wandte er sich ab und ließ den Blick über die Felder voller Frühlingsblumen wandern. »Ich verstehe Euren Wunsch, Mylady. Und ich respektiere ihn.«

»Hervorragend.« Erleichterung wallte in ihr auf. Sie bedachte ihn mit einem warmen Lächeln. »Dann brauchen wir ja nicht weiter darüber zu sprechen.«

»Ich frage mich nur, ob Ihr die Probleme bedacht habt, vor die uns Euer Gefühlsausbruch von heute morgen stellt.«

Clares Erleichterung schwand. »Was für Probleme?«

»Die Leute werden mich nicht als ihren neuen Herrn akzeptieren, solange Ihr es nicht tut. Die Herausforderung, die Ihr heute morgen ausgesprochen habt, wird es mir wahrscheinlich sehr schwer machen, meine Pflichten als Herr von Desire zu erfüllen.«

»Nein, das stimmt nicht, Sir.«

»Ich kann mich natürlich mit den üblichen Methoden durchsetzen«, stimmte Gareth ihr zu. »Schließlich stehen die Männer, die ich mitgebracht habe, in meinen Diensten, und sie sind alle hervorragend ausgebildet. Außerdem sind sie die einzigen bewaffneten Männer auf der Insel. Sie sollten keine Probleme haben, dafür zu sorgen, daß meine Befehle ausgeführt werden. Aber ich bezweifle, daß Euch die Methoden gefallen würden, die sie dazu anwenden müßten.«

Einen Augenblick lang war Clare von dieser Drohung so schockiert, daß sie nichts sagen konnte. Dann jedoch wurde sie von Zorn gepackt. »Sir, ich versichere Euch, daß keine Notwendigkeit besteht, Eure Autorität mit Hilfe bewaffneter Männer durchzusetzen. Das werde ich nicht zulassen. Dies ist eine friedliche Insel, und so wird es auch bleiben.«

Gareths Augen hatten die Farbe von Silber und Rauch. »Logik und Vernunft sagen mir, daß der Frieden eines Anwesens im Haushalt des Lords und der Lady anfangen müssen. Habe ich recht?«

»Ja, aber –«

»Wenn Ihr wollt, daß die Leute mir vertrauen und mich als Herrn akzeptieren, dann müssen sie sehen, daß ich auch Euren Respekt genieße.«

Clare saß wieder einmal in der Falle. So schwer es ihr auch fiel, mußte sie doch zugeben, daß Gareth recht hatte. Der Frieden und das Wohlergehen der Menschen auf der Insel waren das wichtigste.

Als Lady of Desire blieb ihr keine andere Wahl als wieder einmal ihre Pflicht zu erfüllen.

»Ihr habt mich mal wieder in die Falle gelockt, Sir.«

»Nein«, sagte Gareth sanft. »Ich versuche nur, Euch meine Sicht der Dinge klarzumachen. Ich weiß, daß Ihr eine höchst intelligente Frau seid, die gewiß die richtigen Schlüsse aus meinen Argumenten ziehen wird.«

Clare schnaubte undamenhaft. »Wie konnte ich mir nur einen Ehemann wünschen, der sich auf seinen Verstand verläßt statt auf seine Muskeln. Irgend etwas sagt mir, daß ich mit Sir Nicholas leichter fertig geworden wäre.«

Gareth sah sie fragend an. »Wolltet Ihr etwa einen Mann, mit dem Ihr leicht fertig werdet? Soweit ich mich erinnere, stand das aber nicht in dem Rezept.«

Clare starrte ihn böse an. »Macht Euch nicht über mich lustig, Sir.«

»Ich habe Euch bereits gesagt, daß ich niemals Witze mache.«

»Doch, das tut Ihr, und zwar auf eine ziemlich unschöne Art. Aber darum geht es jetzt nicht. Ich gebe zu, daß Ihr mit Eurem Argument recht habt.« Sie dachte eilig nach. »Wahrscheinlich wäre es das beste, wenn wir so täten, als teilten wir das Ehebett.«

Jetzt war die Reihe an Gareth, sie argwöhnisch anzusehen. »Wenn wir so täten?«

»Ja.« Clare lächelte, höchst zufrieden mit ihrer Idee. »Ich sehe keinen Grund, weshalb wir nicht ein Schlafzimmer teilen sollten.«

»Es freut mich, daß Ihr mir zustimmt.«

»Aber«, beendete sie ihren Gedankengang triumphierend, »ich sehe absolut keinen Grund, weshalb wir auch ein Bett teilen sollten.«

»Verdammt, Madam, Ihr klingt wie ein Anwalt.«

Clare bedachte ihn mit ihrem strahlendsten, sanftesten Unschuldslächeln. »Was die anderen angeht, so werden sie nur sehen, daß wir uns jeden Abend in dasselbe Zimmer zurückziehen, wie jedes Ehepaar. Aber was in dem Zimmer vor sich geht, geht niemand außer uns beiden etwas an.«

»Was das betrifft«, setzte Gareth drohend an, »glaube ich kaum, daß –«

Clare unterbrach ihn. »Es braucht ja niemand zu wissen, daß wir uns erst besser kennenlernen wollen, ehe wir die Ehe vollziehen. Das wird unser Geheimnis bleiben.«

»Ach ja?«

»Ja. Auf diese Art sind wir beide zufriedengestellt, Sir. Meine Leute werden denken, daß ich Euch den gehörigen Respekt entgegenbringe. Und ich werde genug Zeit haben, um Euch besser kennenzulernen.«

Ganz gegen seinen Willen mußte er ihre Cleverneß bewundern. »Ich habe das Gefühl, daß Nicholas of Seabern gar nicht weiß, was für ein Glück er hat, daß er einer Ehe mit Euch entkommen ist. Ihr hättet Hackfleisch aus ihm gemacht, Mylady.«

7. KAPITEL

Der silbrige Nebel, der Desire am Morgen von Clares Hochzeit einhüllte, wurde von fast allen Inselbewohnern als schlechtes Omen gesehen. Die kleine Gruppe von Dienstmädchen, die Clare beim Baden und Anziehen half, begann, besorgt zu murmeln.

»Die Einsiedlerin hat gesagt, daß dieser Tag von dem kalten Rauch der Feuer der Hölle getrübt würde«, flüsterte eine der Frauen. »Und sie hatte recht.«

»Es ist bloß ein bißchen Nebel«, sagte Clare. »Bis zum späten Vormittag wird er sich gelichtet haben.« Sie stand geduldig in der Mitte des Raumes, während ihr von einem der Mädchen ihr bestes Kleid, ein Traum in blaugrün, über den Kopf gezogen wurde. Die langen, weiten Ärmel des Kleides wurden umgeschlagen, damit das schimmernde, gelbe Futter zur Geltung kam. Kragen und Saum waren mit gelben und weißen Seidenfäden bestickt.

»Ich hoffe, Mylady haben recht.« Eunice gehörte bereits seit Clares Kindheit zum Haushalt. Sie zögerte nicht, ihre Meinung zu sagen. Sie schob einen silbernen Reif in Clares Haar und rückte das zarte goldene Netz zurecht.

»Es wird schon alles gut werden, Eunice.«

»Da wäre ich mir an Eurer Stelle nicht so sicher, Mylady. Alle wissen, daß Ihr gedroht habt, dem Höllenhund seine Rechte im Schlafzimmer zu verweigern. Und ich glaube kaum, daß er so etwas einfach hinnehmen wird. Ich fürchte ernsthaft um Euer Leben.«

»Falls du dich auf unseren kleinen Streit von gestern morgen beziehst, kann ich dich beruhigen«, sagte Clare unbekümmert. »Ich habe meine Drohung im Eifer des Gefechts ausgestoßen.

Aber ich habe durchaus die Absicht, Sir Gareth als meinen Ehemann zu akzeptieren, genau wie ich ihn als Herrn dieses Hauses akzeptiere. Das habe ich ihm auch schon gesagt.«

»Den Heiligen sei Dank.« Eunice seufzte erleichtert auf. »Da werden sich alle auf der Insel freuen, Madam. Es ist wirklich besser so, Ihr werdet sehen.«

»Das hat auch Sir Gareth gesagt«, sagte Clare trocken.

»Nun, denn.« Eunice räusperte sich. Sie blickte sich eilig um, offenbar, um sich zu vergewissern, daß die übrigen Bediensteten am anderen Ende des Zimmers eifrig mit dem Inhalt der herrlich geschnitzten Truhe beschäftigt waren. Dann beugte sie sich vor und senkte ihre Stimme zu einem kaum hörbaren Flüstern. »Nur für den Fall, daß es heute nacht ein kleines Problem gibt, möchte ich, daß Ihr das hier nehmt.«

Clare blickte auf den kleinen, in Tuch eingewickelten Gegenstand, den Eunice ihr gab. »Was ist das?«

»Pst, nicht so laut. Es ist ein kleines Fläschchen mit Hühnerblut.«

»Oh, nein, nicht du auch noch, Eunice.«

»Also bitte, kein Wort mehr, Madam. Mich geht die ganze Sache nichts an. Was passiert ist, ist passiert, und es war nicht Eure Schuld, ob es nun Sir Nicholas oder dieser andere große Ritter war, an den Ihr letztes Jahr Euer Herz verloren habt.«

»Aber Eunice –«

»Die Sache ist die. Männer, die so stolz sind wie der Höllenhund von Wyckmere, neigen dazu, sich über solche Dinge furchtbar aufzuregen. Ein Mann wie er wird sicher sein wollen, daß die Ehre seiner Lady ebenso unbefleckt ist wie seine eigene.«

»Das ist ein interessanter Gedanke.« Clare grinste. »Vielleicht sollte ich auf dem Fest eine Rede halten, um allen zu versichern, daß ich mich mindestens ebenso jungfräulich in mein Ehebett begebe wie mein Mann.«

»Das ist nicht lustig«, knurrte Eunice. »Versprecht mir nur, daß Ihr das Hühnerblut heute nacht griffbereit habt. Spritzt vor dem nächsten Morgen ein bißchen davon auf das Laken und alles wird gut.«

»Ich muß daran denken, Sir Gareth zu fragen, wie er mir seine Jungfräulichkeit zu beweisen gedenkt.«

Unglücklicherweise hatte sich der Nebel bis zum Beginn der Hochzeitszeremonie nicht gelichtet. Clare spürte die Kälte durch ihren Wollumhang hindurch, als sie langsam die Straße hinabritt, an deren Rand sich die Bewohner von Desire drängten.

Sie hörte überall Gemurmel, und wußte, daß alle von Beatrices düsteren Prophezeiungen sprachen. Jeder Dorfbewohner, jeder Bauer, jede Klosterbewohnerin hatten davon gehört.

»Rauch von den Feuern, die in der Hölle brennen...«

»Es heißt, der Nebel habe die Farbe des Kristalls im Tor zur Hölle.«

»Die gleiche Farbe wie die Augen des Höllenhundes. Das ist ein böses Omen.«

»Unsere Lady hätte ihn niemals herausfordern sollen.« Alice der Brauer bekreuzigte sich, als Clare an ihm vorbeiritt. *»Ich bete, daß er sie heute nacht nicht in ihrem Bett ermordet.«*

Clare ignorierte die Kommentare. Sie hielt den Blick auf das Kirchenportal gerichtet, wo Gareth sie erwartete. Er war vor ihr in Begleitung all seiner Männer zur Kirche geritten, und die Prozession hatte großen Eindruck auf die Dorfbewohner gemacht.

Er hatte Talent für derartige Dinge, dachte sie. Er wußte, wie er sich bemerkbar machen konnte. Gareth konnte die Menschen ganz nach Belieben verängstigen, einschüchtern oder verblüffen. Er verstand es meisterhaft, außergewöhnliche, wohlüberlegte Gesten zu machen.

Trotz der kühlen Luft spürte Clare, daß ihre Hände feucht

wurden. Sie begegnete Gareths ernstem, aufmerksamen Blick und betete, daß es richtig gewesen war, ihn als neuen Herrn von Desire auszuwählen. Ihre Zukunft und die Zukunft der anderen Menschen auf der Insel hingen davon ab.

Gareth wandte nicht ein einziges Mal den Blick von ihr ab, als sie auf ihn zu ritt. Als sie ihr Pferd zum Stehen brachte, stieg er von seinem grauen Hengst und kam ihr entgegen.

Seine großen Hände waren stark und sicher, als er Clares Taille umfaßte und sie aus dem Sattel hob. Wortlos führte er sie zum Eingang der Kirche, wo der Priester bereits wartete.

Clare holte tief Luft und bereitete sich darauf vor, den Schwur zu leisten, der sie und Desire auf ewig an den Höllenhund von Wyckmere binden würde.

Eine Stunde später öffnete Ulrich vor den Augen der zahlreichen Gäste, die in der großen Halle versammelt waren, eine massive Truhe. Mit feierlichem Ernst beugte er sich darüber.

Ein schimmernder Regenbogen bunter Seidenstoffe ergoß sich über seine Hände.

Die Menge brach in ehrfürchtiges Raunen aus.

»Die Geschenke meines Herrn für seine geschätzte Braut«, verkündete Ulrich mit lauter Stimme.

Eines nach dem anderen zog er lange, leuchtende Stücke herrlichsten Stoffes hervor. Ballen roter Seide, die mit Gold- und Silberfäden durchsetzt waren, wurden abgewickelt und vorgeführt.

Grüne Seide, dunkel wie wertvolle Smaragde, kam zum Vorschein. Gelbe und orangefarbene Stoffe in der Farbe des Sonnenuntergangs flossen über die Ränder der Truhe. Die Fülle des herrlichen Materials schien kein Ende zu nehmen.

Die Dorfbewohner brachen in begeisterten Jubel aus, als sie die kostbaren Brautgeschenke des Höllenhundes von Wyckmere sahen.

Alle waren außerordentlich beeindruckt. Die Halle vibrierte

vor lauter Ohs und Ahs. Die Leute murmelten zufrieden. Es war eindeutig, daß der Lord, den ihre Lady gewählt hatte, wohlhabend war.

Und offensichtlich auch großzügig.

Den Stoffballen folgten Fässer voll edler Gewürze. Safran, Nelken, Muskatnuß, Zimt, Ingwer, Kümmel und Pfeffer. Wieder brach die Menge in Jubel aus angesichts des Respekts, den ihr neuer Herr ihrer geliebten Herrin entgegenbrachte.

Clare lauschte den Rufen ihrer Leute. Offenbar waren sie zufrieden. Die Dorfbewohner wußten, daß der Reichtum ihres Herrn ein Segen für die gesamte Insel war. Sie alle würden sich im Glanz seines Aussehens und seiner Macht sonnen können.

Wenn man es von der praktischen Seite her betrachtete, war Gareths persönlicher Reichtum eine Garantie, daß es den Leuten unter seiner Herrschaft weiterhin gutgehen würde.

»Auch wenn er ein Bastard ist, hat er es doch mit seiner Hände Arbeit zu Reichtum gebracht«, sagte John der Schmied zu einem der Bauern. »Das ist ein gutes Zeichen.«

»Ja.« Der Bauer nickte. »Er wird sich gut um unser Land kümmern. Lady Clare hat die richtige Wahl getroffen.«

John lachte leise. »Es ist nicht ganz klar, wer hier wen gewählt hat. Wenn du mich fragst, hat Lord Gareth sie in ihrer Entscheidung ziemlich beeinflußt.«

Clare rümpfte die Nase, aber sie ließ sich nicht weiter anmerken, daß sie diesen Satz gehört hatte. Sie war sich nicht ganz sicher, ob es nicht vielleicht sogar stimmte.

Nachdem Gareths Geschenke für seine Braut traditionsgemäß vorgeführt und bewundert worden waren, wurde eine weitere Truhe herangeschleppt. Erneut brachen die Leute in aufgeregtes Gemurmel aus. Als die Truhe geöffnet wurde, kam ein Berg Münzen zum Vorschein.

Die Rufe der Bewunderung wandelten sich in Freudenschreie, als offensichtlich wurde, daß das Geld für die Dorfbewohner bestimmt war.

»Anscheinend ist dein Gatte nicht gerade als armer Mann in die Ehe gekommen«, bemerkte die Priorin Margaret leise. Sie stand neben Clare und beobachtete, wie Gareths Männer jedem Anwesenden eine Münze aushändigten.

»Ja, er bringt das mit, was er als der Höllenhund von Wyckmere verdient hat«, sagte Clare. »Und es macht ihm anscheinend nichts aus, seinen Reichtum zur Schau zu stellen.«

»Ein großer Herr muß seinen Reichtum und seine Macht offen zeigen. Wie sonst sollten die Leute davon erfahren?«

Clare seufzte. »Er hatte genug Geld, ehe er mich geheiratet hat. Aber er hatte kein Land.«

»Jetzt hat er auch das.« Margaret warf ihr einen prüfenden Blick zu. »Bist du zufrieden mit dieser Hochzeit, meine Tochter?«

»Es ist vollbracht«, entgegnete Clare ruhig. »Und es ist sinnlos, weiter darüber zu reden.«

»Es ist noch nicht ganz vollbracht. Du hast immer noch die Hochzeitsnacht vor dir.«

»Was das angeht, versichere ich Euch, daß ich alles unter Kontrolle habe.«

Margaret räusperte sich. »Es geht das Gerücht um, daß du gestern die Beherrschung verloren und deinem neuen Herrn gedroht hast, ihm seine Rechte als Ehemann zu verweigern.«

»Das war eine törichte Herausforderung«, sagte Clare kühl. »Er hat mich sehr wütend gemacht und ich habe gewisse Dinge gesagt, die ich inzwischen zurückgenommen habe.«

»Das freut mich zu hören. Du bist eine äußerst leidenschaftliche Frau. Es gelingt dir nicht immer, deine Gefühle genauso gut unter Kontrolle zu halten wie deine Ländereien. Aber nun, da du eine verheiratete Frau bist, mußt du lernen, dich besser zu beherrschen.«

»Ja, Mylady.« Ein Vortrag über die Wichtigkeit der Selbstbeherrschung hatte Clare heute gerade noch gefehlt. Sie hatte auch so genug zu bedenken.

»In Gegenwart deines Mannes mußt du dein Temperament zügeln«, fuhr Margaret fort. »Sir Gareth ist offensichtlich kein Mann, der sich von seiner Frau herausfordern läßt.«

»Das sagte man mir bereits. Warum meint nur jede andere Frau hier, sie wüßte besser, wie man mit Lord Gareth umgeht, als ich?«

»Vielleicht, weil wir alle älter und weiser sind als du. Höre auf meinen Rat, mein Kind. Wenn du mit deinem Herrn fertig werden willst, mußt du das mit sanfter Zunge und weiblicher Cleverneß tun.«

»Also gut, Madam. Ich werde mir Euren Rat zu Herzen nehmen. Ihr braucht Euch um meine Sicherheit heute nacht keine Sorgen zu machen. Wenn es an der Zeit ist, werde ich meinen Mann in meinem Schlafzimmer willkommen heißen.«

Margaret lächelte zufrieden. »Diese Ehe ist auch schwierig genug, ohne daß du sie beginnst, indem du deinen Mann in der Hochzeitsnacht beleidigst. Und da wir gerade von einem guten Anfang sprechen, gebe ich dir das hier lieber gleich, bevor ich es vergesse.«

Clare blickte auf das kleine, sorgsam eingewickelte Päckchen, das Margaret aus dem Beutel nahm, der an ihrem Gürtel hing. »Ein Geschenk, Madam? Wie nett von Euch. Was ist es?«

»Ein kleines Fläschchen mit Hühnerblut.«

Clare konnte nur mit Mühe ein Lachen unterdrücken. »Ich versichere Euch, irgendwann werde ich in dem Zeug ertrinken.«

»Was willst du damit sagen?«

»Ihr seid nicht die erste, die mir ein so bedeutsames Geschenk macht.« Clare stopfte das Päckchen in den kleinen, handgewobenen Beutel, der an ihrem eigenen Gürtel hing. »Ich danke Euch, Madam. Ich werde es zu meiner Sammlung tun.«

»Versteckt eins der Fläschchen heute nacht griffbereit neben Eurem Bett. Wenn Ihr etwas davon auf das Laken spritzt, ehe Euer Mann aufwacht, wird alles gut werden.«

»Was würdet Ihr sagen, Madam, wenn ich Euch erklären würde, daß eine solche Vorsichtsmaßnahme vollkommen überflüssig ist?«

»Was das betrifft, so sage ich lieber nichts«, erklärte Margaret brüsk. »Du bist eine erwachsene Frau und kein kleines Mädchen mehr. Du hast hier auf der Burg die Pflichten und die Verantwortung einer Frau gehabt, seit du zwölf warst. Ich weiß durchaus, was du für Raymond de Coleville empfindest, und was mich betrifft, so ist das, was sich zwischen euch abgespielt hat, einzig und allein deine Sache.«

»Danke«, sagte Clare. »Aber um die Wahrheit zu sagen, Raymond war ein durch und durch höflicher, wohlerzogener Ritter. Er und ich –«

Margaret hob abwehrend die Hand. »Wie gesagt, deine Jungfräulichkeit ist allein deine Sache. Aber Ehemänner, vor allem stolze Ritter wie Sir Gareth, sehen solche Dinge meistens anders.«

»Da muß ich Euch widersprechen. Ich glaube, sie sind durchaus in der Lage, solche Kleinigkeiten zu übersehen, wenn die Mitgift groß genug ist.«

»Hör auf meinen Rat, meine Tochter. Männer sind höchst einfache Wesen, selbst wenn sie so intelligent sind wie Lord Gareth.«

»Tatsächlich?«

»Tatsächlich. Solange sie glauben, ihrer Ehre sei Genüge getan, neigen sie dazu, großzügig und ritterlich zu sein, vor allem gegenüber einer jungen Braut. Ich rate dir also, deinem Ehemann das Geschenk zu machen, das ihm in seiner Hochzeitsnacht die größte Freude bereitet, damit du deinerseits danach Zufriedenheit in deiner Ehe finden kannst.«

Clare befühlte ihren Beutel, in dem das neue Fläschchen sicher versteckt war. »Ich muß daran denken, ein Gebet für all die edlen Hühner zu sprechen, die für meine Ehre gestorben sind.«

»Ein paar von Ihnen wirst du heute bei dem Festmahl wiederentdecken.«

Das Fest begann kurz vor Mittag und ging ohne Pause bis spät in die Nacht. Sämtliche Inselbewohner waren eingeladen, vom ärmsten Landarbeiter bis hin zum reichsten Bauern. Selbst die Nonnen von Saint Hermione labten sich mit allen anderen an den herrlichen Speisen und Getränken.

Obgleich sie Anweisung erteilt hatte, an nichts zu sparen, war Clare beeindruckt von dem, was Edgar und die anderen Bediensteten innerhalb so kurzer Zeit auf die Beine gestellt hatten. Mit Senfkörnern eingemacht Rüben und Karotten wurden an die Tische gebracht. Gefüllte Enten, duftende Suppen, gebratener Fisch, in Honig eingelegte Hühnchen und Schweinepasteten wurden in einem unablässigen Strom aus der Küche hereingetragen.

Auf der Feier ging es so ausgelassen zu wie auf einem Jahrmarkt. Kinder spielten im Hof. Männer erzählten derbe Witze. Dallan unterhielt die Anwesenden mit seinem Tamburin, seiner Flöte und seiner Laute. William nahm sich von jedem Teller, der in seiner Reichweite auftauchte.

Der düstere Nebel, der am Vormittag über der Insel gelegen hatte, war vergessen, als die Flut von Bier und Wein ihre Wirkung zeigte. In der Haupthalle drängten sich die Menschen, die Toast um Toast auf das Brautpaar am Kopf der Tafel aussprachen.

Draußen im Hof waren ebenfalls Tische aufgestellt, um all diejenigen zu bewirten, die nicht mehr in die Halle paßten. Kohlebecken vertrieben die Kälte.

Als sich die Dunkelheit über die Insel senkte, warf das Feuer in der Haupthalle ein warmes, goldenes Licht auf die ausgelassene Gesellschaft. Obgleich Clare neben ihrem frisch angetrauten Gatten saß, machten es ihr der Lärm und das fröhliche Gelächter der Menschen fast unmöglich, sich mit ihm zu unterhalten. Aber die Blicke, die er ihr hin und wieder zuwarf, spürte sie um so intensiver.

Die Wasseruhr am anderen Ende der Halle hatte gerade die Stunde vor Mitternacht gezeigt, als Joanna zu Clare hinübersah. Es war Zeit, sich ins Ehegemach zurückzuziehen.

Ohne jeden ersichtlichen Grund zitterten Clares Finger, als sie ihren Weinbecher nahm. Sie stellte ihn vorsichtig wieder ab und sah Gareth an.

Er beugte sich zu ihr hinüber, so daß sie ihn hören konnte. »Ich nehme an, es ist Zeit für meine Braut, sich zurückzuziehen?«

»Ja, so scheint es.« Clare gefiel es nicht, daß sie sich plötzlich seltsam unwohl fühlte. Es gab nichts, wovor sie sich heute nacht fürchten mußte, keinen Grund, vor Erwartung oder Angst zu zittern. Sie hatte Gareth ihren Standpunkt klargemacht. Und er hatte ihr nicht widersprochen.

Sie hatten ein Abkommen getroffen. Sie würden Freunde werden, ehe er ihr Geliebter würde.

Geliebter. Das Wort dröhnte in Clares Kopf. Bei der Erinnerung an den einen Kuß, den Gareth ihr bisher gegeben hatte, wurde ihr warm.

Gareth erhob sich. Das Gelächter und die angeregten Gespräche verstummten. Schweigen senkte sich über die Halle, als alle Anwesenden zum Kopf der Tafel blickten.

Clare wußte, daß alle gespannt darauf warteten, was als nächstes geschehen würde. Es war an der Zeit, daß sie ihren Teil des Abkommens mit Gareth erfüllte. Sie mußte sich mit der Haltung einer willigen, ergebenen Braut ins Ehegemach zurückziehen.

Gareth hob seinen Silberbecher und blickte auf Clare hinab. Seine Augen leuchteten. Clare schluckte und lächelte zaghaft. *Erst Freunde. Dann Geliebte.*

Sie konnte dem Höllenhund von Wyckmere vertrauen. Er würde seinen Teil der Abmachung einhalten.

»Ich trinke auf meine schöne und liebliche Braut«, sagte Gareth in das angespannte Schweigen hinein, und dann nahm er einen tiefen Schluck aus seinem Becher.

Beifall brandete auf. Die ausgelassene Menge klopfte mit den Bierkrügen auf die Tische.

Gareth stellte seinen Becher ab und zog das Tor zur Hölle aus der Scheide. Der Stahl blitzte im Schein des Feuers auf, als er die Klinge genau wie am Tag seiner Ankunft in die Höhe hielt. Unter den Gästen erhob sich aufgeregtes Gemurmel.

»Ich bin ein glücklicher Mann, da ich eine edle Dame geheiratet habe.« Gareths Stimme drang bis in den letzten Winkel des großen Raums.

Zustimmende Rufe ertönten aus dem Publikum. Clare lächelte verhalten. Der Höllenhund von Wyckmere hatte wirklich ein Talent für große Gesten.

»Hört mich, ihr guten Leute von Desire«, sagte Gareth. »Hört mir gut zu, denn ich möchte, daß alle, die heute abend anwesend sind, bezeugen, daß ich dieses Schwert, das niemals entehrt wurde, noch einmal in die Hände meiner Lady lege. Dies tue ich als Zeichen meiner Hochachtung. Sie ist jetzt meine Frau. Sie hält meine Ehre ebenso in ihren Händen wie mein Schwert.«

»Jawohl. Genau.«

Wieder brach die Menge in begeisterten Jubel aus, der zwischen den Steinwänden hallte. Wieder wurde mit Krügen und mit Messern auf die Tische geklopft.

Gareth richtete die Waffe auf sich und bot Clare den Griff. »Ihr alle sollt wissen, daß ich mit meiner Frau sehr zufrieden bin.«

Der tosende Beifall machte es Clare unmöglich, etwas zu erwidern. Sie wußte allerdings nicht, ob sie überhaupt in der Lage gewesen wäre, auch nur einen einzigen Ton hervorzubringen.

Aus irgendeinem Grund stiegen ihr Tränen der Rührung in

die Augen, obgleich sie genau wußte, daß diese Geste der Ehrerbietung sorgsam für die Menge inszeniert worden war.

Sie nahm den Kristallknauf des gewaltigen Schwertes und erhob sich.

Erneut verfielen die Anwesenden in erwartungsvolles Schweigen. Clare holte tief Luft und bereitete sich darauf vor, ihrem Mann ebenso förmlich den gebührenden Respekt zu zollen.

Sie nickte William zu, der sofort den Gang zwischen zwei Tischen herabgelaufen kam. Er trug einen großen Strauß getrockneter Blumen und Kräuter.

»Mylord«, sagte Clare. »Im Gegenzug für die Ehre und die Stärke, die Ihr uns heute dargebracht habt, übergebe ich Euch die Quelle des Wohlstandes unserer kleinen Insel zu treuen Händen.«

William sank auf ein Knie und reichte Clare den duftenden Strauß aus getrocknetem Lavendel, Rosmarin, Rosen und Beifuß. Sie nahm ihn aus seiner Hand und gab ihn an Gareth weiter.

Gareth blickte auf den mit Bändern verzierten Bund der Blumen und Kräuter, die das Symbol der Parfüminsel waren. Als er wieder aufsah, war Clare von der Intensität seines Blickes verblüfft.

»Ich werde diese Insel, ihre Bewohner und ihre Herrin besser beschützen als mein eigenes Leben«, sagte er, so daß es alle hören konnten.

Clare sah das Versprechen in seinem Blick, und sie wußte, daß er es ehrlich meinte. Ihre persönliche Beziehung war zwar noch lange nicht geklärt, aber sie konnte sich sicher sein, daß ihre Insel bei ihm in guten Händen war.

Sie setzte ein strahlendes Lächeln auf. »Ich habe eine gute Wahl getroffen.«

»Ich hoffe, daß Ihr dies glaubt.«

Clare konnte kaum atmen. Einen Augenblick hatte sie das

Gefühl, als sei sie mit Gareth ganz allein in der Halle. Sie spürte die unzerreißbaren, unsichtbaren Bande, durch die sie jetzt miteinander verbunden waren.

Erst Freunde, ermahnte sie sich. Es war noch zu früh, als daß sie und Gareth bereits Geliebte werden konnten.

Viel zu früh.

Sie kannten sich ja kaum.

Joanna erhob sich von ihrem Platz und eilte hinüber zu Clare. Die Bewegung erlöste Clare von dem Zauber, der sie gefangen hielt. Es war Zeit, das Fest zu verlassen.

Da sie wußte, daß die Leute jede ihrer Bewegungen neugierig und erwartungsvoll verfolgten, nahm sie das Schwert und sah Gareth an.

»Ich werde mich jetzt zurückziehen, um meinen Mann im Ehegemach zu erwarten«, sagte sie laut und vernehmlich.

Die Leute jubelten und prosteten ihr zu.

Gareth hob erneut seinen Becher. »Ich werde Euch nicht lange warten lassen, Mylady. Als Gärtnerin wißt Ihr, daß einige Kräuter am stärksten sind, wenn sie zermahlen und getrocknet sind. Aber es gibt andere, die ihre volle Wirkung am besten entfalten, wenn ihr Stiel noch stark und aufgerichtet ist. Ich werde Euch heute nacht etwas von dieser Sorte bringen.«

Die Anwesenden brachen in Gelächter aus.

Clare riß die Augen auf, als sie die Bedeutung seiner Worte erfaßte. »Für einen Mann, der behauptet, niemals zu scherzen, Mylord, habt Ihr eine recht ungewöhnliche Ausdrucksweise.«

»Ja, nun, eine Hochzeit ist ja auch ein ungewöhnliches Ereignis, Madam.«

Joanna zupfte Clare ungeduldig am Ärmel. »Komm. Wir müssen uns beeilen.«

Clare warf Gareth einen vielsagenden Blick zu, doch dann ließ sie sich von der Tafel führen.

»Seid vorsichtig mit meinem Schwert«, rief Gareth ihr nach. »Ich habe nur das eine.«

Erneut lachten die Umsitzenden.

»Ich verspreche Euch, ich werde es gut einzusetzen wissen.« Clare umklammerte den Griff des Schwertes, während Joanna sie in Richtung der Treppe zog. »Es wird einen hervorragenden Stock für die Erbsen in meinem Garten abgeben.«

Von aufmunternden Rufen begleitet rafften Clare und Joanna ihre Röcke und eilten die Treppe hinauf.

»Hier, nimm das«, flüsterte Joanna ihrer Freundin zu, als sie den Flur hinabgingen. »Versteck es irgendwo. Weder Lord Gareth noch sonst irgendwer darf es sehen.«

Clares Finger schlossen sich um einen weiteren kleinen Gegenstand. »Laß mich raten. Hühnerblut?«

»Ja. Spritz ein wenig davon auf das Laken und alles wird gut werden.«

Mehrere andere Frauen kamen aus der Halle hinauf. Kichernd und lachend drängten sie hinter Clare in das Schlafzimmer, um der Braut beim Umziehen behilflich zu sein.

Innerhalb weniger Minuten hatten sie Clare das Kleid ausgezogen und ihr ein herrlich besticktes Nachtgewand aus feinem Leinen über den Kopf gestreift. Plötzlich fand sie sich in dem duftenden Bett wieder.

»Also, Ihr seht wunderbar aus«, sagte Eunice, während sie Clare die Haare kämmte. Sie beugte sich näher zu ihr und senkte die Stimme. »Und vergeßt nicht das Hühnerblut.«

»Glaub mir, das werde ich bestimmt nicht vergessen.«

Joanna ging zur Tür und horchte. »Ich höre Lord Gareth und seine Männer auf der Treppe.«

»Frisch verheiratete Männer haben's immer besonders eilig.« Agnes schob sich an den anderen Frauen vorbei ans Bett. »Als dein altes Kindermädchen habe ich das Recht, dem Kind gute Nacht zu sagen, das ich mit aufgezogen habe. Morgen früh werde ich dann die Frau begrüßen, die sich aus diesem Bett erhebt.«

»Beeilt Euch«, sagte Joanna. »Sie sind fast da.«

Männerstimmen und dröhnendes Gelächter hallten zwischen den Steinwänden des Flurs. Die Mädchen gossen eilig Wein in die beiden Becher, die auf dem Tisch in der Nähe des Kamins standen. Eunice wischte sich eine Träne fort und lächelte gütig.

Während alle zur Tür blickten und darauf warteten, daß sie geöffnet wurde, beugte sich Agnes über das Bett.

»Hier, nehmt das, M'lady.« Sie drückte Clare einen kleinen Gegenstand in die Hand.

Mit einem Gefühl der Resignation blickte Clare auf ein weiteres kleines Fläschchen. »Vielen Dank, Agnes. Du weißt nicht, wieviel mir deine Aufmerksamkeit bedeutet.«

»Pst.« Agnes blickte sich verstohlen um, um sicherzugehen, daß niemand sie hörte. »Vergiß nicht, ein paar Tropfen davon auf das Laken zu geben. Dann wird alles gut werden.«

»Aber Agnes –«

»Es ist einfach eine Vorsichtsmaßnahme.« Agnes rückte die Bettdecke zurecht. »Wenn du erst einmal so alt bist wie ich, dann weißt du, daß es hin und wieder ganz nützlich ist, der Natur ein wenig nachzuhelfen. Vor allem, wenn die Ehre eines Mannes im Spiel ist.«

Noch ehe Clare etwas erwidern konnte, flog krachend die Tür auf.

Ulrich und die anderen Männer stießen Gareth in das Zimmer, und die Dienstmädchen wichen kreischend zurück.

»Hier ist Euer Ehemann, Mylady.« Ulrich machte eine tiefe, spöttische Verbeugung vor Clare. Als er sich wieder erhob, bedachte er sie mit einem lüsternen Grinsen. »Er ist gekommen, um mit seinem Schwert zu üben. Ich hoffe, Ihr sorgt dafür, daß er eine Menge Übung bekommt. Wir wollen nämlich nicht, daß der Höllenhund von Wyckmere verweichlicht.«

Die Männer brachen erneut in dröhnendes Gelächter aus, und Joanna und die anderen Frauen scheuchten sie aus dem Raum.

Es dauerte ein, zwei Minuten, bis alle das Zimmer verlassen hatten, doch schließlich schloß sich die Tür hinter dem letzten Eindringling.

Endlich waren Clare und Gareth allein.

Clare zog sich das weiße Leinenlaken über die Brust und sah Gareth an.

Während sie sich in die parfümierten Kissen zurücklehnte, bedachte er sie mit einem derart besitzergreifenden Blick, daß ihr der Atem stockte.

Doch schließlich brach Gareth das kurze, angespannte Schweigen. Er sah sich suchend um. »Wo ist mein Schwert?«

»Da drüben.« Clare fuhr sich mit der Zungenspitze über die Lippen. »Auf der Bank am Fenster.«

»Ah, ja. Sicher und wohlbehalten.« Er ging jedoch nicht hinüber, um die Waffe an sich zu nehmen.

Statt dessen ging er zu dem kleinen Tisch vor dem Kamin, nahm die Weinbecher und kam zurück zum Bett.

Clare merkte, daß sie die Laken so fest an ihren Körper preßte, daß ihre Knöchel vor Anspannung weiß hervortraten. Vorsichtig löste sie ihre Finger und überlegte fieberhaft, was sie sagen sollte.

Dies war schließlich keine echte Hochzeitsnacht.

»Nun, ich bin froh, daß alles überstanden ist.« Sie schob das Laken zur Seite und sprang aus dem massiven Bett.

Gareth sah sie reglos an, als sie nach ihrem Umhang griff und ihn um ihre Schultern legte. Sie hielt das Kleidungsstück an ihrem Hals zusammen und setzte ein Lächeln auf, von dem sie hoffte, daß es kameradschaftlich wirkte. »Ich nehme an, Hochzeiten sind immer eine mühselige Angelegenheit, oder?«

»Ich weiß nicht.« Gareth musterte sie eingehend, während er ihr einen der Becher reichte. »Ich habe bisher noch nie geheiratet.«

Clare errötete. »Nein, natürlich nicht. Ich wollte damit auch nicht sagen, daß Ihr das schon einmal getan hättet.« Sie nahm ihm den Becher ab und setzte ihn an ihre Lippen. Sie hatte den ganzen Tag lang so gut wie nichts gegessen oder getrunken. Aus irgendeinem Grund war sie viel zu angespannt gewesen, um an dem Festmahl teilzunehmen. »Ich weiß wirklich nicht, warum ich mich heute abend so eigenartig fühle. Ich frage mich, ob ich krank werde.«

»Vielleicht fühlt Ihr einfach dasselbe wie ich.« Gareth nippte ebenfalls an seinem Wein. Dann nahm er Clare ihren Becher ab und stellte ihn neben seinen auf den Tisch.

»Mylord?« Clare merkte, daß ihre Stimme ein klägliches Quietschen war. »Seid Ihr etwa auch unruhig?«

»Ja.«

»Vielleicht sollten wir einen Kamillen- oder Pfefferminztee trinken«, schlug sie beflissen vor. »Das ist das beste Mittel gegen Nervosität. Ich werde einen der Bediensteten rufen.«

»Nein, ich kenne ein wesentlich besseres Mittel.«

Gareth zog sie sanft, aber unerbittlich in seine Arme. Als sie zitternd vor ihm stand, den Umhang immer noch fest umklammert, als sei er ein Talisman, umschloß er ihre Lippen mit seinem Mund.

Gareth spürte Clares Überraschung; sie war verwirrt, und deshalb zitterte sie. Er preßte seinen Mund weiter auf ihre Lippen und hoffte, daß sie wie beim letzten Mal auf seinen Kuß reagieren würde.

Er wußte, daß sie ihn begehrte. Er hatte ihre Leidenschaft bereits am ersten Tag gespürt. Alles, was er tun mußte, war, den Schutzwall logischer Gründe gegen eine Liebesbeziehung zu durchbrechen, den sie errichtet hatte.

Erleichterung wallte in ihm auf, als er ihren leisen, halberstickten Aufschrei hörte.

Sie würde ihm eine wahre Frau sein. Der Bastard von Wyckmere hatte endlich eine Braut.

Und eine Zukunft.

Ihr Mund zögerte zuerst, doch dann wurden ihre Lippen zart und weich. Gareth wußte mit Bestimmtheit, daß er sie richtig eingeschätzt hatte. Er hatte die weibliche Neugier in ihrem Blick nicht fehlinterpretiert, hatte die Bedeutung ihrer zitternden Finger nicht falsch verstanden.

Das Glück, das ihn während der jahrelangen Jagd nach Banditen am Leben erhalten hatte, war ihm in sein neues Leben als Blumengärtner gefolgt. Er hatte durch diese Verbindung weit mehr gewonnen, als er zu hoffen gewagt hatte.

Clare keuchte unhörbar. Ihre Finger umklammerten seine Schultern. Gareth stöhnte. Den ganzen Tag hatte er die Qual seiner mühsam unterdrückten Erregung erdulden müssen. Jetzt war es an der Zeit, ihr freien Lauf zu lassen, und er war gespannt auf das, was ihn erwartete. Der Moment war gekommen, Clare zu seiner Frau zu machen.

Gareth spürte, wie Clare erneut erschauderte und sich enger

an ihn preßte. Beinahe hätte er angefangen, laut zu lachen, doch er unterdrückte dieses Bedürfnis. Dies war nicht der richtige Zeitpunkt, um sich seiner Freude hinzugeben. Aber er genoß diesen Augenblick. Es war offensichtlich, daß Clares Gerede darüber, daß sie erst Freunde werden sollten, nichts als dummes Geschwätz gewesen war.

Sie war ebenso versessen darauf, die Freuden des Ehebetts kennenzulernen, wie er.

Gareth war erleichtert. Er hatte zwar noch eine Schlacht zu schlagen, aber er war es gewohnt, um das, was er wollte, zu kämpfen. Und daß er Clare wollte, stand außer Zweifel.

Er erkannte, daß Clares Abneigung gegen Nicholas of Seabern echt war. Er war sich immer noch nicht sicher, was er in Bezug auf ihre Erfahrung in der Liebe glauben sollte, aber Clares süßer, begieriger Mund sagte ihm, daß das, was auch immer zwischen ihr und Nicholas geschehen war, zumindest keine Abneigung gegen körperliche Nähe in ihr geweckt hatte.

Vielleicht war es Raymond de Coleville gewesen, der ihr gezeigt hatte, wieviel Vergnügen ein Mann und eine Frau aneinander haben konnten.

Welcher Mann auch immer dafür verantwortlich war, Gareth war ihm nicht besonders dankbar.

»Mylord.« Clares Stimme war ein atemloser Seufzer an Gareths Lippen. Sie fühlte sich warm und weich an, wie sie an seiner Brust lehnte und langsam ihre Arme um seinen Nacken schob. »Zweifellos ist es nicht richtig, daß wir uns schon jetzt auf diese Weise küssen, aber ich kann einfach nicht aufhören.«

Ihr Geständnis brachte Gareths Blut noch mehr in Wallung. Das Klopfen seines Herzens erinnerte ihn an das Donnern der Hufe seines Schlachtrosses. Sein ganzer Körper reagierte heftig auf Clares sanfte Unterwerfung.

Die Lady war bereit und willig, ganz und gar nicht das aufgeregte, unschuldige Mädchen, das langsam und vorsichtig an körperliche Leidenschaft gewöhnt werden mußte.

»Ich versichere Euch, daß ich nicht die Absicht habe, jetzt aufzuhören.« Gareth strich mit den Daumen über die Winkel ihres Mundes. Ihre Lippen öffneten sich zitternd. Ihre Wangen, rot und glühend, fühlten sich warm an. Ihre Augen waren unergründliche Smaragde, hinter denen das Geheimnis weiblicher Leidenschaft verborgen lag.

Wenn Nicholas Clare nicht in die Kunst der Liebe eingeführt hatte, dachte Gareth, dann hatte das zweifellos Raymond de Coleville getan, ihr vielgerühmtes Vorbild des edlen Ritters. *Zur Hölle mit ihm.*

Welcher der beiden war es gewesen?

Oder hatte sie bereits zwei Liebhaber gehabt?

In diesem Augenblick hätte Gareth jedem seiner unbekannten Rivalen mit Vergnügen einen Blick durch das Tor der Hölle gewährt.

Da er Nicholas kannte, schloß Gareth, daß es der geheimnisvolle Raymond de Coleville war, der ihm Sorgen machte.

Eine weitere Herausforderung für den Höllenhund von Wyckmere, sagte er sich. Und er hatte sich bisher noch jeder Herausforderung gestellt.

Er vertiefte den Kuß, da er wußte, daß er nicht das Recht hatte, sich über die Tatsache zu ärgern, daß Clare bereits in den Armen eines anderen Mannes gelegen hatte. Schließlich ging auch er nicht jungfräulich in die Ehe. Noch dazu war er ein Bastard: keine besonders gute Partie für eine Lady in ihrer Position.

Clare war eine gesunde junge Frau von dreiundzwanzig, die den Großteil ihres Lebens allein gewesen war und die Last der Verantwortung für das Anwesen getragen hatte.

Außerdem war sie eine sehr neugierige und offenbar intelligente Person, die niemals die Absicht gehabt hatte zu heiraten. Eine solche Frau wäre sicher nicht abgeneigt, die verbotene Frucht der Leidenschaft zu kosten, wenn sich ihr die Gelegenheit in Gestalt eines gutaussehenden jungen Ritters bot.

Gareth wußte, daß er sich mit diesen Gedanken selbst verrückt machte. Plötzlich wurde ihm bewußt, daß er nie zuvor den stechenden Schmerz glühender Eifersucht verspürt hatte.

Eifersucht?

Dieser Gedanke brachte ihn in die Realität zurück.

Er löste seine Lippen von Clares Mund und nahm ihr Gesicht in seine Hände. Sie sah ihn mit leuchtenden Augen an.

»Was geschehen ist, ist geschehen«, murmelte Gareth.

»Was wollt Ihr damit sagen, Mylord?«

»Das ist egal. Von dieser Nacht an gehört Ihr mir. Ihr seid meine Frau, die zukünftige Mutter meiner Kinder. Ich schwöre, daß ich Euch Nicholas, Raymond de Coleville und jeden anderen Mann, den es vor mir gegeben hat, vergessen lassen werde.«

Sie zog fragend die Brauen hoch. »Aber warum sollte ich Nicholas und Raymond vergessen wollen? Der eine ist mein Nachbar und der andere war ein guter Freund.«

»Es reicht. Sprecht heute nacht nicht noch einmal von den beiden.« Gareth sorgte mit einem weiteren Kuß dafür, daß sie nichts erwidern konnte.

Sie murmelte etwas Unverständliches, das wie ein Protest oder zumindest wie der Versuch einer Erwiderung klang. Aber Gareth wollte nichts mehr hören. Er schob sanft ihre Lippen auseinander und versenkte seine Zunge in ihrem Mund.

Clare machte noch ein eigenartiges, halbersticktes Geräusch. Dann legte sie ihre Arme fester um seinen Hals und berührte seine Zunge mit der ihren.

Gareth holte tief Luft, nahm sie in die Arme und stolperte mit ihr auf das Bett. Das Verlangen, in sie einzudringen, war überwältigend. Er fiel schwer auf das weiße Leinenlaken und streckte die Hand nach ihr aus.

»Mylord.«

»Pst.« Er legte ein Bein auf ihre Schenkel. Da er groß und schwer war und sie klein und federleicht, stützte er sich auf einem Arm ab, als er sich über sie beugte. »Wir werden später darüber sprechen. Jetzt will ich Euch küssen.«

»Oh.« Ihr Stirnrunzeln legte sich, und die Unsicherheit wich aus ihrem Blick. Sie strich ihm sanft über die Wange. »Nun, ich nehme an, ein harmloser Kuß ist nicht weiter schlimm, oder?«

»Nein. Und selbst wenn er das wäre, bezweifle ich, daß dieses Wissen mich heute nacht davon abhalten würde.«

Er war hingerissen vom Anblick ihres dunklen Haares, das sich über die duftenden Kissen ergoß. Langsam schob er eine Hand hinein und wickelte den seidigen Strang um seine Finger. Dann vergrub er seine Nase darin und atmete tief ein. »Ihr riecht nach Blumen, wie alles auf dieser Insel.«

»Ich nehme an, daß Ihr Euch daran gewöhnen werdet, Mylord.«

»Ja.« Dann beugte er den Kopf und fuhr sanft mit den Lippen über ihren elegant geschwungenen Hals. »Ich glaube, das werde ich.«

Er schob ihren Umhang auseinander und vernahm freudig, wie sie tief Luft holte.

Dann schob er seinen Mund hinab zu ihrer Brust, die teilweise unter dem weißen Leinennachthemd sichtbar war.

»Mylord –«

»Ich heiße Gareth.« Sie war so erstaunlich weich. Ihre Haut war sanfter als die teure Seide, die er ihr zur Hochzeit geschenkt hatte.

»Gareth.« Sie klang atemlos. »Ihr habt gesagt, Ihr wolltet mich nur küssen.«

»Ja. Überall.« Die edle, perfekte Rundung ihrer kleinen Brust war das Verlockendste, was Gareth jemals gesehen hatte. Er sehnte sich schmerzlich danach, ihre Brustwarzen zu sehen, die immer noch unter dem bestickten Nachthemd verborgen waren. Die Form der kleinen, reifen Knospen war jedoch deutlich zu erkennen. Er strich mit einem Finger darüber und genoß es, die Konturen nachzuziehen.

»Gareth.« Clare erstarrte. Sie blickte ihn mit weit aufgerissenen Augen an. Ihre Hände packten seine Schultern, als wolle sie ihn von sich schieben. »Sir, ich glaube nicht, daß das besonders vernünftig ist. Ihr habt gesagt, daß ein Kuß nicht weiter schlimm ist, und ich habe Euch zugestimmt. Aber das geht zu weit.«

»Ihr wollt Küsse, Mylady?« Unbarmherzig löste er die Bänder, mit denen das Nachthemd zusammengehalten wurde. »Dann sollt Ihr Küsse bekommen. Hunderte. Tausende.«

»Gareth.« Sie unternahm den sinnlosen Versuch, seine Hände fortzuschieben. »Ich denke nicht –«

»Ja, Madam. Versucht gar nicht erst zu denken. Nicht heute nacht. Ich für meinen Teil werde auf jeden Fall ganz bestimmt nicht denken.«

Ihre rosigen Brustwarzen sahen noch verlockender aus als er es sich vorgestellt hatte, und seine Vorstellungskraft war nicht zu verachten. Die Kronen, die Clares Brüste zierten, waren bauschig und fest und voller Versprechen. Gareth schloß seine Lippen um eine von ihnen und saugte zärtlich daran.

Clare schrie leise auf. Ihre Finger vergruben sich in seinen Schultern. »Beim Ellbogen der heiligen Hermione, Mylord. Das nennt Ihr einen Kuß?«

»Ja. Obwohl ich eher das Gefühl habe, Nektar aus Honig und Mandeln zu trinken.«

»St –« Clare schien Probleme beim Sprechen zu haben. Sie klammerte sich weiter an ihm fest. »Stimmt das, Sir?«

»Es ist die Wahrheit.«

Gareth fragte sich, ob Raymond de Coleville sich nicht die Mühe gemacht hatte, Clares Brüste zu kosten, als er sich die anderen Köstlichkeiten genommen hatte, die sie bot. Doch dann kam ihm der Gedanke, daß seine Rivalen ziemlich überstürzt hatten handeln müssen, als sie Clare verführt hatten.

Nicholas hatte es immerhin noch darauf abgesehen, sie zu einer Heirat zu zwingen.

Raymonds Unternehmen hingegen war ziemlich riskant gewesen. Zweifellos hatte er schon damals gewußt, daß er Clare niemals heiraten würde. Vielleicht hatte ihn die Heimlichkeit und Eile unachtsam und linkisch gemacht.

Gareth küßte die Vertiefung zwischen Clares Brüsten und beschloß, daß es durchaus von Vorteil war, verheiratet zu sein. Ein Mann hatte alle Zeit der Welt, um seine Frau im Ehebett zu verführen.

Gareth ließ seine Küsse tiefer gleiten. Er schob Clares Nachthemd weiter auseinander, während er sich langsam auf sein Ziel zu bewegte. Der Duft ihrer weiblichen Erregung, berauschender als jedes Rosen- und Lavendelparfüm, führte ihn. Sie reagierte auf ihn und dieses Wissen ließ eine neue Woge des Verlangens in ihm aufkommen.

»Sir, Mylord. *Gareth.*« Clare kniff die Augen zu und fuhr zurück. »Ihr dürft mich nicht mehr küssen. Ich fürchte, meine Sinne fliegen durcheinander wie Bienen im Wind.«

»Meine auch.« Gareth hob den Kopf und blickte in ihr gerötetes Gesicht. Während er sie ansah, schob er seine Hand unter den Saum ihres Hemdes.

Sie riß die Augen auf und schüttelte den Kopf. »Bitte.«

»Gern. Ich werde mein Möglichstes tun, um Euch Vergnügen zu bereiten. Ihr werdet die beiden lange vor Anbruch der Dämmerung vergessen haben.« Er beugte sich zu ihr und küßte sie auf den Mund, während seine Hand vorsichtig über die Innenseite ihres Schenkels glitt.

»Wen soll ich vergessen? Ich... oh, Gareth, ich glaube nicht, daß das vernünftig ist. Ich mache mir Sorgen um Euch, Mylord.«

Er hatte keine Ahnung, wovon sie sprach, aber er hatte auch keine Lust, sie zu fragen. Er hatte im Augenblick andere Dinge im Kopf. Seine Hand schloß sich um das warme, feuchte Fleisch zwischen ihren Schenkeln.

Clare erstarrte. Sie schloß erneut die Augen und schien noch nicht einmal mehr zu atmen. Ihre kurzen Fingernägel hatten sich so tief in seinen Schultern vergraben, daß er sicher war, am nächsten Morgen dort Kratzspuren zu entdecken. Der Gedanke gefiel ihm.

Gareth drang sanft, langsam, zärtlich in sie ein. Er teilte das weiche, honigsüße Fleisch, als würde er die Blätter einer duftenden, zarten Blume öffnen, bis er schließlich den verborgenen Schatz fand, den er suchte. Clare stöhnte, als er sie mit seinen Fingern streichelte, die mit ihrem eigenen Tau benetzt waren.

Er machte sich mit größter Vorsicht ans Werk, kreisend, knetend, ziehend, drückend.

Clare war offenbar nicht mehr in der Lage zu protestieren. Gareth wußte, daß sie inzwischen hoffnungslos in dem Vergnügen verloren war, das er ihr bereitete. Sie zitterte, warf den Kopf hin und her und klammerte sich an ihn. Die Erkenntnis, daß sie mit einer solchen Leidenschaft auf seine Berührung reagierte, befriedigte ihn mehr als alles andere.

Sie war so in dem sinnlichen Zauber gefangen, daß sie noch nicht einmal merkte, wie er erneut den Kopf hinabschob, um die feste, kleine Knospe zu küssen, die er zur vollen Blüte gebracht hatte.

Er wußte genau, wann sie merkte, was mit ihr geschah.

Sie fuhr zusammen, als sei sie vom Blitz getroffen worden.

Gareth meinte beinahe, Funken sprühen zu sehen.

Sie öffnete den Mund zu einem hohen, schockierten und zugleich verwunderten Schrei. Obgleich sie fast umgehend wieder verstummte, bewies ihre Überraschung Gareth, was er sich allmählich bereits dachte. Was auch immer Clare mit ihren früheren Liebhabern erlebt hatte, die Freude der eigenen Erleichterung hatte sie noch nicht kennengelernt.

Ihre Reaktion war mehr, als er jemals zu hoffen gewagt hatte. Sie zitterte genauso wie er selbst. Sie reckte sich ihm entgegen, öffnete sich, bot sich ihm an. Sie war ein geheimnisvolles, magisches Geschöpf, das seine Sinne verzauberte. Ihre Leidenschaft faszinierte ihn.

Clare zitterte wie eine Blüte im Wind.

Gareth hätte beinahe seinen Samen auf dem Laken vergossen, als heiße Befriedigung in ihm aufwallte. Morgen früh wären Nicholas und Raymond de Coleville für Clare nichts weiter als entfernte, trübe Erinnerungen.

»Gareth. *Gareth.*« Clare rang nach Luft. »Was habt Ihr mit mir gemacht? *Was habt Ihr mit mir gemacht?*«

»Nichts, was sich nicht noch unzählige Male wiederholen ließe.«

Er wartete, bis sie erschlaffte. Als auch das letzte Zittern verklungen war, schob er sich über Clares weichen Körper, bis er seine Ellbogen aufstützen konnte.

Dann blickte er in ihr überraschtes Gesicht.

Und lächelte.

Sie starrte ihn an. Offenbar hatte ihr die Intensität dessen, was sie erlebt hatte, die Sprache verschlagen. Das Spiel der Gefühle in ihren Augen war bezaubernd. Verwirrung, Verwunderung, Neugier und weibliche Spekulation machten sie stumm.

Dies war das erste Mal, daß Gareth sie sprachlos erlebte.

Sein Lächeln verwandelte sich in ein wissendes Grinsen.

Er hätte laut gelacht, wenn er selbst sich nicht so unwohl gefühlt hätte. Er war so hart und unnachgiebig wie der Stahl, aus dem das Tor zur Hölle war, aber er war nicht annähernd so kalt wie die Klinge. Ganz im Gegenteil. Er brannte lichterloh und es gab nur eine Möglichkeit, die Flammen zu löschen, die in seinen Lenden loderten.

Er setzte sich auf, wandte Clare den Rücken zu und begann, seine Kleider abzustreifen. Seine Hände zitterten vor Begierde, als er seinen Gürtel öffnete. Er warf den schweren Lederriemen achtlos auf den Boden.

»Habt Ihr... dasselbe gefühlt wie ich?« fragte Clare. Sie klang schwach und atemlos.

»Noch nicht. Aber ich sage Euch, es war knapp. Beinahe hätte ich Eure feinen weißen Laken ruiniert. Aber seid versichert, daß ich mich für Euch aufgehoben habe, Madam.«

Gareth zog seine Tunika aus und schleuderte sie ebenfalls auf den Boden.

»Ihr meint, Ihr habt diese seltsamen Gefühle nicht erlebt?«

Er legte ein Bein auf das andere und zerrte an einem der Lederschuhe. »Keine Angst, Madam, meine Erleichterung wird Euch nicht verborgen bleiben, wenn ich mich in Eure seidige Scheide ergieße.« Sein Mund verzog sich erneut zu einem Lächeln. »Es sei denn, Ihr seid in dem Augenblick zu sehr mit Eurem eigenen Vergnügen beschäftigt, um es zu merken.«

Clare richtete sich abrupt auf. »Bei der Sandale der heiligen Hermione, diese ganze Sache ist noch viel verwirrender als ich dachte.«

»Gemeinsam werden wir es schon schaffen.«

»Aber das ist vollkommen unmöglich.«

»Verdammt.« Gareth hatte immer noch einen Schuh an. Er wandte sich um und starrte Clare an. »Wovon sprecht Ihr?«

»Ich hatte keine Ahnung, daß Ihr in der Lage sein würdet, derartige Gefühle in mir zu wecken.« Clare schob sich die Haare aus dem Gesicht und sah ihn ängstlich an. »Oder daß ich Euch derart in Versuchung führen würde, Mylord.«

»Clare, ich weiß nicht, was für Liebhaber Nicholas und de Coleville waren, aber ich verspreche Euch, daß ich –«

»Raymond de Coleville war niemals mein Liebhaber.« Clare umklammerte die Enden ihres offenen Nachthemdes und setzte sich inmitten der zerwühlten Laken auf. Ihre Augen blitzten zornig auf. »Ebensowenig wie Nicholas of Seabern, obgleich mir das niemand zu glauben scheint. Schließlich haben mir inzwischen mehr als genug Leute zu verstehen gegeben, daß sie nicht glauben, daß ich noch eine Jungfrau bin.«

Gareth streckte die Hand nach ihr aus. »Beruhigt Euch,

Clare. Ihr braucht mir Eure Unschuld nicht zu beteuern. Sie ist mir egal.«

»Ihr habt recht.« Sie runzelte die Stirn. »Ich werde kein Wort mehr darüber verlieren, Mylord.«

»Gut. Das freut mich zu hören.«

»Ehrlich gesagt ist dies wohl weder der rechte Ort noch die rechte Zeit, um über meine Jungfräulichkeit zu befinden.«

»Ja, was geschehen ist, ist geschehen.«

»Und außerdem«, sagte sie etwas zu süß, »habe ich keinen Zweifel daran, daß ich mindestens ebenso rein und unberührt in dieses Bett gestiegen bin wie Ihr.«

Gareth verzog das Gesicht. »Das bezweifle ich auch nicht.«

»Mehr kann ein Mann von seiner Braut wohl kaum erwarten.«

Gareth bemerkte zu seiner Verblüffung, daß er errötete. Zu spät fragte er sich, ob sie ihn vielleicht aufzog. Er starrte sie böse an. »Vielleicht sollten wir das Thema wechseln, Madam.«

»Ja, Ihr habt recht, Sir.« Ihr Gesichtsausdruck wurde sanfter. Dann streckte sie die Hand aus und berührte ihn leicht am Arm. »Eigentlich geht es doch im Moment gar nicht um unsere Jungfräulichkeit, oder?«

»Nein.« Gareth fiel keine andere Antwort ein. Er wollte sich im Augenblick nicht unterhalten. Er wollte lediglich seine Frau lieben. War das denn zuviel verlangt?

»Es geht doch darum«, fuhr Clare heiser fort, »daß ich gerade gelernt habe, wie stark das körperliche Verlangen werden kann, wenn es von einem Mann wie Euch geweckt wird, Sir.«

Gareth sah sie argwöhnisch an. »Einem Mann wie mir?«

»Es ist ganz offensichtlich, daß Ihr ein äußerst leidenschaftlicher Mensch seid.«

»Es ist ganz offensichtlich, daß Ihr eine Frau seid, die äußerste Leidenschaft weckt, Madam.«

»Ich bin mir der Tatsache durchaus bewußt, daß ich eine

gewisse Verantwortung für die Geschehnisse trage«, versicherte sie ihm.

»Hervorragend. Das wäre dann also schon einmal geklärt.« Er ließ seinen zweiten Schuh zu Boden fallen und stand auf, um sein Unterkleid auszuziehen.

Clare runzelte nachdenklich die Stirn. »Es ist klar, daß wir versuchen müssen, diese Kraft zu unterbinden, ehe wir völlig die Kontrolle darüber verlieren, Mylord.«

Gareth hatte die Tunika halb über den Kopf gezogen. Er hielt in der Bewegung inne, zählte langsam bis drei und ließ das Kleidungsstück los, so daß es wieder über seinen Körper glitt.

»Was habt Ihr gesagt?« fragte er gefährlich leise.

Ihre Miene wurde noch besorgter. »Ich habe gesagt, daß wir größte Vorsicht walten lassen müssen, um Euch zu schützen, Mylord.«

»Mich zu schützen? Wovor?« brüllte er. Jetzt hatte er endgültig die Geduld verloren.

Sie riß die Augen auf, aber sein Ausbruch schien sie eher zu überraschen als zu verängstigen. »Ihr schreit.«

»Nein, Madam«, knurrte er mit zusammengebissenen Zähnen. »Noch nicht. Aber vielleicht bald. Sehr bald.«

Sie seufzte. »Das ist natürlich nur ein weiterer Beweis.«

»Ein Beweis für was?«

»Für die Stärke Eurer Leidenschaft.« Sie lächelte verständnisvoll. »Es ist nur allzu verständlich, daß Eure Leidenschaft Euch unsere Abmachung vergessen läßt.«

»Ach ja?«

»Ja. Als Eure Frau und um unserer zukünftigen Freundschaft willen muß ich Euch helfen, dieser Versuchung zu widerstehen. Schließlich geht es dabei um Eure Ehre.«

Gareth fragte sich, ob er vielleicht während des Banketts zuviel Wein getrunken hatte. Er betrank sich nie, und eigentlich fühlte er sich auch jetzt nicht betrunken, aber allmählich begann alles, sich um ihn zu drehen.

»Wollt Ihr mir damit etwa sagen, daß meine Ehre irgendwie in Gefahr ist, wenn ich heute nacht mit Euch das Bett teile?« fragte er vorsichtig.

»Ich weiß, wie entsetzt Ihr wärt, wenn Ihr morgen früh in dem Bewußtsein aufwachen würdet, daß Ihr Euch von Eurer Leidenschaft habt hinreißen lassen und Euch über unsere Abmachung hinweggesetzt habt.«

»Bei allen Höllenfeuern, Madam, ich glaube einfach nicht, was ich da höre. Vergeßt diese verdammte Abmachung. Wir haben nie eine getroffen.«

Sie starrte ihn an. »Oh doch, das haben wir. Wir haben abgemacht, daß wir erst Freunde werden, ehe wir diese Ehe vollziehen.«

»Nein, das haben wir nicht abgemacht.« Er betonte jedes einzelne Wort. »Ihr habt diese verrückte Idee gehabt. Aber ihr habt mich nie gefragt, was ich davon halte. Und, Teufel noch einmal, ich habe nie behauptet, daß ich den Vorschlag gutheiße.«

»Ihr seht doch sicher ein, daß die Chance, eine Ehe auf der Grundlage von Freundschaft und Vertrauen aufzubauen, vertan ist, wenn wir uns heute nacht der Leidenschaft hingeben.«

Gareth gab sich die größte Mühe, nicht zu platzen. »Das ist so ziemlich das Lächerlichste, was ich jemals gehört habe.«

»Das habt Ihr gestern aber nicht gesagt.«

»Seid versichert, daß ich das aber gedacht habe.«

Sie saß da wie vom Donner gerührt. »Ihr wollt also nicht, daß sich zwischen uns Vertrauen und Freundschaft entwickelt?«

»Das wird beides mit der Zeit kommen.« Er suchte verzweifelt nach einem Weg, um ihre Gedanken in eine neue Richtung zu lenken. »Vertraust du mir, Clare?«

»Ja.« Sie seufzte. »Aber Ihr vertraut mir nicht.«

»Das ist nicht wahr.«

»Ihr denkt, daß ich anderen Männern gestattet habe, mich zu lieben, obwohl ich Euch gesagt habe, daß ich mit keinem anderen Mann das Bett geteilt habe.«

»Außerdem habe ich dir gesagt, daß es mir egal ist, ob du noch Jungfrau bist. Deine Vergangenheit geht mich nichts an. Nur deine Zukunft.«

»Ich bin sicher, daß das sehr edel von Euch ist, Sir, aber unsere gemeinsame Zukunft wird nur dann für uns beide zufriedenstellend sein, wenn wir sie auf der Grundlage von Vertrauen aufbauen.« Sie sah ihn unglücklich an. »Und Ihr vertraut mir nicht. Gebt es ruhig zu. Ihr denkt, ich hätte Euch angelogen.«

»Verdammt, deine Jungfräulichkeit ist deine Sache.«

»Ich weiß Eure Einstellung zu diesem Thema zu schätzen. Aber darum geht es jetzt nicht.«

Er raufte sich die Haare. »Ich habe das Gefühl, als würde ich immer tiefer in einem Sumpf versinken.«

»Sir, ich bin der Überzeugung, daß wir beide lernen müssen, einander zu vertrauen, wenn wir in unserer Ehe zufrieden sein wollen.«

Er sah den Stolz und die Verletztheit in ihrem Blick, und in diesem Augenblick wußte er plötzlich, daß sie die Wahrheit sagte. Kein anderer Mann hatte sie je zuvor berührt. Er war ein Narr gewesen, etwas anderes zu denken. Clare würde ihn niemals derart belügen.

Sie war zu stolz, zu temperamentvoll, zu verwegen, um jemals zu lügen.

Zufriedenheit wallte in ihm auf. Er hatte nicht das Recht, ein solches Glück zu haben, sagte er sich, aber er hatte bestimmt nichts gegen das glückliche Schicksal einzuwenden, das ihm eine noch unberührte Frau beschert hatte.

Er lächelte. »Ich glaube dir, wenn du sagst, daß dich noch kein anderer Mann geliebt hat.«

Als sie ihn ansah, verriet ihr Blick Unsicherheit und Argwohn. »Das ist die Leidenschaft, die aus Euch spricht, Mylord. Sie läßt Euch sagen, was ich Eurer Meinung nach hören möchte.«

Er schüttelte immer noch lächelnd den Kopf. Er erinnerte sich an ihre Überraschung angesichts seiner intimen Küsse. »Nein. Ich begehre dich sehr, aber ich bin kein solcher Narr, daß ich mich zum Sklaven meiner Leidenschaft mache. Sie schafft es nicht, mich zum Lügen zu bewegen. Ich glaube dir, wenn du sagst, daß du noch unberührt bist, Clare.«

Clare faltete die Hände in ihrem Schoß. »Ich wünschte, ich könnte mir sicher sein, daß Ihr die Wahrheit sagt.«

»Da kannst du dir sicher sein. Du mußt lernen, mir ebenso zu vertrauen wie ich dir vertraue.«

»Ja.« Sie blickte ihn immer noch zweifelnd an.

»Du vertraust mir doch, oder?«

»Ich glaube schon.«

»Du *glaubst?*« Plötzlich war er wütend. »Clare, eben hast du noch gesagt, du würdest mir vertrauen.«

»Das alles ist viel zu verwirrend, Mylord.« Sie schenkte ihm ein entschuldigendes Lächeln. »Ich habe das Gefühl, daß es das beste ist, wenn wir uns an meinen ursprünglichen Plan halten.«

»Deinen ursprünglichen Plan?«

»Ja. Wir werden diese Ehe erst vollziehen, wenn wir beide sicher sind, daß wir das uneingeschränkte Vertrauen des anderen genießen.«

Gareth schloß kurz die Augen. »Gott gebe mir Kraft, Madam.«

»Ich bin sicher, daß er das tun wird, Gareth.« Clare lächelte ihn gewinnend an. »Und bis dahin habe ich unter dem Bett einen Strohsack, auf dem Ihr schlafen könnt.«

Er beobachtete verblüfft, wie sie sich über das Bett lehnte und den Sack darunter hervorzog. »Was in aller Welt glaubst du, was du da machst?«

Sie sah ihn durch den dichten Schleier dunklen Haares an, das ihr ins Gesicht hing. »Ich hole den Strohsack für Euch.«

Er sah sie finster an. »Ich werde mit Euch in diesem verdammten Bett schlafen.«

Sie blinzelte und richtete sich langsam auf. »Ihr seid wütend.«

»Wütend? Weshalb sollte ich wohl wütend sein«, fragte Gareth sehr sanft. Dann wirbelte er herum und marschierte hinüber zum Fenster.

»Gareth?«

Er schnappte sich das Tor zur Hölle und kam zurück zum Bett.

»Mylord.« Clare starrte auf das Schwert in seiner Hand. Dann fuhr sie sich an den Hals.

Gareth hob das Schwert hoch und ließ die flache Seite der Klinge auf das Bett sausen. Genau in der Mitte.

Clare zuckte zusammen. Dann wandte sie den Kopf und sah ängstlich auf die Waffe, die im Schein des Feuers schimmerte. Es teilte das Bett in zwei Hälften.

»Wenn Ihr mit unserem Eheleben auf diese Weise anfangen wollt«, knurrte Gareth mit zusammengebissenen Zähnen, »dann sei es so. Das Tor zur Hölle bleibt heute nacht ebenfalls in diesem Bett. Es wird Euch vor meiner Berührung schützen.«

»Ich glaube wirklich nicht, daß es nötig ist, Euer Schwert zwischen uns zu legen«, flüsterte Clare.

»Keine Angst, Madam, Ihr seid auf Eurer Seite des Bettes in Sicherheit. Ich werde die andere Hälfte nehmen.«

»Aber der Strohsack –«

»Ich werde nicht auf diesem verdammten Sack schlafen. Ich habe ein Anrecht auf meine Hälfte unseres Bettes, Madam.«

»Ich nehme an, ich könnte ebenso gut den Strohsack nehmen.«

»Nein. Ihr werdet mit mir das Bett teilen, Mylady. Ihr wollt einen Beweis meiner Selbstbeherrschung? Also gut, Ihr werdet ihn bekommen. Laßt mich nur bitte freundlicherweise morgen früh wissen, ob Ihr meint, mir vertrauen zu können.«

Clare biß sich auf die Lippe, sagte aber nichts.

Gareth ignorierte sie, während er sich seiner restlichen Kleidungsstücke entledigte und sie in eine Ecke warf. Er hörte den leisen, erstickten Aufschrei, der ihr beim Anblick seines immer noch harten Gliedes entfuhr. Er tat so, als höre er ihn nicht, aber wenn er nicht bereits zu dem Schluß gekommen wäre, daß sie noch unschuldig war, hätte ihm ihr überraschtes Gesicht die Wahrheit verraten.

Er würde einen hohen Preis bezahlen für sein Fehlurteil und für seine Unfähigkeit, die Situation zum Guten zu wenden. Aber daran war einzig und allein er selbst Schuld.

Gareth ging mit drei Schritten zum Kamin hinüber, um das Feuer zu löschen. Dann kam er zurück, zog die Bettvorhänge zu und glitt neben Clare ins Bett.

Es war stockfinster. Die Vorhänge ließen noch nicht einmal den Schimmer der verglühenden Holzscheite durch. Gareth faltete die Hände hinter dem Kopf und starrte in die Dunkelheit. Seine Lenden schmerzten. Er war wütend auf sich selbst.

»Gareth?« Clares Stimme klang leise und besorgt.

»Ja?«

»Mir kam gerade der Gedanke, daß ein Teil von Beatrices düsterer Prophezeiung eingetreten ist.«

»Was für eine Prophezeiung?«

»Sie hat gesagt, daß Ihr im Ehegemach Euer Schwert ziehen würdet. Und das habt Ihr getan.«

»In Anbetracht meiner momentanen Glückssträhne ist es ein Wunder, daß ich nicht noch darüber gestolpert bin und mir selbst den Hals durchgeschnitten habe.«

9. KAPITEL

Kurz vor Anbruch der Dämmerung erwachte Clare mit einem Gefühl des Bedauerns.

Sie merkte, daß sie allein in dem großen Bett lag, und sie wurde das Gefühl nicht los, daß sie die ganze Sache vollkommen falsch angefangen hatte.

Sie fragte sich, ob sie die Chance, die Grundlage für eine warme und liebevolle Freundschaft zwischen Gareth und ihr zu schaffen, vertan hatte.

Liebevoll.

Das war es, was sie wollte. Sie wollte lieben und geliebt werden. Sie war der Überzeugung gewesen, daß eine gefestigte Freundschaft irgendwann zu wahrer Liebe zwischen ihr und ihrem Gatten führen würde, aber gestern nacht hatte sie sich alles verbaut.

Gareth würde heute morgen gewiß keine freundschaftlichen Gefühle für sie hegen.

Sie hatte einen Fehler gemacht, das wußte sie inzwischen. Aber es war zu spät. Sie hatte ihn verärgert und dabei sicherlich Rückschritte in der Beziehung gemacht, die sie zu ihm aufbauen wollte.

Ihre Sturheit, ihr Stolz und ihr arroganter Glaube an ihre eigene Intelligenz waren Schuld an dem Schlamassel. Das kam dabei heraus, wenn man sich weigerte, dem guten Rat älterer und weiserer Frauen zu folgen, dachte sie traurig. Von Beatrice bis hin zu ihrem alten Kindermädchen Agnes hatten ihr alle geraten, ihre Pflicht als Ehefrau in der Hochzeitsnacht zu erfüllen.

Und nun mußte sie noch mal von vorne anfangen. Sie mußte den Schaden, den sie angerichtet hatte, wiedergutmachen und versuchen, das, was sie letzte Nacht mutwillig zerstört hatte, wieder aufzubauen.

Ein leises Rascheln hinter dem Bettvorhang ließ Clare erstarren.

»Gareth?«

»Es ist noch zu früh, um am Morgen nach der Hochzeit aufzustehen. Schlaft weiter, Clare.«

Sie hörte, wie er im Zimmer herumging und fragte sich, ob er sich wohl anzog. Durch einen Spalt im Vorhang erhaschte sie einen flüchtigen Blick auf seinen nackten Körper. Der Anblick ließ sie angenehm erschaudern. Die Erinnerungen kehrten zurück und wärmten ihr Innerstes.

Sie hatte gedacht, daß sie einen schlanken, geschmeidigen Mann wollte, ähnlich einer Katze, nicht jemanden, der einem riesigen Streitroß glich. Aber nach dem ersten Schock, den der Anblick von Gareths unbekleidetem Körper in ihr hervorgerufen hatte, hatte sie gestern nacht ihre Meinung geändert. Sie hatte festgestellt, daß sie eigentlich doch nichts gegen einen sehr großen Ehemann einzuwenden hatte.

Die Größe bestimmter *Teile* seines Körpers machte ihr ein wenig Sorgen, aber insgesamt gesehen fühlte sie sich durchaus nicht abgestoßen.

Die körperliche Größe, so beschloß sie, war nur dann ein Problem, wenn das Hirn eines Mannes eher klein war. War ein Mann jedoch mit Intelligenz und Selbstbeherrschung gesegnet, wie es Gareth eindeutig war, dann waren seine Körpermaße nicht mehr ganz so entscheidend.

Wieder einmal war sie durch bittere Erfahrung klüger geworden.

Clare erinnerte sich an die verwirrenden Gefühle, die Gareths Küsse und die Berührung seiner Finger in ihr ausgelöst hatten. Er war kein einfältiger, plumper und ungehobelter Kerl wie Nicholas of Seabern. Er war ein Mann, der bereit war, sich einer Frau gegenüber in Geduld zu üben.

Und auch wenn Gareth ihr weder seine unsterbliche Liebe geschworen noch Gedichte für sie geschrieben hatte wie Raymond de Coleville, so war er zumindest ehrlich. Anders als Raymond hatte er sie nicht bewußt in die Irre geführt.

Auf der anderen Seite des Vorhangs rührte sich wieder etwas. Clare richtete sich auf, schob die Decke zurück und lehnte sich an die Kissen. Schließlich konnte sie sich nicht den ganzen Tag unter der Bettdecke verstecken.

Sie streckte eine Hand aus und strich gedankenverloren über das zerwühlte Laken. Das Tor zur Hölle war verschwunden. Zweifellos steckte es inzwischen wieder sicher in der Scheide.

Clare zuckte zusammen, als sie daran dachte, wie Gareth mit seinem Schwert das Bett geteilt hatte. Von nun an würde sie immer, wenn sie die Klinge sah, an ihre Torheit in der Hochzeitsnacht denken.

Andere Männer hätten bestimmt in einer Situation wie der, die sie letzte Nacht heraufbeschworen hatte, die Geduld verloren. Andere Männer wären bestimmt gewalttätig geworden.

Aber nicht Gareth. Es stimmte, er war wütend gewesen, aber er hatte sich von seinem Ärger nicht überwältigen lassen.

Sie hatte einen Mann geheiratet, dessen Selbstbeherrschung ebenso groß war wie seine körperliche Kraft.

Clare holte tief Luft. Irgendwann mußte sie ihm gegenübertreten und sich entschuldigen. Am besten brachte sie es gleich hinter sich. Es war noch nie ihre Art gewesen, eine unangenehme Verpflichtung hinauszuschieben.

»Mylord, ich möchte Euch sagen, daß mir das, was letzte Nacht passiert ist, sehr leid tut.«

»Mir auch.«

Sie wünschte sich, sie könnte sein Gesicht sehen. Sein Ton war so kühl und trocken, daß es ihr unmöglich war, seine Gedanken zu erraten. Also sprach sie einfach weiter. »Mir ist durchaus bewußt, daß ich meine Pflicht als Ehefrau nicht erfüllt habe. Wie ich Euch bereits erklärt habe, hatte ich meine

Gründe dafür, aber heute morgen bin ich zu dem Schluß gekommen, daß ich vielleicht nicht unbedingt logisch und vernünftig vorgegangen bin.«

»Mit anderen Worten, Ihr seid zu dem Schluß gekommen, daß die Freuden körperlicher Leidenschaft interessanter sind als das intelligente Vergnügen an Freundschaft und Vertrauen?«

»Oh, nein, das wollte ich damit bestimmt nicht sagen«, beeilte sie sich zu erklären. »Ich denke immer noch, daß unsere Ehe sich auf Vertrauen und Freundschaft gründen sollte. Es ist nur so, daß ich mir heute morgen nicht mehr so sicher bin, daß ich gestern nacht auf die richtige Art versucht habe, diese Dinge zu erreichen.«

Ohne Vorwarnung riß Gareth den Vorhang auf. Er stand vor dem Bett und sah sie nachdenklich an. Clare bemerkte, daß er sein Hemd anhatte, aber daß er immer noch barfuß war. Seine Finger umschlossen einen kleinen Gegenstand, den sie nicht erkannte.

»Wollt Ihr mir damit etwa sagen, daß Ihr über Nacht plötzlich Vertrauen zu Eurem Ehemann gefaßt habt?« fragte er in neutralem Ton.

Sie zögerte, da sie wußte, daß er sie bewußt verspottete. Dieses Wissen schmerzte. Sie richtete sich auf und versuchte, seinem Blick mit Würde zu begegnen. »Ich möchte, daß wir noch einmal von vorne anfangen, Mylord. Ich bin bereit, Euch eine gute Frau zu sein und die Ehe zu vollziehen.«

»Das ist keine Antwort auf meine Frage.«

»Ich vertraue Euch in vielerlei Hinsicht, Gareth.« Sie machte eine Handbewegung, die das Zimmer und alles, was darüber hinausging, einschloß. »Ich vertraue darauf, daß Ihr dieses Anwesen schützen werdet. Ich vertraue darauf, daß Ihr Eure Pflicht gegenüber den Menschen auf der Insel erfüllt. Ich glaube, daß Ihr ein weiser und großzügiger Herr sein werdet.«

»Ist das alles?«

Sie bedachte ihn mit einem hoffnungsvollen Lächeln. »Mir scheint, daß das doch für den Anfang eine ganze Menge ist, Sir.«

»Ja. Aber ich will mehr, Madam.« Er blickte sie aufmerksam an. »Wie ich sehe, habt Ihr inzwischen eingehend über unsere Ehe nachgedacht.«

»Ich habe letzte Nacht Stunden damit verbracht«, versicherte sie ihm.

»Ich habe mir auch fast die ganze Nacht Gedanken über unsere gemeinsame Zukunft gemacht. Ich bin ebenfalls zu einem Entschluß gekommen, und Eure Entschuldigung ändert nichts daran.«

Sie sah ihn argwöhnisch an. »Zu was für einem Entschluß seid Ihr gekommen?«

»Das Schwert bleibt nachts zwischen uns, bis Ihr sicher seid, daß Ihr mir voll und ganz vertraut, vor allem, was meine Rolle als Ehemann angeht.«

»Ich vertraue Euch.«

»Nein, Madam, das tut Ihr nicht. Letzte Nacht habt Ihr mir deutlich zu verstehen gegeben, daß Ihr der Überzeugung seid, ich könne meine Leidenschaft nicht im Zaum halten.«

Clares Wangen brannten. »Ihr habt mir das Gegenteil bewiesen, Sir.«

»Habe ich das?«

»Ja. Ich entschuldige mich bei Euch für meine Dummheit. Ich dachte, Euer Verlangen sei so übermächtig, daß es Euch unsere Abmachung vergessen lassen würde. Aber jetzt weiß ich, daß Ihr Euch und Eure Leidenschaft durchaus beherrscht, und daß Ihr Euch wohl kaum von ihr lenken laßt.«

»Unter den gegebenen Umständen bringt uns Eure verquere Logik auch nicht weiter. Wir werden später noch einmal über die Sache sprechen. Da Ihr ja bereits wach seid, könnt Ihr ebenso gut aufstehen und Euch anziehen.«

»Gareth, ich finde, wir sollten über diese Sache sprechen.«

»Nein, ich bin nicht in der Stimmung, um diese idiotische Unterhaltung heute morgen weiterzuführen.«

»Ihr seid immer noch beleidigt wegen meines Verhaltens gestern nacht, nicht wahr?«

Er bedeutete ihr aufzustehen. »Erhebt Euch, Madam. Wie gesagt, wir werden später darüber sprechen.«

Sie zögerte immer noch. Plötzlich kam ihr ein schrecklicher Gedanke. »Gareth, wart Ihr vielleicht nicht nur beleidigt? Wart Ihr etwa verletzt, weil Ihr dachtet, ich hätte Euch zurückgewiesen, nachdem Ihr mir solches Vergnügen bereitet habt?«

»Würdet Ihr freundlicherweise aus diesem verdammten Bett aufstehen, ehe ich Euch herauszerren muß?«

Clare starrte ihn verwirrt an. »Warum soll ich denn so schnell aufstehen?«

Gareth kniff den Mund in einer Weise zusammen, die ihr verriet, daß er sich nur noch mühsam beherrschen konnte. »Ich dachte, wir könnten vielleicht einen gemeinsamen Spaziergang über die Klippen machen.«

Clares Miene hellte sich umgehend auf. »Das wäre wunderbar. Ich liebe es, morgens spazierenzugehen.«

»Zieht Euch warm an«, murmelte er. »Der Nebel ist zwar verschwunden, aber es ist noch recht kühl.«

»Ja, das tue ich.«

Clare kletterte eilig aus dem Bett. Sie bedachte Gareth mit einem strahlenden Lächeln und eilte hinüber in das angrenzende Ankleidezimmer.

Der Raum war zu dieser frühen Stunde noch leer. Nur die üblichen Kleidertruhen und die Nähkörbe der Dienstmädchen standen herum. Clare schickte ein kurzes Dankgebet zum Himmel, daß es für die Bediensteten noch zu früh war.

Sie hatte gerade eine der Truhen geöffnet und griff nach einem warmen Kleid, als ihr plötzlich ein Gedanke kam. Sie preßte das Kleid an ihre Brust und rannte zurück ins Schlafzimmer.

»Gareth, vielleicht würdet Ihr lieber ausreiten, anstatt spazierenzugehen. Es hat mir sehr gut gefallen, als wir... Bei den Augen der heiligen Hermione.« Sie brach entsetzt ab. *»Was macht Ihr da?«*

Gareth kniete auf dem Bett und leerte den Inhalt eines kleinen Fläschchens auf dem Laken aus. Er sah auf. Irgend etwas an ihrem Blick mußte ihn alarmiert haben. »Hör zu, Clare, das tue ich deinetwegen.«

»Meinetwegen?« Sie zitterte vor Wut, als sie auf das Fläschchen zeigte. »Das ist Hühnerblut, nicht wahr?«

»Clare, hör mir zu.«

»Ihr spritzt Hühnerblut auf das Laken.«

»Ja. Ich habe gehört, daß das ein guter Ersatz ist für... ja, nun, Ihr wißt schon wofür.«

Sie kreuzte die Arme vor ihrer Brust und kniff die Augen zu schmalen Schlitzen zusammen. »Ich weiß sehr gut, wofür man das benutzt, Mylord.«

»Clare, die Bediensteten, die die Laken wechseln, werden nach einem Beweis für die Vollziehung der Ehe suchen. Bis zum Nachmittag wird die ganze Insel darüber Bescheid wissen, ob Blut auf dem Laken war oder nicht. Das weißt du ebenso gut wie ich.«

»Also sorgt Ihr dafür, daß Eure männliche Ehre keinen Kratzer bekommt.«

»Verdammt. Es geht mir um Eure Ehre, Madam. Ich möchte einfach vermeiden, daß alle Leute Spekulationen darüber anstellen, weshalb kein Fleck auf dem Laken ist.«

»Ha! Das glaube ich nicht eine Sekunde lang. Es geht Euch doch nur um Euren eigenen Stolz. Ihr ertragt es nicht, daß die Leute denken könnten, Ihr hättet eine Frau geheiratet, die sich schon vor der Hochzeit einem anderen Mann hingegeben hat.«

»Glaubst du wirklich, es geht mir hierbei um mich?« fragte er ungläubig.

»Ja, genau das glaube ich.«

Clare stürmte durch das Zimmer, beugte sich hinab und zog eine kleine Truhe unter dem Bett hervor. Es war die Truhe, in der sie all die Fläschchen mit Hühnerblut versteckt hatte, die ihr an ihrem gestrigen Hochzeitstag gegeben worden waren.

Gareth beobachtete mit gerunzelter Stirn, wie sie den Dekkel des Kastens anhob. »Was machst du da?«

»Ihr wollt Blut auf dem Laken?« Sie richtete sich auf, die Hände voller kleiner Flaschen. »Dann sollt Ihr Blut auf dem Laken haben, Mylord. In der Tat werde ich dafür sorgen, daß Ihr soviel Blut bekommt, wie ein Mann sich nur wünschen kann.«

Er beobachtete argwöhnisch, wie sie sich zum Bett umdrehte. »Ah, Clare, ich fürchte, dein Temperament geht mit dir durch.«

»Oh, nein, Mylord, ich versichere Euch, daß ich im Augenblick vollkommen klar denke.« Sie bedachte ihn mit einem süß-sauren Lächeln, kletterte auf das Bett und stellte sich mitten auf das Laken. »Ich möchte sogar behaupten, daß ich selten klarer gedacht habe als jetzt in diesem Augenblick.«

Er sah auf die Sammlung kleiner Fläschchen, mit denen sie jonglierte. »Warum habe ich dann nur die Befürchtung, daß wir beide das, was du da tun willst, noch bedauern werden?«

»Keine Ahnung, Mylord.« Clare öffnete das erste Fläschchen. »Ihr müßt wissen, Sir, daß Ihr nicht der einzige seid, der meine Ehre anzweifelt.«

»Ich zweifle deine Ehre nicht an, Clare. Ich versuche lediglich, dich vor dem Tratsch der anderen zu schützen.«

»Bah. Ihr habt mich angelogen, als Ihr gestern nacht gesagt habt, daß Ihr mir vertraut. Es wird Euch freuen, wenn Ihr erfahrt, daß ihr Euch damit in bester Gesellschaft befindet. So, das hier ist das Hühnerblut, das mit Beatrice die Einsiedlerin freundlicherweise gegeben hat.«

Clare drehte das offene Fläschchen um und goß den Inhalt auf das Laken. Das alte Hühnerblut war dick und klumpig, nachdem es beinahe zwei Tage in der Flasche gewesen war. Es hinterließ einen häßlichen, rötlich braunen Fleck mitten auf dem weißen Laken. Die paar diskreten Tropfen, die Gareth verspritzt hatte, waren nicht mehr zu sehen.

Gareth warf einen Blick auf den unschönen Klecks und sah dann mit höflicher Neugierde zu Clare hinüber. »Bist du fertig?«

»Oh, nein. Ich fange gerade erst an, Mylord.« Clare wählte ein anderes Fläschchen aus und hielt es Gareth hin. »Hier haben wir das Hühnerblut, daß mir netterweise von der Priorin Margaret überreicht wurde. Ich bin sicher, daß es von einem ganz reinen Huhn stammt. Wahrscheinlich einem jungfräulichen Huhn.«

Clare drehte auch das zweite Fläschchen um. Das dunkelrote Blut ergoß sich über dem Laken und vergrößerte den gräßlichen Fleck.

Gareth kreuzte die Arme vor der Brust und lehnte sich an einen der Bettpfosten.

»Von meiner guten Freundin Joanna.« Clare leerte eine weitere Flasche.

»Von meiner treuen Dienerin Eunice.« Sie lächelte grimmig, als sie den nächsten Behälter öffnete. Noch mehr Blut floß auf das Laken.

»Und zu guter Letzt der Beitrag, den mein altes Kindermädchen Agnes geleistet hat.«

Clare war immer noch außer sich vor Zorn, als sie das letzte Fläschchen umdrehte und das Blut auf das Bett laufen ließ. Dann warf sie Gareth einen trotzig triumphierenden Blick zu. »Ist das genug Blut, um Eurer Ehre Genüge zu tun, Mylord?«

Gareth betrachtete den riesigen, grauenerregenden Blutfleck auf dem weißen Leinen. »Ich bin mir nicht ganz sicher, was Ihr damit erreichen wolltet, Madam, aber eins ist klar. Niemand, der dieses Laken sieht, wird auch nur einen Moment lang glauben, daß ich gestern nacht eine Jungfrau geliebt habe.«

»Und was werden die Leute denken, Sir?«

»Daß ich eine geopfert habe.«

»Oh, mein Gott.« Clare starrte auf die gräßliche Verwüstung, die sie angerichtet hatte. Sie war wie vom Donner gerührt. Sie stand reglos mitten auf dem Bett und blickte hilflos zu Gareth hinüber.

Er lächelte.

»Beim Jungfernhäutchen der heiligen Hermione«, flüsterte Clare. »Was habe ich da bloß angestellt?«

Gareths kristallgraue Augen blitzten vergnügt auf.

»Das ist nicht lustig, Höllenhund. Das ist eine Katastrophe. Wie soll ich nur diese Unmengen Blut erklären?«

Gareths Lächeln wurde zu einem ausgewachsenen Grinsen.

»Gareth, so helft mir doch. Ich warne Euch –«

Er begann, leise zu lachen.

Clare wurde erneut von Zorn gepackt. Sie nahm eins der nach Kräutern duftenden Kissen und schleuderte es in seine Richtung. Es landete direkt vor seiner Brust. Clare griff nach einem zweiten Kissen.

Gareth lachte aus vollem Hals. Es war ein gewaltiges Geräusch, das tief aus seiner Kehle drang und sich mit der Macht eines Wasserfalls im Zimmer ergoß.

Clare preßte das Kissen an die Brust und starrte ihn an. Dies war das erste Mal, daß sie ihn lachen hörte.

Der herrliche Ton hallte von den Steinwänden wieder und erfüllte den ganzen Raum. Gareth ließ die Arme sinken, umklammerte mit einer Hand den Bettpfosten und hielt sich mit der anderen den Bauch.

Clare legte den Kopf auf die Seite und sah ihn verwundert an. »Gareth? Ist alles in Ordnung?«

Seine Belustigung steigerte sich noch.

Clare rümpfte die Nase. »Das ist nicht lustig, Sir.«

Er brach erneut in Gelächter aus.

»Pst.« Clare blickte nervös in Richtung der Tür. »Wenn Euch jemand hört, Mylord...«

Gareth stützte sich gegen den Bettpfosten und brüllte vor Lachen.

Clare konnte nicht anders – sie begann zu lächeln. Aus irgend einem Grund machte der Anblick von Gareth, wie er sich vor Lachen krümmte, sie froh.

»Es freut mich, daß Ihr die Sache amüsant findet, Mylord«, sagte sie. »Ich bezweifle, daß eins der edlen Hühner, die für meine Ehre gestorben sind, auch nur halb soviel gelacht hat wie Ihr.«

»Nein.« Gareth hob den Kopf und sah sie an. Er versuchte vergeblich, ernst zu gucken. »Das bezweifle ich auch. Vielleicht hätten sie sich besser gefühlt, wenn sie hätten sehen können, was Ihr mit ihrem Blut angerichtet habt. Ich schwöre Euch, Madam, der Tod dieser armen Hühner ist dadurch bestimmt gerächt.«

Clare stöhnte. »Was soll ich denn jetzt machen? Es ist einfach schrecklich. Die ganze Insel wird darüber sprechen. Was werden bloß die Leute denken?«

»Daß die Lady of Desire ein paar eigenartige Vorlieben hat.«

Clare sah ihn mit gerunzelter Stirn an. »Ich möchte Euch daran erinnern, Mylord, daß Euch die Sache ebenso betrifft wie mich.«

»Ja.«

»Vielleicht denken die Leute, daß Ihr mir letzte Nacht etwas Schreckliches angetan habt. Wahrscheinlich werden sie Euch die Schuld an allem geben.«

»Das bezweifle ich. Ich nehme an, daß diejenige, die die Laken wechselt, sofort erkennt, daß es Hühnerblut ist.«

Clare stöhnte erneut. »Also wird alle Welt denken, daß ich zu dumm war, um Euch meine Jungfräulichkeit vorzugaukeln, nicht wahr?«

»Ja, Madam. Das ist anzunehmen. Wie so oft im Leben ist auch in solchen Dingen Diskretion und Zurückhaltung der Schlüssel zum Erfolg.«

Clare ließ sich auf das Bett sinken, schob die Beine unter sich, stützte ihren Ellbogen auf ein Knie und legte ihr Kinn auf die Hand. Sie starrte trübsinnig auf das Durcheinander, das sie angerichtet hatte.

»Die Leute werden mich für eine komplette Idiotin halten.«

Gareth hörte auf zu lachen, aber auf seinem Gesicht lag ein Grinsen und seine Augen blitzten immer noch amüsiert. »Ja, Madam. Diese Sache wird die Leute wahrscheinlich noch Monate beschäftigen. Vielleicht sogar Jahre.«

»Beim –«

Gareth hob abwehrend die Hand. »Nicht das Jungfernhäutchen, ich bitte Euch. Alles, nur das nicht.«

»Beim großen Zeh der heiligen Hermione.« Clare seufzte. »Ich habe mich noch nie zuvor so gedemütigt gefühlt.«

»Ich nehme an, Ihr werdet Euch noch gedemütigter fühlen, wenn Ihr heute beim Essen allen Leuten gegenübertreten müßt.«

Clare zuckte zusammen. »Was sollen wir nur machen?«

Gareth zog eine Braue hoch. »Wir?«

»Das ist Eure Schuld, Sir«, murmelte sie. »Allein Eure Schuld. Wenn Ihr mich nicht derart gereizt hättet, wäre das alles nie passiert.«

»Vielleicht«, sagte Gareth überraschend sanft, »sollte ich an dieser Stelle anfangen, Euch meine Tugenden als Ehemann zu demonstrieren.«

Clare hob den Kopf. »Was soll das heißen? Was habt Ihr vor?«

»Ich werde eine andere Version des Vorgefallenen entstehen lassen.« Gareth ging hinüber in das Ankleidezimmer. »Bitte entschuldigt mich einen Augenblick. Ich bin gleich zurück.«

»Was macht Ihr da drüben?« rief Clare ihm nach.

»Geduld, Madam, Geduld. Ah, das hätten wir. Dieses Stück Stoff ist hervorragend geeignet.«

Clare beobachtete ängstlich, wie Gareth zurückkam. Einen großen Lumpen in der Hand, kam er direkt auf das Bett zu.

»Als erstes werde ich das überschüssige Hühnerblut fortwischen.« Er rieb mit dem Lappen über das Laken.

»Aber davon geht der riesige Fleck auch nicht weg«, bemerkte Clare.

»Nein.« Gareth beendete sein Werk und knüllte den blutgetränkten Lumpen zu einem kleinen Ball zusammen. »Aber zumindest ist nicht mehr zu erkennen, daß es sich hier um die Überreste mehrerer toter Hühner handelt. Jetzt ist es nur noch ein rötlicher Fleck, der auch von menschlichem Blut herrühren könnte.«

»Meint Ihr?« Clare war skeptisch. »Ich hätte gedacht, daß das nur einen kleinen Fleck hinterlassen würde. Dieser Fleck hier ist monströs.«

»Ja, das ist er.« Gareth öffnete die Truhe, in der seine persönlichen Gegenstände waren, zog einen Segeltuchsack hervor und ließ den feuchten Lappen hineinfallen. »Wir werden dieses Beweisstück wegwerfen, wenn wir unseren Morgenspaziergang über die Klippen machen.«

»Das ist eine hervorragende Idee.« Clare sah ihn begeistert an, doch dann versank sie wieder im Trübsal. »Aber was sollen wir mit dem riesigen Fleck auf dem Laken machen?«

»Er wird die Leute bestimmt auf die abwegigsten Gedanken bringen.« Gareth wühlte immer noch in der Truhe herum. »Wenn wir keine plausible Erklärung dafür haben, werden sie denken, ich sei brutal und unbeholfen mit Euch umgegangen.«

»Ich würde nicht zulassen, daß sie so etwas denken, Mylord. Das wäre nicht fair.«

»Vielen Dank. Ich weiß Eure Besorgnis zu schätzen.«

»Schon gut. Was sollen wir Eurer Meinung nach den Leuten denn sagen?«

Gareth richtete sich auf. Er hielt einen kleinen, gefährlich aussehenden Dolch in der Hand. »Ich schlage vor, daß wir eine geeignete Erklärung für das Blut auf Eurem Hochzeitslaken finden, Mylady.«

Clare starrte entsetzt auf den Dolch. Sie erinnerte sich an Beatrices Prophezeiung. *Es wird Blut fließen.* »Ich verstehe nicht, was Ihr meint.«

»Das werdet Ihr bald.« Gareth ging hinüber zum Kamin, bückte sich und schürte das Feuer. »Ich habe einmal eine Abhandlung von einem arabischen Arzt gelesen. Er behauptet, daß man eine Klinge stark erhitzen muß, ehe man eine Operation damit ausführt.«

»*Gareth.*« Clare sprang entsetzt auf die Füße. »Das dürft Ihr nicht tun.«

»Beruhigt Euch, Madam. Es wird nicht weh tun.«

»Ich erlaube Euch nicht, so etwas zu tun.« Clare flog durch den Raum, um ihn aufzuhalten.

Doch sie kam zu spät. Im Bruchteil einer Sekunde zog Gareth den Dolch aus den Flammen und fuhr sich mit der Klinge einmal über den Oberarm.

Clare hielt sich entsetzt den Mund zu, als sie sah, wie das Blut aus der schmalen Wunde rann. »Beim Gebiß der heiligen Hermione.«

Gareth blickte auf. »Ihr braucht gar nicht so erschreckt zu gucken. Es ist nur ein kleiner Kratzer. Ich hatte schon viel schlimmere Wunden.«

»Oh, Gareth.«

»Ich wüßte es wirklich zu schätzen, wenn Ihr mir aus dem Ankleidezimmer ein sauberes Stück Stoff holen würdet, mit dem ich die Wunde verbinden kann.«

»Oh, Gareth.«

»Und zwar ein großes Stück«, fügte er hinzu. »Ich will, daß alle den Verband sehen.«

»Oh, Gareth.«

»Könntet Ihr Euch bitte beeilen, bevor ich noch irgendwo anders als auf dem Laken Blut verschmiere?«

Clare schüttelte das lähmende Entsetzen ab, wirbelte herum und rannte wie von Sinnen in den Nebenraum. In einer der

Truhen fand sie ein Stück Leinen und stürzte damit zurück ins Schlafzimmer.

Dann schnappte sie sich einen Topf Heilsalbe vom Regal und eilte zu Gareth hinüber, der sich auf das Bett gesetzt hatte.

»Wie konntet Ihr so etwas tun?« jammerte sie, während sie das Blut von seinem Arm wischte. »Was werdet Ihr den Leuten sagen?«

Gareth zuckte mit den Schultern. »Daß ich einen kleinen Unfall mit meinem Dolch hatte.«

Sie sah ihn mißtrauisch an. »Erwartet Ihr etwa, daß sie das glauben?«

»Sie werden es glauben, wenn wir beide dasselbe erzählen.« Gareth warf ihr einen vielsagenden Blick zu. »Ihr müßt mir nur Euer Wort geben, daß Ihr nicht versuchen werdet, die Geschichte noch irgendwie auszuschmücken oder zu verändern. Vor allem dürft Ihr nicht in einem Anfall von Ehrlichkeit irgend jemandem die Wahrheit verraten. Überlaßt einfach alles mir. Ist das klar?«

Sie bemerkte den leisen, aber unüberhörbaren Befehlston in seiner Stimme und reagierte, ohne nachzudenken. »Ja, Mylord.«

»Hervorragend.«

»Das Ganze ist einfach schrecklich«, flüsterte sie, während sie sich über seine Wunde beugte. »Das hättet Ihr nicht für mich tun dürfen.«

»Nicht der Rede wert.«

»Oh, doch, das war wirklich nicht nötig, Sir.« Clare verstrich die Kräutersalbe auf dem Schnitt. »Das war das Edelste, Galanteste, Ritterlichste, was je ein Mensch für mich getan hat.«

Gareth verzog den Mund zu einem Lächeln. »Als Euer Ehemann freut es mich, Ihnen zu Diensten sein zu können.«

»Ihr seid zu großzügig, Sir.« Clare wickelte vorsichtig den Verband um seinen Arm. »Ich stehe tief in Eurer Schuld. Wie kann ich Euch diese edle Geste nur jemals danken?«

»Ich bin sicher, daß mir da schon etwas einfallen wird«, sagte Gareth.

Ulrich betrachtete den weißen Verband, der unter dem hochgerollten Ärmel von Gareths grauer Tunika deutlich zu sehen war. »Gefährliche Sache, so ein Dolch.«

»Ja.« Gareth stützte sich auf den Tisch und beugte sich vor, um die Skizze der Insel zu studieren, die vor ihm ausgebreitet war. »Ihr habt hervorragende Arbeit geleistet, Ulrich. Gute Zeichnung.«

»Danke, Mylord.« Ulrichs Mundwinkel zuckten. »Ich habe sie in ziemlicher Eile anhand der Notizen angefertigt, die ich in den letzten drei Tagen gemacht habe. Wenn ich die Insel erst besser kenne, werde ich noch Verbesserungen vornehmen.«

»Gut. Diese Karte wird uns gewiß nützlich sein, wenn wir eine Verteidigungsstrategie für die Insel entwickeln.«

»Den Gerüchten zufolge, die schon den ganzen Morgen die Runde machen, solltet Ihr Euch vielleicht zuerst überlegen, wie Ihr Euch gegen Eure Braut verteidigen könnt.«

Gareth blickte von der Karte auf. »Es war ein Unfall, Ulrich.«

»Ja. Wenn Ihr es sagt.«

»Ich habe meine Frau mit ein paar Dolchtricks unterhalten. Dabei ist das verfluchte Ding abgerutscht.«

»Dolchtricks.« Ulrich sah ihn nachdenklich an. »Im Ehebett.«

»Ja.«

»Dabei kann es schon mal zu einem Unfall kommen.«

»Ja.«

»Ist es hier auf Desire üblich, mit einem Dolch zu jonglieren, Sir?« wollte Ulrich höflich wissen.

»Es ist durchaus üblich, wenn man einen Becher Wein zuviel getrunken hat.«

»Ich habe noch nie erlebt, daß Ihr soviel Wein trinkt, daß Ihr anschließend unvorsichtig werdet und mit Eurem Dolch herumspielt.«

»Ihr habt ja auch noch nie erlebt, daß ich heirate.«

»Ja, das stimmt.«

»Es gibt für alles ein erstes Mal, Ulrich.«

»Das erklärt dann vielleicht auch das laute Gelächter, das heute morgen angeblich aus dem Ehegemach gedrungen ist.«

»Gelächter?« Gareth warf seinem Freund einen fragenden Blick zu.

»Das Lachen eines Mannes. Zumindest sagen das die Gerüchte. Schallend. Laut genug, daß es ein paar Dienstmädchen draußen im Flur gehört haben.«

Gareth zuckte mit den Schultern. »Bedienstete neigen immer dazu, irgendwelche Dinge zu erfinden.« Er beugte sich wieder über die Karte.

»Ihr wißt natürlich nichts von irgendwelchem Gelächter«, sagte Ulrich.

»Nein.«

»Schließlich habt Ihr ja in Eurem ganzen Leben noch nie lauthals über irgend etwas gelacht.«

Gareth ignorierte diese Bemerkung. »Desire scheint größtenteils auf natürliche Weise durch die hohen Klippen geschützt zu sein.«

»Ja.«

»Die einzige Stelle, an der ein Boot landen könnte, ist der Hafen des Dorfes.«

»Ja. Aber ich habe zwei kleine Buchten hier auf der Seite der Insel entdeckt, die zum Festland hin zeigt.« Ulrich legte den Zeigefinger auf die betreffenden Stellen.

»Könnte da irgendwo ein Boot anlegen?«

Ulrich sah auf die Karte. »Vielleicht ein kleines Fischerboot. Aber es wäre nicht einfach, die Klippen hinaufzuklettern. Auf jeden Fall würde niemand mit einem Trupp berittener Männer an einer der beiden Stellen landen können. Es besteht also kein Grund zur Besorgnis.«

»Es sind oft die kleinen Dinge, die einen Mann ins Stolpern bringen.«

Ulrichs Augen blitzten amüsiert auf. »Wie zum Beispiel ein Dolch?«

»Ja. Gibt es sonst noch irgendwelche interessanten Stellen auf der Insel?«

»Der junge William hat eine gute Beobachtungsgabe. Er hat mir erzählt, daß es in den Klippen in der Nähe von einer der beiden Buchten eine Reihe von Höhlen gibt.«

Gareth runzelte die Stirn. »Könnten dort Männer oder Waffen versteckt werden?«

»Nein, zumindest nicht länger als ein paar Stunden. William sagt, daß die Höhlen bei Flut unter Wasser stehen.«

»Sehr gut.« Gareth grübelte noch kurz über der Zeichnung. »Dann ist da natürlich noch die Burg. Die alte Holzumzäunung ist an vielen Stellen schwach und abgesackt. Sie muß erneuert werden.«

»Das muß doch sicher nicht sofort geschehen. Desire ist noch nie überfallen worden, und es ist höchst unwahrscheinlich, daß das in naher Zukunft geschehen wird.«

»Trotzdem treffe ich lieber Vorsichtsmaßnahmen.«

»Ja, das tut Ihr immer. Außer anscheinend im Bett.«

Gareth runzelte die Stirn. »Ich möchte, daß der alte Holzzaun durch eine Steinmauer ersetzt wird.«

»Dafür müssen wir erst Steinmetze anheuern. Ich bezweifle, daß es die auf Desire gibt.«

»Wir können sie aus Seabern holen. Schickt sobald wie möglich einen Mann hinüber, der sich darum kümmert.«

»Ja, Mylord.«

Gareth blickte ein letztes Mal auf die Karte. »Eine natürliche Festung. Wir haben wirklich gutes Land bekommen, Ulrich.« Er rollte das Pergament zusammen. »Gutes Land.«

»Es heißt, heute morgen sei auf dem Laken im Ehegemach ein riesiger Blutfleck gewesen«, murmelte Ulrich. »Viel mehr Blut, als man infolge der normalen Aktivitäten in der Hochzeitsnacht erwarten würde.«

»Der Großteil des Blutes stammt von meiner Wunde. Das verdammte Ding hat geblutet wie ein geschlachtetes Huhn.«

Ulrich grinste. »Gareth, wir stehen uns seit über zehn Jahren so nahe wie zwei Brüder. Ihr könnt mir also ruhig die Wahrheit sagen.«

»Worüber?«

»Über Euren kleinen Unfall mit dem Dolch. Was ist wirklich passiert? Stimmt es, daß es Eurer Braut nicht gefallen hat, wie Ihr Euch ihr genähert habt, und daß sie versucht hat, Euch mit Eurem eigenen Dolch abzuwehren?«

Gareth runzelte die Stirn. »Sagen das die Leute?«

»Das ist eines der Gerüchte.« Ulrich zog die Brauen hoch. »Es gibt auch noch andere, aber keines davon ist auch nur annähernd so amüsant. Wenn ich wüßte, was wirklich passiert ist, könnte ich ein paar der Gerüchte vielleicht zum Verstummen bringen.«

Gareth sah seinem Freund ruhig in die blitzenden Augen. »Ich habe Euch die Wahrheit gesagt. Es war ein Unfall.«

»Um Himmels Willen, Mann, ich bin Euer alter Waffenbruder, falls Ihr Euch daran erinnert. Ich weiß, wie Ihr mit einer Waffe umgeht. Erwartet also bloß nicht, daß ich glaube, Ihr wärt versehentlich mit Eurem Dolch ausgerutscht, als Ihr damit auf einem Bett herumjongliert habt.«

»Wie gesagt, Unfälle kommen schon mal vor.« Gareth machte eine Pause. »Vor allem im Ehebett.«

Ulrich unterdrückte mit Mühe einen Fluch. »Also gut. Wenn Ihr es nicht anders haben wollt, dann bitte.«

Ehe Gareth darauf etwas erwidern konnte, klopfte es an die Tür.

»Herein«, rief er.

Die schwere Holztür schwang langsam auf und Gareth entdeckte die aufgeregten, aber zugleich entschlossenen Gesichter von William und Dallan.

»Guten Tag, Mylord«, sagte William. Er hatte eine kleine Fleischpastete in der Hand.

»Guten Tag.« Gareth starrte auf das Essen.

William verbarg die Pastete eilig hinter seinem Rücken und warf Dallan einen besorgten Blick zu. Es war offensichtlich, daß er auf die Führung oder die Rückendeckung von seinem älteren Begleiter wartete.

Dallan schluckte sichtlich. Seine Stirn war schweißbedeckt. Seine Finger umklammerten nervös die Falten seiner Tunika. »Wir sind gekommen, um mit Euch zu sprechen, Mylord.« Er warf einen bedeutsamen Blick auf Ulrich. »Wir würden gern allein mit Euch reden.«

Gareth sah Dallan aufmerksam an. Der Barde hatte offenbar furchtbare Angst, aber er schien der Konfrontation nicht ausweichen zu wollen. Gareth hatte die Erfahrung gemacht, daß es nur eines gab, was einem jungen Mann die Kraft gab, seine Furcht zu überwinden: eine Frau.

»Ich nehme also an, es geht um Lady Clare?« fragte er leise.

Dallan blinzelte heftig. »Ja, Mylord, das stimmt.«

William starrte Gareth mit weit aufgerissenen Augen an. »Stimmt es, daß sie Euch gestern nacht in den Arm geschnitten hat, weil Ihr versucht habt, ihr weh zu tun, Sir?«

Gareth klopfte sich leicht mit dem zusammengerollten Pergament auf den Schenkel. »Hat sie euch das erzählt?«

»Nein, Sir«, setzte William eifrig an. »Sie sagt –«

»Mylady sagt, es wäre ein Unfall gewesen«, unterbrach Dallan ihn zornig. »Sie behauptet, Ihr hättet sie unterhalten, indem Ihr mit Eurem Dolch jongliert hättet, und dabei sei die Waffe abgerutscht. Aber das glaube ich nicht.«

»Was meinst du denn, was passiert ist?«

»Ich glaube, Ihr habt sie angegriffen und sie war gezwungen, sich zu verteidigen. Sie hat uns schon oft erzählt, daß sie große, arrogante, anmaßende Ritter nicht mag. Sie sagt, sie sind einfältig und haben ein schlechtes Benehmen und sie haben nicht die Seele von Poeten.«

Ulrich hüstelte dezent.

Gareth wandte den Blick nicht von Dallan. »Ihr zweifelt also die Erklärung der Lady für meine Verletzung an?«

Dallan ballte die Fäuste. Sein beleidigter Blick verriet Ablehnung und Furcht, aber er blieb standhaft. »Ich glaube, sie hat Angst davor, uns die Wahrheit zu sagen, Mylord. Es ist typisch für sie, daß sie versucht, William und mich zu beschützen.«

»Wovor?« fragte Gareth.

»Vor Euch«, sagte William hilfsbereit. »Dallan sagt, daß wir unser Leben riskieren, wenn wir so mit Euch sprechen. Er sagt, daß Ihr wahrscheinlich ziemlich wütend würdet, aber daß wir trotzdem mit Euch reden müßten, um Lady Clare zu beschützen.«

Gareth legte die Karte ab, lehnte sich an den Tisch, kreuzte die Arme vor seiner Brust und dachte einen Augenblick nach. Niemand rührte sich. Im Raum herrschte bedrohliches Schweigen.

»Ich bin nicht wütend«, sagte er schließlich.

William seufzte laut auf und begann zu grinsen. »Ich habe auch nicht geglaubt, daß Ihr das würdet.« Prompt holte er seine Fleischpastete hervor und biß herzhaft hinein. »Ich habe Dallan gesagt, daß Ihr Clare letzte Nacht bestimmt nicht weh getan habt.«

»Ich weiß dein Vertrauen zu schätzen«, sagte Gareth. »Aber warum bist du dir so sicher, daß ich der Lady nichts getan habe?«

William kaute. »Ihr scheint nichts zu fehlen. Sie ist genauso gut gelaunt wie immer. Im Augenblick zum Beispiel ist sie in ihrem Arbeitsraum, wie jeden Nachmittag.«

»Gut überlegt, William«, lobte Ulrich.

William richtete sich zu seiner vollen Größe auf. »Lady Clare sagt, ich bin sehr intelligent.«

»Du hast recht«, sagte Gareth. »Ich habe der Lady gestern nacht nichts getan.« Dann wandte er sich an Dallan. »Aber der Barde ist offenbar anderer Meinung. Was schlägst du also vor, Dallan? Willst du mich zu einem Kampf herausfordern?«

William stand da wie vom Donner gerührt. »Kampf?« quietschte er.

»Warum nicht?« Gareth beobachtete Dallans Gesicht. »So wird doch normalerweise die Ehre einer Frau verteidigt. Was ist dir lieber, Dallan, Schwerter oder Dolche?«

Dallan sah aus, als würde er sich gleich übergeben. »Mylord, ich... das heißt, Lady Clare würde mir niemals erlauben, gegen Euch zu kämpfen.«

»Es besteht keinerlei Notwendigkeit, Clares Erlaubnis einzuholen«, sagte Gareth. »Dies ist schließlich eine Sache unter Männern, nicht wahr?«

»Ah, nun –«

»Ich für meinen Teil würde Schwerter vorziehen.« Gareth blickte traurig auf den Verband an seinem Arm. »Wie du siehst, bin ich nicht besonders geschickt im Umgang mit dem Dolch. Es ist allseits bekannt, daß ich hin und wieder Unfälle damit habe.«

Dallan erblaßte. »Ihr macht Euch über mich lustig, Mylord.«

»Tue ich das?«

»Ich kann Euch wohl kaum herausfordern«, stotterte Dallan. »Ihr würdet mich innerhalb weniger Sekunden umbringen.«

»Da hast du recht«, sagte Gareth. »Du bist zweifellos mit einem Schwert noch unbeholfener als ich mit einem Dolch. Vielleicht sollten wir diesen Mißstand beheben.«

Dallan sah aus wie ein Kaninchen, das bemerkt, wie der Falke vom Himmel herabgestürzt kommt, um es zu erledigen. »Wovon sprecht Ihr?«

»Ich habe nur wenige Männer mitgebracht, um die Insel zu beschützen«, erklärte Gareth. »Nicht alle, die mir gedient haben, wollten das lukrative Geschäft der Banditenjagd aufgeben, um als Gärtner zu arbeiten. Selbst mein Schildknappe, Bradford, hat es vorgezogen, nicht mit nach Desire zu kommen.«

»Ich nehme an, es ist sehr aufregend, Banditen zu jagen«, sagte William sehnsüchtig.

»Nein, es ist ein Geschäft wie jedes andere, obwohl ich zugebe, daß es vielleicht etwas gefährlicher ist als die meisten Arten des Broterwerbs«, sagte Gareth. »Und ich kann nicht leugnen, daß es höchst ertragreich ist, wenn man seine Sache gut macht. Aber so ist es schließlich auch bei der Parfümherstellung.«

»Wenn Ihr es sagt, Sir.« William schien den Vergleich zwischen den beiden Berufen nicht ganz nachvollziehen zu können.

»Aber die Finanzen von Desire interessieren mich nicht«, fuhr Gareth fort. »Das ist Lady Clares Sache. Meine Aufgabe ist es, dafür zu sorgen, daß die Ländereien und die Menschen, die hier leben, beschützt werden. Und das macht es erforderlich, daß jeder Mann in diesem Haushalt gut im Umgang mit Waffen ausgebildet ist.«

»Lady Clare sagt, daß es äußerst lästig ist, Ritter und Waffenträger unterhalten zu müssen«, sagte William.

»Ja.« Dallan klang inzwischen etwas mutiger. »Lady Clare mag keine Männer, die ihren Lebensunterhalt mit dem Schwert verdienen. Sie sagt, daß ihr Bruder Edmund wegen seiner verrückten Vorliebe für Turniere gestorben ist. Sie sagt, solche Sachen sind dumm und die Männer, die daran teilnehmen, sind nicht besonders intelligent.«

Ulrich bedachte Dallan und William mit einem kühlen, wissenden Lächeln. »Die Lady mag kämpfende Männer vielleicht nicht besonders, aber sie hat nicht gezögert, sich selbst einen

Ehemann zu suchen, von dem sie annahm, daß er in der Lage sein würde, ihr Land und ihre Leute zu schützen.«

»Sie hatte ja auch keine andere Wahl«, murmelte Dallan.

Gareth warf Ulrich einen gequälten Blick zu. Es stimmte, was Dallan sagte, und sie beide wußten es. Aber aus irgend einem Grund hatte Gareth heute morgen festgestellt, daß es ihm nicht besonders gefiel, wenn diese Tatsache laut ausgesprochen wurde.

»Egal aus welchen Gründen«, sagte Ulrich, »scheint doch selbst Lady Clare Verwendung für einen Mann zu haben, der mit einem Schwert umgehen kann.«

William biß erneut in seine Pastete. »Meine Mutter sagt, daß Lady Clare ihre Pflichten gegenüber den Leuten auf der Insel immer über alles andere stellt.«

»Es ist schade, daß Lady Clare sich für uns opfern muß«, sagte Dallan trotzig. »Es ist einfach nicht richtig.«

»Es reicht«, sagte Gareth leise. »Was passiert ist, ist passiert. Es bleibt mir nur noch, mich ihrer würdig zu erweisen. Und genau das habe ich vor.«

Dallan runzelte argwöhnisch die Stirn. »Was wollt Ihr damit sagen?«

»Wie gesagt, die Verteidigung dieser Insel macht es erforderlich, daß jeder Mann im waffenfähigen Alter sorgfältig ausgebildet wird.«

William kaute auf seiner Pastete herum. »Es gibt in diesem Haushalt keine Männer im waffenfähigen Alter außer Euch und Euren Männern, Mylord.«

»Du siehst doch recht fit aus, William«, sagte Gareth. »Und das bist du auch, nicht wahr? Wie alt bist du jetzt, zehn?«

»Ja.«

»Dann ist es allerhöchste Zeit, daß du mit der Ausbildung zum Ritter anfängst. Als ich in deinem Alter war, habe ich bereits regelmäßig mit Lanze und Schwert geübt.«

»Ich? Ein Ritter?« William holte tief Luft und wäre dabei beinahe an seiner Fleischpastete erstickt. »Nein, Mylord. Das ist unmöglich.« Er bekam einen heftigen Hustenanfall.

Ulrich ging zu ihm hinüber und klopfte ihm kräftig zwischen die Schulterblätter. »Das erste, was ein zukünftiger Ritter lernen muß, ist zu essen, ohne sich dabei umzubringen.«

William stiegen Tränen in die Augen. Er hustete ein letztes Mal, riß sich dann zusammen und schluckte den Rest seiner Pastete hinunter. Dann holte er noch einmal tief Luft. »Lady Clare und meine Mutter werden mit niemals erlauben, eine Ausbildung zum Ritter zu machen.«

»Warum nicht?« fragte Gareth.

»Ich bin zu zart.«

Dallan warf Gareth einen bösen Blick zu. »Das stimmt. Sie werden dem jungen William niemals erlauben, solche Fertigkeiten zu erlernen.«

»Lady Clare und Lady Joanna brauchen sich wegen Williams Ausbildung keine Sorgen zu machen. Für solche Dinge bin ich zuständig.« Gareth sah Dallan an. »Und was ist mit Euch, Barde? Wieviel habt Ihr schon gelernt?«

»Äh?«

»Habt Ihr irgend etwas Sinnvolles gelernt, ehe Ihr zur Laute gegriffen und angefangen habt, nervtötende Balladen über junge Ritter zu komponieren, die ihre Herren hintergehen?«

Dallan sah ernstlich besorgt aus. »Mein früherer Meister war ein gelehrter Mann.«

»Ein gelehrter Mann?«

»Ja.« Dallan blickte sich nervös um. »Ich habe ihm bei seinen Studien geholfen.«

»War er ein ausgebildeter Ritter?« fragte Gareth.

»Ja, ein sehr großer Ritter. Er hat sogar einmal an einem Kreuzzug teilgenommen. Aber er meinte, es sei nicht nötig, mir beizubringen, wie man mit einer Waffe umgeht.« Dallans Lippen zitterten. »Er meinte, ich sei ein unbeholfener Schwächling, der solche Dinge sowieso nicht lernen würde.«

»Du bist also im Haushalt eines Gelehrten aufgewachsen?«

»Ja.« Dallan wischte sich mit dem Ärmel über die schweißbedeckte Stirn.

»Hat dein Vater dich ins Haus dieses Gelehrten geschickt?« wollte Gareth weiterwissen.

»Mein Vater weiß noch nicht einmal, daß es mich gibt.« Dallan ließ den Arm wieder sinken. »Ich kenne seinen Namen nicht. Ich bin ein Bastard, Sir.«

Gareth begegnete Dallans zornigem, verletztem Blick und wußte, wie tief der Ärger und die Furcht des jungen Mannes saßen. »Dann haben wir beide anscheinend etwas gemeinsam, Barde.«

Das wollte Dallan offenbar ganz und gar nicht hören. »Ihr kennt wenigstens den Namen Eures Vaters. Thurston of Landry ist ein großer Mann. Ich weiß nichts von dem Mann, der mich gezeugt hat, außer daß er ein Ritter war, der meine Mutter auf dem Weg zu einem Turnier allein auf einem Feld überrascht hat. Er hat sie vergewaltigt und sie schwanger zurückgelassen. Er hat sich einfach aus dem Staub gemacht und ist nie zurückgekommen.«

»Du bist nicht das einzige Produkt einer solch unerfreulichen Begegnung«, sagte Gareth. »Du mußt deinen eigenen Weg finden. Zumindest wirst du auf diese Weise die Genugtuung haben zu wissen, daß du alles, was du jemals erreichst, deiner Hände Arbeit verdankst. Vielleicht stellst du eines Tages fest, daß es für einen Bastard sehr nützlich ist, wenn er mit dem Schwert umgehen kann.«

»Ich habe die Absicht, meinen Lebensunterhalt als Sänger oder als Gelehrter zu verdienen«, erwiderte Dallan. »Ich habe nicht den Wunsch, Karriere zu machen, indem ich anderen Männern den Schädel spalte oder für andere Herren kämpfe.«

Gareth blickte Ulrich an. »Ich habe den Eindruck, daß die schlechte Meinung, die Mylady von kämpfenden Männern hat, auf den ganzen Haushalt abgefärbt hat.«

Ulrich lächelte kurz. »Ja.«

»Wir müssen sehen, ob wir ihre Meinung ändern können.«

»Ich bin sicher, daß Ihr einen Weg finden werdet, um Eure Nützlichkeit unter Beweis zu stellen«, sagte Ulrich. »Das tut Ihr immer.«

Gareth wandte sich wieder Dallan zu. »War deine Mutter diejenige, die dich in das Haus des Gelehrten geschickt hat?«

Dallan schüttelte den Kopf. Wieder trat der gehetzte Blick in seine Augen. »Meine Mutter hat mich geliebt. Sie hätte mich niemals fortgeschickt. Aber sie starb, als ich acht war. Kurz danach hat meine Tante mich an meinen Herrn verkauft. Ich meine, meinen *früheren* Herrn.«

Gareth runzelte die Stirn. »Sie hat dich an ihn verkauft?«

»Ja.« Dallans Mund verzog sich zu einer schmalen Linie. »Er hat ihr ein paar Münzen für mich gegeben. Er sagte, er wolle einen gesunden, intelligenten Jungen. Einen, den er zu seinem Assistenten machen könne.«

»Dieser Gelehrte...«, sagte Gareth langsam. »War er ein harter Herr?«

Dallan zuckte zusammen, als sei er mit einer Peitsche geschlagen worden. »Er duldet – ich meine, er hat keine Fehler geduldet.«

»Bist du hier auf Desire, weil du vor ihm davongelaufen bist?« fragte Gareth ruhig.

»Nein.« Dallan starrte ihn entsetzt an. »Nein, ich bin nicht davongelaufen. Ich habe meinem Herrn immer gehorcht.« Seine Augen glitzerten gefährlich. »Immer. Aber er war nie zufrieden. *Nie.* Ich konnte es ihm einfach nicht recht machen, obwohl ich es wirklich versucht habe. Egal, was ich tat, *ich konnte es ihm nie recht machen.*«

William berührte Dallan unbeholfen am Arm. »Denk daran, was Lady Clare gesagt hat, Dallan.«

»Ja.« Dallan holte ein paarmal tief Luft. Sein Blick wurde wieder klar.

»Was hat Lady Clare gesagt?« fragte Gareth.

Dallan runzelte die Stirn. Die Furcht war aus seinem Blick verschwunden. »Es ist nicht wichtig.«

»Sie hat gesagt, daß Dallan daran denken soll, daß er hier in Sicherheit ist«, erklärte William. »Als Dallan hier ankam, konnte er nachts nicht schlafen. Er war sehr ängstlich.«

»Das ist nicht wahr«, zischte Dallan.

»Doch, es ist wahr.« William wandte sich wieder an Gareth. »Der arme Dallan ist beim kleinsten Geräusch zusammengefahren. Einmal bin ich um die Ecke gebogen und habe ihn im Flur vor Clares Arbeitszimmer überrascht. Da wäre er beinahe in Ohnmacht gefallen. Stimmt's nicht, Dallan?«

»Halt den Mund.« Dallan wirbelte zornig zu William herum. »Es reicht. Meine Gesundheit geht Lord Gareth nichts an.«

»Und ob sie mich etwas angeht«, sagte Gareth. »Mich geht die Gesundheit jeden Mannes etwas an, der unter meinem Kommando steht. Nur gesunde Männer können ihre Pflicht ordnungsgemäß erfüllen.«

»Meine Gesundheit ist hervorragend.« Dallan reckte trotzig das Kinn. »Und ich stehe nicht unter Eurem Kommando.«

»Doch, das tust du, genau wie William.« Gareth stieß sich vom Tisch ab. »Als erstes müssen wir dafür sorgen, daß ihr ausgebildet werdet. Ulrich, nehmt diese beiden zukünftigen Ritter mit hinunter in den Hof und laßt sie mit dem Training beginnen. William und Dallan werden auf der Stelle damit anfangen, sich im Umgang mit Waffen zu üben.«

»Ja, Mylord«, sagte Ulrich. Er bedachte William mit einem Grinsen. »Bist du bereit, Junge?«

William starrte ihn verwirrt an. »Ich soll lernen, wie man mit einem Schwert umgeht?«

»Das sollst du.« Ulrich ging zu ihm und zerzauste ihm das Haar. »Und du wirst lernen, wie man seine Waffen und sein Streitroß pflegt und wie man eine Burg verteidigt. Meinst du, das wird dir gefallen?«

»Ja.« William strahlte. »Und ob mir das gefallen wird.«

»Na, dann kommt mit.« Ulrich drehte sich zu Dallan um. »Ihr auch, Barde.«

»Nein, Ihr könnt mich nicht zwingen, solche Dinge zu lernen.« Dallan wandte sich verzweifelt an Gareth. »Das wird Lady Clare niemals erlauben.«

Williams Begeisterung legte sich ein wenig. »Er hat recht, Mylord. Lady Clare wird niemals erlauben, daß wir zu Rittern ausgebildet werden.«

»Lady Clare wollte einen Ehemann, der ihre Insel verteidigen kann«, sagte Gareth. »Sie hat einen bekommen, der dazu in der Lage ist. Also hoffe ich, daß sie genug Verstand hat, mich meine Aufgabe in der Weise erfüllen zu lassen, wie ich es für richtig halte.«

»Clare, ist alles in Ordnung?« Joanna blickte von dem Strauß Lavendel und Minze auf, den sie gerade zusammenband.

»Natürlich ist alles in Ordnung.« Clare stand auf ihren Zehenspitzen und hängte einen weiteren frischen Strauß kopfüber an das Trockengestell.

Der langgezogene Schuppen, in dem sie und Joanna arbeiteten, war einer von mehreren Arbeitsräumen, die entlang der Holzumzäunung errichtet worden waren. Er war mit Blumen- und Kräuterbündeln angefüllt. Viele davon, wie zum Beispiel die Lavendel- und Minzsträuße, wurden getrocknet und anschließend nach Clares Rezepten mit größter Sorgfalt zu Parfüm verarbeitet.

Ein paar der komplizierten Mischungen aus getrockneten Blumen und Kräutern würden anschließend in kleine Beutel gefüllt, die für Wäschetruhen gedacht waren. Andere würden in kleine Töpfe gegeben, die man im Zimmer aufstellte, um dort einen angenehmen Duft zu verbreiten. Wieder andere würden mit Öl und Honig gemischte üppige Parfüms, Lotionen oder Cremes ergeben.

Clare liebte den Trockenraum. Sie spazierte oft darin herum und erfreute sich an den verschiedenen Düften. Es gefiel ihr, inmitten der wohlriechenden Blüten stehenzubleiben, die Augen zu schließen und im Geiste neue Parfüms zu kreieren, so wie Dallan neue Balladen komponierte.

Am anderen Ende des Raumes stand ein riesiger Zuber, in dem die getrockneten Blüten und Blätter in großen Mengen gemischt wurden.

Heute war der Zuber bis oben hin mit getrockneten Blütenblättern von frühblühenden Rosen, Beifuß, Lavendel, Minze und Rosmarin gefüllt. Clare grübelte immer noch über die richtige Mischung nach und überlegte, ob sie Zimtöl oder Nelkenöl nehmen sollte, um den Duft zu fixieren.

Sobald sie sich entschieden hätte, würde das getrocknete Material in hunderte kleine, herrlich bestickte Beutel gefüllt, und in ein paar Tagen zusammen mit der neuen Seife, die sie gerade anfertigten, auf den Frühlingsmarkt in Seabern gebracht werden.

»Ich habe mir Sorgen um dich gemacht«, sagte Joanna.

»Warum?« Clare hängte ein weiteres Lavendelbündel an einem der Haken auf.

»Den ganzen Morgen über haben die wildesten Gerüchte in der Burg die Runde gemacht. Inzwischen spricht bestimmt das ganze Dorf darüber.«

»Mir ist durchaus bewußt, daß alle Welt versessen darauf ist, Einzelheiten über meine Hochzeitsnacht zu erfahren«, murmelte Clare, »aber ich habe nicht die Absicht, darüber zu sprechen. Es gibt Dinge, die gehen nur mich selbst und meinen Ehemann etwas an.«

»Clare, du mußt wissen, daß es nicht normal ist, wenn ein Ehemann nach der Hochzeitsnacht mit einem Verband aus dem Schlafzimmer kommt.« Joanna warf ihr einen verzweifelten Blick zu. »Was also ist letzte Nacht wirklich passiert?«

»Es war ein Unfall.«

»Hast du wirklich den Dolch des Höllenhundes von Wyckmere benutzt, um dich gegen seinen Versuch zur Wehr zu setzen, dich zu küssen?«

»Nein, das habe ich bestimmt nicht getan. Ist es das, was die Leute sagen?« fragte Clare.

»Ja.« Joanna seufzte. »Ich wußte ja, daß du dich nicht gerade darauf gefreut hast, deinen Pflichten als Ehefrau nachzukommen, aber ich hätte nicht gedacht, daß du etwas derart Gewagtes tun würdest, wie deinen Ehemann in der Hochzeitsnacht mit einem Dolch zu bedrohen. Wie konntest du nur so etwas tun?«

»Das habe ich doch gar nicht getan.«

»Lord Gareth muß außer sich gewesen sein vor Zorn.« Joanna erschauderte. »Ein Wunder, daß er dich nicht geschlagen hat.« Plötzlich runzelte sie besorgt die Stirn. »Oder hat er das etwa getan?«

»Mach dich nicht lächerlich, Joanna. Sehe ich so aus, als sei ich geschlagen worden?«

»Nein.«

»Glaubst du, ich würde mir eine solche Behandlung gefallen lassen?«

»Nein, aber schließlich ist er sehr groß, Clare. Viel größer als du.«

»Vergiß nicht, daß ich mich schon einmal erfolgreich gegen einen großen Mann zur Wehr gesetzt habe.«

»Ja, aber Lord Gareth ist kein solcher Narr wie Sir Nicholas.«

»Eine Tatsache, für die ich äußerst dankbar bin.« Clare warf einen Blick über ihre Schulter. »Joanna, ich habe meinen Ehemann gestern nacht nicht mit einem Dolch attackiert. Dazu bestand keinerlei Notwendigkeit. Sir Gareth hat sich durch und durch ehrenhaft benommen.«

Clare merkte, wie ihr warm wurde bei der Erinnerung daran, wie Gareth sich in den Arm geschnitten hatte, um sie vor einer Demütigung und dem Klatsch der Leute zu bewahren. Nie zuvor hatte jemand etwas derart Ritterliches für sie getan, nicht einmal Raymond de Coleville.

Es war unfair, daß Gareth jetzt das Opfer derart böser Gerüchte wurde. Nachdem er sich ihr gegenüber so nobel verhalten hatte, hatte er das nicht verdient. Unglücklicherweise konnte sie Joanna das nicht erklären.

»Ein Unfall beim Jonglieren«, murmelte Joanna.

»Ja.«

»Bitte entschuldige, aber es fällt mir schwer, das zu glauben, Clare.«

»Frag doch Lord Gareth, wenn du mir nicht glaubst.«

»Du weißt ganz genau, daß ich das niemals tun werde. Er würde sowieso nur deine Geschichte bestätigen, genau wie du seine Behauptungen bekräftigst. Aus irgend einem Grund scheint ihr euch in dieser Sache einig zu sein.«

Joanna hatte recht, dachte Clare. Das wurde ihr jetzt erst klar. Irgendwie war es Gareth gelungen, Clare durch diese Geschichte an sich zu binden, ob er das nun beabsichtigt hatte oder nicht.

Sie teilten ein Geheimnis. Ein höchst intimes Geheimnis. Ein Geheimnis, das in gewisser Weise ebenso intim war wie Gareths Berührungen letzte Nacht.

Clare stand da, ein Bündel Lavendel und Rosen in der Hand, und starrte ins Leere.

Ihr kam der Gedanke, daß Gareth zweifellos gewußt hatte, was er tat, als er sich ihretwegen in den Arm geschnitten hatte. Wahrscheinlich hatte er alles vorausgesehen, einschließlich der Gefühle, die sie für ihn entwickeln würde.

Er hatte schließlich ein besonderes Talent für sorgfältig kalkulierte Gesten. Aber trotzdem war diese Geste äußerst galant gewesen. Außerdem hatte er sie nicht planen können, da er schließlich nichts von den Fläschchen voller Hühnerblut gewußt hatte, die sie an ihrem Hochzeitstag erhalten hatte. Er hatte ja sogar eine eigene Flasche mit ins Ehegemach gebracht.

Dies war allerdings eine seiner kalkulierten Gesten. Und eine, die er sorgsam geplant haben mußte.

Um wessen Ehre hatte er sich wohl Sorgen gemacht, fragte sich Clare. Ihre oder seine? Sie wußte immer noch sehr wenig über den Höllenhund von Wyckmere.

»Bei der Nase der heiligen Hermione«, murmelte sie. Das alles war wirklich verwirrend.

Joanna blickte aus der geöffneten Tür der Hütte. »Oh, da ist William. Ich glaube, er ist auf dem Weg zu den Stallungen. Er verbringt wirklich zu viel Zeit mit Lord Gareths Männern, Clare. Ich mache mir deswegen Sorgen.«

»Ich weiß, Joanna, aber ich glaube nicht, daß ihm das sonderlich schadet.«

»Dallan ist bei ihm. Ich frage mich, was die beiden vorhaben.«

»Keine Ahnung.«

»Großer Gott.« Joanna warf den Lavendel beiseite und sprang auf ihre Füße.

»Joanna, was ist los?«

»Ranulf und Sir Ulrich haben William und Dallan jeweils einen Schild in die Hand gedrückt.« Joanna stand in der Tür und fuhr sich mit der Hand an die Kehle. »Und Holzschwerter. Clare, ich glaube, sie wollen sie im Schwertkampf unterrichten.«

»Beruhige dich, Joanna. Ulrich und Ranulf zeigen ihnen wahrscheinlich nur ein paar der Waffen. Du weißt, wie sehr sich William für diese Dinge interessiert.«

»Nun, dein Barde interessiert sich nicht besonders dafür, aber er ist schließlich auch dabei.«

Clare wischte sich die Hände ab und ging durch die Tür. Dann spähte sie in den sonnenüberfluteten Hof.

Es bestand kein Zweifel daran, was dort vor sich ging. William und Dallan standen da und hielten unbeholfen Schild und Schwert in der Hand. William wirkte ganz aufgeregt, Dallan hingegen eher wütend und trotzig.

Clare sah, daß Gareth aus der Halle kam und auf der Eingangstreppe stehenblieb, um den Unterricht zu beobachten.

Ranulf hob seinen Schild und sprach mit William, der eifrig sein hölzernes Schwert hob und kräftig auf den Schild seines Gegenübers einhieb.

Joanna stieß einen spitzen Schrei aus. Sie wirbelte herum und starrte Clare entsetzt an. »Offensichtlich hat Lord Gareth befohlen, daß William und Dallan an den Waffen ausgebildet werden sollen. Du mußt sofort eingreifen, bitte, Clare.«

»Ich glaube nicht, daß das den Jungen schadet, Joanna.«

»Mein Sohn ist viel zu zart für ein derartiges Training. Du mußt etwas unternehmen.«

»Uh –«

»Clare, tu was. Du bist die Herrin dieser Burg. Sag ihnen, sie sollen mit diesem gefährlichen Unsinn aufhören.«

Clare blickte hinüber zu Gareth. Sie hatte das unangenehme Gefühl, daß ihr die Situation aus den Händen glitt.

Doch genau diese Erkenntnis stählte ihre Entschlossenheit. Schließlich war sie die Herrin von Desire. Sie war diejenige, die hier das Sagen hatte.

»Ich werde umgehend mit Ranulf und Sir Ulrich sprechen.« Clare raffte die Röcke ihres Kleides und stapfte hinaus auf den Hof.

11. KAPITEL

»Lady Clare, ich würde gerne mit Euch sprechen«, sagte Gareth, als Clare eilig an der Treppe vorbeiging.

Seine Stimme war so leise, daß niemand außer ihr sie hörte, aber der Befehlston war unverkennbar.

Clare tat so, als hätte sie ihn nicht gehört. Sie wagte nicht, sich umzudrehen und ihn anzusehen. Es wäre einfacher, Gareth zu ignorieren, wenn sie so tat, als hätte sie ihn gar nicht gesehen.

»Bitte, Madam, ich würde gerne etwas mit Euch besprechen.« Dieses Mal klang Gareths Stimme leicht schneidend.

Clare packte die Falten ihres Rockes fester, aber sie widerstand dem beinahe überwältigenden Drang, dem sanften Befehl zu folgen.

»Verdammt. Ich wußte, daß Ihr es mir nicht leicht machen würdet.« Gareth begann, die Treppe hinabzusteigen.

Clare ignorierte ihn immer noch. Dies war ihre Burg, und sie war diejenige, die hier das Sagen hatte. Sie hatte nicht die Absicht, Gareth zu erlauben, ihr diese Vormachtstellung einfach abzunehmen. Doch in diesem Augenblick verstand sie plötzlich nur zu genau, wie es ihm gelungen war, ein erfolgreicher Anführer zu werden. In seiner Stimme lag eine angeborene Autorität, die jeden innehalten ließ.

Jeden außer einem Menschen, der es ebenfalls gewohnt war, das Kommando zu haben.

Clare sagte sich, daß auch sie durchaus in der Lage war, ihren Worten eine gewisse Autorität zu verleihen, wenn es sein mußte. Das hatte sie seit ihrem zwölften Lebensjahr getan.

»Ulrich.« Clare lächelte kühl, als Ulrich ihr das Gesicht zuwandte. »Was geht hier vor sich?«

»Schwertkampftraining, Mylady. Lord Gareth hat angeordnet, daß William und Dallan mit der Ausbildung beginnen sollen.« Ulrichs Blick wanderte von Clares Gesicht zu einem Punkt direkt hinter ihr.

Clare wußte, daß Gareth über den Hof geschritten kam.

Dallan und William blickten erst sie und dann Gareth an. Und sie waren nicht die einzigen, die ihre Beschäftigung unterbrachen, um zu sehen, was vor sich ging.

Williams Gesicht verriet Enttäuschung. »Ah, Lady Clare, bitte sagt, daß ich weitermachen darf. Ich bin auch wirklich vorsichtig. Ich verspreche Euch, daß mir nichts passieren wird.«

In Dallans Augen glänzte rachsüchtige Zufriedenheit. Er warf einen verstohlenen, triumphierenden Blick auf Gareth, der Clare inzwischen beinahe erreicht hatte. »Ich wußte, Ihr würdet nicht zulassen, daß man uns zwingt, so etwas Gefährliches zu lernen, Mylady. Ihr habt immer gesagt, daß nur dickschädelige Narren ihre Energie in Kämpfe und Turniere stekken.«

»Warum wurde ich davon nicht unterrichtet?« Clare blieb direkt vor Ulrich stehen und bedachte ihn mit einem bösen Blick. Gareth war jetzt nur noch wenige Schritte entfernt. Sie mußte schnell handeln, wenn sie nicht wollte, daß er ihr die Sache aus der Hand nahm.

Ulrich blickte über sie hinweg und sah Gareth an. »Ich nahm an, daß solche Dinge von Mylord entschieden werden.«

»Lord Gareth kann mit Euch und den anderen Männern machen, was er will. Aber William und Dallan gehören zu meinem Haushalt, und ich bin diejenige, die sich um ihr Wohlergehen kümmert.«

»Ja, Madam«, murmelte Ulrich. Seine Augen blitzten amüsiert auf.

»Ihr müßt uns retten, Mylady«, jammerte Dallan.

»Bitte laßt uns weiterüben, Lady Clare«, drängte William.

»Ich will lernen, wie man mit einem Schwert umgeht, damit ich diese Burg mit verteidigen kann. Lord Gareth sagt, er braucht noch mehr ausgebildete Männer.«

»In der Tat.« Gareth hatte Clare erreicht. »Man kann nie genug gut trainierte Männer haben.«

Er streckte die Hand aus und griff nach Clares Arm. Auf Außenstehende wirkte diese Geste bestimmt wie ein Zeichen der Zuneigung. Clare jedoch war sich der Stärke seines Griffes nur allzu bewußt. Er tat ihr zwar nicht weh, aber er ließ sich auch nicht abschütteln.

»Dallan und William stehen nicht unter Eurem Kommando, Sir«, sagte sie.

»Ich glaube, hier liegt ein Mißverständnis vor.« Gareths Blick war höflich, aber unnachgiebig. »Aber das ist nichts, was sich nicht sofort aufklären ließe. Wenn Ihr bitte mitkommen würdet, Madam, dann kann ich sicher alles zu Eurer Zufriedenheit klären.«

Clare runzelte die Stirn. »Das bezweifle ich. Mylord, ich habe nicht die Erlaubnis zu Williams und Dallans Ausbildung an der Waffe gegeben.«

»Nein, aber ich habe die Erlaubnis dazu gegeben, also ist alles in Ordnung.«

Clare riß vor Erstaunen den Mund auf. »Ihr habt nicht das Recht –«

»Was meine Rechte betrifft, so wäre es wohl das beste, wenn wir darüber unter vier Augen sprechen würden.« Gareth blickte zu Ulrich hinüber. »Macht weiter, solange ich meiner Frau die Sache erkläre.«

»Ja, Mylord.« Gareth wandte sich an William und Dallan. »Zurück an die Arbeit, Jungs. Wir haben noch eine Menge vor uns, wenn wir vernünftige Ritter aus euch machen wollen.«

»Lady Clare«, quietschte Dallan wie ein verlassener Welpe. »Wollt Ihr uns nicht retten?«

Gareths Griff wurde fester, noch ehe sie antworten konnte.

»Macht mit dem Training weiter, Barde. Wenn Ihr Euch anstrengt, lernt Ihr vielleicht bald, wie Ihr Euch in einer unangenehmen Situation selbst helfen könnt. Dann braucht Ihr Euch nicht länger hinter den Röcken einer Frau zu verstekken.«

Dallan wurde dunkelrot. In seinen Augen blitzte hilflose Wut.

Ohne ihn noch weiter zu beachten, führte Gareth Clare über den Hof in Richtung des Trockenraumes.

»*Gareth*, wie konntet Ihr so etwas sagen?« schnauzte Clare zornig.

»Es ist die Wahrheit. Der Junge muß endlich erwachsen werden. Je eher, desto besser.«

»Warum?«

»Der junge Dallan hat mir erzählt, daß er ein Bastard ist. Ich nehme an, daß er kürzlich aus dem Haushalt, in dem er aufgezogen wurde, davongelaufen ist. Er ist ganz allein auf der Welt. Und er hat ein ängstliches Wesen.«

»Ja, aber –«

»Wenn er überleben will, muß er lernen, auf sich selbst aufzupassen. Was ich von seinen erbärmlichen Liedern bisher gehört habe, erweckt in mir nicht gerade den Eindruck, daß er es mit seinem Talent im Lautespielen besonders weit bringen wird.«

Clare hörte die grimmige Überzeugung in Gareths Stimme und sie sah von der ärgerlichen Strafpredigt ab, die sie ihm hatte halten wollen. »Ihr wißt, wovon Ihr sprecht, nicht wahr, Mylord?«

»Ja. Es stimmt, daß ich, anders als Dallan, den Vorteil hatte, im Haus meines Vaters aufzuwachsen. Aber trotzdem bin ich ein Bastard, und daran läßt sich nichts ändern. Ein Mann, der ohne einen Namen auf diese Welt kommt, muß sich einen machen.«

Die Kälte in seinen Worten verriet Clare eine ganze Menge.

Gareth war vielleicht im Hause seines Vaters aufgewachsen, aber er hatte sich dort bestimmt nie zu Hause gefühlt.

Sie hatte wenigstens immer Desire gehabt, dachte sie. Auch in den schlimmsten Zeiten hatte sie immer ein Zuhause gehabt. Sie hatte einen Ort gehabt, an dem die Menschen sie wollten und brauchten, einen Ort, an den sie gehörte.

Sie verspürte den beinahe überwältigenden Drang, Gareth über die Wange zu streicheln und ihm zu sagen, daß auch er jetzt ein Zuhause hatte. Aber sie wußte, daß er ihr Mitleid nicht wollte.

»Ich weiß Eure Sorge um meinen Troubadour zu schätzen, aber Dallan ist hier auf Desire in Sicherheit.«

»Ach, ja?«

»Natürlich. Genau wie William. Auf dieser Insel hat es niemals irgendwelche Gewalt gegeben. Es war noch nie nötig, die Burg oder das Dorf gegen irgend jemanden zu verteidigen. Der einzige Grund, weshalb wir einen Trupp bewaffneter Männer brauchen, ist, die Warensendungen zu schützen, die wir verschicken.«

Gareth verzog den Mund zu einer schmalen Linie. »Ich bin mir durchaus bewußt, daß ich Eurer Meinung nach hier eine eher unbedeutende Rolle spiele. Aber da es nun einmal meine Aufgabe ist, diese Insel zu schützen, müßt Ihr mir schon gestatten, die erforderlichen Entscheidungen zu treffen.«

Clare warf ihm einen unsicheren Blick zu. Sie fragte sich, ob sie ihm irgendwie zu nahe getreten war. »Aber dafür braucht Ihr doch sicher nicht William oder Dallan.«

»Wer weiß? Ich bin der Überzeugung, daß man auf alles vorbereitet sein sollte.«

»Ja, aber –«

»Hört zu, Clare. Seid vernünftig. Der junge William braucht Bewegung. Er läuft Gefahr, entweder von seiner wohlmeinenden Mutter zu Tode gehätschelt zu werden oder als gefüllte Fleischpastete zu enden.«

Clare wußte, daß er recht hatte, aber das konnte sie schwerlich zugeben. Das hieße, ihren momentanen Kampf verloren zu geben. »Ich bestreite nicht, daß William mehr Bewegung braucht«, brachte sie mühsam hervor. »Trotzdem –«

»Außerdem fehlt ihm die Führung durch einen Mann. Genau wie Dallan.«

Das war zu viel. »Ich habe bereits bemerkt, daß der junge William Sir Ulrich in letzter Zeit wie ein Schatten folgt, aber Dallan fühlt sich in unserem Haushalt sehr wohl.«

»Zu wohl.« Gareth blickte sie nachdenklich an. »Ich glaube, Euer Barde hängt sich deshalb so an Euren Rockzipfel und ist so schreckhaft, weil er vor seinem früheren Herrn furchtbare Angst hatte. Um diese Angst zu überwinden, muß er mehr Vertrauen in seine eigenen Fähigkeiten bekommen.«

Clare bedachte Gareth mit einem verärgerten Blick. Er hatte die Situation richtig eingeschätzt und einige ihrer eigenen Befürchtungen bestätigt.

Aber es ging um etwas anderes, etwas viel Wichtigeres. Es ging darum, wer auf dieser Burg das Sagen hatte.

»Ich bestreite nicht, daß es William und Dallan gut tun würde, wenn sie ein männliches Vorbild hätten«, sagte Clare vorsichtig. »Und ich stimme Euch zu, daß körperliche Ertüchtigung wichtig ist. Aber deswegen besteht noch lange nicht die Notwendigkeit, daß einer der Jungen die gefährliche und strenge Ausbildung zum Ritter macht.«

»Unter Ulrichs Aufsicht wird ihnen nichts passieren.«

»Joanna wird sich Sorgen machen.«

»Sie wird sich schon daran gewöhnen. Aber darum geht es eigentlich gar nicht, oder?«

»Nein.« Clare blieb stehen und wandte sich zu ihm um. »Laßt mich Euch eines sagen, Mylord. Ich bin diejenige, die über die Dinge entscheidet, die die Mitglieder dieses Haushaltes betreffen.«

Gareths Blick war so unergründlich wie der Kristall in seinem Schwert. »Ich weiß, daß Ihr lange Zeit allein die Verantwortung für alles getragen habt, Clare.«

»Ja.« Sie sah ihn herausfordernd an.

»Und Ihr seid es offenbar nicht anders gewohnt.«

»Genau.«

»Aber Ihr seid nicht mehr allein.«

»Es besteht keine Notwendigkeit, mich daran zu erinnern«, erwiderte sie. »Dieser Tatsache bin ich mir nur allzu bewußt.«

Gareth zog die Brauen hoch. »Ihr wart diejenige, die Thurston of Landry geschrieben hat, daß Ihr einen Ehemann braucht, der Euer Land beschützen kann.«

»Na und? Ich hatte ja wohl keine andere Wahl.«

»Ich will nur sagen, daß Ihr lediglich bekommen habt, was Ihr verlangt habt.«

»Nicht ganz.«

»Ja, das stimmt wohl. Ihr habt mir ja bereits deutlich zu verstehen gegeben, daß ich Eurem verdammten Rezept nicht ganz entspreche.«

Clare wünschte sich sehnlichst, ihre Zunge wäre nicht schon wieder mit ihr durchgegangen. »So habe ich es nicht gemeint, Sir.«

»Oh, doch, Ihr habt es so gemeint. Aber das ist jetzt egal. Nur wenige von uns bekommen genau das, was sie sich wünschen.« Gareth legte die Hand auf den Griff seines Schwertes. »Wir müssen alle das Beste aus den Dingen machen, die uns das Schicksal beschert.«

Wahrscheinlich war sie auch nicht unbedingt die Ehefrau, die er sich erträumt hatte, dachte Clare. »Mylord, ich versuche, Euch etwas ganz anderes klar zu machen.«

»Ich auch, Madam. Offen gesagt bin ich vielleicht nicht der, den Ihr angefordert habt, aber ich bin der einzige Ehemann, den Ihr habt. Erlaubt mir also, meine Aufgabe zu erfüllen.«

»Was hat denn Dallans und Williams Training mit der Verteidigung dieser Burg zu tun?«

»Clare«, rief Joanna.

Clare blickte zu den Arbeitsräumen hinüber. Joanna verließ gerade den Eingang des Trockenraumes und eilte über den Hof.

»Du mußt dafür sorgen, daß sie aufhören«, erhob sie ihre Stimme nachdrücklich. »William spielt immer noch mit dem gefährlichen Schwert herum.«

»Ich werde mich darum kümmern«, sagte Gareth.

»Sie ist meine Freundin«, sagte Clare. »Ich werde mich darum kümmern.«

»Als Euer Ehemann und als der Herr über diese Burg muß ich Euch bitten, mir die Entscheidung in dieser Angelegenheit zu überlassen, Madam.« Gareths Blick war plötzlich sehr kalt und unnachgiebig. »Ich warne Euch um aller Beteiligten willen, wagt es ja nicht, mir vor Joanna zu widersprechen.«

»Beim Haar der heiligen Hermione, das ist zuviel.«

»Wenn Ihr und ich uns in unseren Entscheidungen nicht einig zu sein scheinen, werden wir unter unseren Leuten nur Verwirrung und Unzufriedenheit stiften. Wollt Ihr das etwa?«

Unsere Leute.

Diese Worte ließen Clare innehalten. Sie mußte akzeptieren, daß die Menschen auf Desire jetzt auch an Gareth gebunden waren. Sie wußte, daß er recht hatte, wenn er darauf bestand, daß sie Einigkeit demonstrieren mußten.

»Ihr habt mich schon wieder in einer Eurer Fallen gefangen, Mylord«, murmelte sie ein paar Sekunden, ehe Joanna sie erreichte. »Aber seid gewarnt. Eines Tages werde ich mich dafür rächen.«

»Ihr habt Euch bereits dafür gerächt. Und zwar nicht zu knapp. Ich bin ein Ehemann, der noch keine Hochzeitsnacht hatte.«

Sie warf ihm einen vernichtenden Blick zu, als Joanna aufgeregt vor ihnen zum Stehen kam.

»Clare, warum hast du Ulrich nicht befohlen, mit dem Training aufzuhören? William könnte jeden Augenblick verletzt werden. Sieh nur, wie er mit diesem riesigen Holzschwert herumfuchtelt.«

Clare holte tief Luft. »Lord Gareth ist der Meinung, daß ein solches Training sowohl William als auch Dallan guttut. Mylord und ich haben über die Angelegenheit gesprochen und ich bin zu dem Schluß gekommen, daß er recht hat. Ich bin vollkommen seiner Meinung.«

»Du bist seiner Meinung?« Joanna riß die Augen auf.

Clare wagte es nicht, Gareth anzusehen. Falls er in diesem Moment triumphierend lächelte, würde sie sich wahrscheinlich nicht zurückhalten können und ihm an die Kehle gehen.

»Sei versichert, daß ich meine Zustimmung dazu gegeben habe, daß William und Dallan ein paar ritterliche Fertigkeiten erlernen«, sagte Clare. »Zum Zwecke der körperlichen Ertüchtigung.«

»Aber derartige Aktivitäten hast du noch nie gebilligt, noch nicht einmal aus gesundheitlichen Gründen«, hielt Joanna ihr entgegen. »Nach Edmunds Tod hast du zu mir gesagt, daß du nie wieder das Geräusch einer geschwungenen Lanze hören möchtest.«

Clare zuckte zusammen. »Damals war ich außer mir vor Schmerz.«

»Die Trauer hat Mylady nach dem Tod ihres Bruders sicher den Blick für die Vorteile körperlicher Ertüchtigung getrübt«, sagte Gareth leichthin.

Joanna sah ihn zweifelnd an. »Sie war damals sehr traurig und neigte zur Melancholie. Trotzdem habe ich gehört, wie sie ausdrücklich gesagt hat, daß es idiotisch sei, einen Mann zum Ritter auszubilden.«

Clare sah das Glitzern in Gareths Augen und errötete.

»Damals war meine Frau sich der zahlreichen gesundheitlichen Vorteile körperlichen Trainings für junge Männer nicht bewußt«, sagte Gareth. »Aber ich habe sie ihr erklärt und nun möchte sie gerne, daß William und Dallan davon profitieren.«

»Was für Vorteile?« Joanna warf ihm einen fragenden Blick zu. »William könnte sich dabei ernsthaft verletzen.«

»Er könnte sich auch verletzen, wenn er auf einen Apfelbaum klettert oder wenn er die Treppe hinunterfällt, aber das ist eher unwahrscheinlich«, erklärte Gareth mit überraschend sanfter Stimme. »Euer Sohn ist unter der Aufsicht von Sir Ulrich so sicher wie in seinem eigenen Bett.«

»William ist ein äußerst zartes Kind«, beharrte Joanna auf ihrer Meinung. »Ein derartiges Training wird ihn erschöpfen.«

»Gut durchdachte und sorgsam überwachte Übungen werden ihn kräftigen und seine Stimmung heben«, sagte Gareth. »Ich habe zahlreiche Beispiele schwächlicher Jungen gesehen, deren Gesundheit sich durch regelmäßige körperliche Anstrengung deutlich verbessert hat.«

»Da bin ich mir keineswegs sicher.« Joanna blickte hilfesuchend zu Clare hinüber.

Clare setzte ein Lächeln auf, von dem sie hoffte, daß es ermutigend wirkte. »Wir müssen darauf vertrauen, daß mein Mann und Sir Ulrich wissen, was sie tun, Joanna. Sie haben beide eine Menge Erfahrung auf diesem Gebiet.«

»Sie haben Erfahrung in der Banditenjagd, nicht in der Erziehung unreifer Jungen«, sagte Joanna verzweifelt.

»Nein«, sagte Gareth. »Ich bilde seit Jahren die Männer aus, die unter meinem Kommando stehen. Genau wie Ulrich. Wir wissen, was wir tun.«

Joanna blickte von Gareth zu Clare und dann wieder zu Gareth. Ein Teil ihrer Erregung legte sich. Sie schien zwar nicht völlig beruhigt zu sein, aber offensichtlich wurde ihr klar, daß die beiden sich einig waren. Seltsamerweise schien diese Erkenntnis sie noch mehr zu beruhigen.

»Nun, wenn Ihr sicher seid, daß William nichts passiert, nehme ich an, daß es in Ordnung ist, wenn er ein Trainingsprogramm absolviert.«

»Warum besprichst du nicht beim Abendessen die Einzelheiten des Trainings mit Sir Ulrich?« schlug Clare ihrer Freundin vor. »Ich nehme an, er wird dir alle Fragen beantworten können.«

Joannas Miene hellte sich auf. »Ja, das werde ich tun. Sir Ulrich ist ein sehr freundlicher und höflicher Ritter. Und er weiß eine Menge.«

»Er wird dem jungen William und Dallan ein gutes Beispiel sein.« Gareths Augen leuchteten. »Er ist keiner von Euren typischen dickschädeligen, ungehobelten und übellaunigen Rittern.«

Clare rollte die Augen gen Himmel und flehte zur heiligen Herminone, daß sie ihr Stärke verleihen möge.

»Ja, Sir Ulrich hat wirklich einen guten Einfluß auf William.« Joanna nickte Gareth höflich zu. »Bitte entschuldigt mich, Mylord. Ich glaube, ich gehe besser und beobachte das Training.«

»Tut es aus einiger Entfernung«, riet Gareth. »Andernfalls lenkt Ihr Euren Sohn ab und er konzentriert sich nicht mehr genug auf die Übungen.«

»Ja.«

Clare sah zu, wie Joanna zur Treppe hinüberging, um sich dort zu der Handvoll Leute zu gesellen, die das Treiben im Hof bereits verfolgten.

»Gut gemacht, Madam«, murmelte Gareth. »Ich weiß, daß Euch das nicht leicht gefallen ist. Aber es ist wirklich höchste Zeit, daß sie endlich einmal aufhört, den Jungen derart zu bemuttern. Sie kann ihn schließlich nicht ewig beschützen.«

Clare kniff wegen des grellen Sonnenlichtes die Augen zusammen und wandte sich an Gareth. »Diesmal habt Ihr Euren Willen durchgesetzt, Mylord. Ich hoffe, Ihr seid zufrieden. Aber nächstes Mal werdet Ihr Euch mit mir besprechen, ehe Ihr irgendeine Entscheidung fällt, die die Angehörigen meines Haushaltes betrifft, ist das klar?«

»Wir müssen gemeinsam die Verantwortung für die Entscheidungen tragen, die die Menschen hier betreffen, Clare.«

»Um so mehr solltet Ihr mit mir sprechen, ehe Ihr irgendwelche wichtigen Entscheidungen fällt.«

Gareth nahm erneut ihren Arm und wandte sich in Richtung des Trockenraumes. »Ich glaube, es ist das beste, wenn wir diese Unterhaltung unter vier Augen fortführen. Die Leute haben heute schon genug über mich geklatscht und getratscht.«

Clares Blick fiel auf den Verband an seinem Arm. Schuldgefühle wallten in ihr auf. »Das ist mir bewußt, Mylord, und ich kann Euch gar nicht sagen, wie leid mir das tut.«

»Versucht es.«

»Wie bitte?«

»Ich sagte, versucht, mir zu sagen, wie leid es Euch tut, daß ich ein derartiges Opfer bringen mußte.« Gareth schob sie durch die Tür in den dufterfüllten, schattigen Raum.

»Soll das ein Scherz sein, Mylord?« fragte sie argwöhnisch.

»Nein, Madam.« Gareth blieb hinter der Tür stehen und ließ den Blick über die langen Reihen von Blumensträußen gleiten, die dort zum Trocknen aufgehängt waren. »Hier also sorgt Ihr für den Reichtum von Desire.«

Clare runzelte die Stirn. »Dies ist einer meiner Arbeitsräume, ja.«

»Ich würde gerne auch die anderen Räume sehen.« Gareth ging langsam an den langen Regalreihen vorbei. Dann blieb er vor einem Topf mit Holunderblüten, Rosenblüten und Eichmoos stehen.

Er nahm eine Handvoll der Mischung heraus und hielt sie sich unter die Nase. »Süß. Schwer. Zweifellos ein Frauenduft. Eine Eurer lukrativen Mixturen?«

»Ja. Sie wird sich auf dem Frühjahrsmarkt in Seabern gut verkaufen.« Clare stemmte ihre Hände in die Hüften und wippte ungeduldig auf den Zehen, während Gareth zu einer anderen Schüssel hinüberging.

»Das hier gefällt mir«, sagte er, als er an einer Handvoll der getrockneten Zutaten roch. »Rein und frisch. Es riecht wie das Meer.«

Clare kreuzte ihre Arme vor der Brust. »Es ist eine Mischung aus Gewürzen und Minze, die bevorzugt von den reichen Männern in London gekauft wird.«

Gareth nickte und ließ das Gemisch wieder in die Schüssel fallen. Er wanderte an den Tischen entlang, auf denen verschiedene Bündel getrockneter Blumen ausgebreitet waren. »Und das hier?«

»Veilchen, Rosen und Veilchenwurzel. Ich mische das Ganze mit Bienenwachs zu einem Duftbalsam. Zweimal im Jahr verschicke ich große Mengen in den Süden. Er ist ziemlich beliebt.«

Gareth blickte in Richtung der Tür am anderen Ende des Trockenraumes. »Und was ist nebenan?«

»Dort stelle ich meine Parfümöle her. Dafür brauche ich frische Blumen und Kräuter statt getrockneter. Mylord, ich glaube, Ihr versucht, mich abzulenken.«

»Findet Ihr mein Interesse an Eurer Arbeit ungewöhnlich?« Gareth spazierte zu der Verbindungstür.

»Unter den gegebenen Umständen, ja, Sir.«

Gareth öffnete die Tür und ging hinüber in den nächsten Raum. »Ihr könnt es mir nicht verübeln, wenn ich neugierig bin. Nun, da ich die Banditenjagd aufgegeben habe, liegt meine Zukunft in Euren Händen, Madam.« Er blieb stehen. »Hmmm. Es riecht, als wären alle Blumen dieser Erde hier gesammelt.«

Clare runzelte die Stirn und eilte ihm nach. »Wie ich bereits sagte, ist dieser Arbeitsraum voller frischer Blütenblätter und anderer Zutaten.«

Gareth ging hinüber zu einer riesigen Urne und hob den Deckel. Dann sog er den Duft, der aus dem Behälter strömte, tief ein. »Himmel. Das reicht, um einen schwindlig zu machen.«

»Rosenöl«, erklärte Clare.

»Und das hier?« Gareth hob einen anderen Deckel.

»Eine Mischung aus frischem Lavendel, Nelken und zahlreichen anderen Zutaten. Mylord, verzeiht mir, wenn ich bezweifle, daß Ihr wirklich ein derartiges Interesse an meiner Arbeit habt. Wir beide wissen, daß Ihr lediglich versucht, einer Diskussion auszuweichen.«

»Einem Streit.« Gareth atmete das Lavendel-Nelkenöl tief ein.

»Wie bitte?«

»Ich versuche, einem Streit auszuweichen.« Er schloß den Deckel der Urne und blickte zu den drei großen Töpfen, die auf einem der Tische standen. »Was ist in den Behältern da?«

»Honig, Bienenwachs und Essig.« Clare konnte sich nur noch mit Mühe beherrschen. »Ich mische verschiedene Blumen und Kräuter damit, um unterschiedliche Lotionen und Cremes herzustellen. Mylord, ich möchte zwar nicht mit Euch streiten, aber –«

»Hervorragend.« Gareth nahm den Deckel von dem Honigtopf. »Ich mag keinen Streit.« Er strich über eine große, schwere Presse aus Eisen und Holz. »Und was ist das für ein Gerät?«

»Ich benutze es, um das Öl aus dem Zimt und den Rosen herauszupressen. Es ist eine arabische Maschine.«

»Und wo habt Ihr sie her?«

»Sie gehörte meinem Vater. Er hat sie auf seiner letzten Reise nach Spanien entdeckt. Sie war in einer der Truhen voll mit Büchern und anderen Sachen, die er mir kurz vor seinem Tode geschickt hat.«

Gareth drehte probehalber an einer der eisernen Schrauben. Seine Miene verriet echte Neugierde. »Faszinierend.«

»Dummerweise funktioniert die Presse im Moment nicht. Es ist mir nicht gelungen, sie zu reparieren.«

»Ich kann es ja mal versuchen. Ich habe eine Reihe von übersetzten arabischen Abhandlungen über mechanische Instrumente studiert.«

»Ach, ja?« Plötzlich war Clares Interesse geweckt. Dies war eine Seite von Gareth, die sie noch nicht kennengelernt hatte.

»Ja.« Gareth zog an einem der quietschenden Scharniere.

»Vielleicht würdet Ihr Euch gerne einmal die Arbeitszimmer meines Vaters ansehen. Sie liegen auf der gegenüberliegenden Seite des Hofes. Ich habe sie verschlossen gehalten, seit er Desire vor einem Jahr verlassen hat. Sie sind voll mit Dingen, die er auf seinen verschiedenen Reisen entdeckt hat.«

»Ich würde mir die Arbeitsräume Eures Vaters sehr gerne ansehen.«

»Nun, dann werde ich Euch die Schlüssel geben. Vielleicht würdet Ihr ja auch gerne mal das Buch lesen, das er geschrieben hat. Ich habe es in meinem Studierzimmer.«

»Er hat ein Buch geschrieben?« Gareth wirkte beeindruckt.

»Es ist eine Sammlung von Rezepten und Abhandlungen, die er aus dem Arabischen übersetzt hat. Leider war mein Vater kein guter Schreiber. Das Buch läßt sich nur sehr schwer lesen.«

»Ich freue mich schon darauf, es zu versuchen.«

Clare runzelte erneut die Stirn, als ihr auffiel, daß Gareth sie wieder einmal erfolgreich vom eigentlichen Thema abgelenkt hatte. »Aber im Augenblick würde ich es vorziehen, mit Euch über die Natur unserer Beziehung zu sprechen.«

»Als ein Mann, der seinen Lebensunterhalt dadurch verdient hat, daß er wußte, wann er kämpfen mußte und wann es besser war, das Schwert in der Scheide zu lassen, kann ich Euch sagen, daß ich nicht die Absicht habe, ein solches Gespräch zu führen. Zumindest nicht jetzt.«

»Ach, ja?« fragte sie herausfordernd.

»Manchmal ist es besser, ein Problem nicht direkt anzugehen.«

»Eine derartige Besonnenheit hätte ich von Euch nicht erwartet, Sir. Ich hätte angenommen, daß Ihr den offenen Kampf vorzieht.«

»Nein, ich habe bereits zu viele offene Kämpfe ausgetragen.«

»Ihr müßt mir verzeihen, wenn ich es wage, diese Behauptung anzuzweifeln, Mylord.«

»Es stimmt.« Gareth blickte von der Presse auf. »Ich würde lieber Eure duftenden Parfüms einatmen, als mit Euch kämpfen.«

»Ihr könnt diesem Kampf nicht ausweichen, Sir. Wir werden diese Sache regeln. Und zwar jetzt.«

»Also gut. Wenn Ihr einen Kampf wollt, sollt Ihr ihn bekommen.«

Clare sah ihn argwöhnisch an. »Mylord, wir sollten ein für alle Mal klarstellen, wer hier auf Desire das Kommando hat.«

»Ja.« Gareth spazierte hinüber zu einer anderen Urne und spähte hinein. »Als erstes müßt Ihr begreifen, Madam, daß ich nicht einer Eurer Bediensteten bin. Ich bin Euer Ehemann.«

»Das werde ich wohl kaum vergessen. Ich versuche, mich daran zu gewöhnen, eine gute Ehefrau zu sein, aber Ihr macht es mir nicht gerade leicht.«

»Ihr macht es uns beiden auch nicht gerade leichter, indem ihr mich behandelt, als sei ich wenig mehr als einer Eurer Wachmänner.«

»Beim Gürtel der heiligen Hermione, ich behandle Euch nicht, als wärt Ihr einer meiner Wachmänner.« Clare war ernsthaft böse. »Ich habe versucht, Euch den einem Ehemann gebührenden Respekt zu zollen. Ich habe das Gefühl, als hätte ich bisher in allen Punkten nachgegeben.«

»Seht Ihr das so? Ihr glaubt, Ihr wärt gezwungen gewesen, nachzugeben?«

»Ja, genau so kommt es mir vor.«

Gareth lehnte sich gegen den Tisch und kreuzte seine Arme vor der Brust. »Und was ist mit mir? Bin ich nicht ähnliche Kompromisse eingegangen? Meint Ihr etwa, es sei leicht für mich, mich an die Rolle des Ehemannes zu gewöhnen?«

»Ich wüßte nicht, was daran so schwierig sein sollte.«

»Soll ich Euch die Schwierigkeiten einmal aufzählen?« Gareth hielt die Hand hoch und zählte seine Beschwerden an den Fingern ab. »Ihr habt mir seit meiner Ankunft deutlich zu verstehen gegeben, daß ich nicht das war, was Ihr angefordert hattet.«

»Ihr kamt ja auch sehr unerwartet«, murmelte Clare.

Gareth ignorierte diesen Einwand. Er hielt einen weiteren Finger in die Luft. »Ihr habt vor dem gesamten Haushalt verkündet, daß Ihr nicht die Absicht habt, mir eine willige Ehefrau zu sein.«

»Ich habe mich bereit erklärt, das Schlafzimmer mit Euch zu teilen.«

»Ihr habt Euch geweigert, in unserer Hochzeitsnacht die Ehe zu vollziehen.«

Clare war empört. »Ich habe Euch bereits heute morgen gesagt, daß ich diesen Entschluß bedaure. Es war falsch von mir, mich letzte Nacht zu weigern, meine Pflicht zu erfüllen.« Sie holte tief Luft. »Aber ich bin bereit, es heute nacht zu tun.«

Er bedachte sie mit einem verächtlichen Blick. »Eure Pflicht? Verzeiht mir, wenn ich nicht allzu enthusiastisch bin bei dem Gedanken, eine Frau zu lieben, die das Gefühl hat, dazu gezwungen zu sein, ihre Pflicht im Ehebett zu erfüllen.«

Clare hatte genug. Sie stapfte den Gang hinunter und blieb direkt vor Gareth stehen. »Habt Ihr Euch deshalb geweigert, unsere Ehe heute morgen zu vollziehen, als ich Euch die Möglichkeit dazu gab? Weil Ihr Euch dafür nicht mehr begeistern könnt?«

Gareth sah sie mit zusammengekniffenen Augen an. »Wollt Ihr mir das etwa verübeln?«

Clare konnte sich nicht länger beherrschen. »Wenn Ihr Euch für diese Sache nicht mehr begeistern könnt, stehen wir vor einem ernsten Problem, nicht wahr?«

»Was für ein Problem?«

»Ich weiß aus zuverlässiger Quelle, daß ein Mann, anders als eine Frau, seine Pflicht als Ehemann nur dann erfüllen kann, wenn er einen gewissen Enthusiasmus dabei entwickelt.«

»Und wer hat Euch das erzählt?«

»Die Priorin Margaret«, schnauzte Clare.

»Ah.« Gareth nickte bedächtig mit dem Kopf.

»Wollt Ihr etwa behaupten, daß das nicht stimmt?« fragte Clare.

Gareth zuckte mit den Schultern. »Nein. Da hat sie recht.«

»Was sollen wir also machen, Sir, wenn Ihr keine Begeisterung mehr für diese Sache aufbringen könnt? Vielleicht sind wir dann gezwungen, die Ehe annullieren zu lassen.«

Gareth wurde gefährlich still. »Das also ist Euer Plan. Ihr denkt daran, diese Verbindung zu beenden, noch ehe sie richtig begonnen hat.«

Clare sah ihm in die Augen und bemerkte den Rauch von den Feuern, die in seiner Seele brannten. Doch sie war viel zu sehr in ihrem eigenen Zorn gefangen, um ihre Zunge im Zaum zu halten.

»Eine Annullierung wird natürlich unumgänglich sein, wenn Ihr nicht in der Lage seid, genügend Enthusiasmus für Eure Pflichten als Ehemann aufzubringen.«

»Die gute Priorin hat anscheinend vergessen, Euch noch eine wichtige Sache zu sagen, Madam.«

»Und das wäre, Mylord?«

»Manchmal wird der Enthusiasmus eines Mannes durch die seltsamsten Dinge geweckt.« Gareth begann zu lächeln. »Hin und wieder genügt zum Beispiel ein einfacher Streit.«

Zu spät erkannte Clare die Warnung in seinem Blick. Sie machte eilig einen Schritt zurück, doch es war zu spät.

Gareth zog sie in seine Arme, machte drei lange Schritte durch den Arbeitsraum und ließ Clare in einen riesigen Zuber voller frischer Blüten und Kräuter fallen.

Clare versank kreischend in der duftenden Masse. Rosenblüten und Lavendelblätter flatterten in die Luft. Der intensive Duft frischer Blumen hüllte sie ein.

Ehe sie wieder zu Atem kam, stieg Gareth in den Zuber. Seine Lippen preßten sich auf ihren Mund, und sein Gewicht drückte sie in den Berg weicher, wohlriechender Blütenblätter.

12. KAPITEL

Clare spürte das überwältigende Gewicht von Gareths Körper. Seine Hände vergruben sich in ihrem Haar. Sein Mund preßte sich leidenschaftlich, heiß und drängend auf ihre Lippen. Sein Geruch machte sie noch schwindliger als der Duft der Blütenblätter, unter denen sie halb begraben war.

Sie vergaß den Streit, die Beleidigungen und den Zorn, den sie noch vor wenigen Minuten verspürt hatte. Die Erinnerung an die Art, in der Gareth sie letzte Nacht berührt hatte, wallte in ihr auf, nur um unter einer Woge neuer Leidenschaft begraben zu werden. Eine erregende Hochstimmung erfaßte sie, die alles andere verdrängte. Sie wollte nur noch die herrlichen Gefühle erleben, die sie vor kurzem kennengelernt hatte.

Gareth löste seinen Mund von ihren Lippen. »Ich muß Euch gratulieren, Madam. Ich kenne sonst niemanden, der mich derart provizieren kann. Aber dafür habt Ihr jetzt auch die Konsequenzen zu tragen.«

Clare sah ihn fragend an. »Seid Ihr wirklich böse auf mich?«

»Ich bin mir nicht sicher, was ich im Augenblick empfinde.« Gareths Stimme war rauh, dunkel und drohend. »Ich weiß nur, daß es, wenn ich erst einmal fertig bin, kein Gerede mehr von einer Annullierung geben wird.«

Sie erschauderte. »Ich habe nie um eine Annullierung gebeten. Ich habe nur davon gesprochen, weil Ihr meintet, Ihr wärt vielleicht nicht in der Lage, Eure Pflicht im Ehebett zu erfüllen.«

»Ihr werdet noch schnell genug herausfinden, daß ich durchaus die Absicht habe, meine Pflicht zu erfüllen.« Gareth beugte seinen Kopf hinab und küßte sie erneut. Seine Zunge schob sich zwischen ihre Lippen.

Clares Finger vergruben sich in seinem Haar, als sie den sinnlichen Kuß erwiderte. Er versuchte, sie einzuschüchtern, vielleicht sogar, ihr ein wenig angst zu machen. Aber das war unmöglich. Sie sehnte sich nach seiner Berührung, und seine offensichtliche Leidenschaft ließ sie vor Verlangen erglühen.

Clare spürte, wie er sein Bein zwischen ihre Schenkel schob. Er zog sein Knie nach oben und öffnete sie für seine Berührung. Dann packte er die Röcke ihrer Tunika und das Unterkleid, und schob beides über ihre Hüfte.

Clare klammerte sich zitternd an ihm fest und reckte sich seinen suchenden Fingern entgegen.

»Ihr seid so naß wie eine Rose nach dem Regen.« Gareths Stimme klang ehrfürchtig. Er streichelte sie so, wie er es letzte Nacht getan hatte, streichelte sie, bis sie vor Verlangen erschauderte.

Clare hing an ihm und stieß einen leisen, flehenden Schrei aus. Sie schlang ihre Beine um ihn und versuchte, ihn noch näher an sich zu ziehen.

»Warum im Namen aller Heiligen haben wir nur die letzte Nacht vergeudet?« flüsterte Gareth mit heiserer, angespannter Stimme. »Ich war wirklich ein Narr.« Sanft schob er einen Finger in sie hinein.

Clare stöhnte und spannte sich an. Sie rang nach Luft. »Es war meine Schuld. Ich war verwirrt. Ich dachte, ich wollte noch warten.«

»Ihr wart verwirrt und ich war ein Narr. Was für ein Paar.« Gareth ließ heiße Küsse auf ihren Hals und ihre Schulter regnen. Dann schob er einen zweiten Finger in sie hinein.

»Oh.« Clare keuchte. *»Oh.«*

»So eng. Wie eine süße, ungeöffnete Knospe.«

»Dämpft das Euren Enthusiasmus, Mylord?« fragte sie ängstlich.

Er stöhnte und schob seinen Kopf tiefer, um die sanfte Rundung ihrer Brust zu küssen. »Nein, Madam, das tut es nicht.«

Sie lächelte unendlich erleichtert. »Das freut mich.«

»Ich bezweifle ernsthaft, daß die vereinten Kräfte des Himmels und der Hölle meinen Enthusiasmus in diesem Augenblick dämpfen könnten.«

Clare fühlte, wie er ihre Öffnung dehnte, bis sie noch weicher und noch feuchter war als zuvor. Sie zitterte vor Verlangen. Die magische Spannung, die sie letzte Nacht zum ersten Mal verspürt hatte, erwachte erneut in ihrem Inneren. Die Begierde machte sie ruhelos und ungeduldig.

»Beeilt Euch.« Sie nagte an seinem Ohr. »Bitte, beeilt Euch.«

Gareth hob den Kopf und blickte sie an. Sein Blick war ebenso undurchdringlich wie der dichte Nebel, der Desire bisweilen einhüllte. »Ich habe eine Tyrannin geheiratet.«

»Ihr müßt mir verzeihen, Mylord. Aber ich habe Euch bereits gesagt, daß ich hier das Kommando habe.«

»Wenn es darum geht, ist Euer Wunsch mir Befehl.« Gareth schob seine eigene Tunika auseinander und legte seine erregte Männlichkeit bloß.

Clare erhaschte einen Blick auf sein prächtiges Glied, als er sich zwischen ihre Beine legte. Trotz ihrer Erregung verspürte sie Unsicherheit. »Vielleicht sollten wir versuchen, Euren Enthusiasmus ein wenig zu dämpfen, ehe wir weitermachen.«

»Dafür ist es jetzt zu spät.«

»Ich wollte Euch nicht zu nahe treten. Es ist schließlich nicht Eure Schuld, daß Ihr nicht die richtige Größe habt.« Sie umarmte ihn und küßte seinen Hals. »Aber ich bin sicher, daß wir es schon irgendwie schaffen werden.«

»Ja, das werden wir.«

»Ich bin jetzt auch sehr begeistert, Gareth.«

»Das sehe ich.« Er bedeckte ihren Mund mit seinen Lippen und begann, sich in sie hineinzuschieben.

Clare, die ein ähnliches Gefühl erwartet hatte wie das, das seine Finger in ihr geweckt hatten, war von seiner gewaltigen Härte überrascht.

Er schob sich tiefer in sie hinein, und sie war mehr als nur überrascht.

»*Gareth.*«

»Vertrau mir.«

»Wartet, wir müssen diese Sache erst miteinander besprechen«, quietschte Clare.

»Es war unsere Besprechung, die uns hierher gebracht hat.«

»Ja, aber –«

»Vertrau mir, Clare«, flüsterte er.

Sie holte tief Luft und klammerte sich an ihn, als bereite sie sich darauf vor, in die Hölle hinabzusteigen. »Ich bin bereit«, sagte sie beherzt.

»Weißt du, es ist wirklich nicht schlimm.« Er drängte tiefer in sie hinein. Auf seiner Stirn bildeten sich kleine Schweißperlen. »Zumindest glaube ich nicht, daß es allzu schwierig werden wird.«

Clare kniff die Augen zusammen. »Sagt mir, wenn es vorbei ist.«

Er stieß einen seltsamen, halb erstickten Schrei aus. »Ja, ich werde versuchen, daran zu denken.«

Clare spürte, wie er sich anspannte und wie er tief Luft holte, als bereite er sich auf eine gefährliche Schlacht vor. Mit einer einzigen, kraftvollen Bewegung schob er seinen Schaft ganz in sie hinein.

Die Macht ihrer Empfindungen raubte Clare die Stimme und den Atem. Als sie sich von dem ersten Schock erholt hatte, vergrub sie die Finger tief in Gareths breiten Schultern. Sie war wütend, als sie merkte, daß sie weder die erwartete Erregung noch das erhoffte Vergnügen fand.

»Joanna hatte recht. Dieser Teil der Ehe ist wirklich äußerst lästig.«

»Lieg einen Moment still.« Gareth klang ebenso erschüttert wie sie. »Lieg *still*, habe ich gesagt. Hör auf, dich hin und her zu winden.«

Clare öffnete die Augen und sah ihn böse an. »Ich dachte, ich würde dasselbe fühlen wie letzte Nacht.«

»Das wirst du auch.« Gareth rang sichtlich um Selbstbeherrschung. »Am Ende.«

»Beim kleinen Zeh der heiligen Hermione, Ihr habt mich hinters Licht geführt, Höllenhund.«

»Nein, ich habe nur keine Erfahrung mit Jungfrauen.«

»Ich wußte, daß Ihr zu groß sein würdet«, knurrte sie. »Ich wußte es, als ich Euch das erste Mal sah.«

Gareth ließ eine Reihe sanfter, beschwichtigender Küsse auf ihre Nase und ihre Wangen regnen. »Verzeih mir, Clare. Ich wollte dir nicht weh tun.«

Die Entschuldigung besänftigte sie ein wenig. »Ehrlich gesagt tut es nicht sehr weh. Zumindest jetzt nicht mehr. Aber ich bin sehr froh, daß die Sache vorbei ist.«

»Clare –«

»Ihr dürft jetzt aufhören. Diese Ehe ist sicherlich ordnungsgemäß vollzogen. Ihr braucht nicht länger zu befürchten, daß ich sie annullieren lassen werde.«

»Zum letzten Mal, halt still.« Gareth sprach jedes einzelne Wort langsam und deutlich aus.

»Ich habe lediglich versucht, eine etwas bequemere Stellung zu finden.«

»Dafür werde ich schon sorgen.«

»Geht Ihr runter?«

»Noch nicht.«

Sie war enttäuscht. »Soll das heißen, daß Ihr noch nicht fertig seid mit der Erfüllung Eurer Pflicht?«

»Ja.« Er begann, sich vorsichtig aus ihr zurückzuziehen.

»Auf jeden Fall verstehe ich jetzt, weshalb es für einen Mann schwer ist, Nacht für Nacht genügend Enthusiasmus für diese Sache zu entwickeln«, murmelte Clare.

»Es hilft, wenn die Frau währenddessen nicht ununterbrochen plappert.«

»Oh.« Clare war betrübt. »Tut mir leid«, sagte sie steif. »Ich wollte Euch nicht stören. Ich habe lediglich versucht –«

»Verdammt, es reicht.« Gareth versiegelte ihren Mund mit einem Kuß. Zugleich schob er sich erneut langsam in sie hinein, bis er sie ganz ausfüllte.

Clare stöhnte, doch dieses Mal nicht vor Schmerzen.

Gareth zog sich fast vollständig aus ihr zurück und wiederholte diese Übung.

Wieder und wieder.

Jeder Stoß war sorgfältig bemessen und mit übermenschlicher Selbstbeherrschung ausgeführt. Die tiefen Furchen in Gareths Gesicht und die angespannten Muskeln in seinem Körper verrieten es. Er war wie ein Streitroß, das am Geschirr zerrte, voller kaum gezügelter Kraft und zitternder Bereitschaft.

Clare hielt den Atem an und schloß die Augen. Doch bald stellte sie fest, daß die langsamen Stöße im Inneren ihres Körpers nicht unangenehm waren.

Sie fühlte den Schweiß auf Gareths Rücken, die Feuchtigkeit seiner Tunika. Doch trotz seiner offensichtlichen Anstrengung, schien sein Enthusiasmus nicht abzunehmen.

Sie riß die Augen auf, als er ihre Beine über seine Schultern legte. Ehe sie gegen diese neue Stellung protestieren konnte, schob er seine Hand zwischen ihre Körper und berührte sie sanft.

Ohne Vorwarnung wurde sie erneut von heißer Erregung gepackt.

»*Gareth.*«

»Ich habe dir gesagt, du sollst mir vertrauen.«

Er nahm die kleine, geschwollene Knospe zwischen Daumen und Zeigefinger und zog sanft daran.

Clare schluchzte auf, doch das Geräusch wurde von Gareths Mund aufgefangen. Sie vergrub ihre Finger in seiner Haut und gab sich dem herrlichen Schauder hin, der sie durchlief.

Wie durch einen Nebel hindurch hörte sie Gareths heiseren Ausruf, der sich mit ihren eigenen atemlosen Schreien mischte, während sie beide tiefer und tiefer im Meer der duftenden Blütenblätter versanken.

Lange Zeit später öffnete Gareth die Augen. Er reckte sich genüßlich und dachte, daß er sich nie zuvor so wohl gefühlt hatte.

Er schielte nach einem Rosenblütenblatt, das auf seiner Nasenspitze saß. Dann pustete er es fort und sah zu, wie es durch die Luft flatterte. Er war in den duftenden Blütenblättern praktisch begraben.

Er lächelte.

Der schwere Duft der angehäuften Blumen war von einem erdigen Geruch durchdrungen, einem, der ihn mit Zufriedenheit erfüllte. Er hatte Clare im wahrsten Sinne des Wortes zu seiner Frau gemacht. Es würde kein Gerede mehr von einer Annullierung ihrer Ehe geben.

Der Blumenberg regte sich. Gareth wandte den Kopf und beobachtete, wie Clare sich aufrichtete. Sie zerrte an ihren Kleidern herum und schüttelte sich Blütenblätter aus den Haaren.

Als sie merkte, daß er sie ansah, schenkte sie ihm ein schüchternes Lächeln. Sie sagte kein Wort.

»Jetzt darfst du ruhig was sagen. Ich hatte nicht die Absicht, dich für immer zum Schweigen zu bringen.« Gareth streckte die Hand aus und zupfte ihr ein gelbes Blütenblatt vom Ärmel.

Clare grinste. »Ich weiß nicht, was ich sagen soll.«

»Ich auch nicht.« Gareth zog ihren Kopf in seine Richtung und bedeckte ihren Mund mit einem leidenschaftlichen Kuß.

Clare beugte sich näher. Ihr Haar, das nach frischen Kräutern duftete, fiel ihr seidig ins Gesicht. Sie legte die Hände auf seine Brust und strich langsam an seinem Körper herab. Gareth spürte, wie seine Männlichkeit sanft zu pochen begann.

»Ich glaube, Euer Enthusiasmus ist wieder erwacht, Mylord.«

»Ich glaube, du hast recht.« Gareth vergrub seine Hand in ihrem Haar und zog sie ganz an sich.

Ein plötzliches Klopfen ließ Clare zusammenfahren. Sie erstarrte, doch dann setzte sie sich eilig auf.

»Mylord, seid Ihr da drinnen?« rief Ulrich laut. »Der Hufschmied ist da.«

»Verdammt und zugenäht.« Gareth richtete sich zögernd auf. »Ich gehe wohl besser raus, sonst weiß bis zum Abendessen die ganze Burg, was wir hier drin tun.«

Clare runzelte die Stirn. »Ihr denkt doch nicht, daß sie annehmen werden, wir –«

»Doch.«

Sie errötete sanft. »Beim Daumen der heiligen Hermione. Haben die Leute denn keine anderen Sorgen mehr?«

»Du mußt der Tatsache ins Auge sehen, daß die Einzelheiten unserer Ehe immer von größtem Interesse für sämtliche Menschen auf dieser Insel sein werden.«

»Ich wünschte wirklich, unsere Leute würden etwas anderes finden, über das sie sich die Köpfe zerbrechen können.«

»Das werden sie wohl kaum, solange wir ihnen derartigen Gesprächsstoff bieten.« Gareth kletterte aus dem Blumenzuber.

Er hatte bemerkt, daß Clare von den Bewohnern von Desire als *unseren Leuten* gesprochen hatte. Das war ein gutes Zeichen.

»Mylord?« rief Ulrich erneut. »Seid Ihr da drinnen?«

»Ja«, brüllte Gareth. »Ich komme sofort.« Er wandte sich um und half Clare aus dem Blütenhaufen heraus.

Sie bot einen herrlichen Anblick. Einen Augenblick starrte er sie hingerissen an. Über und über mit weichen, duftenden Blütenblättern bedeckt, wirkte sie wie eine Märchengestalt, die sich von ihrem Lager im Wald erhob.

Dann entdeckte er den kleinen roten Fleck auf ihrem Unterkleid und streckte die Hand danach aus. Sein Gesicht spannte sich an.

»Habe ich dir sehr weh getan?«

»Nein.« Clare strich sich die Blütenblätter von den Röcken. »Hinaus mit dir. Du hast noch viel zu tun. Und ich muß erst einmal meine Kleider in Ordnung bringen.«

Gareth konnte einfach nicht den Blick von ihrem glühenden Gesicht abwenden. *Jetzt gehörte sie ihm.* Sie gehörte ihm, wie sie nie zuvor einem Mann gehört hatte, nicht einmal Raymond de Coleville, ihrem Idealbild eines Ritters.

Clare mochte de Coleville geliebt haben – vielleicht liebte sie ihn immer noch – aber sie hatte sich ihm nicht hingegeben. Sie hatte sich für ihren Herrn und Ehemann aufbewahrt, den Höllenhund von Wyckmere.

Ich weiß das, was ich durch eigener Hände Arbeit gewonnen habe, zu schützen, dachte Gareth mit wilder Entschlossenheit. *Und ich werde Euch schützen, Lady of Desire.*

»Mit der Zeit wirst du ihn vergessen, Clare«, sagte er laut.

Sie sah ihn verwirrt an. »Wen?«

Ulrich klopfte noch dreimal heftig an die Tür. »Soll ich den Hufschmied nach Hause schicken und ihm sagen, daß er später noch einmal kommen soll, Mylord?«

»Nein, ich bin schon unterwegs.« Gareth riß sich vom Anblick seiner blütenbedeckten Frau los. Er ging zur Tür, öffnete sie und trat hinaus in den Sonnenschein.

»Nun, Ulrich? Wo ist der Hufschmied?« Gareth schloß sorgfältig die Tür, damit sein Freund Clare nicht sehen konnte.

»In den Stallungen.« Ulrich sah ihn amüsiert an. »Ihr habt ziemlich viel Zeit in den Arbeitsräumen verbracht. Ich wußte gar nicht, daß Ihr ein solches Interesse an den Geheimnissen der Parfümherstellung habt.«

Gareth trat auf den Hof. »Wie Ihr wißt, habe ich immer Interesse an neuen Dingen.«

Ulrich folgte ihm. »Ja, Ihr geht den Dingen immer auf den Grund.«

»Als Herr dieser Burg habe ich schließlich eine gewisse Verantwortung.«

»Ja.« Ulrich bedachte ihn mit einem verständnisvollen Blick.

»Nur ein Narr würde sich nicht mit den Dingen beschäftigen, die sein zukünftiges Einkommen ausmachen.«

»Niemand hat Euch jemals einen Narren genannt, Mylord.« Ulrich dachte kurz nach. »Bastard, Höllenhund, Satansbraten, Pförtner des Tors zur Hölle, das vielleicht, aber niemals einen Narren.«

Verschiedene Leute drehten sich um, als die beiden Männer den Hof überquerten. Gareth runzelte die Stirn, als er sah, wie eine Reihe von ihnen eilig das Gesicht abwandte. Er hatte den dumpfen Verdacht, daß sie versuchten, ein Grinsen zu verbergen.

Dieser Verdacht erhärtete sich noch, als Gareth sah, wie John der Hufschmied ihn überrascht anstarrte.

»Ist irgend etwas nicht in Ordnung, Schmied?« fragte Gareth gefährlich leise. Er hatte den deutlichen Eindruck, daß der Mann sich nur mit Mühe beherrschen konnte, nicht laut loszulachen.

»Nein, Mylord.« John klappte den Mund wieder zu und wischte sich mit dem schmutzigen Ärmel seiner Tunika über das Gesicht. »Die Sonne scheint sehr hell heute. Sie blendet einen richtig.«

»Ich bezweifle, daß die Sonne heller ist als Euer Schmiedefeuer.«

»Ah, das stimmt, Mylord. Das stimmt. Man sollte meinen, daß ich an Helligkeit gewöhnt bin, nicht wahr?« John sah hilflos zu Ulrich hinüber.

Ulrich lächelte und schwieg. Einer der Waffenträger, der in der Nähe stand, wandte sich eilig ab und stürzte in den Stall.

Gareth zuckte mit den Schultern und ließ die Sache auf sich beruhen. Aus langer Erfahrung wußte er, daß es sinnlos wäre, wenn er versuchen würde, zu verstehen, was der Hufschmied und alle anderen so amüsant zu finden schienen.

»Also gut, machen wir uns an die Arbeit, Schmied«, sagte er. »Ich habe keinen Waffenschmied mitgebracht, als ich nach Desire kam. Wenn nötig, kann ich einen in Seabern anheuern, aber man sagte mir, daß Ihr ungewöhnlich talentiert seid im Umgang mit Hammer und Amboß.«

John errötete bei diesem Kompliment. »Ja, Mylord.«

»Meint Ihr, Ihr schafft es, die Ausrüstung meiner Männer instandzuhalten und Euch um die Hufeisen der Pferde zu kümmern?«

John richtete sich zu seiner ganzen Größe auf und straffte stolz die Schultern. »Ja, Mylord. Ich glaube, das schaffe ich. Ich habe schon eine ganze Reihe schwieriger Arbeiten für Mylady und die Priorin durchgeführt. Ich habe sogar ein paar Schlösser und Schlüssel gemacht.«

»Hervorragend.« Gareth schlug ihm anerkennend auf den Rücken und führte ihn in den Stall. »Ich werde Euch zeigen, was gemacht werden muß. Und wenn wir mit den Stallungen fertig sind, zeige ich Euch noch ein interessantes Instrument.«

»Was für ein mechanisches Instrument, Mylord?«

»Eine arabische Maschine, mit der man Öl aus Rosen, Nelken und so weiter pressen kann. Im Augenblick funktioniert sie nicht, aber ich glaube, daß ich sie reparieren kann. Doch dafür brauche ich Eure Hilfe.«

Zwanzig Minuten später hatten die Leute immer noch nicht aufgehört zu grinsen und unterdrückt zu kichern.

Gareth überließ den Schmied seiner Arbeit und ging hinüber zu Ulrich, der an einem Pfosten lehnte.

»Meint Ihr«, fragte er mit sehr leiser Stimme, »Ihr könntet mir vielleicht den Witz erklären, der heute nachmittag die gesamte Burg zum Lachen zu bringen scheint?«

Ulrichs Augen blitzten vergnügt auf. »Ich kann ihn Euch erklären, aber wahrscheinlich findet Ihr ihn alles andere als amüsant.«

»Das ist ja wohl meistens so«, murmelte Gareth. »Trotzdem wüßte ich gern, warum die Leute derart vergnügt sind. Sagt mir nur, warum jeder der Umstehenden beinahe vor Lachen zusammenzubrechen scheint.«

Ulrich räusperte sich. »Ich glaube, es hat mit den Blütenblättern zu tun, die in Eurem Haar und auf der Rückseite Eurer Tunika hängen, Mylord.«

Gareth stöhnte. »Verflucht.« Er fuhr sich durch die Haare. Leuchtend rote Blütenblätter flatterten auf den Stallboden.

»Ihr seht aus, als wärt Ihr kopfüber in den Blumenzuber von Mylady gefallen«, sagte Ulrich. »Und wenn es kein Unfall war, dann besteht kaum ein Zweifel daran, was Ihr in den Arbeitsräumen gemacht habt. Aber in letzter Zeit neigt Ihr ja zu ungewöhnlichen Unfällen.«

Gareth stemmte seine Fäuste in die Hüften und bedachte die Umstehenden mit einem grüblerischen Blick. Sofort schwand das Lächeln aus sämtlichen Gesichtern.

Zufrieden warf Gareth den Kopf zurück und brach in schallendes Gelächter aus.

Drei Tage später machte Clare ihren gewohnten Morgenspaziergang über die Klippen zum Dorf. Zu ihrer großen Überraschung und heimlichen Freude war es dieses Mal nicht Joanna, die sie begleitete, sondern Gareth.

Er hatte ihr aus dem Hof gewinkt, als sie die Treppe hinuntergekommen war.

»Ich glaube, ich leiste Euch Gesellschaft, Madam.« Gareth hatte Ulrich die Überwachung der Arbeiten an der neuen Burgmauer überlassen und war zu ihr hinübergekommen. »Ich möchte mir noch einmal die Klippen oberhalb der beiden kleinen Buchten ansehen.«

Plötzlich war Clare der ganze Tag viel heller und freundlicher erschienen. »Wie Ihr wünscht, Mylord. Ihr seid herzlich eingeladen, mich zu begleiten.«

Während sie und Gareth über die Klippen gingen, hatte sie das Gefühl, als sei die salzige Luft nie belebender und als seien die Morgengerüche nie erfrischender gewesen.

Seit dem Tag, an dem Gareth seinen Fuß auf Desire gesetzt hatte, hatte sie unablässig mit einer Reihe unbekannter und beunruhigender Gefühle gekämpft, die so mächtig waren wie das Gebräu eines Magiers. Und ebenso unberechenbar.

Doch schließlich, vor drei Tagen, hatte sie die Bedeutung dieser Launen begriffen, als Gareth mit ihr in dem Blumenzuber die Ehe vollzogen hatte.

Als sie ihm an jenem Tag nachgegeben hatte und allein inmitten des Blütenduftes und seines männlichen Geruches zurückgeblieben war, hatte sie sich die Wahrheit endlich eingestanden.

Sie hatte sich in den Höllenhund von Wyckmere verliebt.

Die letzten beiden Nächte waren voller abenteuerlicher Entdeckungen auf dem unbekannten Gebiet einer Leidenschaft gewesen, von der sie zuvor nicht einmal zu träumen gewagt hätte. Gareth schien ein außerordentliches Vergnügen dabei zu empfinden, sie zum Höhepunkt körperlicher Empfindungen zu bringen. Er ruhte nicht eher, als bis sie in seinen Armen erschauderte und schrie, und er ließ sie nicht eher ruhen, als bis sie von seiner Liebe völlig erschöpft war.

»Habt Ihr die nötigen Vorkehrungen getroffen, um Eure Parfüms und Cremes hinüber nach Seabern bringen zu lassen?« fragte Gareth geistesabwesend, während er über das Meer sah.

»Ja. Sie werden am ersten Tag des Marktes mit dem Boot hinübergebracht.« Clare schützte ihre Augen mit der Hand gegen das Sonnenlicht und beobachtete, wie Gareth die schäumenden Wellen am Fuß der Klippen betrachtete. »Joanna und ich werden ebenfalls hinüberfahren.«

»Meine Männer können Euch helfen.« Gareth ging ein paar Schritte weiter und blieb erneut stehen, um hinunterzublikken. Er runzelte die Stirn. »Wir haben ein paar Zelte, die Ihr benutzen könnt, wenn Ihr wollt.«

»Wunderbar.« Clare zögerte. »Was seht Ihr Euch an?«

»Ulrich hat gesagt, dies sei eine der beiden Stellen in den Klippen, an der ein kleines Boot an Land gebracht werden könnte, wenn man nicht den Hafen benutzen möchte.«

»Macht Ihr Euch deswegen Sorgen?« Clare ging zum Rand der Klippen und blickte hinab. Es herrschte gerade Ebbe. In der Nähe des Ufers wurden zwei kleine Höhlen sichtbar.

»Nicht übermäßig. Es ist offensichtlich, daß hier kein großer Trupp an Land gehen kann.«

Clare runzelte die Stirn. »Auf Desire ist noch niemals ein feindlicher Trupp gelandet.«

»Ich habe die Erfahrung gemacht, daß es besser ist, auf alles vorbereitet zu sein.«

»Ihr seid ein vorsichtiger Mann.«

»Das bin ich, wenn ich etwas sehr Wertvolles zu schützen habe.«

Sie warf ihm einen versteckten Seitenblick zu und fragte sich, ob er wohl sie oder seine neuen Ländereien meinte. Zweifellos die Ländereien. Sie waren es schließlich gewesen, die ihn nach Desire gelockt hatten.

Gareth schien ihren nachdenklichen Blick nicht zu bemerken. Er betrachtete die Landschaft, die sich vor seinen Augen ausbreitete, mit einem Ausdruck größter Zufriedenheit und zugleich äußerster Wachsamkeit.

Er war es noch nicht gewohnt, einen Ort zu haben, an dem er zu Hause war. Clare bemerkte, daß er immer noch so aussah, als warte er darauf, daß jemand versuchen würde, ihm Desire wegzunehmen. Nur ein Narr würde einen solchen Versuch unternehmen, dachte sie. Der Höllenhund von Wyckmere war auf der Hut.

Er sah sogar jetzt gefährlich aus, obgleich er nur seine Frau ins Dorf begleitete. Sein mitternachtschwarzes Haar war wirr und windzerzaust. Sein Profil war ebenso unnachgiebig wie die harschen Klippen unter ihm.

Clare entfuhr ein trauriger Seufzer. Natürlich machte sich Gareth über den Schutz der Insel Gedanken. Sie hatte keinen Zweifel daran, daß er die Absicht hatte, sie ebenfalls zu beschützen, aber das war Teil der Vereinbarung.

Sie war dabei, sich in ihren Mann zu verlieben, aber sie wagte nicht zu hoffen, daß es Gareth ebenso erging; zumindest jetzt noch nicht.

Seine Erfahrung im Ehebett verriet ihr, daß er in seinem Leben bereits Leidenschaft erlebt hatte. In den letzten drei Tagen hatte Clare gemerkt, daß er die gewaltigen Kräfte des körperlichen Verlangens hervorragend zu beherrschen verstand.

Außerdem hatte sie bemerkt, daß er seine eigene kontrollierte Leidenschaft dazu benutzte, sie zu der Reaktion zu bewegen, die er sich von ihr wünschte.

Er war ein Mann, der es gewohnt war, Befehle zu erteilen. Wahrscheinlich empfand er es als vollkommen natürlich, auch im Bett das Sagen zu haben. Was sie selbst betraf, so war das alles für sie viel zu neu, als daß sie gleich hätte das Kommando übernehmen können.

Aber schließlich besaß sie eine schnelle Auffassungsgabe, dachte sie optimistisch.

Clare suchte nach einem neutralen Thema. »William und Dallan scheinen die Übungen recht gut zu machen.«

»Ja. Das machen fast alle Jungen, wenn sie entsprechend ermutigt werden. Dallan brummt zwar immer noch hin und wieder, sagt Ulrich, aber er erscheint immer rechtzeitig zum Training. Wenigstens ist er vernünftig genug, keine Lieder über hintergangene Ehemänner mehr zu trällern.«

»Ja, seine Balladen sind in letzter Zeit wirklich zahm geworden, nicht wahr? Man könnte sie sogar als langweilig bezeichnen.«

»Meint Ihr?« Gareth sah sie nachdenklich an.

Clare unterdrückte ein Lächeln. »All diese süßen Liedchen über die hübschen Rosen, die ihre Blüten öffnen, um den Morgentau zu empfangen, langweilen mich inzwischen ein wenig. Ich finde, sie sind bei weitem nicht so aufregend wie die früheren Balladen.«

»Aufregend?«

»Ja, keine Gefahr, keine Angst vor Entdeckung, keine Heldentaten, keine Würze.«

»Madam, wollt Ihr Euch über mich lustig machen?«

»Vielleicht.«

»Ich warne Euch, mir wurde bereits mehrfach gesagt, daß ich keinen Spaß verstehe.«

»Unsinn. Ich habe Euch lachen gehört, Mylord. Und man sollte meinen, daß Ihr lernen könntet, Dallans aufregendere Lieder über verbotene Liebe und hintergangene Ehemänner lustig zu finden.«

Gareth blieb abrupt stehen. Er packte ihr Kinn und sah sie mit glitzernden Augen an. »Hör mir gut zu, Clare. Ich werde niemals über die Vorstellung lachen, daß meine Frau in den Armen eines anderen Mannes liegt. Statt dessen werde ich wegen eines solchen Betruges fürchterliche Rache nehmen.«

»Als ob ich auch nur daran denken würde, Euch zu betrügen«, erwiderte sie. »Ich bin eine ehrenwerte Frau, Sir.«

»Ja«, sagte Gareth sanft. »Das bist du. Und dafür bin ich dankbar.«

Sein Blick wärmte sie. Er vertraute ihr.

»Da wir gerade darüber reden«, knurrte sie. »Ich möchte klarstellen, daß ich den Betrug eines Ehemannes genauso wenig toleriere wie den einer Ehefrau.«

Er schenkte ihr eines seiner seltenen Lächeln. »Dir mißfällt der Gedanke, daß ich im Bett einer anderen liegen könnte?«

»Allerdings, Mylord.« Sie war verwirrt, aber fest entschlossen. »Ich habe auch meinen Stolz, Sir.«

»Stolz. Hast du deshalb etwas dagegen, daß ich mit einer anderen Frau ins Bett gehen könnte? Weil es deinen Stolz verletzen würde?«

Clare starrte ihn finster an. Sie würde ihm bestimmt nicht ihre Liebe gestehen. Der Höllenhund von Wyckmere würde ein solches Geständnis nur ausnutzen. Es würde sie noch verletzlicher machen, als sie es ohnehin schon war.

»Was für einen Grund außer Stolz sollte es denn sonst geben, Mylord?« fragte sie unschuldig. »In der Beziehung bin ich nicht anders als Ihr. Es ist doch sicher auch bei Euch der Stolz, der Euer Blut in Wallung versetzt, wenn Ihr daran denkt, daß ich Euch hintergehen könnte.«

»Ja.« Gareth sah sie mit leicht zusammengekniffenen Augen an. »Der Stolz eines Mannes ist eine ernste Sache.«

»Genau wie der Stolz einer Frau.«

»Dann muß Dallan wohl weiterhin Lieder über Rosen im Regen und andere langweiligen Dinge singen.« Gareth beugte den Kopf hinunter und gab Clare einen sanften Kuß auf die Lippen.

»Gareth –«

»Komm. Es wird spät und ich habe heute noch viel zu tun.« Er nahm ihre Hand und zog sie hinter sich her über die Klippen in Richtung des Dorfes.

Zehn Minuten später hatten Clare und Gareth die Mauer des Klosters im Zentrum des Dorfes erreicht. Ein mit Stroh beladener Wagen rumpelte an ihnen vorbei. Der Dachdecker nickte ihnen zu. Ein Schäfer tat dasselbe, als er seine Herde über die Straße trieb.

Alle drehten sich nach dem Herrn und der Herrin von Desire um, die Hand in Hand durch die kleine Gemeinde spazierten.

Clare wußte, daß die meisten Blicke Gareth galten. Sie selbst war ein viel zu vertrauter Anblick, als daß sie derart neugierige

Blicke auf sich lenken könnte. Aber Gareth war neu auf der Insel, ein Fremder.

»Ich muß Beatrice die Kräutercreme geben«, sagte sie, als sie die Zelle der Einsiedlerin erreichten. »Es wird nur einen Moment dauern.«

Gareth blieb stehen und blickte auf das Zellenfenster. »Der Vorhang ist zugezogen. Vielleicht schläft sie noch.«

»Das ist eher unwahrscheinlich.« Clare kicherte. »Beatrice steht immer sehr früh auf. Normalerweise macht sie als erstes den Vorhang auf, um ja nichts zu verpassen.«

Clare ging hinüber zum Fenster. Es stand weit auf, als habe Beatrice erst vor kurzem auf die Straße gespäht. »Beatrice?«

Keine Antwort.

»Beatrice?« Clare zögerte und dann steckte sie die Hand durch die Öffnung, um den schweren Wollvorhang aufzuziehen. »Seid Ihr krank? Braucht Ihr Hilfe?«

Kein Laut drang aus der Zelle. Clare sah in das kleine Vorderzimmer der Behausung. Zuerst erkannte sie gar nichts. Der Vorhang vor dem anderen Fenster war ebenfalls zugezogen, so daß der Raum im Dunkeln lag.

Doch dann gewöhnten sich Clares Augen an die Finsternis. Das erste, was sie entdeckte, war Beatrices Fuß auf dem Zellenboden.

»*Beatrice.*« Clare umklammerte den Fenstersims und versuchte, mehr zu erkennen.

Gareth runzelte die Stirn und kam näher ans Fenster. »Was ist los?«

»Ich weiß nicht.« Clare sah ihn an. »Sie liegt auf dem Fußboden. Sie bewegt sich nicht. Gareth, ich glaube, sie ist ernsthaft verletzt.«

Gareth musterte die Zelle der Einsiedlerin. »Die Tür ist abgeschlossen. Und ich sehe, daß der Schlüssel an der Wand hängt.«

»Wie sollen wir nur rein kommen?« fragte Clare.

»Schick jemanden nach John dem Hufschmied. Beeil dich, Clare.«

Aber das mußte er ihr nicht erst sagen.

Kurze Zeit später rammte der Schmied eines seiner mächtigen Werkzeuge in den Spalt zwischen der Zellenwand und der Tür. Dann stemmten er und Gareth ihre mächtigen Schultern gegen das schwere Holz.

Beim dritten Versuch sprang die Tür aus den Angeln.

Gareth betrat als erster die kleine Zelle. Er warf einen Blick auf den Körper, der vor ihm auf dem Boden lag, und schüttelte den Kopf.

»Sie ist tot. Und sie ist nicht auf natürliche Weise gestorben.«

13. KAPITEL

»Ermordet.« Clare starrte Gareth ungläubig an.

»Das glaube ich einfach nicht.« Margaret, die sofort herbeigerufen worden war, wirkte ebenso bestürzt. »Das ist unmöglich. In diesem Kloster hat es in den ganzen fünfzehn Jahren, die ich Priorin bin, keinen Mordfall gegeben.«

Clare schüttelte langsam den Kopf. »Solange ich denken kann, ist auf Desire niemand ermordet worden.«

»Aber hier handelt es sich um Mord.« Gareth blickte auf die geöffneten, doch zugleich blinden Augen der Einsiedlerin. Er hatte schon genug Menschen gesehen, die gewaltsam ums Leben gekommen waren, um zu erkennen, daß er das Opfer eines Verbrechens vor sich hatte.

»Seid Ihr sicher?« Margaret runzelte die Stirn. »Vielleicht ist sie auch nur mitten in der Nacht krank geworden, und sie hat versucht, Hilfe zu rufen, aber es dann nicht mehr bis zur Tür geschafft.«

Gareth kniete neben der Leiche nieder. Er nahm einen ihrer Finger und stellte fest, daß er schlaff war. Die Totenstarre hatte bereits nachgelassen. »Sie ist mitten in der Nacht gestorben, aber nicht, weil sie plötzlich krank geworden wäre.« Er betrachtete Beatrices Kopfbedeckung. »Hat sie für gewöhnlich mit ihrem Schleier geschlafen?«

»Keine Ahnung«, sagte Margaret. »Anscheinend. Vielleicht war es für sie ein Zeichen ihres Glaubens.«

»Wohl eher eine Frage der Eitelkeit«, erwiderte Clare leise. »Beatrice hat sich furchtbar für ihr Doppelkinn geschämt. Sie wollte nicht, daß irgend jemand es sah.«

»Sie liebte Klatsch und Tratsch, und sie hatte ein Faible für Clares Parfüms und Kräutercremes«, sagte Margaret. »Wenn man es genau betrachtet, unbedeutende Schwächen. Ich wünschte, unser aller Sünden würden sich auf derartige Dinge beschränken.«

Gareth zog eine Braue hoch. »Ja.«

»Sie hat ihr Nachthemd an«, sagte Clare nachdenklich. »Aber zugleich trägt sie Schuhe und Schleier.«

Margaret warf Gareth einen ängstlichen Blick zu. »Seid Ihr Euch wirklich vollkommen sicher, daß ihr Tod nicht die Folge einer plötzlichen schweren Erkrankung ist, Mylord?«

»Es war Mord.« Gareth zeigte auf den Schleier. Der feine Leinenstoff war in der Nähe von Beatrices Hals völlig zerknittert. »Seht Ihr diese Falten?«

Margaret beugte sich vor. »Ja.«

Gareth hob vorsichtig den Saum des Schleiers an.

Margaret streckte eine Hand aus, wie um ihn davon abzuhalten. »Was habt Ihr vor, Mylord?«

»Ich will ihren Hals sehen.« Gareth schob den weißen Leinenstoff hoch.

Die häßlichen, dunklen Blutergüsse an Beatrices Hals waren nicht zu übersehen.

»Die heilige Hermione stehe ihr bei«, flüsterte Clare.

»Gott sei ihrer Seele gnädig«, hauchte Margaret.

Clare blickte Gareth an. »Habt Ihr solche Druckstellen schon einmal gesehen?«

»Ja.« Gareth ließ den Schleier wieder fallen. »Die Einsiedlerin ist erwürgt worden.«

»Aber das ist unmöglich.« Clares Blick fiel auf die schwere Holztür, die Gareth und John gewaltsam geöffnet hatten. »Die Tür war von innen verschlossen. Und die Fenster sind zu schmal, als daß ein Mann sich hindurchzwängen könnte.«

Gareth blickte ebenfalls in Richtung der Tür. Durch die Öffnung sah er die Schaulustigen, die sich inzwischen vor der Zelle versammelt hatten. Ein paar der Nonnen und Novizinnen drängten sich mit einigen Dorfbewohnern um die Tür.

»Sagt den Leuten, sie sollen gehen und sich um ihre eigenen Sachen kümmern«, wandte sich Gareth an Margaret. »Ich will nicht, daß sie noch mehr vor der Zelle herumtrampeln und mögliche Spuren vernichten.«

Margaret sah ihn nachdenklich an. »Wie Ihr wollt, Mylord.« Sie ging zur Tür und scheuchte die Zuschauer fort.

Clare sah Gareth an. »Am Tag vor unserer Hochzeit hat Beatrice behauptet, sie hätte Bruder Bartholomäus gesehen. Sie sagte, sie hätte beobachtet, wie er den Klostergarten betreten hat. Sie meinte, er wäre direkt durch das verschlossene Tor hindurchgegangen.«

»Bruder Bartholomäus?« Gareth erinnerte sich an die Unterhaltung zwischen Beatrice und Clare, die er mitangehört hatte. »Ah, ja, der Geist. Ihr habt mir nie erzählt, was es damit auf sich hat.«

»Es ist nichts als eine alte Legende, Mylord«, sagte Margaret bestimmt. »Bruder Bartholomäus war ein Wandermönch. Vor vielen Jahren kam er nach Desire, um den Leuten im Dorf und den Bewohnerinnen des Klosters zu predigen. Es heißt, während seines Aufenthaltes auf der Insel habe er eine junge Nonne verführt und sie überredet, mit ihm davonzulaufen.«

»Sie flohen während eines Sturmes«, erklärte Clare. »Aber ihr Boot kenterte und sie ertranken.«

»Wart Ihr damals bereits die Vorsteherin des Klosters, Madam?« fragte Gareth.

»Natürlich nicht.« Margaret war ernsthaft beleidigt. »Einen derartigen Unsinn hätte ich niemals geduldet. Nein, die Geschichte liegt lange Jahre zurück.«

»Sie hat sich lange vor meiner Geburt zugetragen«, sagte Clare. »Der Legende zufolge kehrt Bruder Bartholomäus in bestimmten Nächten zurück, um nach seiner Liebsten zu suchen. Es heißt, wann immer er im Klostergarten gesehen wird, steht ein Unglück bevor.«

Gareth erhob sich. »Ich kann Euch versichern, daß die Einsiedlerin nicht von einem Geist getötet worden ist. Das war ein Mann aus Fleisch und Blut, der diese Spuren an ihrem Hals hinterlassen hat.«

Er ging hinüber zur Tür und blickte auf das zertrampelte Gras. »Verflucht, ich wünschte, ich hätte daran gedacht, die Leute fernzuhalten. Jetzt ist es unmöglich, festzustellen, ob irgendwelche fremden Fußabdrücke vor der Zelle waren.«

»Mylord.« Clares Stimme war ruhig und nachdenklich. »Irgend etwas ist seltsam.«

»Mord ist immer seltsam.«

»Ich meine nicht den Mord. Es hängt irgend ein seltsamer Geruch in der Luft.«

Gareth fuhr herum und sah sie fragend an. »Ich habe den größten Respekt vor Eurem Geruchssinn, Madam. Was riecht Ihr?«

»Minze.«

»Minze?« Gareth trat näher an die Leiche heran. Er atmete tief ein in dem Versuch, etwas zu riechen. »Ja. Allerdings sehr schwach.«

Margaret runzelte verwirrt die Stirn. »Was ist denn so eigenartig an Minzgeruch? Vielleicht hat die Einsiedlerin erst vor kurzem etwas Minze zum Kochen verwendet.«

Clare schnupperte erneut. »Nein, der Geruch geht von ihrem Nachthemd aus.«

Gareth kniete sich erneut neben den Körper. »Ihr habt recht. Der Geruch haftet dem Saum ihres Kleides an.« Er betrachtete die grünen Flecken auf den weichen Ledersandalen der Einsiedlerin. »Und ihren Schuhen.«

Clare schlang ihre Arme um sich. »Im Klostergarten gibt es ein großes Minzbeet. Meint Ihr, Beatrice könnte heute nacht vielleicht draußen gewesen sein?«

»Sie hat ihre Zelle niemals verlassen«, beeilte Margaret sich zu sagen. »In all den Jahren, die ich sie kannte, nicht ein einziges Mal. Vergeßt nicht, sie war eine Einsiedlerin. Sie wollte in der Abgeschiedenheit ihrer Zelle leben. In der Tat hat sie mir sogar einmal erzählt, daß sie eine große Abneigung gegen das Leben draußen hat.«

»Ja, aber wenn sie wirklich der Meinung war, Bruder Bartholomäus gesehen zu haben«, warf Clare ein, »dann hat sie ihre Zelle vielleicht aus reiner Neugier verlassen, um ihm zu folgen.«

»Clare, Ihr glaubt doch wohl nicht ernsthaft an diese alte Geschichte«, sagte Margaret.

»Nein, aber Beatrice hat daran geglaubt.«

»Meine Frau hat recht.« Gareth sah Clare an. »Vielleicht hat Beatrice letzte Nacht jemanden beobachtet, den sie für den Geist hielt. Und vielleicht ist sie rausgegangen, um zu sehen, was er vorhatte.«

Margaret schüttelte den Kopf. »Das ergibt einfach keinen Sinn. Wenn sie jemanden gesehen hätte, den sie für einen Geist hielt, dann hätte sie sicher Angst bekommen und wäre geblieben, wo sie war.«

»Wer weiß?« sagte Clare. »Beatrice war schließlich sehr neugierig. Und sie wußte, daß niemand glaubte, daß sie den Geist von Bruder Bartholomäus gesehen hat. Vielleicht hat sie nach einem Beweis für ihre Geschichte gesucht. Und wurde deswegen ermordet.«

»Aber niemand auf dieser Insel hätte einen Grund gehabt, Beatrice umzubringen«, widersprach Margaret.

Gareth wandte sich erneut an Clare, die ihn besorgt anblickte. »Wir sollten uns zunächst einmal das Minzbeet ansehen.«

Clare nickte. »Es ist in der Nähe der Bibliothek.« Sie drehte sich um und trat aus der Zelle.

Margaret folgte ihr.

Gareth warf einen letzten Blick auf die ermordete Einsiedlerin. Dann ging er Clare und der Priorin nach, die über einen der Wege bis zu dem großen, viereckigen Beet dunkelgrüner Minze gingen, das neben einer Steinwand lag. Es war sofort zu erkennen, daß jemand darauf herumgetrampelt haben mußte. Der Geruch zerriebener Minze hing schwer in der Luft.

»Irgendwer muß vor kurzem hier gestanden haben«, sagte Gareth. Er ging um das Beet herum und untersuchte es von allen Seiten. Dann blickte er zu dem Fenster in der Mauer. »Und hinter dieser Wand befindet sich die Bibliothek?«

»Ja«, sagte Margaret leise.

»Ich würde gerne mal einen Blick hineinwerfen, wenn Ihr nichts dagegen habt, Madam.«

»Natürlich nicht, obwohl ich nicht weiß, was das nützen soll.«

Die schweren Schlüssel an Margarets Gürtel rasselten, als sie einen davon aussuchte.

»Noch eine verschlossene Tür«, murmelte Clare, als Margaret an die Tür der Bibliothek trat und den Schlüssel ins Schloß schob.

»Ja«, sagte Gareth. »Man könnte fast meinen, daß der Mörder wirklich ein Geist war.«

Clare runzelte die Stirn. »Das glaubt Ihr doch wohl nicht im Ernst?«

»Nein«, sagte Gareth. »Aber es scheint, als wolle jemand, daß wir das glauben.«

Margaret stieß einen erleichterten Seufzer aus, als die Tür aufging und sie sich eilig umsah. »Hier drinnen ist alles in Ordnung. Ich hatte schon befürchtet, daß man uns bestohlen hätte.«

»Und daß die Einsiedlerin ermordet wurde, weil sie die Diebe beobachtet hat?« Gareth nickte. »Das wäre eine Möglichkeit.«

Er betrat die Bibliothek und Clare folgte ihm. Gemeinsam untersuchten sie die Regale voller schwerer Bücher. Viele der herrlich gebundenen Bände waren vorsichtshalber an die Wand angekettet.

Gareth war beeindruckt. »Ihr habt eine Menge wunderbarer Bücher, Priorin.«

»Ja. Und ich bin froh, sagen zu können, daß es in all den Jahren, seit ich Vorsteherin dieses Klosters bin, nicht einen einzigen Diebstahl gegeben hat«, erklärte Margaret voller Stolz. »Aber mit Dingen, die so wertvoll sind wie diese Bücher, kann man nie vorsichtig genug sein.«

»Mylord«, rief Clare vom hintersten Bücherregal herüber. »Hier liegt ein aufgeschlagenes Buch auf einem der Tische.«

»Unmöglich.« Margaret eilte besorgt den Gang hinunter. »Sämtliche Bücher werden nach dem Gebrauch ordnungsgemäß in die Regale zurückgestellt. Das habe ich ausdrücklich angeordnet.«

Gareth ging ebenfalls dorthin, wo Clare neben einem aufgeschlagenen Buch stand. Er warf einen Blick auf die herrlich verzierte Seite, die mit wunderbar geschwungener Schrift angefüllt war. Die kunstvolle Umrahmung des ersten Buchstaben auf dem Blatt war in leuchtendem Gold, schimmerndem Rot und reichem Blau gehalten.

»Es ist eine Abhandlung über Kräuter«, erläuterte Clare. »Ich selbst habe sie bereits einige Male gelesen.«

»Ich kann nicht glauben, daß ein Mitglied dieses Hauses das Buch einfach so offen auf dem Tisch liegen lassen würde«, sagte Margaret. »Es ist viel zu wertvoll, als daß eine von uns so nachlässig damit umgehen würde.«

Gareth blickte hinüber zu dem Fenster, das auf das Minzbeet hinausging. Das Sonnenlicht fiel gedämpft durch das dicke, grüne Glas. »Ich frage mich, ob der Mörder im Begriff war, dieses Buch zu stehlen, als er merkte, daß er von draußen beobachtet wurde.«

»Glaubt Ihr, er hat die arme Beatrice umgebracht und ist dann geflohen?« fragte Clare.

»Vielleicht.« Gareth überlegte einen Augenblick. »Aber bevor er sich aus dem Staub gemacht hat, hat er sich erst noch die Mühe gemacht, die Einsiedlerin zurück in ihre Zelle zu schleifen.«

»Aber wie hat er es bloß angestellt, sie darin einzuschließen?« wunderte sich Clare. »Der Schlüssel zu ihrer Tür hängt noch innen an der Wand. Und außerdem ist der Mörder nicht noch einmal in die Bibliothek zurückgekehrt, um das Buch zu holen, auf das er es offenbar abgesehen hatte.«

»Vielleicht hatte er Angst, daß er noch einmal überrascht werden würde«, schlug Margaret vor.

»Ja, oder er hatte es gar nicht auf dieses Buch abgesehen.« Gareth sah sich noch einmal die erste Seite des Werkes an. »Wenn wir mit unserer Vermutung richtig liegen – was nicht ganz sicher ist – dann haben wir ein äußerst interessantes Problem.«

»Ihr meint, wir müssen einen Mörder finden?« fragte Clare.

»Ja«, sagte Gareth. »Und zwar einen, der lesen kann.«

Wie an jedem Abend wartete Gareth auch dieses Mal, bis Clare sich an ihn klammerte, ihn anflehte, sich ihm entgegenreckte und ihre kleinen, scharfen Zähne in seiner Schulter vergrub, ehe er mit einem Gefühl größter Zufriedenheit in sie eindrang.

Er führte seine pralle Männlichkeit in die enge Öffnung ihrer feuchten Scheide und schob sich langsam tief in sie hinein. Sie umschloß ihn, eng und heiß und einladend, während er den allabendlichen Kampf ausfocht, sich solange zurückzuhalten, bis sie in seinen Armen aufschrie und erschauderte.

»Gareth.«

Er stieß ein letztes Mal kraftvoll zu, erzitterte und gab sich schließlich den Wogen der eigenen Erregung hin, die über ihm zusammenschlugen.

Als er schließlich neben sie glitt und sich auf den Rücken drehte, waren die Laken feucht und die Luft schwer von dem Geruch geteilter Leidenschaft.

Mit dem nackten Fuß schob er die Vorhänge auseinander.

Das Mondlicht fiel durch das Fenster und ergoß sich über dem Bett.

Clare lag lange Zeit schweigend und reglos neben ihm. Gareth meinte schon, sie sei eingeschlafen, so daß er sie überrascht ansah, als sie plötzlich etwas sagte.

»Ihr liebt mich in einer Weise, als hättet Ihr Angst, daß ich einfach mitten in der Nacht davonlaufen könnte, wenn ich nicht völlig erschöpft wäre«, sagte sie leise. »Behandeln alle Ehemänner ihre Frauen so?«

Gareth verharrte vollkommen reglos neben ihr. »Ist das eine Beschwerde?«

»Oh, nein, und das wißt Ihr auch ganz genau.« Clare stützte sich auf ihren Ellbogen ab und sah fragend auf ihn hinunter. »Es gibt einfach Augenblicke, in denen ich Euch nicht verstehe, Gareth.«

»Was gibt es denn da nicht zu verstehen?« Er vergrub seine Finger in ihrem Haar. »Ich bin ein frisch verheirateter Mann, der sich den Vergnügungen des Ehelebens hingibt. Daran ist doch nichts seltsam oder ungewöhnlich.«

»Ich glaube, es steckt mehr dahinter. Wovor habt Ihr Angst, Mylord?«

»Vor Euch nicht, Madam.« Er lächelte sie an.

»Da bin ich mir nicht so sicher.«

Gareth zog sie zu sich herab und küßte sie innig. Er ließ nicht eher von ihr ab, als bis sie ihre Lippen geöffnet und seine Zärtlichkeit erwidert hatte.

»Das einzige, was ich in bezug auf Euch befürchte, Madam«, sagte er, als er sicher war, daß er sie ausreichend abgelenkt hatte, »ist, daß ich eines Tages vor lauter Verlangen verrückt werde.«

»Ihr macht Euch über mich lustig, Mylord.«

»Tue ich das?« Er küßte ihren Hals.

»Ja, ich habe festgestellt, daß Ihr das meistens tut, wenn Ihr einer ernsthaften Diskussion ausweichen wollt.«

»Ach, führt Ihr gerade eine ernsthafte Diskussion?« Er umfaßte eine ihrer Brüste und strich sanft mit dem Daumen über ihre Brustwarze. Sie wurde sofort hart. »Das habe ich nicht bemerkt.«

»Und ob Ihr es bemerkt habt. Ihr habt es nur einfach vorgezogen, so zu tun, als hättet Ihr es nicht bemerkt.«

»Ich würde lieber noch einmal mit Euch schlafen.«

»Seht Ihr?« Clare richtete sich abrupt auf und setzte sich im Schneidersitz neben ihn. Sie stützte ihre Ellbogen auf die Knie und legte ihr Kinn auf die Hände. »Genau das meine ich. Jedesmal, wenn ich versuche, über unsere Ehe zu sprechen, schlaft Ihr mit mir.«

»Ist das denn so schrecklich?« Er streichelte ihren Oberschenkel. Bei allen Heiligen, ihre Haut war wirklich wie aus Samt. »Wenn Ihr eine ernsthafte Unterhaltung führen wollt, dann sollten wir wenigstens ein interessantes Thema wählen.«

»Was für ein Thema wäre Euch denn recht?« fragte sie argwöhnisch.

»Laßt uns über Leidenschaft sprechen, Weib.«

»Ihr wollt über Leidenschaft sprechen, Mylord? Also gut, dann werden wir darüber sprechen. Nur daß ich diesmal diejenige sein werde, die die Gesprächsführung übernimmt.«

»Ach, ja?«

»Ja.« Sie streckte die Hand aus, umfaßte vorsichtig, aber entschlossen sein Glied und rieb zögernd daran.

»Ah.« Gareth holte tief Luft. »Dies verspricht eine äußerst interessante Unterhaltung zu werden.« Es war das erste Mal, daß sie ihn derart intim berührte, und es hatte eine überwältigende Wirkung auf seine Sinne.

»Ich hoffe es.« Sie beugte sich über ihn und nahm ihn fester. Ihr Haar breitete sich fächergleich auf seinem Schenkel aus. »Zumindest gibt es zu diesem Thema viel zu sagen. In der Tat fällt mir mit jeder Sekunde mehr dazu ein.«

Gareth faltete die Hände hinter dem Kopf und zwang sich zu äußerster Selbstbeherrschung. »Ich möchte schließlich nicht, daß Euch das Thema allzu schnell langweilt.«

»Nein, Sir, das tut es sicher nicht.«

Ohne Vorwarnung schob sie ihren Kopf tiefer und küßte seine pochende Männlichkeit.

»Ver*flucht*.« Gareth war von Clares Kühnheit derart überwältigt, daß er sich abrupt aufsetzte.

»Gefällt es Euch nicht, Mylord? Wechseln wir lieber das Thema!«

Er stützte sich wieder auf seine Ellbogen. »Bei allen Heiligen, was glaubt Ihr, was Ihr da macht?«

»Ich beschäftige mich so eingehend wie möglich mit dem Thema. Wißt Ihr, ich bin eine äußerst gelehrige Schülerin.« Ihre kleine Zunge berührte ihn erneut, warm, feucht, verlokkend. »Habt Ihr etwas dagegen, Mylord?«

Gareth stöhnte und sank in die Kissen. »Nein, Madam. Ich hoffe, Ihr laßt nichts aus.«

»Ich werde so sorgfältig wie möglich vorgehen.«

So viel zu nervenaufreibenden Gesprächen über ihre Beziehung als Mann und Frau, dachte Gareth zufrieden. Bei diesem Thema fühlte er sich wesentlich sicherer.

Lange Zeit später, als Gareth meinte, Clare sei eingeschlafen, dachte er über ihre sanften, doch viel zu scharfsichtigen Versuche, seine Gefühle zu ergründen, nach.

Wovor habt Ihr Angst, Mylord?

Selbst wenn er gewillt gewesen wäre, eine Schwäche einzugestehen, hätte er ihr nicht antworten können. Er hatte keine Angst.

Genau genommen besaß er jetzt alles, um das er sein Leben lang gekämpft hatte. Er hatte Land, eine Frau, ein Zuhause. Aber etwas fehlte noch. Er wußte nicht, was, aber er spürte, daß es mit Clare zu tun hatte.

Auf unerklärliche Weise wußte er, daß er sie mit allen ihm zur Verfügung stehenden Mitteln an sich binden mußte.

»Wißt Ihr, sie hat den Tod prophezeit«, ertönte plötzlich Clares Stimme aus der Dunkelheit.

Gareth legte sich auf die Seite und nahm sie in seine Arme. »Wollt Ihr heute nacht denn gar nicht mehr schlafen?«

»Ich hoffe doch.« Clare gähnte. »Ich brauche meinen Schlaf. Wir werden auf dem Markt alle Hände voll zu tun haben.«

»Wer hat den Tod prophezeit? Die Einsiedlerin?«

»Ja. Aber schließlich hat sie häufig von drohenden Katastrophen und Unheil gesprochen. Nur daß sie dieses Mal leider recht damit hatte.« Clare schmiegte sich enger an ihn und schlang ihre Beine um seine Waden. »Wie wollt Ihr ihren Mörder finden?«

»Was soll das heißen?«

»Anscheinend hatte der Mörder nicht die Möglichkeit, das, was er in der Bibliothek gesucht hat, zu stehlen. Vielleicht versucht er es noch einmal. Aber dann werde ich gewappnet sein.«

»Wie?«

Gareth zuckte mit den Schultern. »Ich werde jede Nacht Wachen vor dem Kloster aufstellen und ihnen befehlen, sich in der Dunkelheit versteckt zu halten. Auf diese Weise werden wir es wissen, wenn jemand versucht, über die Mauer zu klettern oder durch das Tor zu gelangen.«

»Ein brillanter Plan, Mylord.«

Gareth gefiel die ehrliche Bewunderung in ihrer Stimme. Manche Menschen konnte man wirklich beeindrucken, dachte er. Sie erwarteten so wenig, daß sie bereits von dem kleinsten Anzeichen von Kompetenz überwältigt waren. »Vielen Dank.«

»Und Ihr seid sicher, daß der Mörder ein Mann ist?«

Gareth erinnerte sich an die bösen Blutergüsse am Hals der Einsiedlerin. »Ja. Vielleicht hätte auch eine außergewöhnlich starke Frau sie umbringen können. Aber ich glaube, eine Frau hätte die Leiche zur Zelle zurückschleifen müssen. Und Beatrice wurde getragen.«

»Ja. Es gab keine Schleifspuren in den Blumenbeeten.«

»Oder auf den Kieswegen. Jeder Stein lag an seinem Platz.«

»Ihr habt eine gute Beobachtungsgabe, Mylord.«

»Ihr meint, für einen dickschädeligen Muskelprotz von Ritter?«

»Pst.« Sie legte ihre Finger auf seine Lippen. »So habe ich Euch nie genannt.«

»Ich bitte um Entschuldigung. Mein Fehler. Ich weiß gar nicht, wie ich auf den Gedanken gekommen bin.«

»Hört auf, Euch über mich lustig zu machen, Sir. Das habt Ihr bereits oft genug getan.«

»Wie Ihr meint, Madam.«

Clare schwieg ein paar Sekunden und dann seufzte sie. »Es ist so schwierig, sich vorzustellen, daß irgend jemand eine harmlose alte Frau wie Beatrice umbringt.«

Gareth dachte zurück an die Jahre, die er mit der Jagd auf gewalttätige Männer verbracht hatte. »Unglücklicherweise ist es nur allzu leicht, sich vorzustellen, daß jemand einen Mord begeht. Die eigentliche Frage ist die nach dem Warum.«

»Um ein Buch zu stehlen?«

»Bücher sind wertvoll, das stimmt, aber nur für Gelehrte. Ich glaube nicht, daß es viele gibt, die deswegen einen Mord begehen würden. Und selbst wenn ein Mann fest entschlossen wäre, sich ein fremdes Buch anzueignen, dann müßt Ihr zugeben, daß Desire ein recht abgelegener Ort ist, und daß es recht mühsam ist, extra hierher zu kommen, um es zu stehlen.«

»Viele Gelehrte reisen bis nach Spanien oder Italien, nur um an bestimmte Bücher zu kommen. So ist auch mein Vater gestorben, weil er es auf die Schätze abgesehen hatte, die in den berühmten arabischen Abhandlungen verborgen sind.«

»So hatte ich die Sache noch nicht gesehen, aber Ihr habt recht. Sir Humphrey hat auf seiner Suche nach Büchern sein

Leben riskiert. Vielleicht gibt es ja noch jemanden, der bereit ist, ein solches Risiko einzugehen.«

»Es ist in Augenblicken wie diesem«, sagte Nicholas of Seabern voller Bedauern, »daß ich das ganze Ausmaß dessen verstehe, was ich verloren habe, als es mir nicht gelungen ist, die Hand der Lady of Desire zu erobern. Ich hoffe, Ihr wißt Euer Glück zu schätzen, Höllenhund von Wyckmere.«

Gareth folgte seinem Blick in Richtung des gelb-weiß gestreiften Zeltes, vor dem Clare stand und mit einem Händler feilschte. Die wenigen Worte, die zu ihm herüberdrangen, verrieten ihm, daß seine Frau eine harte Verhandlungspartnerin war. Sie schien größtes Vergnügen daran zu finden.

»Ja«, sagte Gareth. Bei ihrem Anblick wallte Freude in ihm auf. Sie war so lebendig und warm wie dieser Frühlingstag. Ihre Augen blitzten vor Aufregung und ihre Hände fuhren durch die Luft, um ihre Worte zu unterstreichen. Ein paar kleine Strähnchen hatten sich aus dem gelben Haarnetz befreit und hingen ihr wirr ins Gesicht. »Ich bin niemand, der sein Glück als gegeben hinnimmt.«

»Allein dieser Verkauf wird Euch ein hübsches Sümmchen einbringen.« Nicholas nahm einen großen Schluck seines Glühweines. »Und es liegen noch zwei Markttage vor Euch. Bald werdet Ihr reicher sein als dieser fette Kerl.«

Gareth wußte, daß der Händler, von dem die Rede war, extra aus London gekommen war, um die Parfüms von Desire zu kaufen.

Er war ein kleiner, untersetzter Mann mittleren Alters. Seine scharfen Augen blitzten vor Vergnügen darüber, daß er es mit einer ebenbürtigen Geschäftspartnerin zu tun hatte. Seine Kappe und sein Umhang waren mit Pelz und Samt besetzt, und er trug kostbare Ringe an den kurzen Fingern.

Vor dem grün-weißen Zelt nebenan stand Joanna. Sie verhandelte hart mit zwei anderen Händlern, denen sie herrlich bestickte Täschchen und Duftkissen verkaufte. Sie schien sich ebenso zu amüsieren wie Clare.

Ulrich und einer von Gareths Waffenträgern lungerten tatenlos zwischen den beiden Zelten herum. Sie stärkten sich mit heißen Pasteten, während sie die Tische überwachten, auf denen sich die Waren von Desire häuften. Taschendiebe und andere Spitzbuben gehörten ebenso zu einem belebten Markt wie die Budenbesitzer, Händler, Jongleure und Akrobaten.

Gareth hatte seine Hand auf den Griff des Tors zur Hölle gelegt und ließ den Blick über die Ansammlung bunter Zelte und Stände schweifen, die unterhalb der Burg von Seabern errichtet worden waren.

Der Markt hatte nicht nur die Bewohner von Seabern und Desire angelockt, sondern eine ganze Reihe von Leuten aus der näheren und weiteren Umgebung. Banner wehten im Wind. Musikanten spazierten mit Lauten und Trommeln durch die Menge. An jeder Ecke wurden irgendwelche Leckerbissen, Glühwein und Bier feilgeboten. Es war eine belebte, muntere Szene, und wie Gareth wußte, war sie für alle Beteiligten äußerst lukrativ.

»Ihr werdet es verschmerzen«, sagte er zu Nicholas. »Seabern profitiert auch so genug von diesem Markt. Die Leute verdienen sich eine goldene Nase und geben das Geld dann gleich hier wieder aus.«

»Ja.« Nicholas grinste. »Ich sollte es von der guten Seite sehen. Man könnte sagen, daß ich von den Talenten Eurer Lady profitiere, ohne mit ihrer spitzen Zunge und ihrem Vorwitz zurechtkommen zu müssen.«

»Es freut mich, daß Ihr mir mein Glück nicht verübelt.«

»Bestimmt nicht.« Nicholas setzte erneut seinen Weinkrug an die Lippen und sah sein Gegenüber nachdenklich an. »Und mich freut es, daß Ihr nicht das Bedürfnis verspürt, mich in das Tor zur Hölle blicken zu lassen.«

»Ich bin inzwischen der Überzeugung, daß es nicht nötig ist, Euch umzubringen, Nicholas.«

»Das habe ich Euch ja bereits zu Anfang gesagt.« Nicholas schlug ihm auf den Rücken. »Also war die Lady doch eine Jungfrau, was? Ich gebe zu, daß mir mal der Gedanke kam, ob Raymond de Coleville sie vielleicht gehabt hatte, aber es überrascht mich nicht, daß es auch ihm nicht gelungen ist, sie zu verführen. Clare hat den Stolz einer Königin.«

»Ja.«

»Und Eis im Blut, wenn Ihr mich fragt.«

»Ich frage Euch aber nicht.«

Nicholas ignorierte diese Bemerkung. »Wißt Ihr, sie wird dankbar sein, wenn Ihr wieder geht. Sie hat keine Verwendung für einen Ehemann.«

»Vielleicht findet sie die ja noch.«

Nicholas brach in schallendes Gelächter aus, so daß er beinahe an seinem Glühwein erstickte. »Himmel, Mann, das ist wirklich ein guter Witz. Ich hätte gar nicht gedacht, daß Ihr Sinn für Humor besitzt. Tja, aber da wir nun einmal Nachbarn sind und beide Thurston of Landry die Treue geschworen haben, können wir ebenso gut Freunde werden.«

»Ein interessanter Gedanke.«

»Ich möchte Euch ja nicht zu nahe treten, aber Eure Lady hätte mir das Leben zur Hölle gemacht.« Nicholas schüttelte den Kopf. »Das liegt an dieser verdammten Erziehung, die sie bekommen hat, als sie noch ein junges Mädchen war. So was ist nicht gut für eine Frau. Sie hat doch tatsächlich einen Ehemann verlangt, der lesen kann. Könnt Ihr Euch das vorstellen?«

»Erstaunlich.«

»Ich frage Euch, wieso sollte ein Ritter, der einen guten starken Arm hat, mit dem er das Schwert führt, lesen können?«

»Könnt Ihr lesen?« fragte Gareth beiläufig.

»Nein.« Nicholas rülpste. »Ich habe nie verstanden, wozu das gut sein soll. Ich kann schließlich sämtliche Schreiber und Kirchenmänner anheuern, die ich für meine Bücher und so weiter brauche. Lesen ist für einen Mann die reinste Zeitverschwendung.«

Einen Verdächtigen konnte er schon mal von der Liste streichen, dachte Gareth. Nicholas of Seabern war zwar zweifellos in der Lage, jeden, der sich ihm in den Weg stellte, zu töten, aber es war unwahrscheinlich, daß er sich die Mühe machte, die Einsiedlerin zu erwürgen, nur um ein Buch in die Hände zu bekommen, das er noch nicht einmal lesen konnte.

»Mylord.« Clare hob eine Hand, um ihn hinüber zu dem grün-weißen Zelt zu winken. »Könntet Ihr wohl bitte mal kurz herüberkommen?«

»Ihr müßt mich entschuldigen«, sagte Gareth zu Nicholas. »Meine Frau wünscht mich zu sprechen.«

»Ja«, sagte Nicholas grimmig. »Und das ist wahrscheinlich erst der Anfang. Merkt Euch meine Worte. Es wird mit den Jahren immer schlimmer werden. Sie ist es gewohnt, Befehle zu erteilen. Ihr werdet wahrscheinlich den Rest Eures Lebens damit verbringen, nach ihrer Pfeife zu tanzen.«

»Meint Ihr?«

»Allerdings. Das meine ich. Sie wird Euch herumkommandieren wie einen ihrer Bediensteten.«

»Nun, alles hat seinen Preis.« Gareth spazierte zu Clare hinüber.

Sie bedachte ihn mit einem freundlichen Lächeln, als er sich zu ihr und dem Händler gesellte. Aber ihre Augen blitzten kampflustig auf. »Mylord, ich möchte Euch Edward Kingsgate vorstellen, einen äußerst cleveren Händler, der meine Parfüms an seine Kunden in London weiterverkauft.«

»Mylord.« Kingsgate lüftete seine Samtkappe und machte eine tiefe Verbeugung. »Ich fühle mich sehr geehrt, Sir.«

»Ah, ein Händler.« Gareth sah seine Frau fragend an.

Clares Lächeln wurde breiter. »Mein Freund Kingsgate hat gerade ein sehr gutes Geschäft gemacht. Ich verdiene kaum noch etwas an der ganzen Sache.«

»Nein, Mylady«, protestierte Kingsgate. »Ihr seid diejenige, die ein gutes Geschäft gemacht hat. In der Tat werden für mich kaum mehr als ein paar Pennies übrig bleiben, wenn ich die Kosten für die Reise bedenke.«

Clare trommelte mit den Fingern auf den Tisch. »Kingsgate will mir weniger bezahlen, weil er Angst hat, daß er auf dem Rückweg nach London überfallen werden könnte.«

»Ich bin gezwungen, bewaffnete Wachmänner anzuheuern«, erklärte Kingsgate beflissen. »Ihr kennt die Straße nach London, Mylord. Äußerst gefährlich. Und schließlich habe ich eine wertvolle Fracht, die ich schützen muß.«

Endlich verstand Gareth, worum es ging. »Ihr braucht Euch wegen der zusätzlichen Kosten für bewaffnete Begleiter keine Sorgen zu machen. Ich werde Euch drei meiner besten Männer mitgeben, die die Waren auf dem Weg nach London schützen.«

Der Händler blinzelte, als er das hörte. »Eure eigenen Männer, Sir?«

»Ja.« Gareth legte erneut die Hand auf den rauchigen Kristallgriff des Tors zur Hölle. Kingsgates Blick folgte seiner Bewegung. »Ich versichere Euch, sie sind alle hervorragend ausgebildet und wissen, wie man mit Strauchdieben und Wegelagerern fertig wird.«

»Ah. Daran habe ich nicht den geringsten Zweifel. Schließlich habt Ihr einen gewissen Ruf«, murmelte Kingsgate.

»Da, seht Ihr?« sagte Clare eilig. »Ihr werdet die Kosten für zusätzliche Wachen sparen. Und außerdem habt Ihr die Gewißheit, daß Eure Waren und Euer Leben von Männern geschützt werden, die im Dienste des berühmten Höllenhundes von Wyckmere stehen. Was kann ein Mann sonst noch für eine Garantie verlangen?«

Kingsgate räusperte sich. »Wie Ihr sagt, Madam, was kann ein Mann sonst noch verlangen. Also gut, dann, wenn Ihr mir die Wachen zur Verfügung stellt, ist es abgemacht.«

»Hervorragend.« Clares Augen blitzten zufrieden auf. »Ich

freue mich schon darauf, Euch auf dem Herbstmarkt wiederzusehen, Kingsgate.«

»Ja, Madam. Guten Tag, Mylord.« Kingsgate machte erneut eine tiefe Verbeugung vor Clare und Gareth und zog zufrieden von dannen.

»Danke, Mylord«, murmelte Clare. »Das habt Ihr sehr gut gemacht.«

»Ich versuche lediglich, mich nützlich zu machen, Madam.«

Sie warf ihm einen bösen Blick zu, doch dann wurde sie sofort wieder sanft. »Wir sind wirklich ein gutes Team, Sir.«

»Es freut mich, daß Ihr das sagt.«

Gareth wollte sie gerade fragen, ob er ihr etwas zu essen holen sollte, als er sah, wie William auf das Zelt zugestürzt kam.

Der Junge keuchte vor Erschöpfung, doch als er Gareth und Ulrich sah, schien er über alle Maßen erleichtert zu sein. Er winkte verzweifelt, um ihre Aufmerksamkeit zu erregen.

»Mylord, Sir«, keuchte William, während er näher kam. »Ihr müßt mitkommen. Dallan kämpft mit einem Taschendieb. Der Dieb hat einen Dolch, und bestimmt ersticht er Dallan.«

Gareth blickte zu Ulrich hinüber. »Ich sehe mal nach, was da los ist. Bleibt Ihr hier und behaltet den Stand im Auge.«

»Ja, Mylord.« Ulrich grinste. »Aber versucht, einen Unfall mit dem Dolch dieses Diebes zu vermeiden. In letzter Zeit seid Ihr irgendwie etwas ungeschickt.«

14. KAPITEL

Gareth sah sofort, daß Dallan seinem Gegner hoffnungslos unterlegen war.

Der Taschendieb war klein und drahtig und nicht viel älter als der Barde. Aber die Gefahren seines Berufes hatten ihn nicht nur abgehärtet, sondern auch dazu geführt, daß er halbwegs mit einem Dolch umzugehen verstand und obendrein keinen Sinn für Ritterlichkeit besaß. Es schien ihm nicht das Geringste auszumachen, daß sein Widersacher unbewaffnet war.

Obwohl er erheblich im Nachteil war, war es Dallan irgendwie gelungen, den Dieb hinter einem großen Bierzelt in die Ecke zu drängen. Dallans Arm blutete, aber ein Großteil des Blutes schien von einem Schlag auf die Nase herzurühren, nicht von einer Dolchverletzung. Dafür war Gareth dankbar. Der Gedanke, seiner Frau erklären zu müssen, wie ihr heißgeliebter Sänger derart hatte in die Bredouille geraten können, war alles andere als angenehm.

Es war offensichtlich, daß Dallan seinen Mangel an Kampferfahrung durch wilde Entschlossenheit wettmachte. Er trat dem Taschendieb furchtlos entgegen, angriffslustig wie ein junger Jagdhund, der seinem ersten Keiler gegenüberstand.

Den Taschendieb, der offene Auseinandersetzungen nicht unbedingt gewohnt war, schien die Unerbittlichkeit seines Gegners zu verwirren. Ebenso wenig gefiel ihm die allgemeine Aufmerksamkeit, die der Kampf hervorrief.

Mehrere Kunden des Brauers waren hinter das Zelt gekommen, um die Rauferei zu beobachten. Lautes Gelächter und aufmunternde Zurufe hallten durch die Luft, während die beiden jungen Männer einander umkreisten. Zum ersten Mal in seinem Leben zeigte Dallan keine Angst.

Der Taschendieb blickte sich nervös um. Ganz offensichtlich suchte er nach einer Gelegenheit, an Dallan vorbeizuschießen und in der Menge unterzutauchen.

Gareth sah sich kurz unter den Zuschauern um, um den Grund für Dallans neugewonnenene Kühnheit zu erforschen.

Er entdeckte ihn sofort. Ein hübsches Mädchen mit blonden Locken, blauen Augen und einer feschen grünen Haube auf dem Kopf. Ihr verzückter und zugleich aufgeregter Blick und ihre glühenden Wangen verrieten ihm alles. Dallan hatte also ein Fräulein gefunden, das seiner Hilfe bedurfte.

»Hört sofort auf, ihr zwei.«

Gareth trat zwischen die beiden Kampfhähne und packte sie beim Kragen. Er schüttelte die kurz, aber heftig und hielt sie auseinander, lange genug bis sie zu sich kamen, um zu merken, daß sich ein Außenstehender in die Auseinandersetzung eingemischt hatte.

»Der Kampf ist vorbei«, sagte Gareth.

»Er hat angefangen.« Dallan wischte sich mit dem Ärmel über die blutende Nase. »Er hat versucht, Alisons Geldbeutel zu stehlen.«

»Das habe ich nicht. Er lügt.« Der Taschendieb starrte Dallan böse an. Sein Dolch war auf wundersame Weise in den üppigen Falten seiner schäbigen Tunika verschwunden.

Gareth nahm an, daß Alison der Name des Mädchens war, das immer noch in ihrer Nähe stand. Er sah sie fragend an. »Hast du deinen Geldbeutel noch?«

Anscheinend verwirrte es Alison, daß der Herr von Desire persönlich mit ihr sprach. Vor lauter Nervosität errötete sie. »Ja, M'lord, ich habe ihn noch.« Sie griff nach dem kleinen Lederbeutel, der an ihrem Gürtel hing. Ihre Augen blitzten vor Bewunderung, als sie sich an ihren Retter wandte. »Dank Dallans Eingreifen.«

»Bah, ich habe ihren Geldbeutel nicht einmal berührt.« Im Blick des Taschendiebes lag nichts mehr von der primitiven

Kampflust. Statt dessen sah er sich ängstlich um. Nachdem er Gareth kurz gemustert hatte, schien er ihn zu erkennen. Als professioneller Dieb lernte man frühzeitig, Männer von hohem Rang zu erkennen, denn nur so vermied man Fehler, die einen teuer zu stehen kommen konnten. Wählte man das falsche Opfer, so konnte das ein böses Ende nehmen. »Ich bin unschuldig, M'lord – das schwöre ich auf das Grab meiner Mutter.«

»Er ist ein Gauner und ein Dieb«, erklärte Dallan.

»Vielleicht«, sagte Gareth ruhig. »Aber es ist für einen Mann genauso wichtig zu wissen, wann er einen Kampf beenden muß, wie zu wissen, wann er ihn aufnehmen sollte. Du hast Alisons Geldbeutel gerettet. Und eine ritterliche Tat pro Tag reicht normalerweise. Und du sieh zu, daß du meinem zukünftigen Knappen nicht noch einmal über den Weg läufst.«

Der Taschendieb starrte ihn an. »Eurem zukünftigen Knappen? Himmel, ich wußte nich', daß er einer von Euren Männern is', M'lord.«

»Jetzt weißt du es«, sagte Gareth.

»Das Ganze war 'n Versehen, ehrlich«, winselte der kleine Gauner. »Kann jedem mal passier'n.«

»Verschwinde.«

Der Taschendieb brauchte keine weitere Aufforderung.

Unzufrieden mit dem unblutigen Ende der Auseinandersetzung strömten die Zuschauer zurück in das Zelt des Brauers, um ihre Krüge erneut füllen zu lassen.

Dallan blickte auf seinen blutverschmierten Ärmel und sah dann zu Gareth auf. »War das Euer Ernst, Mylord? Ich soll Euer Knappe werden?«

»Ich würde mich freuen, einen so tapferen jungen Mann in meinen Diensten zu haben.« Gareth streckte die Hände aus. »Bist du bereit, mir die Treue zu schwören, Dallan of Desire? Denk gut nach, ehe du diesen Schwur leistest. Ich verlange absolute und unerschütterliche Loyalität von denjenigen, die in meinen Diensten stehen.«

»Dallan of Desire.« Dallan wiederholte die Worte wie eine Zauberformel. Er legte seine Hände in die von Gareth, fiel auf die Knie und neigte den Kopf. »Mylord, von diesem Tag an bin ich Euer Mann, das schwöre ich.«

»So sei es.« Gareth blickte hinüber zu Alison und William, die die kleine Zeremonie mit andächtigen Gesichtern verfolgten. »Ihr beide seid meine Zeugen. Von nun an soll alle Welt wissen, daß dieser Mann als Dallan of Desire in meinen Diensten steht. Er hat das Recht auf meinen Schutz, und dafür hat er mir die Treue geschworen.«

»Ja, Mylord«, flüsterte William mit vor Aufregung heiserer Stimme. »Ich kann es gar nicht erwarten, meiner Mutter und Lady Clare davon zu erzählen.«

Alison blickte Dallan an, als habe sich der brave Barde plötzlich in den Helden aus einer Legende verwandelt. »Ihr dient dem Höllenhund von Wyckmere«, hauchte sie, sichtlich beeindruckt von seinem neuen Status.

Gareth unterdrückte ein Grinsen, als Dallan wieder auf die Füße stolperte. »Geht und wascht Euch das Blut ab, Knappe. Ihr erschreckt sonst noch die Damen.«

»Ja, Mylord.« Dallan straffte seine schmalen Schultern.

»Ich helfe dir«, erbot sich William eifrig.

»Ich hole ein Tuch«, sagte Alison.

Gareth beobachtete, wie Dallan von seinen Bewunderern von dannen geführt wurde. Der Barde schritt plötzlich selbstbewußt aus und reckte das Kinn in neugewonnenem männlichen Stolz.

Es war erstaunlich, wie sich das Bild eines Mannes von sich und der Welt veränderte, sobald er wußte, wohin er gehörte, dachte Gareth.

»Endlich allein.« Gareth ließ sich auf die große, bunt gestreifte Decke fallen, die Clare auf dem Gras ausgebreitet hatte. Er stützte sich auf seine Ellbogen und ließ den Blick über den belebten Markt wandern. »Ich dachte schon, ich würde Dallan nie mehr los werden. Der Junge haftet mir schon den ganzen Nachmittag an den Fersen.«

»Es überrascht mich, wie bereitwillig er in Eure Dienste getreten ist.« Clare reichte Gareth eine der heißen, mit Hackfleisch und Nüssen gefüllten Pasteten, die sie gerade an einem der Stände in der Nähe gekauft hatte. »Ich hätte nicht gedacht, daß er sich mit einer solchen Begeisterung zu Eurem Knappen machen lassen würde.«

»Zukünftigen Knappen«, murmelte Gareth.

»Gibt es da einen Unterschied?«

»Allerdings. Der junge Dallan hat noch einen weiten Weg vor sich, bis er mir als vollwertiger Knappe dienen kann. Bis jetzt kann er ein Ende einer Lanze noch nicht vom anderen unterscheiden.«

»Aber auf jeden Fall hat er sich wirklich verändert.«

»So ist das nun einmal, wenn man plötzlich zu einem Helden wird.«

Clare lächelte. »Es war sehr großzügig von Euch, ihn zu einem Helden zu machen, Mylord.«

»Niemand kann einen Mann zu einem Helden machen, es sei denn er selbst. Aber Dallan hat Mut.« Gareth biß herzhaft in seine Pastete. »Ich sage es ja nicht gerne, Madam, aber Ihr habt heute einen Eurer Bewunderer verloren. Ich fürchte, er hat sich einer anderen Lady verschrieben.«

»Ich habe sie gesehen. Sie ist jünger als ich. Und außerdem hat sie blaue Augen und blonde Haare.« Clare kaute fröhlich an ihrer Pastete herum. Nach der Hektik der morgendlichen Geschäftsabschlüsse fühlte sie sich halb verhungert. »Wie soll ich bitte dagegen ankommen?«

»Am besten versucht Ihr es erst gar nicht. Ihr müßt Euch eben damit abfinden, mit einem langweiligen Ehemann gestraft zu sein, der keine Lieder schreiben und nicht einmal eine einzige Note singen kann.«

Clare grinste. Gareth wirkte alles andere als langweilig, wie er lang ausgestreckt neben ihr in der Sonne lag. Obgleich er es sich bequem gemacht hatte, wirkte er so geschmeidig und gefährlich wie ein Raubtier.

Seit sie am frühen Morgen in Seabern angekommen waren, um die Zelte aufzubauen und sich auf die Arbeit des Tages vorzubereiten, hatte sie nicht viel Zeit gehabt, um mit ihm zu sprechen. Aber sie hatte bemerkt, daß er hin und wieder vorbeigekommen war, um nach ihr und Joanna zu sehen. Ein oder zwei seiner Männer waren immer in der Nähe gewesen, um sicherzustellen, daß sich kein Dieb an ihre Stände wagte.

»Ihr und Sir Ulrich habt einen guten Einfluß auf Dallan und den jungen William, Mylord«, sagte Clare ruhig. »Ich gebe zu, daß Joanna und ich zunächst ein wenig beunruhigt waren wegen einiger Entscheidungen, die Ihr hinsichtlich der Erziehung der beiden getroffen habt.«

Seine Augen blitzten vor Zufriedenheit. »Ebenso wie Ihr Euch wegen der Wahl eines Ehemannes Sorgen gemacht habt.«

»Ja.« Clare steckte sich den Rest ihrer Pastete in den Mund und schlang die Arme um die angezogenen Knie. »Aber es scheint alles ganz gut zu klappen.«

»Natürlich klappt es.« Gareth zuckte gleichgültig mit den Schultern, während er den letzten Bissen seiner Pastete verschlang. »Warum auch nicht? Ich verstehe nicht, was an dieser Ehe so schwer sein soll. Mir erscheint das Ganze recht einfach und problemlos.«

»Ach ja, Mylord?« Clare blinzelte in gespielter Verwunderung.

»Ja.« Gareth klopfte sich die letzten Krümel von den Händen. »Es geht nur darum, daß der Mann das Kommando über den Haushalt übernimmt und ein paar Regeln aufstellt. Wenn dann erst einmal alle diese Regeln kennen, geht alles wie von alleine.«

Clare nahm den Beutel, in dem sie die Decke und die heißen

Pasteten herübergetragen hatte und fuchtelte drohend damit herum. »Es geht also darum, daß ein *Mann* das Kommando übernimmt, Sir?«

Gareth hob abwehrend die Hand. »Natürlich nicht irgendein Mann. Ein Mann, der lesen kann.«

Sie schleuderte ihm den Beutel an den Kopf. Gareth ließ sich auf den Rücken fallen, als habe sie ihn tödlich verwundet.

»Es gibt Ehemänner, die sich über einen solchen Angriff ärgern würden«, sagte er mit beleidigter Stimme.

»Aber Ihr nicht, Mylord. Ihr seid kein gewöhnlicher Ehemann.«

Ihr seid überhaupt kein gewöhnlicher Mann, dachte Clare. *Ihr seid der Mann, den ich liebe.*

»Ein gewöhnlicher Ehemann würde Euch zweifellos langweilen, Madam.«

»Ja.« Clare schloß die Augen und holte tief Luft. Es war ein gutes Gefühl, den Nachmittag mit Gareth zu verbringen.

Die Gerüche des Marktes stiegen ihr in die Nase. Sie unterschied die reichen Aromen von den Essensständen, die erdigen Gerüche der Schafe und Ziegen und die frische Essenz des Grases, auf dem sie die Decke ausgebreitet hatte.

Vor allem aber nahm sie den durch und durch richtigen Geruch des Mannes wahr, der neben ihr saß.

Gareth sah sie ein paar Herzschläge lang an, als habe er noch irgendeine Reaktion von ihr erwartet. Als sie jedoch schwieg, nahm er den Beutel, den sie ihm an den Kopf geworfen hatte. »Da ist noch etwas in der Tasche.«

»Ja.«

»Vielleicht noch ein Leckerbissen?« Er öffnete den Lederriemen und spähte hinein. »Ich könnte noch eine Pastete vertragen.«

»Nein, Mylord. Keine Pastete.« Clare atmete tief ein und versuchte, so unbekümmert wie möglich zu sprechen. »Es ist ein Geschenk für Euch.«

»Ein Geschenk?« Gareths Kopf tauchte ungewöhnlich schnell aus dem Beutel auf. Sämtliche Lässigkeit war aus seiner Miene verschwunden. »Für mich?«

»Ja, Mylord.« Sie legte ihr Kinn auf die Knie und beobachtete ihn.

Gareth starrte sie an, wobei in seinen Augen ein seltsamer Glanz lag. Es war das erste Mal, daß Clare ihn verwirrt sah.

»Danke«, brachte er schließlich hervor.

»Dankt mir nicht, ehe Ihr es gesehen habt. Vielleicht gefällt es Euch ja gar nicht.«

Gareth griff in den Beutel und zog ein elegant geformtes, gut verschlossenes Fläschchen hervor. Er sah es mit dem Ausdruck größter Zufriedenheit an. »Parfüm? Für mich?«

Clare errötete. »Es ist ein besonderes Rezept, das ich für Euch kreiert habe, Sir. Ich hoffe, Ihr mögt es.«

Gareth zog vorsichtig den Stöpsel aus der Flasche und atmete den Duft tief ein.

»Wartet.«

Gareth blickte fragend auf.

»Mylord, beinahe hätte ich vergessen zu fragen, ob Ihr vielleicht Beifuß, Minze, Nelke oder irgend etwas anderes nicht vertragt?«

Gareth schüttelte den Kopf. »Nein. Warum fragt Ihr?«

Clare entspannte sich. »Egal. Es ist nur, daß ich mal jemanden kannte, der äußerst heftig auf Beifuß reagiert hat.«

»Ich finde Beifuß sehr angenehm.« Gareth atmete noch einmal tief ein. »Diese Mischung ist einfach wunderbar, Madam.«

»Mögt Ihr sie wirklich?«

»Ja.« Er beugte erneut den Kopf über das Fläschchen. »Es riecht nach vielen Dingen, die ich immer schon gemocht habe. Ich werde die Flasche in meiner Kleidertruhe aufbewahren.«

»Ich bin froh, daß Ihr es mögt.« Clare lächelte schüchtern. »Nicht jeder Mann findet Gefallen an einer duftenden Tunika und duftenden Laken.«

»Es lag in der Natur meiner bisherigen Beschäftigung, daß ich gezwungen war, viele Gerüche einzuatmen, die ich nur allzu gerne vergessen würde«, sagte Gareth. »Und dieses Parfüm wird sie ersetzen.«

Clare legte den Kopf schief. »Was für Gerüche mußtet Ihr denn ertragen, als Ihr Banditen gejagt habt?«

Gareth betrachtete das hübsche Fläschchen. »Wenn ich an meine Vergangenheit denke, erinnere ich mich an die üblen Gerüche brennender Hütten, toter Männer und weinender Frauen. Immer, wenn ich diese Dinge gerochen habe, wußte ich, daß ich zu spät gekommen war. Alles, was noch zu tun blieb, war, die Männer zu jagen, die für dieses Grauen verantwortlich waren.«

Clare erschauderte. »Wie schrecklich muß das für Euch gewesen sein, Gareth. Kein Wunder, daß Ihr unbedingt eine eigene Burg haben wolltet.«

»Jedesmal, wenn ich den Duft dieses Parfüms einatme, werde ich an Euch denken«, sagte Gareth ruhig.

»Und an Desire, Mylord, Euer neues Zuhause.«

»Ja. Bestimmt werde ich an Desire denken.« Er sah ihr direkt in die Augen. »Gibt es einen besonderen Grund dafür, daß ich dieses Geschenk von Euch bekomme?«

»Nein, Mylord«, sagte Clare leichthin. »Nur den üblichen Grund.«

»Und der wäre?«

»Das Geschenk ist natürlich ein Zeichen meines Respektes, den ich Euch gegenüber empfinde.«

»Respekt?«

»Ja. Was für einen Grund sollte eine Frau sonst haben, ihrem Ehemann ein Geschenk zu machen?«

»Das ist eine gute Frage, Madam.«

»Dallan, hilf Ranulf, das Zelt zusammenzufalten.«

Dallan sprang auf, als sei er gestochen worden. »Ja, Mylord.«

Gareth beobachtete mit gerunzelter Stirn, wie der Barde hinübereilte, um Ranulf zu helfen, das gelb-weiß gestreifte Zelt zu verpacken.

Irgend etwas stimmte nicht.

Heute, am letzten Markttag, hatte Gareth eine Veränderung an Dallan bemerkt. Sein selbstbewußter, wiegender Gang und seine Begeisterung für seinen Posten als zukünftiger Knappe waren wie durch Zauberhand innerhalb weniger Stunden verschwunden. Statt dessen wirkte Dallan melancholisch und ängstlich.

Er schien irgendwelche schwerwiegenden Sorgen zu haben. Er fuhr zusammen, wenn man ihn ansprach. Er führte zwar weiterhin Gareths Befehle aus, aber von dem Eifer, mit dem er es getan hatte, nachdem er ihm die Treue geschworen hatte, war nichts mehr zu merken.

Gareth meinte, das Problem erkannt zu haben. Er war sich jedoch nicht so sicher, wie er damit umgehen sollte. Er war kein Experte im Umgang mit Menschen, die Liebeskummer hatten.

Er wartete, bis die Boote für die Rückfahrt nach Desire beladen waren, ehe er Dallan zu sich rief.

»Dallan.«

»Ja, Mylord?« Dallan wischte sich nervös die Hände an seiner Tunika ab. »Habe ich etwas falsch gemacht?«

»Nein. Komm einen Augenblick mit. Ich möchte mit dir sprechen.«

»Ja, Mylord.« Dallan warf Gareth einen eiligen, beunruhigten Blick zu, ehe er sich gehorsam neben ihm in Bewegung setzte.

Gareth faltete seine Hände hinter dem Rücken und überlegte, wie er dieses heikle Thema am besten zur Sprache brachte. »Ihr habt schon viele Liebeslieder gesungen, Barde, aber vielleicht wißt Ihr trotzdem noch nicht allzu viel darüber.«

»Wie bitte, Mylord?«

Gareth räusperte sich. »Wenn ein Mann das erste Mal verliebt ist, ist das ebenso beunruhigend wie wenn er das erste Mal in den Krieg zieht. Beides sind mächtige und verwirrende Erfahrungen, und beide vernebeln einem zeitweise die Sicht auf sich selbst und die Welt.«

Dallan sah ihn ehrlich verwirrt an.

Gareth seufzte und versuchte es noch einmal. »Ich weiß, daß du meinst, du seist in deine hübsche Alison verliebt. Und es macht dich zweifellos traurig, sie jetzt verlassen zu müssen.«

Dallan runzelte die Stirn. »Ich werde sie vermissen.«

»Ja. Das ist verständlich. Trotzdem –«

»Aber ich liebe sie nicht.«

Gareth blickte ihn an. »Nein?«

»Nein. Wir hatten eine schöne Zeit zusammen, aber ich habe ihr gesagt, daß ich noch keine Frau lieben kann. Ich muß mir erst meinen eigenen Weg suchen, ehe ich an solche Dinge denken kann.«

»Ah.« Gareth war ungemein erleichtert. »Das ist eine äußerst weise Aussage für einen Mann deines Alters. Ich bin beeindruckt von deiner Vernunft. Ich habe schon Männer erlebt, die doppelt so alt waren wie du, und die sich wegen einer Frau zum Narren gemacht haben. Das ist alles andere als angenehm.«

Dallan sah ihn fragend an. »War das alles, was Ihr mir sagen wolltet, Mylord?«

»Ja. Und jetzt lauf und hilf weiter, die Zelte zusammenzupacken.«

»Ja, Mylord.«

Gareth beobachtete, wie Dallan zu den anderen zurückrannte. Er fragte sich, ob er sich vielleicht geirrt hatte. Es war schließlich durchaus möglich, daß der junge Mann einfach unausgeglichen war. Was tödlich sein konnte. Gareth hatte einmal einen Mann gekannt, der derart unter seinen Stimmungsschwankungen gelitten hatte, daß er am Ende Selbstmord begangen hatte.

Gareth beschloß, seinen zukünftigen Knappen im Auge zu behalten.

Drei Tage später saß Clare an ihrem Schreibtisch und nagte am Ende ihrer Feder. Sie grübelte über ihr neuestes Parfümrezept nach. Es war schwierig, die genauen Schritte zu beschreiben, die zur Herstellung einer ihrer komplizierteren Mischungen gehörten.

Sie überflog noch einmal, was sie bisher geschrieben hatte:

Man fülle Wasser in einen Topf und stelle den Topf auf den Herd. Wenn der Topf glühendheiß ist und das Wasser leicht kocht, nehme man eine ausreichende Menge bester Rosenblätter und werfe sie in den Topf.

Die *ausreichende Menge* schien ihr keine besonders genaue Angabe zu sein. Die Äbtissin Helen hatte ihr geraten, sich bei der Erstellung der Rezepte so präzise wie möglich auszudrükken.

Clare strich ›ausreichende Menge‹ durch und schrieb statt dessen ›zwei Handvoll‹.

Ein einzelnes, gebieterisches Klopfen war die einzige Vorwarnung, die sie bekam, ehe die Tür geöffnet wurde und Gareth in den Raum spaziert kam. Er hatte das Buch, das ihr Vater geschrieben hatte, in den Händen und blickte mit gerunzelter Stirn auf eine der Textpassagen.

»Clare, haben wir irgendwo Schwefel?«

»Ja, Mylord. Mein Vater hatte immer welchen in einem der Lagerräume, wo er auch die anderen Sachen aufbewahrt hat. In den arabischen Abhandlungen tauchen häufig Rezepte auf, für die man Schwefel braucht. Er hat oft davon gesprochen, daß er gerne einmal damit experimentieren würde. Ich persönlich habe mich nie besonders für das Zeug interessiert. Der Geruch gefällt mir nicht.«

»Ausgezeichnet. Ich muß gleich schauen, ob ich ihn irgendwo finde.« Immer noch blickte Gareth mit gerunzelter Stirn auf den Text. »Die Holzkohle dürfte kein Problem sein. Es ist ganz einfach, sie herzustellen.«

»Habt Ihr ein interessantes Rezept gefunden?«

»In diesem Buch beschreibt Euer Vater ein paar sehr ungewöhnliche Rezepte aus dem Osten.«

»Rezepte, für die man Schwefel braucht?«

»Ja. Ich werde sie später ausprobieren.« Er klappte das dicke Buch zu und steckte es sich unter den Arm. »Und was macht Ihr gerade?«

»Ich arbeite an meinem eigenen Buch.«

»Ah, ja. Euer Buch mit Parfümrezepten.« Gareth betrachtete die Bücher, die auf den Regalen in ihrem Studierzimmer standen. »Eure Bibliothek ist beinahe so umfangreich wie die des Klosters.«

»Ich bin auch sehr stolz darauf. Natürlich stammt ein Großteil der Bücher aus der Sammlung meines Vaters, aber ein oder zwei habe ich selbst erworben. Besonders gefällt mir ein Buch, das von der Äbtissin Helen of Ainsley geschrieben wurde. Es ist ein äußerst gelehrtes Werk über Kräuter, in dem ich häufig etwas nachschlage.«

»Die Äbtissin Helen von Ainsley?« wiederholte Gareth mit eigenartig unbeteiligter Stimme.

»Ja.« Clare lächelte stolz. »Sie war so freundlich, mit mir in einen Briefwechsel zu treten.«

»Ihr tauscht Briefe mit einer Äbtissin aus?«

»Ja, und zwar regelmäßig. Sie erteilt mir Ratschläge von unschätzbarem Wert, was die Eigenschaften bestimmter Kräuter angeht. Sie wird uns in Kürze mit ihrem Besuch beehren.«

»Ach, ja?« Gareth wirkte ehrlich verblüfft.

Clare nickte fröhlich. »Ich bin schon ganz aufgeregt. Die

Priorin Margaret hat es mir heute morgen mitgeteilt. Sie sagt, daß täglich mit der Ankunft der Äbtissin Helen gerechnet werden kann. Ihr werdet also die Gelegenheit haben, sie kennenzulernen, Mylord.«

»Das wird bestimmt sehr interessant.«

»Ja. Zweifellos wird sie hier bei uns auf der Burg wohnen. Zumindest hat sie das während ihres letzten Besuches getan. Das ist eine große Ehre.«

»Ich verstehe.« Gareth nahm auf der Bank vor dem Fenster Platz. »Nun, aber darum geht es im Augenblick nicht. Ich möchte mit Euch über Dallan sprechen.«

»Was ist mit ihm?« Clare runzelte die Stirn. »Ich dachte, er erfülle seine Aufgabe als zukünftiger Knappe zu Eurer Zufriedenheit. Falls er irgendwelche Schwierigkeiten hat oder seine Sache nicht gut genug macht, bitte ich Euch um Geduld. Er braucht Zeit, Mylord.«

»Er erfüllt seine Aufgaben durchaus zu meiner Zufriedenheit. Darum geht es nicht. Ich mache mir Sorgen wegen seiner zunehmenden Melancholie.«

»Ich weiß, was Ihr meint.« Clare legte ihre Feder beiseite. »Es ist wirklich höchst beunruhigend. Beinahe so schlimm wie zu der Zeit, als er auf Desire auftauchte. Eine Zeitlang ging es ihm deutlich besser. Aber seit dem letzten Markttag scheint er wieder extrem ängstlich zu sein.«

»Was wißt Ihr über seine Vergangenheit?«

Clare sah Gareth nachdenklich an. »Sehr wenig. Wie Ihr wißt, ist er ein Bastard. Er behauptet, daß er im Hause eines bedeutenden Mannes erzogen wurde. Wie wir bereits festgestellt haben, scheint er dort nicht besonders gut behandelt worden zu sein.«

»Und das ist alles, was Ihr über ihn wißt?«

Clare dachte über die Frage nach. »Ja, ich glaube. Er spricht nie über seine Vergangenheit.«

»Auch nicht über den Mann, bei dem er aufgewachsen ist?«

»Nein. Ich habe den Eindruck, daß er es vorzieht, das alles zu vergessen.«

»Vielleicht gelingt ihm das nicht, obwohl er es versucht.«

»Ja. Manche Dinge kann man nicht so leicht vergessen.«

»Stimmt. Aber ein Mann, der nicht vergessen kann, muß lernen, mit den Dingen, die ihn plagen, fertigzuwerden.«

»Laßt ihm Zeit, Mylord. Er ist noch nicht lange bei uns.«

»Was mich beunruhigt, ist, daß dieser neue Schub von Melancholie so plötzlich gekommen ist. Er war fröhlich und zufrieden bis zum letzten Markttag. Ich dachte anfangs, er hätte Liebeskummer.«

Clare lächelte. »Die kleine Alison?«

»Ja. Ich habe mit ihm darüber gesprochen, aber er behauptet, daß er nicht an dieser Krankheit leidet.« Gareth verzog das Gesicht. »Wofür ich den Heiligen danke. Ich habe nicht die geringste Ahnung, wie man ein solches Leiden schnell heilt, und ich habe auch noch nie davon gehört, daß es je einem Arzt gelungen wäre, ein Mittel dagegen zu finden.«

»Ich glaube, Ihr habt mir einmal erzählt, daß Ihr selbst seit Jahren nicht mehr darunter gelitten habt«, murmelte Clare.

»Nein.« Gareth zuckte mit den Schultern. »Liebeskummer ist etwas für Dichter und Narren.«

»Natürlich.«

»Ein Mann in meiner Position kann sich eine solche Krankheit nicht leisten.«

»Warum nicht? Inwiefern sollte sie einem denn schaden?«

Gareth runzelte die Stirn. »Das ist doch ganz offensichtlich. Es ist ein gefährliches Fieber. Es zerstört die Urteilskraft und die Vernunft eines Menschen.«

»Natürlich. Wie konnte ich nur eine so dumme Frage stellen. Tja, nun, zurück zu Dallan. Was schlagt Ihr vor?«

Gareth dachte kurz nach. »Es wäre zweifellos das beste, wenn man ihn irgendwie von den Gedanken, die ihn plagen, ablenken würde.«

»Eine hervorragende Idee, Mylord. Ich habe festgestellt, daß Männer ein Talent dafür haben, bestimmte Probleme zu ignorieren und sich statt dessen mit anderen Dingen zu amüsieren.«

Gareth zog eine Braue hoch. »Habe ich etwas gesagt, das Euch ärgert, Madam?«

»Nein, nein«, beruhigte ihn Clare. »Was würde Dallan denn Eurer Meinung nach von seinen Problemen ablenken?«

Gareth blickte auf das Buch, das er in den Händen hielt. »Vielleicht sollte ich ihn bitten, mir bei meinen Experimenten mit Schwefel und Holzkohle zu helfen.«

»Ich glaube, das würde ihm Spaß machen.« Clare war selbst nicht gänzlich desinteressiert. »Laßt es mich bitte wissen, wenn Ihr die Ergebnisse Eurer Arbeit vorführen könnt, Mylord. Ich wäre gern dabei, auch wenn ich den Geruch von Schwefel nicht besonders mag.«

»Ich werde Euch Bescheid geben, wenn ich soweit bin.« Gareth erhob sich, küßte sie auf den Mund und ging zur Tür.

Clare beobachtete, wie er den Raum verließ. Als sie über das Gespräch nachdachte, verspürte sie selbst eine gewisse Melancholie. *Liebeskummer ist etwas für Dichter und Narren.*

Sie war weder eine Dichterin noch eine Närrin, aber sie fürchtete, daß sie trotzdem unter Liebeskummer litt.

Und es gefiel ihr nicht, allein zu leiden.

Es war nicht so, daß Gareth gefühlskalt war, sagte sie sich. Es gab durchaus ermutigende Zeichen. Zum Beispiel roch er immer nach dem neuen Parfüm, das sie ihm geschenkt hatte.

Und auch die Macht seiner Leidenschaft ließ sich nicht anzweifeln. Er machte kein Geheimnis aus seinem Verlangen nach ihr, und es schien ihm zu gefallen, daß sie sich so vollständig hingab, wenn sie sich liebten. Tatsächlich forderte er sogar eine Reaktion.

Sie wußte, daß er ihr Wissen, ihr Geschick und ihr Talent bei der Parfümherstellung schätzte, aber das hatte nichts zu sagen.

Selbst Nicholas war intelligent genug gewesen, ihre Fähigkeit zum Geldverdienen, anzuerkennen.

Was sie am meisten hoffen ließ, war, daß Gareth begonnen hatte, sie wie eben immer häufiger um Rat zu fragen, ehe er irgendeine Entscheidung traf.

Ihre Ehe fing an, so zu funktionieren, wie sie es sich erhofft hatte, als sie ihr Rezept für einen Ehemann zusammengestellt hatte. Sie und Gareth lernten, ihre Pflichten und die Verantwortung für die Insel und die Menschen gemeinsam zu tragen. Sie lernten, einander zu vertrauen.

In vielerlei Hinsicht hatte sie einen Ehemann bekommen, wie sie ihn sich gewünscht hatte, auch wenn er etwas größer als erwartet war.

Aber es reichte nicht.

Sie wollte Liebe.

Und Gareth zufolge war Liebe etwas für Dichter und Narren.

Zwei Tage später saß Clare erneut an ihrem Schreibtisch, als im Hof ein lauter Donner ertönte.

Sie sprang überrascht auf und ging ans Fenster. Mit gerunzelter Stirn stellte sie fest, daß nicht eine einzige dunkle Gewitterwolke am Himmel zu sehen war.

Verwirrt blickte sie in den Hof. Ein lauter Ausruf drang von dort herauf. Eines der Dienstmädchen schrie. Die Steinmetze unterbrachen ihre Arbeit an der neuen Mauer. Männer stürzten alarmiert aus den Stallungen. Ein Pferd wieherte und riß sich ängstlich los. Ein paar Hühner gackerten aufgeregt und flitzten eilig über den Hof.

Und dann drangen dicke, schwarze Rauchwolken aus den Fenstern des Arbeitszimmers ihres Vaters. Noch während Clare hinübersah, flog die Tür auf und zwei Gestalten torkelten ins Freie. Gareth und Dallan waren über und über mit grauer Asche bedeckt.

Clare wirbelte herum und rannte aus dem Zimmer.

»*Gareth!* Mylord, ist alles in Ordnung?« schrie sie, während sie zur Eingangstreppe eilte und in die rußverschmierten Gesichter der beiden starrte. Ätzender Schwefelgeruch brannte ihr in der Nase.

Dallan lächelte schwach. Er sah benommen aus, schien aber unverletzt zu sein.

Gareths Zähne blitzten weiß durch die graue Asche, als er den Mund zu einem triumphierenden Grinsen verzog. *»Es hat funktioniert.«*

»Beim Nachthemd der heiligen Hermione«, keuchte Clare, als Gareth mit ihr zusammenstieß und sie auffing. »Was hat funktioniert?«

»Eines der Schwefelrezepte Eures Vaters.« Gareth wirbelte sie im Kreis herum. Sein Gelächter erfüllte den ganzen Hof. »Es hat funktioniert, Clare. Es hat wirklich funktioniert.«

»Das sehe ich. Aber wozu soll man dieses Schwefelgemisch jemals verwenden?«

»Keine Ahnung. Aber das Wichtigste ist erst einmal, daß es überhaupt funktioniert hat.«

Clare blickte in sein schmutziges, grinsendes Gesicht und lächelte. Plötzlich verstand sie ihn. Gareth war begeistert, weil er etwas Neues entdeckt hatte. Sie hatte schon oft dasselbe empfunden, wenn auch auf eine weniger spektakuläre Weise.

»Ja, Mylord. Euer Rezept scheint tatsächlich funktioniert zu haben. Vielleicht solltet Ihr eine Karriere im Bereich der Alchemie in Erwägung ziehen.«

»Das wäre auf jeden Fall wesentlich interessanter als irgendwelche Banditen zu jagen.«

Clare schloß die Augen und versuchte, sich vom Hämmern und Klopfen der Steinmetze und von den Rufen der Arbeiter nicht ablenken zu lassen. Der Bau der neuen Steinmauer ging schnell vonstatten. Allerdings stellte er auch eine unablässige Lärmkulisse während des Tages dar.

Erst abends, wenn die Männer von Seabern nach Hause gefahren waren, senkte sich angenehme Stille über die Insel. Clare hoffte, die Arbeiten wären bald beendet.

Sie griff in den Topf auf der Bank vor sich, nahm eine Handvoll der neuen Mischung aus getrockneten Kräutern und Blumen heraus und hielt sie sich unter die Nase. Aus irgendeinem Grund erinnerte sie der schwache Beifußgeruch an Raymond de Coleville. Beifuß hatte ihm immer die Tränen in die Augen getrieben, zu heftigen Niesanfällen geführt und ihn verzweifelt nach Luft ringen lassen.

Sie erinnerte sich an den Tag, an dem sie ihn mit einer Pomade überrascht hatte, die Beifuß und andere Gewürze und Blumen enthalten hatte. Es war das einzige Mal gewesen, daß er ihr gegenüber vollkommen die Beherrschung verloren hatte.

»Um Gottes Willen, schaff dieses Zeug beiseite«, hatte er getobt. »Es enthält bestimmt Beifuß. Was hast du vor? Willst du mich umbringen?«

Clare war entsetzt gewesen. Sie hatte nicht wissen können, daß er Beifuß nicht vertrug. Sie hatte sich wortreich entschuldigt und die Pomade weggeworfen. Raymond hatte schnell seinen üblichen Charme wiedergefunden und damit war die Sache erledigt gewesen.

Clare runzelte die Stirn und fragte sich, weshalb sie sich gerade heute an diese Begebenheit erinnerte. Seit dem Tag, an dem Gareth auf der Isle of Desire angekommen war, hatte sie nur selten an Raymond de Coleville gedacht.

In Wahrheit fiel es ihr in letzter Zeit schwer, überhaupt an einen anderen Mann als ihren Gatten zu denken. Gareth war zu groß, zu überwältigend, zu *interessant*, als daß in ihren Gedanken noch Raum für andere gewesen wäre. Im Vergleich zu ihm erschienen ihr andere Männer, und vor allem ein Mann, der sie belogen hatte und an den sie sich nur noch blaß erinnerte, sehr klein und gewöhnlich.

»Clare?« Joanna erschien in der Tür des Arbeitsraumes und spähte hinein. »Bist du da?«

»Ja, Joanna.« Clare ließ die Handvoll getrockneter Pflanzen zurück in den Topf fallen. »Ist irgendwas los?«

»Nein, ich bin nur gekommen, um dir mein neuestes Stickmuster zu zeigen. Es müßte sich sehr gut auf den größeren Kissen machen.« Joanna schüttelte ein großes quadratisches Stück Stoff auseinander, auf das ein vor einer Dame kniender Ritter aufgestickt war. Das Paar schien in einer blätterumrankten Laube zu sitzen.

»Das ist wunderbar, Joanna. Romantische Szenen wie diese lassen sich immer sehr gut verkaufen. Was ist das für ein Geschöpf im Hintergrund?«

»Ein Einhorn.« Mit zufriedener Miene faltete Joanna den Stoff wieder zusammen. »Die Damen in London finden großen Gefallen an Einhörnern. Nun dann, wenn es dir recht ist, gebe ich das Muster gleich an die Frauen im Dorf und die Nonnen weiter.«

»Hervorragend.«

»Bis Mitte des Sommers sollten wir genügend Kissen fertig haben, um sie mit deinen getrockneten Kräutern und Blumen zu füllen.«

»Wenigstens wird diese Warensendung wohl an ihrem Bestimmungsort ankommen. Dafür wird Lord Gareth sorgen.« Clare warf noch zwei Handvoll Rosenblüten in den Topf.

»Ja. Ich gebe zu, daß der Höllenhund von Wyckmere schon recht nützlich ist.« Joanna warf Clare einen fragenden Blick zu. »Ich frage mich, ob er wohl den Winter über bei uns bleiben wird.«

»Was?« Clare wirbelte herum. »Natürlich wird er bei uns bleiben. Dies hier ist jetzt sein Zuhause. Warum sollte er uns verlassen?«

Joanna schüttelte mißbilligend den Kopf. »Männer gehen immer, wenn sie dafür gesorgt haben, daß ihre Ländereien geschützt sind und sie einen Erben bekommen. Jetzt, da ihr beide verheiratet seid, ist Desire sicher vor irgendwelchen Angriffen durch Nicholas oder irgendeinen anderen zudringlichen Lord.«

»Ja, aber was ist mit den Banditen, die immer wieder unsere Warensendungen überfallen?« Clare fühlte sich unwohl. Sie hatte das Gefühl, kaum noch atmen zu können.

»Ich nehme an, es wird kein Problem für Lord Gareth sein, dafür zu sorgen, daß ein paar seiner Männer hier auf Desire bleiben und sich um die Lieferungen kümmern.« Joanna seufzte. »Ich nehme an, Sir Ulrich wird Lord Gareth begleiten, wenn er geht. Schade. William mag ihn sehr gerne. Und ich glaube, das neue Trainingsprogramm tut meinem Sohn wirklich gut, genau wie Lord Gareth vorausgesagt hat.«

»Der junge William ist nicht der einzige, der Sir Ulrich mag, nicht wahr?« fragte Clare mit sanfter Stimme.

Joanna errötete. »Ist das so offensichtlich?«

»Ja. Und er scheint dich genauso zu mögen.«

Joanna wandte den Blick nicht von dem Topf voller Kräuter und Blumen. »Er sagt, er liebt mich.«

Glückliche Joanna, dachte Clare. Das war viel mehr, als Gareth jemals zu ihr gesagt hatte. »Das freut mich für dich, Joanna.«

»Er hat mich gestern abend geküßt.« Joanna warf ihr einen schüchternen Blick zu. »Zum ersten Mal in meinem Leben denke ich, daß die Liebe für eine Frau vielleicht ebenso angenehm sein kann wie für einen Mann.«

»Ja. Aber ich nehme an, das ist nur so, wenn man den richtigen Mann hat.«

Joanna ließ sich auf einen Hocker fallen und faltete ihre Hände im Schoß. »Es wird sehr einsam hier werden, wenn sie gehen, nicht wahr?«

»Lord Gareth hat nichts davon gesagt, daß er gehen will.«

»Männer sprechen nur selten mit Frauen über ihre Pläne. Hat dein Bruder dir jemals gesagt, was er vorhatte, ehe er aus dem Haus ging?«

»Nein, aber Lord Gareth ist anders. Er bespricht alle wichtigen Dinge mit mir.«

»Dein Ehemann findet einfach noch Gefallen daran, dir Freude zu machen. Aber das wird sich bald ändern«, sagte Joanna traurig. »Das tut es immer.«

Clares Magen zog sich zusammen. Sie ertrug den Gedanken nicht, daß Gareth gehen könnte, gerade jetzt, da sie sich langsam näher kamen, da sie anfingen, einander zu verstehen. Miteinander zu *sprechen*.

Gerade jetzt, da sie angefangen hatte zu hoffen, daß es ihr gelingen könnte, ihn dazu zu bringen, sie zu lieben.

»Ich kümmere mich darum.« Clare wandte sich zum Gehen.

»Wo willst du hin?«

»Ich werde meinen Mann suchen. Ich möchte mit ihm sprechen.«

Joanna runzelte die Stirn. »Er ist im Augenblick beschäftigt.«

»Womit?«

»Ich glaube, er überwacht die Reparaturarbeiten an der Windmühle. Einer der Flügel muß ersetzt werden.«

»Es wird nicht lange dauern.«

Clare ging hinaus. Die Windmühle stand am anderen Ende des Hofes. Die Flügel waren nicht in Bewegung. Mehrere Männer, unter anderem Gareth und Ulrich, standen darum herum. Ihren ernsten Mienen nach zu urteilen hätte man meinen können, daß sie um ein offenes Grab herumstanden.

Sie fragte sich flüchtig, ob Männer beim Anblick einer defekten Maschine immer so besorgte Gesichter machten, um sich gegenseitig zu beeindrucken, oder ob die Herausforderung, etwas reparieren zu müssen, sie wirklich derart erschreckte.

»Mylord.« Sie blieb ein paar Meter vor der Ansammlung von Männern stehen. »Ich möchte etwas mit Euch besprechen.«

Widerstrebend löste Gareth den Blick von der zerrissenen Stoffbespannung des Flügels und sah sie an. »Später, Madam. Wie Ihr seht, bin ich im Augenblick beschäftigt.«

»Es ist wichtig.« Clare war sich der Tatsache bewußt, daß alle Umstehenden das Gespräch mit großem Interesse verfolgten. »Es dauert nicht lange.«

Als Reaktion auf ihren Befehlston zog Gareth eine Braue hoch. »Also gut, wenn es so wichtig ist.« Er nickte Ulrich zu. »Macht schon mal weiter. Ich bin gleich wieder da.«

»Ja, Mylord.« Mit einem kaum verhohlenen Grinsen wandte Ulrich sich wieder dem flatternden Segel zu.

Gareth schlenderte hinüber zu Clare. Als er auf sie hinabblickte, versperrten ihr seine breiten Schultern die Aussicht auf die Mühle. »Also, Clare, was gibt es so Dringendes?«

Clare hatte plötzlich das Gefühl, sich lächerlich zu machen. Aber sie mußte ihn einfach fragen. »Ich wollte nur wissen, ob Ihr die Absicht habt, Desire in Kürze zu verlassen.«

»Verlassen?«

»Ja.« Sie blitzte ihn böse an. »Es gibt ein paar Leute, die glauben, daß Ihr verschwinden werdet, sobald Ihr Eure Ländereien gesichert und dafür gesorgt habt, daß Ihr einen Erben bekommt. Ich wollte wissen, ob das stimmt.«

Gareth starrte sie an. »Erwartet Ihr vielleicht ein Kind?«

»Uh, nein.« Clare räusperte sich. »Ich will nur wissen, ob Ihr die Absicht habt, die Insel zu verlassen.«

Gareths Mund verzog sich zu einer grimmigen Linie. »Verdammt, dies ist wohl kaum der richtige Zeitpunkt, um so etwas zu besprechen. Ich versuche gerade, diese verfluchte Mühle zum Laufen zu bringen.«

»Ist die Mühle etwa wichtiger als Eure Zukunftspläne, Sir?«

Er raufte sich die Haare. »Was in aller Welt bringt Euch bloß dazu, mir gerade jetzt diese Frage zu stellen?«

»Das ist doch unwichtig, Mylord. Ich möchte lediglich eine Antwort. Habt Ihr die Absicht, uns bald zu verlassen?«

»Ihr wollt also, daß ich verschwinde.«

»Nein, Mylord.« Clare starrte auf seine breite Brust. »Ehrlich gesagt finde ich, daß Ihr hier sehr nützlich seid, so daß ich nicht gerade versessen darauf bin, Euch so schnell wieder loszuwerden.«

»Ich bin also nützlich?«

»Ja, Sir. Nützlich.«

»Inwieweit bin ich Euch, bitte schön, nützlich?«

»Nun, Ihr habt zum Beispiel die Presse repariert, die ich zur Gewinnung von Rosen- und Zimtöl brauche.« Clare schenkte ihm ein strahlendes Lächeln. »Sie funktioniert hervorragend.«

»Vielen Dank«, knurrte Gareth mit zusammengebissenen Zähnen. »Es freut mich, daß ich Euch einen Dienst erweisen konnte.«

Clare merkte, daß er wütend war. Aber das war sie auch. »Ich will nur wissen, was Ihr vorhabt, damit ich ebenfalls Pläne machen kann. Ist das etwa zuviel verlangt?«

Er bedachte sie mit einem kühlen, undurchdringlichen Blick. »Ich habe nicht die Absicht, Desire zu verlassen, solange ich nicht von meinem Vater gerufen werde. Ich bin Thurston of Landrys Vasall, und als solcher schulde ich ihm gewisse Dienste, wenn er sie in Anspruch nimmt. Das wißt Ihr ebensogut wie ich.«

Clare runzelte die Stirn. »Ich bin schließlich keine Idiotin. Das verstehe ich vollkommen, Sir. Aber ich habe nicht von

Euren Verpflichtungen gegenüber Lord Thurston gesprochen. Ich meinte Eure persönlichen Pläne.«

»Im Augenblick geht es mir darum, diese verdammte Mühle so schnell wie möglich zum Laufen zu bringen. Danach werde ich die Arbeit der Steinmetze kontrollieren. Wenn ich damit fertig bin, werde ich in mein Arbeitszimmer zurückkehren, um mit meinen Experimenten weiterzumachen. Beantwortet das Eure Frage?«

»Ihr habt also nicht die Absicht, Desire zu verlassen?«

»Nein.«

»Schwört Ihr es?«

»Ja.«

Erleichterung wallte in ihr auf, aber sie versuchte, sie nicht zu zeigen. »Sehr gut. Das war alles, was ich wissen wollte.«

Gareth stemmte die Hände in die Hüften. »Wenn Ihr jetzt zufrieden seid, Madam, dann kann ich mich ja vielleicht wieder dem Windmühlenflügel widmen.«

»Natürlich. Und entschuldigt bitte, daß ich Euch gestört habe.« Clare wandte sich zum Gehen.

»Clare.«

»Ja?« Sie drehte sich noch einmal um.

Gareth sah sie nachdenklich an. »Man sagte mir, daß Ihr den Dorfbewohnern erlaubt, die Mühle kostenlos zu benutzen.«

»Das stimmt. Mir ist bewußt, daß viele Herren die Leute dafür bezahlen lassen, daß sie ihr Korn in der Mühle mahlen lassen dürfen, aber das ist meiner Meinung nach unnötig. Die Dorfbewohner liefern uns das gesamte Mehl, das wir brauchen, so daß es meiner Meinung nach für beide Seiten ein gutes Geschäft ist.«

»Ich verstehe.«

Sie warf ihm einen argwöhnischen Blick zu. »Ich hoffe, Ihr habt nicht die Absicht, die Leute dafür bezahlen zu lassen, daß sie die Mühle benutzen, Mylord?«

»Nein, Madam. Ihr seid diejenige, die den Geschäftssinn hat.

Wenn Ihr meint, daß die gegenwärtige Abmachung fair ist, werde ich Euch kaum widersprechen.«

»Geschäftssinn, ja. Das hat man mir schon öfter gesagt.« Sie sah ihn mit betrübter Miene an. »Anscheinend sind wir beide zu etwas nützlich, Sir.«

Gareths Augen blitzten fröhlich auf. »Ein Mann kann sich keine nützlichere Frau als Euch wünschen, Madam. Aber jetzt entschuldigt mich bitte. Ich muß wirklich zurück an die Arbeit.« Er machte auf dem Absatz kehrt und stapfte zurück zu den anderen Männern, die immer noch um die Mühle herumstanden.

Clare sah ihm einen Augenblick lang traurig nach. *Nützlich*.

Sie war schon immer nützlich gewesen. Sie war ihrer Mutter nützlich gewesen, die die Last der Verantwortung für die Burg getragen hatte, während ihr Mann durch die Welt gereist war, um sich weiteres Wissen anzueignen.

Sie war ihrem häufig geistesabwesenden, gelehrten Vater nützlich gewesen, der es vorgezogen hatte, in Paris und Spanien seine Studien zu verfolgen, statt seiner Rolle als Ehemann und Vater und Herr von Desire gerecht zu werden.

Sie war ihrem Bruder nützlich gewesen, der sich mehr für die Aufregungen und den Spaß von Turnieren begeistert hatte als für die Ländereien, die er eines Tages hätte erben sollen.

Sie war Raymond de Coleville nützlich gewesen, der sich neben seinen Studien mit einer harmlosen Liebelei hatte amüsieren wollen.

Nicholas of Seabern hatte gedacht, sie wäre ihm eine nützliche Frau, die seine Taschen füllen würde.

Sie war Thurston of Landry nützlich, der die Einkünfte von Desire zu schätzen wußte.

Und jetzt schien auch der Höllenhund von Wyckmere sie nützlich zu finden.

Das war nicht gerade ein angenehmer Gedanke, aber Clare fürchtete, daß es Schlimmeres gab, als nützlich zu sein.

Wie zum Beispiel, sich in einen Mann zu verlieben, der Liebe nicht besonders nützlich fand.

An diesem Nachmittag fand Clare endlich einmal wieder Zeit, um in ihr Studierzimmer zu gehen. Sie eilte die Treppe hinauf, bog um die Ecke und stieß plötzlich mit Dallan zusammen.

»Huch.« Clare streckte eine Hand aus, während sie einen Schritt zurückwankte.

»Lady Clare. Ich bitte Euch um Verzeihung.« Irgend etwas anderes als bloße Überraschung blitzte in Dallans Augen auf, vielleicht Angst.

Sie grinste. »Was machst du denn hier oben, Dallan? Ich dachte, du hilfst Lord Gareth bei seinen Experimenten?«

»Verzeihung, Mylady.« Er sah sich nervös um und wandte sich dann erneut an sie. »Ich habe Euch nicht kommen gehört.«

»Ich bin auf dem Weg in mein Studierzimmer.«

»Oh.« Dallan wischte sich die Hände an seiner Tunika ab. »Ist alles in Ordnung?«

»Mach dir keine Sorgen. Mir ist nichts passiert.« Clare runzelte die Stirn. »Aber mit dir stimmt etwas nicht, Dallan.«

»Nein, nein, Madam.«

»Bist du dir sicher? Du wirkst seit dem Frühjahrsmarkt äußerst niedergeschlagen. Bist du sicher, daß du deiner hübschen kleinen Alison nicht nachtrauerst?«

»Alison?« Dallan wirkte leicht verwirrt. »Nein, Mylady. Ich trauere ihr nicht nach.«

»Bestimmt nicht?«

»Nein, Madam. Bestimmt nicht.«

»Hast du dann vielleicht irgendein anderes Problem?«

»Nein, Madam.« Dallan zögerte, doch dann straffte er die Schultern. Seine Augen blickten traurig, beinahe verzweifelt. »Lady Clare, ich habe Euch noch nie für Eure Freundlichkeit mir gegenüber gedankt. Das möchte ich jetzt tun.«

Clare lächelte. »Ich bin diejenige, die zu danken hat, Dallan. Du hast unser aller Leben mit deiner Musik und deinen Gedichten verschönert. Und ich weiß, daß Lord Gareth sehr froh ist, daß du ihm bei seinen Experimenten hilfst.«

»Er ist sehr klug«, flüsterte Dallan. »Genau wie Ihr, Mylady. Es war mir eine Ehre, Euch zu dienen.«

»Nun, danke, Dallan.«

»Bitte entschuldigt mich, Madam«, sagte Dallan leise. »Ich muß jetzt gehen. Seine Lordschaft erwartet mich bestimmt schon.«

»Dann nichts wie los. Ich sehe dich ja dann beim Abendessen.«

»Auf Wiedersehen, Mylady. Und danke nochmals für all Eure Freundlichkeit. Ich habe sie nicht verdient.«

»Unsinn, natürlich hast du sie verdient.« Clare ging den Flur hinab zu ihrem Studierzimmer.

Sie öffnete die Tür und trat ein. Irgend etwas ließ sie zögern. Sie drehte sich um und blickte noch einmal zurück. Dallan sah ihr mit einem wehmütigen Blick nach. Sie schenkte ihm ein beruhigendes Lächeln, trat noch einen Schritt vor und schloß die Tür hinter sich.

Sie ging hinüber zu ihrem Schreibtisch, setzte sich und stützte das Kinn auf ihre Hände. Dann dachte sie lange über die Art und Weise nach, in der Dallan sich für ihre Freundlichkeit bedankt hatte.

»Es war wirklich eigenartig, Gareth«, sagte Clare, als sie beide abends allein in ihrem Schlafgemach waren. »Es war, als hätte er sich von mir verabschiedet.«

»Wer hat sich verabschiedet?« Gareth blickte noch nicht einmal von dem schweren Buch auf, in das er gerade vertieft war.

Clares Vater hatte die arabischen Texte wirklich hervorragend ins Lateinische übersetzt, dachte er, aber leider hatte Sir

Humphrey kein besonderes Talent zum Schreiben besessen. Es war äußerst mühsam, den Aufsatz über die vier Elemente der Erde zu entziffern, den Gareth zu verstehen versuchte.

Obgleich es ein warmer Tag gewesen war, herrschten heute abend kühlere Temperaturen als erwartet. Im Kamin des Schlafzimmers prasselte ein gemütliches Feuer. Draußen begann der Wind zu heulen, was auf einen Sturm noch vor Tagesanbruch hindeutete.

»Dallan. Mylord, hört Ihr mir überhaupt zu?«

»Natürlich höre ich Euch zu. Ich höre Euch immer zu, Madam. Habe ich nicht sogar die Windmühle im Stich gelassen, nur um Euch zuzuhören?« Gareth runzelte die Stirn, als er versuchte, ein besonders schlecht geschriebenes Wort zu erkennen. Er wußte nicht, ob es *Dampf* oder *Krampf* heißen sollte. Es mußte *Dampf* heißen, beschloß er. *Krampf* ergab in dem Zusammenhang keinen Sinn. *Starke Hitze bringt die Flüssigkeit zum Kochen und veranlaßt sie, Dampf abzusondern, der seinerseits wieder flüssig wird*...

»Ihr hört mir also immer zu, ja?« Clare schnaubte verächtlich. »Was habe ich denn gerade gesagt?«

Gareth konzentrierte sich auf die schwierigen Erläuterungen über die Eigenschaften von Feuer, Erde, Wasser und Luft. »Ihr sagtet irgend etwas davon, daß Dallan sich verabschiedet hat.«

»Er *schien* sich verabschieden zu wollen. Es war, als habe er vor, Desire zu verlassen.«

»Ich habe doch bereits gesagt, daß ich nicht die Absicht habe, die Insel zu verlassen.«

»Nicht Ihr, Mylord. Dallan. Da, seht Ihr? Ich wußte doch, daß Ihr mir nicht zuhört.«

Gareth gab den Versuch auf, die Abhandlung weiter zu entziffern. Er streckte die Beine aus, lehnte sich in seinem Stuhl zurück und sah Clare an.

Der Anblick, der sich ihm bot, ließ ihn für einen Augenblick den Aufsatz über die vier Elemente vergessen. Sie hatte ein aufgeschlagenes Buch im Schoß und ihr intelligentes Gesicht verriet ehrliche Besorgnis.

Meine Frau, dachte er mit einem Gefühl der Verwunderung. Er konnte immer noch nicht ganz glauben, daß sie wirklich ihm gehörte.

Die Flammen des Feuers tauchten ihr glänzendes dunkles Haar in schimmerndes Licht und verliehen ihrer Haut die samtige Farbe frischer Milch. Sie sah ihn mit ihren ernsten, edelsteinfarbenen Augen an. Er dachte daran, wie es war, wenn er sie vor Leidenschaft zum Erglühen brachte und sein Körper wurde hart. So erging es ihm jedesmal, wenn Clare nackt in seinen Armen lag.

»Und wo liegt das Problem?« fragte er.

»Ich fürchte, daß Dallan immer noch schreckliche Angst vor etwas hat. Er ist furchtsamer als je zuvor. Und auch seine Melancholie scheint sich nicht zu legen.«

»Ja.« Gareth starrte ins Feuer. »Ein seltsamer Knabe. Ulrich macht sich ebenfalls Sorgen. Offenbar ist William heute nachmittag mit ihm zusammengestoßen, als er gerade aus einem der Ankleidezimmer kam. Dallan hatte Tränen in den Augen.«

»Er hat geweint? Aber warum?«

»William hat Ulrich erzählt, daß er Dallan genau das gefragt hat. Aber Dallan meinte, das ginge ihn nichts an.«

»Das ist ja entsetzlich. Dallan ist einfach nicht bereit, über seine Sorgen zu sprechen«, sagte Clare. »Was sollen wir bloß machen, Mylord?«

»Wir können nichts weiter tun, als ihn im Auge zu behalten. Ulrich wird sich darum kümmern.«

»Wir sollen ihn beobachten?« Clare riß die Augen auf. »Warum? Habt Ihr Angst, er könnte sich etwas antun?«

»Das wäre durchaus möglich. Melancholie ist etwas Seltsames und manchmal sehr Gefährliches.«

»Ein beunruhigender Gedanke, Mylord.«

»Macht Euch deswegen heute abend keine Sorgen. Wie

gesagt, Ulrich behält den Jungen im Auge.« Gareth wandte sich wieder seinem Buch zu. »Clare, haben wir Quecksilber?«

»Ja, Mylord«, sagte sie geistesabwesend. »Mein Vater hat irgendwo welches aufbewahrt. Habt Ihr schon eine Idee, wer Beatrice ermordet haben könnte?«

»Nein.«

»Glaubt Ihr immer noch, daß das ursprüngliche Motiv der Diebstahl eines Buches war?«

Gareth blickte auf das Rezept, das er gerade las. Er dachte an die mächtige Explosion, die er mit dem Schwefel-Holzkohlegemisch verursacht hatte. »In letzter Zeit ist mir klar geworden, daß diese alten Abhandlungen, die Euer Vater übersetzt hat, viele Geheimnisse bergen.«

»Das ist zweifellos richtig, aber die Bücher in der Klosterbibliothek stammen nicht aus dem Fernen Osten. Es handelt sich überwiegend um englische Werke über Kräuter und die Geschichte der Kirche. Sicher birgt keines von ihnen ein Geheimnis, das es wert wäre, jemanden umzubringen.«

»Aber was ist, wenn der Dieb nicht wußte, was er dort finden würde?« Gareth berührte den Rand der ungleichmäßig abgeschnittenen Pergamentseiten des Buches, das er in der Hand hielt. »Was ist, wenn er dachte, er würde in einem der Bände etwas sehr Wertvolles finden?«

»Was denn zum Beispiel?«

»Vielleicht das Rezept für die Umwandlung von Metall in Gold.«

»Ach, das. Seit Jahren sucht alle Welt danach«, spottete Clare. »Mein Vater hat immer behauptet, daß es dieses Rezept nicht gibt.«

Kurz vor Anbruch der Dämmerung klopfte es an der Tür des Schlafgemachs. Gareth wurde aus einem dunklen, beunruhigenden Traum gerissen, in dem es um Blut und ein aufgeschlagenes Buch ging.

In dem Traum hatte er versucht, das Rezept zu entziffern, das in dem Buch geschrieben stand. Aber noch ehe er die Worte erkennen konnte, floß plötzlich Blut über die Seite.

Das Klopfen weckte Gareth umgehend. Gewohnheitsmäßig griff er neben das Bett und legte die Hand um den Griff des Tors zur Hölle.

»Was ist los?« fragte Clare mit verschlafener Stimme. »Ist etwas nicht in Ordnung?«

»Da ist jemand an der Tür.« Gareth schob die Bettvorhänge beiseite und stapfte, das Schwert in der Hand, hinüber zur Tür.

»Wer ist da?«

»Ulrich, Mylord.«

Gareth machte auf. Ulrich stand im Flur, eine Kerze in der Hand. Er war vollkommen bekleidet. Er musterte Gareth, der bis auf das Schwert völlig nackt war. »Es tut mir leid, Euch zu stören.«

»Was ist los?«

»Der Barde hat die Burg verlassen, genau wie Ihr gesagt habt.«

»Dallan?« Clare steckte ihren Kopf durch die schweren Vorhänge. »Sagtet Ihr gerade, er sei verschwunden?«

Gareth ignorierte sie. »Ist er mit leeren Händen gegangen?«

»Keine Ahnung. Aber die Tür zu Lady Clares Arbeitszimmer steht sperrangelweit offen.«

»So. Also hatte es der Junge doch darauf abgesehen, uns zu betrügen«, sagte Gareth leise.

»Ich habe Euch davor gewarnt, daß er uns noch gefährlich werden könnte«, entgegnete Ulrich ebenso leise.

»Ja.« Gareth war darauf vorbereitet gewesen, er hatte es sogar erwartet. Das eigenartige Verhalten, das der Barde während der letzten Tage gezeigt hatte, war ein deutliches Zeichen gewesen. Trotzdem machte ihn Dallans Verrat auf unerklärliche Weise traurig. Es war die Trauer, die man empfand, wenn man feststellte, daß man einem Freund nicht trauen konnte.

Gareth hatte sich eingeredet, daß er und Dallan wegen ihrer unehrenhaften Abstammung und ihres geteilten Interesses an wissenschaftlichen Experimenten etwas gemeinsam hatten. Offensichtlich hatte er sich geirrt.

»Ihr sagtet, wenn so etwas passieren sollte, wolltet Ihr Euch persönlich darum kümmern.« Ulrich blickte nicht ein einziges Mal in Richtung des Bettes.

»Ja. Ich ziehe mich nur schnell an. Laßt mir schon mal ein Pferd satteln.«

»Ich komme mit«, sagte Clare.

»Es hat angefangen zu stürmen, Mylord.« Ulrich sah höflicherweise immer noch in Gareths Richtung. »Es ist wirklich ungemütlich draußen.«

»Ich gehe allein«, sagte Gareth.

»Nein, Mylord.« Clare warf die Vorhänge beiseite. Ihr Nachthemd glitt ihr bis über die Knie, als sie die Beine über den Rand des Bettes schob. »Ich werde Euch begleiten.«

Gareth warf einen Blick über seine Schulter und runzelte die Stirn. »Geht sofort wieder ins Bett, Madam.« Dann wandte er sich erneut an Ulrich. »Kümmert Euch um das Pferd. Ich komme sofort.«

»Ja, Mylord.« Ulrich trat eilig hinaus auf den Flur.

Gareth schloß die Tür. Mit drei großen Schritten durchquerte er das Zimmer und beugte sich über die Kleidertruhe.

»Gareth, ich will mitkommen.« Clare stand auf und eilte zu der Truhe, die ihre Kleider enthielt. »Ihr müßt auf mich warten.«

»Nein. Ich werde mich um diese Angelegenheit kümmern.« Gareth hatte sich fertig angezogen und legte seinen Gürtel an. Dann griff er nach seinem Schwert und wandte sich zur Tür.

Clare kämpfte immer noch mit ihrem Kleid. »Warum meint Ihr, schleicht sich Dallan einfach heimlich davon?«

»Vielleicht, weil er das Buch gefunden hat, das er stehlen wollte«, sagte Gareth durch die geöffnete Tür.

»Was?« Clare zerrte an dem Kleid. Sie starrte Gareth entsetzt an. »Ich kann einfach nicht glauben, daß er so etwas tun würde.«

»Dann läuft er vielleicht davon, weil er keine unbequemen Fragen im Zusammenhang mit dem Mord an Beatrice beantworten will«, sagte Gareth.

Er schloß energisch die Tür und ließ Clare allein zurück.

Das Pferd war bereits in den Hof geführt worden. Der heulende Wind und das Krachen der Blitze machten den Wallach nervös. Er bäumte sich auf und tänzelte auf den Steinen, bis Gareth sich in den Sattel schwang. Als er dann die festen Hände seines Herrn an den Zügeln spürte, beruhigte er sich.

»Öffnet das Tor«, befahl Gareth.

»Ja, Mylord.« Ranulf rannte hinüber zum Pförtnerhaus.

Ulrich blickte zu Gareth auf. »Seid Ihr sicher, daß ich nicht mitkommen soll?«

»Ich werde mich selbst um den Barden kümmern. Wie lange ist es her, daß er die Burg verlassen hat?«

»Nicht mehr als eine halbe Stunde. Ich habe angeordnet, daß sein Schlafzimmer alle dreißig Minuten überprüft wird. Als die Wache feststellte, daß es leer war, hat sie mir umgehend Bericht erstattet, und ich bin sofort zu Euch gekommen.«

»Ich nehme an, er ist nicht durch das Tor gegangen. Sonst hätten ihn ja die Wachen sehen müssen.«

»Ja. Es wird interessant sein zu erfahren, wie er über den Hof gekommen ist, ohne entdeckt zu werden.«

»Darum werden wir uns kümmern, wenn ich ihn mir geschnappt habe.« Gareth gab dem Wallach die Sporen und das riesige Tier stürzte auf das geöffnete Tor zu.

Die Insel war in das graue Licht eines stürmischen Tagesanbruches gehüllt, als Gareth die Straße zum Dorf hinabgaloppierte. Er wollte zum Hafen. Die einzige Möglichkeit, Desire zu verlassen, war, ein Boot zu nehmen. Und sämtliche Boote waren am Kai des Dorfes vertäut.

Der Wallach donnerte den Weg hinab, vorbei an Feldern und vereinzelten Hütten. Die zahllosen Blumenreihen neigten sich im Wind.

Das Pförtnerhäuschen des Klosters war immer noch verschlossen. Die Straße und der Marktplatz waren wie ausgestorben.

Als Gareth den Hafen erreichte, entdeckte er sofort die verlorene Gestalt am Kai. Dallans Umhang flatterte heftig um seinen schmalen Körper, als er mit den Tauen eines kleinen Bootes kämpfte, das wild auf dem sturmgepeitschten Wasser hüpfte. Ein großer Lederbeutel lag auf der Steinmauer des Kais.

»Bleibt stehen, Barde.« Gareth erhob die Stimme über den Wind. »Als Euer Lehnsherr befehle ich Euch stehenzubleiben.«

Dallan wirbelte herum. Sein Gesicht verriet blankes Entsetzen. »Nein, laßt mich gehen, Mylord, ich bitte Euch. Ich muß gehen. Er wird sie umbringen, wenn ich ihm das Buch nicht bringe.«

Gareth schwang sich aus dem Sattel des Wallachs, band die Zügel an einen Pfahl und ging hinüber zum Kai. »Tut, was ich Euch sage, Dallan of Desire, sonst erfahrt Ihr auf der Stelle, wie ich mit Dieben und Mördern verfahre.«

»*Nein*.« Dallan riß entsetzt die Augen auf. Er schnappte sich den Lederbeutel und sprang in das kleine, wippende Boot.

Da er nicht genau in der Mitte landete, kippte es gefährlich zur Seite.

Dallan schrie und ließ den Lederbeutel fallen. In dem Versuch, die Balance zu halten, ruderte er wild mit den Armen.

Das Boot kippte noch einmal und Dallan stürzte kopfüber in das tosende Meer.

Gareth fing an zu rennen. Gerade als er den Rand des Kais erreicht hatte, hörte er Hufgetrappel von der Straße her. Er warf einen Blick über seine Schulter und sah, daß Clare ihm nachgeritten war. Die Kapuze ihres Umhanges war ihr vom Kopf geweht und ihr Haar hing ihr wirr ins Gesicht.

»Gareth, was habt Ihr vor?« schrie sie.

»Ich werde Euren heißgeliebten Troubadour aus dem Wasser fischen und ihn lehren, was es heißt, seinen Herrn zu betrügen.«

»Mylord, Ihr dürft ihm nichts tun. Ich bin sicher, daß es eine Erklärung für sein Verhalten gibt.«

»Ja«, murmelte Gareth. »Die gibt es bestimmt. Und die werde ich auch bekommen, ehe ich ihn hänge.«

»Nein, Ihr könnt ihn nicht hängen«, rief Clare.

»Warum nicht? So verfährt man im allgemeinen mit Dieben.«

Dallan schrie erneut. Gareth blickte ins Wasser und sah, daß der Junge hilflos in den Wellen herumtrieb. Es war offensichtlich, daß er nicht schwimmen konnte.

Gareth nahm seinen langen Ledergürtel ab. Er wickelte ihn sich zweimal um sein Handgelenk, und dann beugte er sich über die Kaimauer. »Halt dich an meinem Gürtel fest, Dallan.«

»Es ist besser, wenn ich ertrinke.«

»Vielleicht, aber das wirst du nicht tun. Ich habe etwas anderes mit dir vor, Vasall. *Pack den Gürtel.*«

Und Dallan streckte die Hand danach aus.

16. KAPITEL

Das unheilvolle Schweigen im Raum wurde nur vom Prasseln der Flammen im Kamin unterbrochen.

Clare fühlte sich ausgesprochen unwohl, doch sie wußte, daß Dallan sich mehr als nur unwohl fühlte. Er war starr vor Entsetzen. Sie saßen beide reglos auf ihren Hockern und warteten darauf, daß Gareth das Wort ergriff.

Clare bedachte Dallan mit einem aufmunternden Lächeln, doch seine Miene blieb vollkommen reglos.

Gareth unternahm nichts, um die gedrückte Atmosphäre aufzulockern. Clare war zu dem Schluß gekommen, daß er das absichtlich tat. Er hatte sich einen Stuhl vor dem Kamin zurechtgerückt, und der finstere, grüblerische Blick, mit dem er in die Flammen starrte, verhieß nichts Gutes. Seine Ellbogen ruhten auf den geschnitzten Armlehnen seines Eichenstuhls.

Als er den Mund aufmachte, fuhr Clare überrascht auf.

»Wie ist der Name dieses anderen Herrn, dem Ihr dient, Dallan of Desire?«

Dallan zuckte zusammen. Clare sah, daß er den Mund öffnete und dann wieder zuklappte. Seine Hände verkrampften sich nervös in seinem Schoß. »Mylord, ich bitte Euch, fragt mich nicht nach seinem Namen. Ihn auszusprechen hieße, großes Unheil über die Insel zu bringen.«

»Er ist also ein wirklich mächtiger Mann?« Gareths Stimme war sehr leise.

»Ja.«

»Ein großer Ritter?«

»Ja.«

»Ihr habt mir einmal erzählt, daß er an einem Kreuzzug teilgenommen hat.«

»Ja.«

»Und Ihr fürchtet ihn mehr, als Ihr mich fürchtet?«

Dallan blickte auf seine Hände. »Ihr werdet nicht mehr tun, als mich aufzuhängen, Mylord. Mein Herr kann viel schlimmere Dinge tun.«

»Was ist schlimmer als gehängt zu werden, Barde?«

Dallans Blick fiel auf Clare. Er fuhr sich mit der Zunge über die Lippen. »Er hat gedroht, daß er Mylady umbringt, wenn ich ihn hintergehe.«

Gareth sah ihn reglos an. »Das hat er wirklich gesagt? Er hat gedroht, Lady Clare umzubringen?«

Dallan zitterte, obwohl er inzwischen im Warmen und Trokkenen saß. »Er hat geschworen, daß er all diejenigen umbringt, die mir am Herzen liegen. Und dann hat er gedroht, daß er mich auf grausame Weise zerstören wird. Ihr müßt das verstehen, Mylord, lieber hänge ich, als durch Schwarze Magie zu sterben.«

Clare starrte ihn an. »Schwarze Magie?«

Dallan preßte die Lippen aufeinander als fürchte er, daß er bereits zuviel gesagt haben könnte.

»Schwarze Magie.« Gareth wiederholte die Worte langsam und nachdenklich, als müsse er sich ihrer ganzen Bedeutung erst noch bewußt werden. »Also ist dieser mächtige Herr, den Ihr so fürchtet, ein Magier?«

Dallan blickte erneut auf seine verkrampften Hände. »Ja. Er ist ein Meister der dunklen Künste. Er kann durch verschlossene Türen gehen. Er kann Dinge verschwinden lassen. Er kennt die Geheimnisse der Alten.«

Gareth zog eine Braue hoch. »Und dieser große Magier, der durch verschlossene Türen gehen und Dinge verschwinden lassen kann, hat es nötig, einen sechzehnjährigen Jungen loszuschicken, um einer Frau ein Buch zu stehlen? Warum ist er nicht einfach in ihrem Studierzimmer aufgetaucht und hat sich das Buch selbst geholt? Dann hätte er sich einfach wieder fortzaubern können und niemand wäre ihm jemals auf die Schliche gekommen.«

»Mylord, ich behaupte nicht, daß ich die Gründe für sein Handeln kenne«, sagte Dallan verzweifelt. »Er vertraut weder mir noch sonst jemandem jemals seine Pläne an. Es ist nicht seine Art. Er behält immer alles für sich.«

»Was genau hat er Euch erzählt, als Ihr bei ihm wart?« wollte Gareth wissen.

»Er befahl mir, hierher nach Desire zu kommen und mich als Troubadour in den Haushalt einzuschleichen. Er sagte, ich solle mich mit der Burg und den Menschen, die hier leben, vertraut machen. Und dann solle ich auf ein Signal von ihm warten.«

Clare runzelte die Stirn. »Er wußte, daß ich froh sein würde, einen Sänger zu bekommen?«

»Ja. Mein Herr –« Dallan unterbrach sich und warf einen furchtsamen Blick auf Gareth. »Ich meine, mein früherer Herr sagte –«

»Was sagte er?« drängte Clare.

Dallan schneuzte sich, um nicht in Tränen auszubrechen. »Er sagte, meine lächerlichen Gedichte würden Euch wahrscheinlich gefallen, Mylady. Er sagte, Ihr würdet mich willkommen heißen, weil Ihr eine große Schwäche für romantischen Unsinn habt.«

»Mit einer Sache hatte er recht«, sagte Clare. »Du bist hier wirklich willkommen, Dallan.«

»Er *war* willkommen«, verbesserte Gareth mit ruhiger Stimme. »Bis er dieses Haus und mich verraten hat.«

»Ich mußte es tun«, flüsterte Dallan. »Ich mußte das Buch nehmen. Er hat es mir befohlen.«

Gareth sah ihn wachsam an. »Wann hat er Euch diesen Befehl erteilt?«

»Er erschien am letzten Tag des Frühjahrsmarktes. Er hat mich in der Menge gesucht und mir das Buch beschrieben, das er wollte. Er sagte, wenn ich es ihm nicht innerhalb einer Woche brächte, würde er diese Burg und all ihre Bewohner zerstören.«

»Auf dem Frühjahrsmarkt?« Gareths Blick verengte sich. »Er war in Seabern?«

»Ja.« Dallan schneuzte sich erneut. »Er hatte sich als Händler verkleidet.«

»Deshalb also hat sich deine Stimmung am letzten Markttag so drastisch verändert«, sagte Clare.

»Ich hatte angefangen zu glauben, daß er mich vergessen hat«, flüsterte Dallan. »In den letzten beiden Monaten hatte ich mir wirklich eingebildet, daß er mich nicht länger braucht und daß ich vielleicht frei sei.«

»Habt Ihr mir deshalb die Treue geschworen, Dallan of Desire?« fragte Gareth. »Weil Ihr dachtet, der Magier habe Euch von Eurem Schwur ihm gegenüber entbunden?«

»Er hat mich ihm niemals die Treue schwören lassen, so wie Ihr es getan habt, Mylord.« Dallan starrte verloren auf den Fußboden. »Für ihn war ich nie mehr als ein Diener. Und man fordert von einem Diener keinen Treueeid.«

Clare blickte auf das Buch, das vor ihr auf dem Tisch lag. »Woher wußtet Ihr, welches der Bücher meines Vaters der Magier wollte?«

»Er hat es mir beschrieben, als er mich auf dem Markt aufsuchte.« Dallan sah ebenfalls zu dem Buch hinüber. »Er sagte, es wäre ein großes Buch mit vielen seltsamen Rezepten, das in schlechter Schrift abgefaßt ist. Er sagte, es befände sich zweifellos unter den Dingen, die Sir Humphrey kurz vor seinem Tod nach Hause geschickt hat.«

»Ihr wußtet, daß ich in letzter Zeit genau so ein Buch studiert habe, weil Ihr mir bei ein paar Experimenten geholfen habt«, sagte Gareth.

»Ja, Mylord.«

Gareth verzog unmerklich den Mund. »Ich dachte, Ihr hättet

ein ungewöhnliches Talent für derartige Experimente. Ich nehme an, das liegt daran, daß Ihr Eurem Magier von Zeit zu Zeit geholfen habt.«

»Ja.« Dallan schluckte schwer. »Er hat mir die Dinge beigebracht, die ich wissen mußte, um ihm bei seinen Studien zu helfen. Mylord, ich muß es wissen – werdet Ihr mich noch heute abend aufhängen?«

»Warum fragt Ihr?«

»Ich möchte vorher noch die Beichte ablegen. Ich weiß, daß ich nicht das Recht habe, um Milde zu bitten, aber ich wäre Euch wirklich dankbar, wenn Ihr einen Priester rufen würdet, ehe Ihr mich hängt.«

»Bei der Herzensgüte der heiligen Hermione, Lord Gareth wird heute abend niemanden hängen«, warf Clare eilig ein. »Nicht wahr, Mylord?«

Gareth schwieg. Er starrte weiterhin nachdenklich in die Flammen.

Dallan biß sich auf die Lippe und blickte auf seine zitternden Hände. »Ich hoffe, Ihr könnt mir eines Tages verzeihen, Lady Clare.«

Clare bedachte Gareth mit einem Stirnrunzeln und wandte sich dann erneut an Dallan. »Beachte seine Lordschaft einfach nicht. Er hat schlechte Laune. Aber er wird dich bestimmt nicht aufhängen, Dallan.«

Dallan sah sie an, als sei sie verrückt geworden.

»Mylord, würdet Ihr Dallan freundlicherweise erklären, daß Ihr ihn nicht hängen werdet«, fuhr sie ihren Mann an.

»Ich denke noch darüber nach«, murmelte Gareth.

»Sir, Ihr wißt ganz genau, daß Ihr Euren eigenen zukünftigen Knappen nicht aufhängen werdet.« Clare schenkte Dallan ein beruhigendes Lächeln. »Ich weiß, daß du das Buch genommen hast, weil du mich beschützen wolltest, Dallan. Und Lord Gareth weiß das auch.«

Dallan schien sich da nicht so sicher zu sein. »Mylord, ich

weiß, daß Ihr das, was ich getan habe, als Verrat betrachtet. Ich wünschte von ganzem Herzen, daß ich Euch weiterhin als Knappe hätte dienen können. Aber Ihr selbst habt mir einmal gesagt, daß ein Mann alles Erforderliche tun muß, um diejenigen, die ihn brauchen, zu schützen. Und ich mußte Lady Clare beschützen.«

»Ein Mann kann nicht zwei Herren auf einmal dienen, Dallan of Desire.«

»Nein, Mylord. Das weiß ich. Aber als ich Euch die Treue schwor, glaubte ich wirklich, ich wäre frei, um Euch zu dienen. Wißt Ihr, für den Magier war ich nicht wichtig. Nichts als ein Junge, den er für ein paar Münzen gekauft hatte. Nachdem ich eine Zeitlang auf Desire gelebt hatte, war es ein leichtes, mir einzubilden, daß er mich entweder vergessen hätte oder daß er mich nicht mehr brauchte. Ich redete mir ein, daß er mich nicht noch einmal aufsuchen würde.«

Gareths Augen hatten die Farbe von blassem, grauen Rauch. »Ich will den Namen des Magiers, Dallan.«

Dallan blickte ihn an wie ein gehetztes Kaninchen. »Ich schwöre, ich wage es nicht, ihn Euch zu nennen. Wenn ich das täte, würde ich den gesamten Haushalt, besonders Lady Clare, in große Gefahr bringen.«

»Lady Clare ist bereits in Gefahr«, sagte Gareth. »Die einzige Möglichkeit, sie, diese Burg und alle Menschen, die darin leben, zu beschützen, besteht darin, daß ich soviel wie möglich über Euren Herrn herausfinde.«

»Aber er ist kein gewöhnlicher Ritter, Mylord. Er ist ein Magier«, winselte Dallan.

»Verdammt. Eurer Beschreibung nach ist er ein Alchemist. Ein ganz gewöhnlicher Mann, der ein paar Tricks aus dem Fernen Osten gelernt hat. Nichts weiter. *Ich will seinen Namen.*«

Clare strich Dallan über die Hand. »Nenn uns den Namen des Magiers, Dallan. Es ist das beste. Lord Gareth wird das Problem lösen. Er ist sehr gut in solchen Dingen.«

Dallans Blick flackerte nervös zwischen Gareths hartem, unnachgiebigen Gesicht und Clares beruhigendem Lächeln hin und her. »Verzeiht mir. Ich weiß, daß Ihr ein großer Ritter seid, Mylord, aber noch nicht einmal Ihr könnt uns vor den Zauberkünsten des Magiers schützen.«

»Unsinn«, sagte Clare. »Lord Gareth ist durchaus in der Lage, mit einem harmlosen Magier fertigzuwerden.«

Gareths unergründlicher Blick ruhte kurz auf ihrem Gesicht. »Ich danke Euch für Euer Vertrauen, Madam.«

Clare wurde bei dieser Bemerkung warm ums Herz. »Ich habe nicht den geringsten Zweifel an Eurer Fähigkeit, diese Burg zu beschützen, Mylord.«

»Nun, wenn mein zukünftiger Knappe mir dasselbe Vertrauen entgegenbrächte«, sagte Gareth in bedächtigem Ton, »dann wäre ich wahrscheinlich bereits dabei, alles Notwendige zu tun.«

Dallans Miene hellte sich kurzfristig auf, doch dann legte sich erneut ein Ausdruck der Verzweiflung auf sein Gesicht. »Ich bin nicht mehr Euer zukünftiger Knappe, Mylord. Das wissen wir beide.«

»Ihr sagt, Ihr habt diesem Magier niemals die Treue geschworen?«

»Nein, Mylord.«

»Aber Ihr habt vor Zeugen mir gegenüber den Treueeid geleistet.«

»Ja.«

»Habe ich nicht Euren Schwur akzeptiert und Euch gegenüber ebenfalls einen Eid geleistet?«

»Ja.«

»Und was habe ich Euch versprochen für den Fall, daß Ihr mir stets ehrlich zu Diensten seid, Dallan of Desire?«

»Euren Schutz, Mylord.«

»Ich habe noch nie einen Schwur gebrochen, Barde. Mein Ehrenwort ist das einzige, das ich zu jeder Zeit mein eigen nennen konnte. Ich gebe niemals leichtfertig mein Wort. Und wenn ich es einmal gegeben habe, dann halte ich mich auch daran.«

»Ich verstehe, Mylord.« Dallans Hände verkrampften sich erneut. »Aber ich habe nicht mehr das Recht, Euren Schutz zu fordern.«

»Doch, das habt Ihr, solange Ihr Euren eigenen Schwur nicht gebrochen habt«, sagte Gareth leise.

Dallan blickte überrascht auf. »Aber das habe ich getan. Zumindest glaubt Ihr das.«

»Was ich glaube«, sagte Gareth nachdenklich, »ist, daß Ihr den Alchemisten so sehr fürchtet, daß Ihr es nicht gewagt habt, Euch seinem Befehl zu widersetzen.«

»Ja.«

»Aber außerdem glaube ich, daß Ihr ihm gehorcht habt, weil Ihr Lady Clare beschützen wolltet.«

»Das stimmt«, flüsterte Dallan. »Das schwöre ich.«

»Dann habt Ihr mich nicht betrogen«, sagte Gareth. »Ihr habt Euch in die Irre führen lassen und wie ein Narr gehandelt, aber Ihr habt nicht Euren Schwur gebrochen. Ihr seid also immer noch mein zukünftiger Knappe, und ich bin immer noch Euer Lehnsherr.«

Dallan schloß die Augen und atmete zitternd ein. »Ihr seid sehr großmütig, Mylord. Eine solche Güte habe ich nicht verdient.«

»Den Namen, Dallan.« Gareth ballte die Hand zur Faust. »Ich will den Namen des Magiers.«

»Lucretius, Mylord.« Dallan verharrte vollkommen reglos auf seinem Hocker. Er kniff die Augen zusammen, als erwarte er, auf der Stelle vom Blitz erschlagen zu werden. Als nichts passierte, hob er vorsichtig die Lider. Seine Stimme wurde fester. »Sein Name ist Lucretius de Valemont.«

»Lucretius de Valemont«, wiederholte Gareth leise. »Den Namen habe ich noch nie gehört.«

»Ich auch nicht«, sagte Clare.

Dallan vergrub sein Gesicht in den Händen. »Gott schütze uns, ich fürchte, er wird uns alle umbringen.«

»Wie ist es Dallan gelungen, die Burg zu verlassen, ohne von der Wache entdeckt zu werden?« Ulrichs kahler Schädel glänzte wie frisch poliert, als er sich über die Pergamentkarte beugte, die auf dem Tisch ausgebreitet war.

»Er hat gewartet, bis die Wache auf ihrem Rundgang an ihm vorbeigegangen war.« Gareth suchte die Küstenlinie mit dem Finger nach den beiden Plätzen ab, an denen ein kleines Boot landen konnte. »Dann hat er hinter den Stallungen eine Leiter angelegt. Auf der anderen Seite der Mauer hat er sich dann mit einem Seil heruntergelassen.«

»Ziemlich clever für einen simplen Barden, nicht wahr?«

»Ja.« Gareth blickte aus dem Fenster ins trübe Morgenlicht. Der Sturm hatte sich gelegt, aber die Luft war feucht und schwer. »Wenn man sich so leicht hinausstehlen kann, ist es wahrscheinlich ebenso leicht, unbemerkt hereinzukommen. Stellt noch eine zusätzliche Wache auf, Ulrich.«

»Dazu muß ich eine der Wachen vom Kloster abziehen.«

»Ich glaube nicht, daß das Kloster in Gefahr ist. Der Alchemist weiß, daß das Buch hier in der Burg ist.« Gareth fand die Einbuchtungen an der Küstenlinie. »Außerdem will ich, daß jemand die beiden Buchten und den Hafen im Dorf überwacht. Und nach jeder Flut sollen die kleinen Höhlen in den Klippen überprüft werden.«

»Wir werden uns großräumig auf der Insel verteilen müssen, Mylord. Die drei Männer, die Ihr dem Londoner Händler mitgegeben habt, sind noch nicht zurück. Uns fehlen noch Leute.«

»Ihr und ich werden ebenfalls auf Wachposten gehen. Genau wie mein zukünftiger Knappe.«

Ulrich blickte neugierig auf. »Ihr wollt Dallan mit einer so wichtigen Aufgabe betrauen?«

»Dallan ist mein Mann. Er fürchtet sich vor seinem ehemaligen Herrn, aber er dient ihm nicht. Er dient mir.«

Ulrich zögerte, doch dann nickte er. »Also gut. Ihr hattet schon immer ein gutes Urteilsvermögen. Dann soll er das Kloster bewachen.«

»Ich werde hier auf der Burg bleiben«, sagte Gareth. »Und Ihr nehmt zwei Männer mit und kümmert Euch um den Hafen.«

»Ja, Mylord. Glaubt Ihr, dieser Lucretius de Valemont wird versuchen, bewaffnete Männer nach Desire zu bringen?«

»Zu diesem Zeitpunkt kann er nicht wissen, daß wir auf dem laufenden sind.«

»Aber das wird er bald herausfinden.« Gareth blickte auf die Karte. »Ich habe das Gefühl, daß er herkommen wird, um das Buch zu suchen, wenn Dallan es ihm nicht bringt. Er war schließlich schon einmal hier auf der Insel.«

Ulrich sah ihn mit einem Stirnrunzeln an. »Wann?«

»In der Nacht, als er die Bibliothek des Klosters durchsucht hat.«

»Ihr glaubt, daß er die Einsiedlerin ermordet hat?«

»Ja.«

»Aha. Unser geheimnisvoller Geist, der durch verschlossene Türen gehen kann«, sagte Ulrich nachdenklich.

»Eher ein Mann in einer Mönchskutte, der weiß, wie man ein Schloß aufbricht. Ich nehme an, er ist mit einem kleinen Boot an einer der beiden Stellen gelandet.« Gareth zeigte mit dem Finger auf die beiden kleinen Buchten.

Ulrich lächelte ohne das normale Glitzern in den Augen. »Wenn der Magier ein zweites Mal zurückkommt, werden wir ihn schnappen.«

»Ja. Er ist auch nur ein Mensch, egal, was Dallan glaubt.«

»Wo ist der junge Dallan?«

»Clare hat ihn mit in die Küche genommen, um ihm etwas zu essen zu geben. Nachdem er sich von seinem Abenteuer erholt hatte und nicht länger befürchten mußte, gehängt zu werden, hat er plötzlich einen ungeheuren Appetit entwikkelt.«

Ulrich runzelte nachdenklich die Stirn. »Ich wüßte gern mehr über diesen Magier.«

»Ich auch. Aber Dallan fürchtet sich so sehr vor ihm, daß er es kaum wagt, über ihn zu sprechen. Clare sagt, er wird uns bestimmt mehr erzählen, wenn er erst mal was gegessen hat.«

»Ihr habt Eurer Frau aufgetragen, den Jungen auszufragen?«

»Das war ihre Idee«, gestand Gareth.

»Er ist ein Magier?« Joanna blieb vor Überraschung der Mund offen stehen. »Bist du dir sicher?«

»Das sagt zumindest Dallan.« Clare sah den Sänger an. »Stimmt's?«

»Ja, Mylady.« Dallan saß am Küchentisch und hatte ein großes Stück Brathähnchen vom Vortag vor sich, das er mit einer Eile verschlang, als habe er seit Wochen nichts mehr zu essen bekommen. William saß ihm gegenüber und kaute an einem Stück Käse.

»Sir Ulrich sagt, es gibt keine Magie«, erklärte William. »Er sagt, Lucretius de Valemont ist wahrscheinlich ein Alchemist, aber bestimmt kein echter Magier.«

»Er kann durch verschlossene Türen gehen«, beharrte Dallan auf seiner Meinung.

»Wirklich?« William war hingerissen.

»Ich habe gesehen, wie er ein verschlossenes Zimmer betreten hat, ohne einen Schlüssel zu benutzen«, sagte Dallan mit vollem Mund. »Außerdem habe ich gesehen, wie er Dinge verschwinden ließ und sie dann wieder zum Vorschein gebracht hat. Ich weiß, daß Lord Gareth mir nicht glaubt, aber es stimmt.«

»Ich wette, er ist kein so großer Ritter wie Lord Gareth oder Sir Ulrich«, sagte William zuversichtlich.

Dallan hörte auf zu kauen. Sein Blick verriet Furcht. »Ich

habe doch schon gesagt, Lucretius de Valemont hat sogar an einem Kreuzzug teilgenommen. Er ist ein tapferer Ritter, obgleich er sagt, daß nur ein Narr ein Schwert benutzt, wenn er sich statt dessen Schwarzer Magie bedienen kann.«

William biß erneut in sein Stück Käse. »Ist er so groß und stark wie Lord Gareth und Sir Ulrich?«

»Nein.« Dallan schien kurzfristig aufzuatmen. »Er ist nicht so groß wie mein Herr.« Verzweiflung zeigte sich wieder auf seinem Gesicht. »Aber er kann sehr gut mit dem Schwert umgehen. Und er ist äußerst clever. Er sagt, große Männer sind leicht zu besiegen, weil sie sich immer auf die Kraft ihrer Muskeln verlassen statt auf ihre Intelligenz.«

»Dann kennt der Magier Lord Gareth wohl nicht, oder?« Clare setzte sich neben William auf die Bank und sah Dallan an.

»Nein.« Dallan schien sich bei diesem Gedanken leicht zu entspannen. »Lord Gareth ist auch sehr clever, nicht wahr? Vielleicht ist er sogar noch cleverer als der Magier.«

»Ich nehme an, das ist er.« Clare nahm sich eine Scheibe frischgebackenes Brot. »Ist der Magier verheiratet?«

»Nein. Die Frauen finden ihn hübsch. In der Tat fühlen sie sich wirklich zu ihm hingezogen. Ich habe oft miterlebt, wie sie um seine Gunst gebuhlt haben. Aber er sagt, er habe keine Verwendung für eine Frau.«

Joanna stellte ihm eine Portion Eiercreme hin und sah Clare an. »Also zieht er die Gesellschaft von Männern vor?« fragte sie so beiläufig wie möglich.

Dallan zuckte mit den Schultern. »Nein.«

»Kleine Jungen vielleicht?« schlug Joanna leise vor.

Clare hielt den Atem an, als ihr die Bedeutung von Joannas Frage klar wurde.

Aber Dallan schien diese Frage lediglich zu verwirren. Er schüttelte den Kopf und nahm sich von der Eiercreme. »Nein. In Wahrheit mag der Magier niemanden. Er widmet sich ganz seinem Studium der Schwarzen Magie. Aber ich habe erlebt, daß er äußerst höflich und zuvorkommend zu einer Frau sein kann, wenn er etwas von ihr will.«

Clare verharrte reglos. »Was soll das heißen?«

»Er macht ihr romantische Geschenke, wenn er sie dazu bringen will, etwas für ihn zu tun.«

»Was für Geschenke?«

»Eine einzelne blutrote Rose. Manchmal schreibt er Gedichte für sie, obwohl er findet, daß das närrisch ist.« Dallan verzog das Gesicht. »Die Damen sind von solchen Dingen sehr beeindruckt. Sie wissen nicht, daß er nichts für sie empfindet.«

»Eine einzelne blutrote Rose.« Clare trommelte leise mit den Fingern auf den Tisch. »Sag mir, Dallan, parfümiert der Magier seine Kleider oder benutzt er duftende Seife?«

»Nein. Er mag kein Parfüm. Er sagt, das ist etwas für Frauen, aber in Wahrheit mag er es wohl nicht, weil er davon immer niesen muß.«

Clare tauschte einen Blick mit Joanna aus. »Warum fragt Ihr?«

»Hat er goldbraune Augen?«

»Ja.« Dallan runzelte die Stirn. »Woher wißt Ihr das?«

Clare sah, daß Joanna sie nervös anblickte. »Das habe ich aufgrund der anderen Dinge, die du erzählt hast, geraten.«

William war sichtlich beeindruckt. »Aber wie habt Ihr die Farbe seiner Augen erraten, Lady Clare?«

»Ich glaube, wir kennen diesen Magier, William.«

»Wir kennen ihn?« William starrte sie an.

»Ja.«

»Aber das ist unmöglich.«

»Großer Gott«, flüsterte Joanna. Ihr Gesicht verriet blankes Entsetzen. »Du glaubst doch sicher nicht –«

»Doch, das tue ich.« Clare verzog den Mund. »Denk nur mal darüber nach, Joanna. Er hat die Angewohnheit, einer Dame eine einzelne blutrote Rose zu schenken. Er schreibt Gedichte für sie. Er ist ein höflicher Ritter, der sich für die Geheimnisse arabischer Texte interessiert. Er ist mittelgroß und verachtet Männer, die sich auf ihre körperliche Stärke verlassen. Und er mag kein Parfüm, weil er davon niesen muß.«

»Und«, sagte Gareth ruhig von der Tür her, »er weiß eine Menge über diese Insel und die Burg. Genug, um Dallan genau zu erklären, wie er Zugang zu Eurem Haushalt bekommt.«

»Mylord.« Dallan sprang auf die Füße. »Ich habe Euch nicht kommen hören.«

William runzelte die Stirn. »Ich verstehe das Ganze nicht. Wer ist dieser Magier?«

Clare blickte Gareth an, dessen Augen die Farbe des wolkenverhangenen Himmels hatten. Er sah sie an und wartete auf die Antwort.

»Wir kannten ihn als Raymond de Coleville«, sagte sie.

»Bei allen Heiligen«, flüsterte Joanna. »Dein hübscher Raymond?«

»Ja.« Clare wandte den Blick nicht ein einziges Mal von Gareths grimmigem Gesicht. »Nun, das ist doch wirklich beruhigend, nicht wahr?«

»Warum ist das beruhigend?« wollte Dallan wissen.

»Weil ich sowohl Sir Raymond als auch Lord Gareth sehr gut kenne.« Clare erhob sich und sah in die erwartungsvollen Gesichter der anderen. Sie lächelte. »Und ich kann versichern, daß der Magier für unseren Höllenhund kein Gegner ist.«

Gareth stand am Fenster von Clares Studierzimmer und starrte hinaus aufs Meer. Über den stahlfarbenen Wellen hatte sich ein unangenehmer grauer Nebel ausgebreitet, der die ganze Insel einzuhüllen drohte.

»Er war für Euch die Verkörperung des idealen Ritters, das Vorbild, nach dem Ihr Euer Rezept für einen Ehemann zusammengestellt habt«, sagte er ohne eine Spur von Gefühl in der Stimme.

»Es stimmt, ich habe Raymond de Coleville als Modell benutzt.« Clare saß kerzengerade auf ihrem Stuhl und hatte die Hände auf dem Tisch gefaltet. »Eine Frau braucht schließlich ein Grundrezept, an das sie sich halten kann.«

»Ach, ja?«

Clare seufzte. »Ich kenne nicht viele Ritter, Mylord. Und die wenigen, die ich kennengelernt habe, waren nicht besonders beeindruckend. Sie ähnelten entweder Sir Nicholas oder meinem Bruder. Mein Vater war ein Ritter und ich habe ihn durchaus respektiert, aber ich wollte keinen Ehemann, der sich so vor seinen Verpflichtungen drücken würde, wie er es tat.«

»Und dann tauchte der Magier hier auf Eurer Insel auf und hat Euch verzaubert.«

Clare rümpfte die Nase. »Ganz so würde ich es nicht ausdrücken.«

»Eines wüßte ich gern«, sagte Gareth.

»Ja, Mylord?«

»Liebt Ihr ihn immer noch?«

Clare erstarrte. »Nein. Ich liebe weder Raymond de Coleville noch Lucretius, wie auch immer er sich nennt.«

Gareth wandte sich zu ihr um. Sein Gesicht war angespannt. »Seid Ihr Euch sicher? Wahrscheinlich werde ich ihn töten müssen, Clare.«

Sie erschauderte. »Es wäre mir lieber, wenn Ihr niemanden töten würdet.«

»Mir auch. Aber dieser Magier ist ein Mörder.«

»Beatrice?«

»Er muß derjenige gewesen sein, der sie erwürgt hat.«

»Ja, das glaube ich auch, obwohl es mir unmöglich ist, an Raymond als an einen Mörder zu denken.«

»Außerdem müßt Ihr die Möglichkeit in Betracht ziehen, daß er vielleicht Euren Vater getötet hat.«

»Meinen *Vater*?« Clare war sprachlos. »Aber mein Vater wurde in Spanien von Banditen ermordet.«

»Was hatte Euer Vater bei sich, daß es sich gelohnt hätte, ihn umzubringen?« fragte Gareth leise. »Denkt einmal darüber nach, Clare.«

»Das Buch mit übersetzten alchemistischen Rezepten«, flüsterte sie. »Dasselbe Buch, auf das es der Magier abgesehen hat.«

»Ja. Wir wissen, daß der Magier einmal wegen dieses Buches getötet hat. Möglicherweise hat er deswegen zwei Morde begangen.«

Clare schloß schmerzerfüllt die Augen. »Es fällt mir schwer, das zu glauben. Es tut mir wirklich leid, daß wir Euch hier auf Desire soviel Mühsal bereiten, Mylord. Ich weiß, daß Ihr gehofft hattet, hier ein ruhiges, friedliches Leben führen zu können.«

»Man bekommt niemals etwas umsonst. Noch nicht einmal ein ruhiges, friedliches Leben. Und ich bin bereit, für das, was ich will, zu bezahlen.«

Clare öffnete die Augen und sah ihn fragend an. »Ja. Das weiß ich. Ich hoffe nur, daß Ihr eines Tages finden werdet, wonach Ihr sucht.«

»Das hoffe ich auch.« Gareth senkte den Blick. »Und Ihr seid sicher, daß Ihr den Magier nicht liebt?«

»Ich bin mir ganz sicher, Mylord. In Wahrheit wußte ich schon vor langer Zeit, daß ich ihn niemals würde lieben können.«

»Woher wußtet Ihr –« Gareth unterbrach sich, als suche er nach den richtigen Worten. »Was hat Euch zu der Überzeugung gelangen lassen, daß Ihr ihn nicht liebt? Woher wißt Ihr, daß Ihr ihn nicht immer noch liebt?«

»Es gibt zwei Gründe. Den ersten werdet Ihr wahrscheinlich nicht verstehen.«

»Und der wäre?«

Clare zuckte mit den Schultern. »Er hat nie richtig *gerochen*.«

Gareth blinzelte. »Wie bitte? Hat er vielleicht nicht regelmäßig gebadet?«

»Oh, nein. Er war ein durch und durch reinlicher Mensch.« Clare lächelte schwach. »Aber er roch einfach nicht richtig, wenn Ihr versteht, was ich meine.«

»Nein, ich verstehe nicht, was Ihr meint, aber es steht mir wohl kaum zu, mit Euch darüber zu streiten.« Gareth machte eine kurze Pause. »Und der zweite Grund, aus dem Ihr Euch so sicher seid, daß Ihr ihn nicht liebt?«

Clare holte tief Luft. »Ich kann den Magier unmöglich lieben, Mylord, weil ich nämlich Euch liebe.«

»Mich?« Gareth starrte sie an.

»Ja. Ihr riecht richtig. Ich wußte es schon am ersten Tag, als Ihr mich wie eine Blume von der Klostermauer gepflückt und vor Euch auf das Pferd gesetzt habt. Ich glaube, bereits in diesem Augenblick habe ich mich in Euch verliebt.«

17. KAPITEL

Gareth starrte auf das sanfte Lächeln, das Clares Lippen umspielte, und spürte, wie sein Blut zu Eis gerann.

»Macht Euch ja nicht über mich lustig.« Mit wenigen Schritten durchquerte er das Zimmer, ging um den Schreibtisch herum und streckte beide Hände nach ihr aus. »Nicht, wenn es darum geht.«

»Mylord, was habt Ihr vor?« Clares Lächeln verflog, als sie versuchte, von ihrem Stuhl zu fliehen.

Gareth packte ihre Arme und zog sie auf die Füße. Er hob sie einfach hoch, so daß sie ihm direkt in die Augen sehen mußte.

»Ich habe Euch davor gewarnt, daß ich die Scherze und Witze, die andere zum Lachen bringen, meistens nicht sonderlich amüsant finde.«

»Beim Daumen der heiligen Hermione, das war kein Scherz, Mylord.« Clare legte die Hände auf seine Schultern und starrte ihn böse an. »Laßt mich sofort runter. Ihr legt genau das anmaßende Benehmen an den Tag, das ich bei großen Männern so unerträglich finde.«

Er ignorierte den Befehl. »Sagt das noch mal.«

»Ich sagte, Ihr legt genau das anmaßende Benehmen an den Tag –«

»Nicht diesen Unsinn.« Er sah ihr direkt in die Augen. »Das, was Ihr davor gesagt habt.«

»Den Unsinn, den ich davor von mir gegeben habe?« wiederholte sie mit schwacher Stimme.«

»Verflucht, Madam, ich bin nicht in der Stimmung für solche Scherze.«

Erneut spielte ein wehmütiges Lächeln um Clares Mund. »Ich liebe Euch.«

»Weil ich gut *rieche*?«

»Nicht immer *gut*«, sagte sie einschränkend, »aber immer richtig.«

»Richtig? *Richtig*?«

»Ich weiß, das klingt wahrscheinlich seltsam, Sir, aber ich bin ein Mensch, der viele Dinge nach ihrem Geruch beurteilt.«

»Einschließlich Männern?«

Clare errötete leicht. »Ich wußte, daß Ihr diese Erklärung für unsinnig halten würdet.«

»Sie ist mehr als unsinnig. Eher eine glatte Lüge. Als ich Euch von der Mauer gehoben habe und Euch vor mir in den Sattel gesetzt habe, hatte ich gerade einen viertägigen Ritt hinter mir. Ich hatte nicht ein einziges Mal gebadet, höchstens mal das Gesicht und die Hände gewaschen. Ich habe nach Pferd und Schweiß und Staub gestunken.«

»Ja. Aber auch nach etwas anderem. Nach etwas, das ich *erkannt* habe.«

»Ich habe nicht gerade wie ein Liebhaber gerochen.«

Sie sah ihn fragend an. »Wie riecht ein Liebhaber, Mylord?«

»Keine Ahnung. Ich nehme an, nach Rosen, Lavendel und Nelken. Auf jeden Fall nicht nach Pferd, Schweiß und Staub.«

»Vielleicht habt Ihr recht, was den Geruch anderer Liebhaber betrifft, Mylord. Ich weiß es nicht.« Clare nahm sein Gesicht sanft zwischen ihre Hände. »Ich kenne nur Euren Geruch. Ich habe ihn bereits am ersten Tag erkannt, obwohl ich nicht wußte, daß es der Geruch eines Geliebten ist. Ich wußte nur, daß er richtig war.«

»Wie rieche ich denn?«

»Ihr verströmt den Duft des aufkommenden Sturmes, des Meeres kurz vor Sonnenaufgang. Es ist ein kräftiger, aufregender Duft, der meine Sinne verwirrt.«

»Clare.« Langsam ließ er sie hinunter, bis ihre Zehenspitzen den Boden erreichten. »*Clare.*« Dann preßte er seinen Mund auf ihre Lippen.

Höchstwahrscheinlich war es ihre Leidenschaft, die sie glauben machte, daß sie ihn liebte, dachte Gareth. Die Macht dieses Gefühls war schließlich etwas Neues für sie. Vielleicht war es aber auch einfach ihr natürlicher Drang, allen Heimatlosen ein Zuhause zu geben.

Oder vielleicht –

Ja, vielleicht liebte sie ihn wirklich.

Er fürchtete sich davor, dies zu glauben, aber er war durchaus gewillt zu nehmen, was er bekommen konnte.

Sie schlang ihre Arme um seinen Hals und öffnete ihre Lippen. Gareth spürte ihre Finger in seinem Haar. Er erschauderte vor Begierde.

Der verzweifelte Hunger, den er jedesmal verspürte, wenn er sie in den Armen hielt, wallte auch jetzt in ihm auf. Zugleich verspürte er das übermächtige Bedürfnis, sie zu beschützen. Er mußte sie vor jeder Bedrohung bewahren. Clare war das Wichtigste, was er jemals besessen hatte.

Er zog sie enger an sich. Das drängende Verlangen war nicht nur sexueller Natur. Es war viel tiefgehender. Gareth wußte, daß er Clare mit mehr Stärke und Entschlossenheit halten mußte, als er jemals sein Schwert gehalten hatte.

Das Tor zur Hölle war schließlich nichts weiter als ein Instrument des Todes.

Clare hingegen war das Leben.

»Verfluchter Nebel«, murmelte Ranulf. »Er ist inzwischen so dicht, daß wir noch nicht einmal die Signalfackeln sehen werden, falls die Wachen auf den Klippen sie anzünden.«

»Ja.« Gareth stützte beide Hände auf das Geländer des Wachturmes und starrte hinaus in die von dichten Nebelschwaden durchzogene Dunkelheit. »Andererseits würde bei diesem Wetter auch kein normaler Mensch versuchen, mit einem Boot von Seabern nach Desire überzusetzen. In dieser Suppe würde er sich hoffnungslos verirren.«

»Kein normaler Mensch«, pflichtete Ranulf ihm bei. »Aber vielleicht ein Magier.«

Gareth sah ihn an. »Erzählt mir bloß nicht, daß Ihr die wilden Geschichten meines zukünftigen Knappen glaubt. Wir lauern nicht auf einen Magier, Ranulf. Wir erwarten nichts weiter als einen ziemlich cleveren Mann, der vor nichts zurückschreckt, um das zu bekommen, was er will.«

»Wenn Ihr es sagt, Mylord.«

»Habt Ihr etwa Angst, daß wir mit Lucretius de Valemont nicht fertig werden?«

»Nein.« Im Licht der glühenden Stücke in den Kohlebecken sah Gareth Ranulfs entschlossene Miene. »Wie Mylady sagt, Ihr seid jedem Magier weit überlegen, Mylord.«

»Danke, Ranulf.«

»Aber ich kann mir nicht helfen, es wäre einfach angenehmer, wenn uns nicht die Männer fehlten, die Ihr nach London geschickt habt.«

»Gerade die Tatsache, daß es uns an bewaffneten Männern fehlt, läßt mich glauben, daß der Magier sein Glück sobald wie möglich versuchen wird«, sagte Gareth.

Ranulf runzelte die Stirn. »Meint Ihr, er weiß, daß uns Männer fehlen?«

»Ja.«

Ranulf riß die Augen auf. »Meint Ihr, er ist so mächtig, daß er so etwas durch seine dunklen Künste in Erfahrung bringen kann?«

»Nein.« Gareth lächelte schwach. »Das hat er zweifellos auf die ganz normale Art herausgefunden. Durch einfache Beobachtung. Der Magier war auf dem Markt in Seabern. Also dürfte er ohne Schwierigkeiten mitbekommen haben, daß wir dem Händler eine Eskorte mitgegeben haben. Und daraus ließ sich dann problemlos unsere jetzige Stärke ableiten.«

»Natürlich.« Ranulf entspannte sich sichtlich. »Verzeiht mir, Mylord. Vielleicht habe ich wirklich etwas zuviel auf Dallans Geschichten gegeben. Wenn man ihn reden hört, bekommt man wirklich den Eindruck, daß der Magier ganz nach Belieben irgendwo auftauchen und wieder verschwinden kann.«

Beim Geräusch von Schritten auf den hölzernen Stufen wandte Gareth den Kopf. Clare erschien in der Öffnung, zwei dampfende Krüge in der Hand. Wegen der Kälte hatte sie die Kapuze ihres grünen Umhanges aufgesetzt. Das Licht des Kohlebeckens spielte auf ihrem ruhigen, gefaßten Gesicht.

»Ich dachte, ihr könntet etwas Warmes zu trinken gebrauchen«, sagte sie.

»Vielen Dank.« Gareths Finger strichen sanft über Clares Hand, als er ihr einen der Krüge abnahm. Er sah sie an und wärmte sich an der sanften Glut in ihrem Blick.

»Danke, Mylady.« Ranulf nahm den anderen Krug. »Ihr habt ein Talent, einem die Härte des Wachdienstes zu versüßen.«

Clare ging zur Brüstung hinüber und starrte in den schwarzen Nebel. »In ein paar Stunden bricht die Dämmerung an, aber selbst wenn die Sonne aufgeht, wird man in diesem Nebel nichts erkennen können. Wie wollt Ihr das Licht der Signalfakkeln sehen?«

»Wir werden es nicht sehen.« Gareth nippte an dem heißen Gebräu. »Wenn irgend etwas passiert, wird uns ein Bote die Neuigkeit mitteilen.«

»Ah, das ist vernünftig«, sagte Clare. »An etwas so Simples hatte ich gar nicht gedacht.«

»Es ist auch nicht an Euch, an solche Dinge zu denken«, sagte Gareth. »Überlaßt die simplen Dinge ruhig mir. Ich bin durchaus in der Lage, damit fertig zu werden.«

Ranulf erstickte beinahe an seinem Schluck Suppe. Gareth bedachte ihn mit einem mißbilligenden Blick, und der junge Wachmann beeilte sich, eine ernste Miene aufzusetzen.

Clare schien dieses kleine Zwischenspiel nicht beobachtet zu haben. Sie schlang ihre Arme um sich und rieb sie mit den

Händen warm. »Habt Ihr schon bemerkt, daß dieser Nebel wirklich unangenehm riecht?«

»Nein.« Gareth legte seine Hand auf den Griff des Tors zur Hölle. »Er riecht wie jeder Nebel. Feucht und dunkel.«

Clare schnupperte. »Ich glaube, es liegt noch ein anderer Geruch darin.«

»Was für ein Geruch, Mylady?« wollte Ranulf wissen.

»Ich erkenne ihn nicht«, sagte Clare. »Aber er gefällt mir nicht.«

Plötzlich ertönte Hufgeklapper in der Dunkelheit und das schwache Licht einer Fackel flackerte zwischen den Nebelschwaden auf.

»Öffnet das Tor«, rief eine bekannte Stimme von der Straße herauf. »Ich habe Neuigkeiten.«

Ranulf beugte sich über die Brüstung und spähte hinunter. »Es ist Malden Comstock, Mylord.«

»Öffnet das Tor«, befahl Gareth. Er blickte hinab, als der Bote durch das Tor in den von Fackeln erleuchteten Hof geritten kam. »Was für Neuigkeiten, Malden?«

»Mylord, im Schutz des Nebels ist ein Boot mit fünf Männern im Hafen gelandet. Wir haben zwei von ihnen getötet, aber die anderen haben sich im Bootshaus verbarrikadiert.«

»Also hat es der Magier geschafft, durch den Nebel hindurch hierherzukommen«, murmelte Ranulf. »Vielleicht versteht er wirklich etwas von den dunklen Künsten.«

Gareth ignorierte ihn. »Warum wurden die übrigen drei Männer nicht gefangengenommen, Malden?«

»Sie sind geübte Bogenschützen, Sir. Es ist ihnen gelungen, unsere Männer abzuwehren. Sir Ulrich hat uns befohlen zu warten, bis sie alle Pfeile verschossen haben. Er sagt, wir werden sie noch früh genug zu fassen kriegen.«

»Ja. Den Eindruck habe ich auch. Ich komme hinunter.« Gareth wandte sich an Ranulf. »Ich reite zum Hafen. Ihr bleibt hier oben auf dem Turm.«

»Ja, Mylord.« Ranulf sah enttäuscht aus, aber er widersetzte sich nicht. »Glaubt Ihr, daß einer der Männer, die Sir Ulrich und die anderen in die Falle gelockt haben, der Magier ist?«

»Ich weiß es nicht. Wenn man es mit einem Alchemisten zu tun hat, ist nichts sicher.«

Clare trat von einem Fuß auf den anderen. »Mylord, bitte seid vorsichtig. Mir gefällt das Ganze nicht.«

Gareth machte einen Schritt auf sie zu und hob sanft ihr Kinn. »Bis zum Morgengrauen ist alles vorbei.« Er gab ihr einen flüchtigen Kuß. »Geht zurück in die Burg und verriegelt die Tür. Kommt unter keinen Umständen heraus, bis ich zurück bin. Habt Ihr mich verstanden?«

Sie strich ihm sanft über die Wange. »Ja, Mylord.«

Es gab so vieles, was er ihr plötzlich hätte sagen wollen, aber dies war weder die rechte Zeit noch der rechte Ort dafür. Also blickte er ihr nur tief in die Augen. »Später. Wir werden später miteinander sprechen.« Er ließ von ihr ab und wandte sich zur Treppe.

William hatte das Pferd, das auf seinen Befehl hin die ganze Zeit über gesattelt bereitgestanden hatte, bereits in den Hof geführt.

»Kann ich mitkommen, Mylord?«

»Nein.« Gareth schwang sich in den Sattel und ergriff die Zügel. »Du wirst hier bei Clare und deiner Mutter und den Bediensteten bleiben. Du wirst das Innere der Burg bewachen, während Ranulf draußen Wache hält. Verstanden?«

William straffte die Schultern. »Ja, Mylord.«

Gareth riß das Pferd herum und galoppierte in den dichten Nebel hinaus. Malden Comstock hob seine Fackel und folgte ihm.

Einer der Diener schloß hinter ihnen das Tor.

Ulrich hatte seinen Auftrag gerade erfüllt, als Gareth und Malden Comstock den Hafen erreichten. Das Licht der Fackeln flackerte gespenstisch über die Körper der beiden getöteten Eindringlinge. Die drei anderen standen in düsterem Schweigen daneben, die Hände auf dem Rücken gefesselt.

Eine Gruppe von Dorfbewohnern war herübergekommen, um zu sehen, was los war.

Gareth stieg von seinem Pferd und warf Malden die Zügel zu. »Gut gemacht, Ulrich.«

»Das ist der Haufen«, sagte Ulrich. »Es war nicht besonders schwierig.«

Gareth sah die drei überlebenden Bogenschützen an. »Wer von euch ist Lucretius de Valemont?«

Die Gefangenen starrten ihn an. Einer schüttelte den Kopf.

Gareth blickte die Männer nachdenklich an. »Es gibt viele Arten zu sterben. Nicht alle von ihnen sind sonderlich angenehm. Gebt mir lieber die Antworten, die ich haben möchte.«

Einer der Bogenschützen, ein Kerl mit gewölbter Brust in mittleren Jahren, sah ihn unvermittelt an. »Eure Männer nennen Euch den Höllenhund von Wyckmere. Seid Ihr das wirklich?«

»Ja.«

»Es heißt, Euer Wort ist ebensoviel wert wie Euer Schwert.«

»Ja.«

»Wenn wir die Wahrheit sagen, gebt Ihr uns dann Euer Wort, daß wir ein schnelles Ende haben werden?«

»Ja.« Noch nie in seinem Leben hatte er einen Mann gefoltert, aber es war ja nicht unbedingt erforderlich, das diesen drei Kerlen zu sagen.

Der Bogenschütze dachte kurz nach. »Die Sache is' die, M'lord, wir kennen keinen Lucretius de Valemont.«

»Wer hat euch angeheuert?«

Der Mann zuckte mit den Schultern. »Ein herrenloser Ritter, der sich Sir Raymond nannte. Er hat uns gut dafür bezahlt, daß wir heute nacht mit einem Boot übergesetzt sin'. Er sagte, er wüßte, wie er uns durch den Nebel bringen würde.«

»Warum wollte er, daß ihr hierher nach Desire kommt?«

»Er meinte, wir könnten hier im Dorf leichte Beute machen. Aber ich schwöre, daß er uns nicht gesagt hat, daß die Insel von den Männern des Höllenhundes von Wyckmere verteidigt wird.«

»Wie hat er euch durch den Nebel geführt?«

Die Bogenschützen tauschten verlegene Blicke aus, ehe ihr Anführer sich erneut an Gareth wandte. »Sir Raymond ist mitgekommen. Er hat uns die Richtung gewiesen, nachdem er irgendein Zaubergerät befragt hatte, das in seinem Umhang versteckt war.«

»Schwarze Magie.« Einer der Bogenschützen spuckte angewidert auf den Boden. »Ich hab euch gleich gesagt, wir sollten uns nich' mit ihm einlassen. Mir hat die ganze Sache von Anfang an nich' gefall'n, auch wenn uns dieser verdammte abtrünnige Ritter genug Beute versprochen hat, um damit ein ganzes Schiff zum Untergehen zu bringen.«

Auch der dritte Mann starrte den Anführer böse an. »Du warst es doch, der Brock un' Dagget un' uns beide zum Mitmachen überredet hat. Du hast gesagt, die Beute würde uns genug für den Rest unseres Lebens bringen. Statt dessen werden wir deinetwegen alle hängen.«

Gareth brauchte nur seine Hand auf den Griff seines Schwertes zu legen, um die drei zum Schweigen zu bringen. »Wo ist dieser Sir Raymond?«

»Wie gesagt, wir wissen es nich', M'lord«, sagte einer der drei.

Der Anführer trat von einem Bein auf das andere. »Er hat sich 'n paar Meter weiter unten von uns absetzen lassen. Dann is' er in ein kleineres Boot geklettert, das wir mitgebracht hatten, um die Beute drin zu verstauen. Un' dann is' er damit im Nebel verschwunden.«

Gareth sah ihn reglos an. »Und ihr fünf seid dann weitergefahren bis zum Hafen?«

»Ja. Nich', daß wir 'ne andere Wahl gehabt hätten. Wir konnten bei dem Nebel ohne Sir Raymond un' sein verdammtes Zaubergerät sowieso nich' nach Seabern zurück.« Der Bogenschütze zuckte schicksalsergeben mit den Schultern. »Eure Männer haben uns am Kai erwartet un' das war's dann.«

»Meine Ma hat immer schon gesagt, daß ich mal am Strick baumeln würde«, bemerkte einer der anderen.

Ulrich sah Gareth an. »Vielleicht lügen die drei Kerle ja, Mylord.«

»Ja.« Gareth sah in die Gesichter der Bogenschützen. In ihren Augen lag nichts außer Dummheit und stumpfer Resignation. Dann blickte er auf die beiden Leichen. »Holt Dallan.«

»Ja, Mylord. Er ist vorhin gekommen.« Ulrich drehte sich zu den Männern um, die in der Nähe herumstanden. »Dallan, mein Junge, komm her. Wir brauchen deine Hilfe.«

Keine Antwort.

»Er ist nicht mehr da, Sir«, sagte einer der Waffenträger und sah sich verwirrt um. »Vielleicht ist er von einem Pfeil getroffen worden.«

»Ich werde die Dorfbewohner fragen«, sagte Malden und ging hinüber zu der Gruppe Schaulustiger.

Als er kurze Zeit später zurückkam, war seine Miene sehr ernst.

»Nun?« fragte Gareth.

»Dallan scheint verschwunden zu sein, Mylord.«

Ulrich sah nachdenklich aus. »Ich habe Euch davor gewarnt, daß der Junge uns gefährlich werden könnte, Mylord. Vielleicht hat er Euch die ganze Zeit über belogen.«

Clare stocherte in der glühenden Kohle herum, mit der das Zimmer geheizt wurde, in dem sie mit Joanna und William saß. »Kommt es dir heute nacht auch so kalt vor, Joanna?«

»Bald ist Sommer.« Joanna blickte auf ihre Stickarbeit.

William stand am Fenster, die Augen auf den mit Fackeln erhellten Hof gerichtet. »Ich frage mich, ob sie den Magier schon erwischt haben. Glaubt ihr, daß einer der Bogenschützen, die sie im Hafen gestellt haben, wirklich Lucretius de Valemont ist?«

Clare runzelte die Stirn. »Sir Raymond hat nie etwas davon erzählt, daß er ein Bogenschütze ist. Das gehört nicht zu den Dingen, die ein Ritter lernt.«

Joanna sah sie an. »Stimmt. Ritter trainieren nicht mit solchen Waffen. Bögen sind etwas für gemeine Waffenträger.«

William starrte weiter aus dem Fenster. »Lord Gareth sagt, es ist närrisch, so zu denken. Er sagt, ein Mann, der überleben will, muß mit einer ganzen Reihe von Waffen umgehen können, einschließlich des Bogens. Dallan und ich haben mit Ranulf und den anderen schon Bogenschießen geübt.«

»Ihr habt was?« Joanna sah ihn verblüfft an. »Davon wußte ich ja gar nichts. Ich glaube nicht, daß Bogenschießen eine besonders sinnvolle Form der körperlichen Ertüchtigung ist.«

Clare beeilte sich, das Thema zu wechseln. »Vielleicht war ja einer der Männer, die im Hafen getötet wurden, Lucretius de Valemont.«

»Das ist wohl eher unwahrscheinlich«, sagte William. »Dann hätte Dallan ihn erkannt und Malden Comstock hätte es uns bereits gemeldet.«

»Hmm. Da hast du wahrscheinlich recht«, sagte Clare. »Also muß der Magier einer der Männer sein, die in dem Haus gefangen sitzen.«

»Ja.« William nickte zufrieden. »Bis Lord Gareth dort ankommt, haben Sir Ulrich und die anderen ihn bestimmt schon dingfest gemacht.«

»Ich hoffe, es ist bald alles vorbei«, flüsterte Clare.

»Natürlich ist es das.« Joanna machte einen weiteren Stich. »Lord Gareth und Sir Ulrich werden schon dafür sorgen.«

»Ich weiß nicht. Das Ganze kommt mir bald schon zu einfach vor.« Clare kreuzte ihre Arme vor der Brust. Es gelang ihr einfach nicht, die Kälte abzuschütteln, die sie schon den ganzen Abend verspürte.

Joanna blickte auf. »Was soll das heißen?«

»Ich nehme nicht an, daß sich Raymond – ich meine, Lucretius – nach all der Aufregung, die er bisher verursacht hat, so einfach aufhalten läßt.«

William ballte die Faust. »Sir Ulrich sagt, der Magier habe wahrscheinlich auch Sir Humphrey ermordet.«

Clare erschauderte. »Und das alles wegen eines Rezeptbuches. Raymond oder Lucretius, oder wie er sich sonst noch nennen mag, muß verrückt sein.«

Joanna stach erneut in den Stoff. »Ich habe dem Mann noch nie getraut.«

Clare und William tauschten einen raschen, vielsagenden Blick aus, doch keiner von ihnen erinnerte Joanna daran, daß sie es einst gewesen war, die Raymond de Coleville in den Himmel gehoben hatte.

Clare ging hinüber ans Fenster und starrte mit William hinaus in die Nacht. Sie beide warteten sehnsüchtig darauf, daß endlich der Schein einer Fackel am Ende der Straße aufleuchtete.

»Ich wünschte, wir wüßten, was am Hafen los ist«, seufzte William.

Nach einer Weile rührte sich Clare. Sie spähte hinüber zum Wachturm, der im Dunkeln lag. »Kommt es dir auch so vor, daß das Licht der Fackel auf dem Turm ziemlich schwach ist, William?«

William wandte den Blick in die angegebene Richtung. »Ja. Vielleicht hat Ranulf ja keine Ersatzfackel dabei. Soll ich gehen und ihn fragen, ob er eine braucht?«

»Nein, ich werde hinuntergehen und Eadgar Bescheid sagen. Er kann dann einen der Bediensteten mit einer neuen Fackel hinüberschicken.«

Froh, etwas zu tun zu haben, wandte Clare sich zum Gehen.

»Fragt Ihr Eadgar, ob er uns etwas zu essen bringt?« bat William hoffnungsvoll. »Ich bin kurz vorm Verhungern.«

Clare lächelte. »Na gut.« Sie griff nach dem Türknauf.

»*Lady Clare,* kommt schnell her.« Williams Stimme war schrill vor Angst.

Clare wirbelte herum. Sie sah, daß William beide Hände auf den Fenstersims gestützt hatte und hinunter in den Hof starrte.

»Was ist los?« fragte sie. »Stimmt etwas nicht?«

»Kommt her und seht selbst. Da sind Männer im Hof. *Aber das Tor ist immer noch geschlossen.*«

»Bei der Nähnadel der heiligen Hermione.« Clare rannte hinüber zum Fenster. »Was sagst du da? Ist Lord Gareth zurück?«

»Es ist nicht Lord Gareth mit seinen Männern. Das sind Fremde.« William wandte ihr sein entsetztes Gesicht zu. »Vor einer Minute waren sie noch nicht da. Ihr habt schließlich auch gesehen, daß der Hof menschenleer war. Und niemand hat das Tor geöffnet. Das ist wirklich Zauberei.«

Joanna ließ ihre Stickarbeit fallen. Ihr Gesicht war starr vor Entsetzen. »Der Magier.«

Clare hatte das Fenster erreicht und starrte hinab in den von Fackeln erleuchteten Hof. Sie konnte kaum glauben, was sie da sah. Ein halbes Dutzend Männer mit Schwertern, schwarzen Umhängen und Kapuzen auf den Köpfen stürmten in Richtung der Eingangstreppe.

Ein paar der Kerle hatten ihre Umhänge über die Schultern zurückgeworfen, so daß ihre Kettenhemden deutlich zu sehen waren.

Der Anführer des Trupps hatte eine vertraute Gestalt vor sich, der er einen Dolch an den Hals hielt.

»Das ist Dallan«, flüsterte William. »Er hat Dallan gefangen.«

»Großer Gott.« Joannas Stimme erstarb.

Der Mann, der Dallan festhielt, gab einem der anderen ein

Zeichen, so daß dieser die Treppe hinaufrannte und mit dem Griff seines Schwertes an die Tür der Burg hämmerte.

»Öffnet im Namen des Großen Meisters des Ordens des Sternensteins. Öffnet oder sterbt.«

Clare umklammerte mit zitternden Fingern den Fenstersims und beugte sich vor. »Wer ist da?«

Der Mann, der Dallan mit dem Dolch bedrohte, blickte auf. Dann warf er lächelnd die Kapuze nach hinten.

Clare erkannte den Mann, der sich ihr einst als Raymond de Coleville vorgestellt hatte.

»Guten Abend, Lady Clare.« Lucretius' samtene Stimme und sein blitzendes Lächeln waren charmant wie eh und je.

Clare starrte ihn an, als wolle sie einfach nicht glauben, daß er tatsächlich in den Hof ihrer Burg eingedrungen war.

Aber es ließ sich nicht leugnen.

Der helle Schein der Fackeln warf ein teuflisches Licht auf Lucretius' hübsches, falkengleiches Gesicht. Er war schlank und geschmeidig, wie sie ihn in Erinnerung gehabt hatte, ein ungemein attraktiver Mann mit langen, schmalen Fingern. Sein schwarzer Umhang umwehte ihn wie die ebenholzfarbenen Schwingen eines großen Raubvogels.

»Wie seid Ihr in den Hof gekommen?« fragte sie.

»Was für eine dumme Frage. Ich bin ein Magier.« Lucretius lächelte strahlend. »Öffnet die Tür, Madam. Ich will das Buch, das dieser närrische Junge mir nicht gebracht hat.«

»Tut es nicht, Lady Clare«, rief Dallan. »Laßt ihn nicht herein.« Er brach erstickt ab, als Lucretius ihm den Arm enger um den Hals legte.

Clare beobachtete Lucretius genau. »Wenn Ihr wirklich ein so großer Magier seid, Sir, warum taucht Ihr dann nicht einfach in der Burg auf und holt Euch das Buch?«

Lucretius lächelte immer noch. »Irgendwo aufzutauchen und zu verschwinden ist harte Arbeit, Madam, selbst für einen begnadeten Magier wie mich.«

»Seid Ihr wahnsinnig?«

»Ihr werdet mir das Rezeptbuch Eures Vaters bringen, oder ich werde Euren Barden an Ort und Stelle töten.« In Lucretius' Hand blitzte der Dolch. »Und dann werde ich zu Euch in die Burg kommen und Eure Leute einen nach dem anderen vor Euren Augen töten, bis Ihr Euch endlich dazu durchringt, mir das Buch zu bringen.«

»Laßt ihn mich töten, Lady Clare«, flehte Dallan. »Ich bitte Euch, laßt ihn mich töten. Ihr dürft ihm nicht aufmachen.«

Lucretius' Lächeln war eiskalt. »Ich gratuliere Euch, Clare. Ich hätte nicht gedacht, daß Ihr den jungen Dallan so leicht auf Eure Seite ziehen würdet, aber anscheinend ist er Euch treu ergeben. Ich hätte angenommen, der Junge wäre vernünftig genug, sich nicht gegen mich zu stellen, aber offenbar ist er dümmer, als ich dachte.«

»Ihr dürft ihm das Buch nicht geben«, schrie Dallan. »Es ist mir egal, ob er mich umbringt.«

Lucretius blickte unverwandt zu Clare hinauf. »Du kennst sie nicht gut genug, Junge. Sie hat ein zu weiches Herz. Sie wird niemals zulassen, daß du wegen eines Buches stirbst. Stimmt's, Clare? Kein Buch der Welt ist es wert, daß deswegen einer der Menschen stirbt, für die Ihr etwas empfindet, nicht wahr?«

»Nein«, sagte Clare eilig. »Ich werde Euch das Buch bringen, wenn Ihr versprecht, daß Ihr Dallan laufen laßt.«

»Ihr bekommt Euren Barden zurück, sobald ich Sir Humphreys Buch habe. Dieser ungeschickte Kerl hat mir sowieso nie besonders viel genützt.«

»Also gut, ich werde Euch das Buch aus dem Fenster werfen«, sagte Clare.

»Nein, Madam. Ihr werdet es mir bringen. Ich will nicht nur das Buch, sondern auch Euch.«

»Mich? Warum wollt Ihr mich?«

»Ich bin ein vorsichtiger Mann. Ich brauche eine bessere Geisel als Dallan, um meine Flucht zu sichern. Ihr werdet mich begleiten, bis ich Desire verlassen habe.«

»Aber warum?« fragte Clare verzweifelt.

»Irgend etwas sagt mir, daß der Höllenhund von Wyckmere mit größerem Ernst um Euer Leben feilschen wird als um das des Jungen. Ihr seid Sir Gareth einfach wichtiger, oder nicht? Schließlich seid Ihr die Quelle des Reichtumes dieser Insel.«

»Ich bringe Euch das Buch.« Clare wirbelte herum und rannte zur Tür.

»Clare, du darfst ihm nicht aufmachen«, sagte Joanna. »Wenn du es tust, setzt du unser aller Leben aufs Spiel.«

William blickte die beiden Frauen aus weit aufgerissenen Augen an. »Vielleicht ist er wirklich ein Magier. Wenn ja, sind wir alle verloren.«

»Das ist einfach lächerlich. Er ist kein Magier. Es gibt keine echte Zauberei. Lord Gareth hat vollkommen recht. Lucretius ist nichts weiter als ein ziemlich cleverer Alchemist.« Mit diesen Worten riß sie die Tür auf und rannte durch den Flur in ihr Studierzimmer.

Joanna und William folgten ihr.

»William, bring mir einen großen, verschließbaren Beutel«, sagte Clare.

»Ja.« William stürzte in die andere Richtung davon.

Clare eilte in ihr Studierzimmer und nahm das schwere, ledergebundene Buch vom Regal. Dann öffnete sie das Schloß und griff in eine der Urnen, in denen sie getrocknete Blüten aufbewahrte.

Joanna starrte sie verständnislos an. »Was machst du da?«

»Diese Mischung enthält große Mengen Beifuß.« Clare stopfte mehrere Handvoll davon in den schweren Ledereinband. »Der Magier verträgt keinen Beifuß. Er muß davon heftig niesen.«

William tauchte wieder auf. »Hier ist der Beutel, Clare.«

»Gib ihn mir.« Clare nahm ihm die Tasche ab und kippte den

Rest der Blumenmischung hinein. Dann verschloß sie sie und hängte sie sich über die Schulter. Sie nahm das Buch in beide Hände. »Lucretius wird das Buch sehen wollen, bevor ich es in den Beutel stecke, um sicherzugehen, daß ich ihn nicht hinters Licht führen will.«

»Clare, bitte tu es nicht. Ich flehe dich an«, flüsterte Joanna. »Es ist viel zu gefährlich.«

Clare sah sie an. »Ich werde allein hinausgehen. Schließt sofort die Tür, wenn ich auf der Treppe bin. Und macht nicht eher wieder auf, als bis Lucretius und seine Männer verschwunden sind.«

»Aber was wird aus dir?« jammerte Joanna.

»Lord Gareth wird schnell genug merken, was passiert ist. Er wird zurückkommen, um die Burg zu stürmen. Und dann wird er mir nachkommen.« Clare lächelte traurig. »Der Magier hat recht. Ich bin für den Höllenhund von Wyckmere von gewissem Wert. Diese Ländereien wären ohne mich nicht besonders viel wert.«

Sie ging schnell an Joanna und William vorbei aus dem Raum. Ihre weichen Schuhe machten keinerlei Geräusche auf dem Steinboden des Ganges, als sie zur Treppe rannte.

Unten in der Haupthalle fand sie Eadgar und die anderen Bediensteten, die sich vor dem Kamin zusammengekauert hatten. Ihre Gesichter waren starr vor Angst.

»Öffnet die Tür, Eadgar«, sagte Clare.

»Aber, Mylady –«

»Bitte tut, was ich sage.«

»Ja, Mylady.« Eadgar verbeugte sich und ging zur Tür.

Eunice und Agnes rangen die Hände.

Eadgar hob den schweren Eisenriegel, der die Eingangstür verschloß, und Clare trat hinaus in die Nacht.

»Schließt die Tür, Eadgar. Schnell.«

Die Tür fiel hinter ihr zu und sie hörte, wie der Riegel vorgeschoben wurde.

Nie zuvor hatte sie sich so allein gefühlt.

»Habt Ihr das Buch?« fragte Lucretius.

»Ja.« Clare hielt es hoch, damit er es sehen konnte. »Und einen Beutel, um es zu tragen.« Sie öffnete die Tasche und ließ das Buch zwischen die getrockneten Blüten fallen. »Und jetzt laßt Dallan frei.«

»Kommt zu mir, Clare«, befahl Lucretius.

»Nein«, flehte Dallan.

Clare setzte sich langsam in Bewegung.

In diesem Augenblick kamen brennende Pfeile in die Mitte des Hofes hinabgeregnet. Die schwarzgekleideten Ritter schrien vor Überraschung und Verwirrung wild durcheinander.

»Was, zum Teufel, soll das Geschrei?« Lucretius' Umhang wirbelte auf, als er sich umdrehte, um zu sehen, was los war.

Gareth und seine Männer tauchten auf dem Dach von Clares Arbeitshütte auf. Drei von ihnen hielten Bögen in der Hand.

»Gareth«, flüsterte Clare.

»Dieser verfluchte Höllenhund«, murmelte Lucretius. Er schleuderte Dallan zur Seite. »Schnappt sie euch, Männer«, schrie er. »Sie sind keine Gegner für die Ritter des Sternensteins. *Schnappt sie euch auf der Stelle. Das ist ein Befehl.*«

Mit gezückten Schwertern stürzten die schwarzgekleideten Ritter in Richtung der Arbeitshütte.

Ehe sie auch nur drei Schritte gemacht hatten, waren die brennenden Pfeile auf den Boden gefallen und dort unter lautem Getöse explodiert.

»Was für ein Zauber ist das?« schrie einer der Männer.

Dichter Rauch, dicker als jeder Nebel, erfüllte die Nacht und machte es den Menschen im Hof unmöglich, etwas zu sehen.

Ein Mann schrie auf.

Dallan rannte die Treppe hinauf zu Clare und starrte von dort aus verwundert auf das Durcheinander. »Das ist Lord

Gareths Schwefel- und Holzkohlerezept, Mylady. Wir haben Euch doch gesagt, daß es funktioniert.«

»Ja«, entgegnete Clare. »Das habt ihr. Ihr habt nur nicht erwähnt, daß ihr auch eine Verwendung dafür gefunden habt.«

Erneut ertönte eine Reihe donnernder Explosionen im Hof. Die schwarzgekleideten Kerle wurden von Panik ergriffen, und ihre Rufe übertönten noch das Getöse der zerberstenden Pfeile.

»Dieser verdammte Höllenhund ist der wahre Magier«, schrie einer der Männer. »Rennt um euer Leben.«

Noch mehr Rauch erfüllte den Hof. Plötzlich tauchte Lucretius neben ihnen auf. Er sprang die Stufen hinauf und streckte die Hand aus, um Clare zu packen.

»Wagt ja nicht, sie anzurühren.« Dallan ergriff Clares Hand und zerrte sie außer Reichweite.

»Ja, hört auf das, was er sagt, Magier.« Gareths Stimme durchdrang den Nebel wie ein dunkler, körperloser Befehl, der direkt aus der Hölle zu kommen schien. »Wagt es nicht, meine Frau auch nur anzurühren.«

Im Licht der Fackeln sah Clare, daß die Rauchwolken aufstiegen und zerstoben. Gareth kam auf die Treppe zugerannt. Er teilte die Schwaden infernalischen Rauches, als sei er wirklich der Höllenhund, der er von allen genannt wurde.

Lucretius starrte ihn an. »Was für eine Alchemie ist das? Was für Geheimnisse habt Ihr dem Buch entlockt, Bastard? *Was habt Ihr getan?*«

Gareths Zähne blitzten, als er ein Lächeln aufsetzte, das des Teufels würdig gewesen wäre. »Was ist los, Magier? Dachtet Ihr, Ihr wärt der einzige Ritter, der lesen kann?«

Es wäre nichts weiter passiert, wenn nicht genau in diesem Augenblick William aus der Burg gerannt gekommen wäre, dicht gefolgt von Joanna.

»William, komm sofort zurück«, schrie sie.

Noch ehe Gareth eingreifen konnte, stieß der Junge unversehens mit Lucretius zusammen.

Der Magier zeigte sofort, daß er zumindest einen Teil seines außerordentlichen Rufes seiner schnellen Reaktionsfähigkeit zu verdanken hatte. Mit einer geschickten Bewegung schnappte er sich William.

»Ein Schutzschild ist so gut wie der andere.« Mit einer Hand zerrte Lucretius sein zappelndes Opfer zu sich herüber, und mit der anderen zog er sein Schwert. »Bleibt, wo Ihr seid, Höllenhund von Wyckmere.«

Joanna schrie auf und fiel in Ohnmacht, doch niemand achtete darauf. Aus den Augenwinkeln heraus sah Gareth, daß Clare unbewußt einen Schritt in Richtung von Lucretius machte.

»Tut, was er sagt«, befahl Gareth. »Bleibt, wo Ihr seid.«

Clare blieb stehen und warf ihm einen verzweifelten Blick zu. »Gareth –«

Gareth blickte Lucretius an. »Das Beste, worauf Ihr hoffen könnt, ist, daß es Euch gelingt, die Insel mit dem verdammten Buch zu verlassen.«

Lucretius lächelte grimmig. »Das ist alles, was ich wollte. Dallan, du dämlicher Schweinehund, wirf mir den Beutel rüber.«

Dallan blickte Gareth an.

»Tu es«, sagte dieser.

Dallan nahm den Lederbeutel und warf ihn Lucretius zu, der ihn auffing, ohne William dabei auch nur eine Sekunde lang loszulassen.

Lucretius hängte sich den Riemen des Beutels über die Schulter, so daß er quer vor seinem Körper hing. »So. Jetzt habe ich alles, was ich brauche. Ich muß nur noch verschwinden.«

»Durch die Geheimtür in dem alten Holzzaun, die einer der Steinmetze für Euch gebaut hat?« fragte Gareth leise.

»Also habt Ihr auch das herausgefunden, he?« Lucretius lachte leise. »Der Mann schuldete mir einen Gefallen. Sein Leben, um genau zu sein. Und dafür habe ich gefordert, daß er mir die Geheimtür baut.«

»Sehr clever, Magier. Aber Ihr beeilt Euch besser. Meine Männer haben inzwischen fast all Eure Ritter bezwungen. Ihr habt also nur noch den Rauch und den Nebel, um Eure Flucht zu sichern.«

Lucretius überflog den raucherfüllten Hof mit einem schnellen Blick. Es war unmöglich, viel zu erkennen, aber die Geräusche sich kreuzender Schwerter wurde immer weniger. Ulrichs Stimme war in dem Getöse deutlich zu hören. Er forderte die Eindringlinge auf, sich zu ergeben.

Lucretius warf einen Blick auf Clare. »Ich hätte lieber einen etwas sichereren Schutzschild. Kommt her, Clare. Ich werde den jungen William gegen Euch eintauschen.«

»Nein«, sagte Gareth. »Ihr braucht sie nicht. Ihr habt mein Wort, daß ich Euch nicht davon abhalten werde, den Hof zu verlassen.«

»Verzeiht mir, wenn ich der Tiefe Eurer Gefühle für den Jungen mißtraue«, sagte Lucretius. »Aber ich weiß, daß Ihr es Euch auf jeden Fall zweimal überlegen werdet, ehe Ihr das Leben Eurer Frau aufs Spiel setzt. Schließlich ist Clare das wertvollste Mitglied Eures Haushaltes, nicht wahr? Ohne sie sind die Blumen auf Desire wertlos. Clare, kommt sofort zu mir.«

»Clare, nein«, befahl Gareth mit rauher Stimme. Er spürte, wie sich sein Magen vor Angst zusammenzog.

»Es ist besser so, Mylord«, erwiderte sie. »Vertraut mir.«

Langsam ging sie die Treppe hinunter.

Lucretius zögerte nicht. Er ließ William los, schnappte sich Clare und legte ihr den Arm um den Hals.

Dann zog er sich eilig in den Dunst zurück, der im Hof hing.

»Zur Hölle mit Euch, Magier.« Glühender, leidenschaftlicher Zorn wallte in Gareth auf. Er wandte sich um, um Lucretius und Clare zu folgen.

»Wartet, Mylord.« William packte seinen Arm.

»Geh zurück in die Burg.« Der verdammte Magier war bereits dabei, im Rauch zu verschwinden.

»Aber ich muß Euch noch etwas sagen, ehe Ihr den Magier verfolgt«, zischte William leise. »Clare hat Beifuß in den Beutel getan. Sir Lucretius wird bald anfangen, unkontrolliert zu niesen. Seine Augen werden tränen und er wird vollkommen hilflos sein.«

Gareth sah auf William hinab. »Bist du dir sicher?«

»Vollkommen, Mylord. Er verträgt Beifuß einfach nicht. Ich habe gesehen, was passiert ist, als Clare ihm einst eine Pomade gegeben hat, in der Beifuß war. Er hat ihr vorgeworfen, daß sie versucht hätte, ihn zu vergiften.«

»Geh jetzt zurück in die Burg und warte, bis Sir Ulrich dir sagt, daß du die Tür wieder aufmachen sollst.«

»Ja, Mylord.« William zögerte. »Ihr werdet sie doch zurückholen, nicht wahr?«

»Ja.« Er blickte hinüber zu Dallan. »Ihr kommt mit mir, Knappe.«

Dallan blickte ihn starr an. »Er wird sie umbringen.«

»Nein. Wir werden sie retten. Aber der Magier wird diese Nacht nicht überleben.«

Er ging hinüber zum Tor und befahl einem der Waffenträger, ihm zu öffnen.

Ulrich winkte ihm nach. »Wir haben alle Ritter des Magiers erledigt, Mylord.«

»Dann sperrt sie ein, bis ich zurückkomme.«

»Aber wo wollt Ihr hin?«

»Ich werde den Magier verfolgen.«

Als er durch das Tor gegangen war, bemerkte Gareth, daß eine unheimliche Stille über der Insel lag. Die Kälte hatte dazu geführt, daß der Nebel noch viel dichter geworden war.

Durch den grauen Schleier hindurch schimmerte das fahle Morgenlicht. Unglücklicherweise führte der perlige Glanz nur dazu, daß die Einzelheiten der Umgebung noch schlechter auszumachen waren. Die Bemühungen, irgend etwas in diesem Nebel zu erkennen, erinnerten Gareth an den Versuch, etwas in dem rauchigen Kristall im Griff seines Schwertes zu sehen. Es gab zwar Licht, aber es diente nur der Täuschung des Auges und der Verschleierung.

»Was sollen wir tun?« fragte Dallan im Flüsterton.

»Ich glaube, er versucht, die erste der beiden kleinen Buchten zu erreichen. Er will bestimmt zu dem Boot, das er dort versteckt hat.«

Dallan warf Gareth einen verblüfften Blick zu. »Ihr habt in einer der Buchten ein Boot gefunden?«

»Ja. Ich habe befohlen, daß die Höhlen alle paar Stunden durchsucht werden sollen. Einer der Männer hat dort vor kurzem ein kleines Boot entdeckt.«

»Und es gehört dem Magier?«

»Zweifellos. Die Bogenschützen sollten uns lediglich ablenken. Er hatte niemals die Absicht, sie irgendwo zu treffen oder die Insel vom Hafen aus zu verlassen.« Gareth blickte sich um. Er suchte einen Punkt, an dem er sich orientieren konnte und entdeckte schließlich die Umrisse der Nebengebäude der Burg. »Hier entlang. Und von jetzt ab sagt Ihr keinen Ton mehr. Bewegt Euch so lautlos wie möglich.«

Dallan nickte.

Gareth führte ihn über ein nebelverhangenes Feld. Als die Gebäude wieder im Dunst verschwanden, folgte er dem Geräusch der Wellen, die sich an den Klippen brachen.

Er und Dallan hatten höchstens zwanzig Schritte gemacht, als sie das erste laute Niesen hörten. Es kam von vorne, etwas links von ihnen.

Dallan riß die Augen auf, als er merkte, was dieses Geräusch zu bedeuten hatte.

Gareth lächelte. *Meine süße, clevere Clare. Ihr habt den Magier für mich in die Falle gelockt. Jetzt brauche ich nur noch auf den geeigneten Augenblick zu warten, um ihn zu töten.*

Das zweite Niesen wurde von einem wütenden Fluch begleitet.

»Zur Hölle mit dieser Insel und all Eurem gräßlichen Parfüm, Clare. Hier muß irgendwo ein Feld mit Beifuß sein.«

»Laßt mich laufen, Sir«, befahl Clare. »Ihr braucht mich jetzt nicht mehr.«

»Ruhe. Kein Wort mehr. Dieser verdammte Höllenhund ist uns sicher gefolgt.« Lucretius begann erneut zu niesen.

Gareth benutzte das Geräusch, um sich näher an sein Opfer heranzuschleichen. Er bedeutete Dallan zurückzubleiben.

Sie waren inzwischen nahe am Rand der Klippen. Gareth hörte das Echo der Wellen in der Bucht. Außerdem hörte er, wie Clare leise aufschrie, als sie über irgend etwas stolperte.

»Das Boot ist in der Höhle unterhalb der Klippen versteckt«, murmelte Lucretius. »Ihr werdet den kleinen Pfad vor mir hinuntergehen. Es ist nicht genug Platz, um plötzlich loszurennen, also denkt besser gar nicht erst daran zu fliehen. Ich bin direkt hinter Euch –«

Die Worte des Magiers wurden von mehrmaligem Niesen unterbrochen. Er fluchte erneut. Und nieste abermals.

Es folgte ein kurzes Handgemenge.

»Nein«, sagte Clare. »Ich werde nicht mitkommen.«

»Komm sofort zurück, du dummes Weibsstück. Wenn du nicht zurückkommst, werde ich dich mit meiner Magie töten.« Ein neuerlicher Niesanfall unterbrach Lucretius. »Was hat das zu bedeuten?« keuchte er. »Was hast du mit mir gemacht? Verdammt, es ist das Buch.«

Etwas Schweres fiel auf den Boden. Gareth wußte, daß es der Lederbeutel war, den Lucretius sich über die Schulter geworfen hatte, und den er jetzt, außer sich vor Zorn, auf die Erde warf.

»Du hast versucht, mich zu vergiften«, kreischte er. »Dafür werde ich dich umbringen, genau wie ich deinen Vater umgebracht habe.«

»Verschwindet«, schrie Clare. »Wenn mein Mann Euch findet, wird er Euch töten.«

Gareth entdeckte Clare, deren Kleid im Nebel aufblitzte. Er wurde von neuer Furcht gepackt. Clare konnte nicht besser sehen als er. Wenn sie das Gleichgewicht verlor, stürzte sie vielleicht ins Meer.

»Clare, hier entlang«, rief er. *»Lauf nicht auf die Klippen zu.* Komm zu mir.«

Auf dem feuchten Boden ertönten leise Schritte. Clare tauchte vor ihm auf. Sie rannte blind seiner Stimme nach, und dann entdeckte sie ihn.

»Gareth.«

»Bleib bei Dallan.« Gareth zückte sein Schwert und ging an ihr vorbei.

Beinahe wäre er über den Lederbeutel gestolpert, der auf dem Boden lag. Das Buch war herausgefallen. Überall waren getrocknete Blüten verstreut. Der vertraute Geruch von Beifuß hing schwer in der Luft.

Ein weiteres lautes Niesen ließ Gareth nach links herumfahren. Lucretius stand nicht weit von ihm entfernt, eingehüllt in die wabernden Nebelschwaden. Er hatte seinen schwarzen Umhang über die Schultern zurückgeworfen, so daß sein Kettenhemd deutlich zu erkennen war.

»Ihr glaubt also, daß Ihr ein gewiefterer Magier seid als ich, Höllenhund?«

Gareth antwortete nicht. Statt dessen trat er einen Schritt näher an seinen Gegner heran.

»Bleibt, wo Ihr seid.« Lucretius hob die Hand mit dem Schwert. Mit der anderen griff er in die Falten seines Umhanges und zog einen Gegenstand heraus. »Ich kann den Inhalt dieser Flasche weiter schleudern als Ihr mit einem Schwert kommt, Höllenhund.«

Gareth warf einen Blick auf die große Flasche, die mit einer grünen Flüssigkeit gefüllt war, die er nicht kannte. »Glaubt Ihr etwa, ich fürchte mich vor dem Gebräu?«

»Ihr würdet gut daran tun, Euch davor zu fürchten.« Lucretius' Grinsen war teuflisch. »Es ist ein ätzendes Elixier, das alles verbrennt, womit es in Berührung kommt, einschließlich der Haut und der Augen, Höllenhund.«

»Er hat recht, Mylord.« Dallan trat einen Schritt vor. Er starrte auf die Flasche. »Er hat dieses Gemisch entdeckt, als er versucht hat, Metall in Gold zu verwandeln. Es brennt wie Feuer.«

Lucretius lachte leise. »Hört auf den Jungen, Höllenhund. Oder riskiert Euer Augenlicht. Doch was nützt einem ein blinder Hund?«

»Gareth, ich glaube, er sagt die Wahrheit«, beschwor ihn Clare. »Geh nicht in seine Nähe.«

»Es stimmt, was er sagt«, wiederholte Dallan. »Seid vorsichtig, Mylord.«

Clare wandte den Blick nicht ein einziges Mal von Lucretius. »Warum habt Ihr die Einsiedlerin getötet?«

Lucretius zuckte mit den Schultern. »Die verrückte Alte hat mich gesehen. Sie hielt mich für den Geist von Bruder Bartholomäus, der zurückgekommen war, um Schwester Maud zu holen. Aber aus irgendeinem Grund meinte sie, sie müßte ihre Beobachtung beweisen.«

»Sie ist Euch in die Bibliothek des Klosters gefolgt und Ihr habt sie umgebracht«, flüsterte Clare.

»Ich wollte sehen, ob Ihr die Bücher Eures Vaters dort aufbewahrt, ehe ich mir die Mühe machte, das Werk in der Burg zu suchen. Es wäre soviel einfacher gewesen, wenn Ihr das Buch den Nonnen gegeben hättet, Clare.«

»Sie hatten kein Interesse daran«, sagte Clare. »Also habe ich es behalten.«

»Idiotinnen.« Lucretius warf einen Blick auf das Buch, das neben dem Beutel auf dem Boden lag. »Die größten Geheimnisse der Alten sind darin enthalten. Euer Vater hat sie in den arabischen Abhandlungen entdeckt, die er übersetzt hat. Vielleicht enthält es sogar das Rezept für Unsterblichkeit.«

»Wollt Ihr etwa die Insel ohne Euer kostbares Buch verlassen, Magier?« Gareth stieß mit dem Fuß gegen den Ledereinband.

»Anscheinend bin ich gezwungen, es heute zurückzulassen, aber Ihr dürft sicher sein, daß ich zurückkommen werde.« Lucretius setzte erneut sein strahlendes, kaltes Lächeln auf. »Und Ihr werdet nicht wissen, wann und wo ich das nächste Mal auftauche. Ihr werdet also nachts wohl kaum noch ein Auge zubekommen, was, Höllenhund?«

»Ich habe Euch dieses Mal aufgehalten, nicht wahr? Und wenn es nötig ist, werde ich es noch einmal tun.«

»Bah! Dieses Mal hattet Ihr einfach Glück, das ist alles. Aber nächstes Mal wird die Sache anders aussehen.«

»Dann geht, wenn das Eure Absicht ist. Nehmt Euer widerliches Elixier und verschwindet.«

»Wie Ihr wollt, Höllenhund. Aber ich werde Euch etwas da lassen, das Euch auf ewig an mich erinnern wird.« Lucretius schleuderte Gareth die Flasche direkt ins Gesicht.

»Nein«, schrie Dallan. Er sprang vor und streckte die nackten Hände nach der Flasche aus.

»Dallan«, rief Clare.

Gareth handelte sofort, ohne nachzudenken. Es war eine spontane, körperliche Reaktion, die ihm schon häufig das Leben gerettet hatte.

Mit einer Hand schnappte er sich Dallan und schleuderte ihn beiseite. Mit der anderen zog er in einer schnellen Bewegung sein Schwert und fing die Flasche mit der Klinge ab.

Er nutzte diesen Moment, um das Gefäß zur Seite zu stoßen. Es flog auf einen Stein und zerbarst in tausend Einzelteile. Es zischte leise.

»Großer Gott«, keuchte Clare. »Es frißt den Stein.«

»Ihr habt wirklich teuflisches Glück, Höllenhund.« Lucretius stürzte in Richtung des schmalen Pfades, der die Klippen hinabführte. »Aber es wird nicht ewig währen.«

»Dort unten in der Höhle liegt kein Boot mehr, Magier«, sagte Gareth leise. »Meine Männer haben es bereits entdeckt.«

»Das ist unmöglich.« Lucretius' Umhang flatterte wild, als er am oberen Ende des Pfades stehenblieb. »Ihr *lügt*. Ich habe diese Höhlen entdeckt. Niemand sonst weiß etwas davon.«

Gareth lächelte. »Ihr habt keine besondere Erfahrung mit kleinen Jungen. Sie sind unendlich neugierig. William hat die Höhlen schon vor langer Zeit entdeckt.«

»Zur Hölle mit Euch, Höllenhund.« Lucretius hob sein Schwert in die Luft und machte einen Satz auf ihn zu.

Gareth wehrte den Hieb mit Leichtigkeit ab. Lucretius machte einen Schritt zurück, täuschte und kam erneut näher.

Der Magier war wirklich gut. Das mußte sich Gareth insgeheim eingestehen, als sie einander umkreisten. Er war sowohl schnell als auch clever. Lucretius mochte behaupten, daß er die Magie dem Kampf vorzog, aber es war offensichtlich, daß er einiges Talent im Umgang mit dem Schwert besaß.

Da Gareth sich der steil abfallenden Klippen bewußt war, manövrierte er so, daß Lucretius mit dem Rücken zum Meer stand und nicht er. Aus den Augenwinkeln sah er, daß Clare Dallan in Sicherheit brachte.

Lucretius versuchte einen erneuten Angriff, dem Gareth knapp auswich.

Der Magier wirbelte herum und dieses Mal fand sich Gareth in der Position wieder, die er versucht hatte zu vermeiden. Nun stand er mit dem Rücken zu den Klippen.

Lucretius kam näher. Sein Schwert schimmerte matt im grauen Licht der Dämmerung. Gareth spürte, wie der Boden unter seinem linken Fuß nachgab. Der Rand der Klippe begann unter seinem Gewicht abzubröckeln. Die Wellen unter ihm schlugen mit voller Macht ans Ufer.

Mit aller Kraft sprang er nach vorne, den Kopf zuerst, um unter Lucretius' Waffe hindurchzutauchen.

Lucretius hatte zum Schlag ausgeholt. Mit wutverzerrtem Gesicht sah er, wie Gareth knapp unter der Klinge hindurchfegte, mit der Schulter auf die Erde prallte und zur Seite rollte.

»Stirb, Höllenhund.« Lucretius wirbelte herum, als Gareth wieder auf die Füße sprang. »*Stirb* und fahr zur Hölle, wo du hingehörst.«

Gareth sah eine ungeschützte Stelle seines Gegners und holte aus. Lucretius konnte sein eigenes Schwert nicht schnell genug heben, um den Stoß zu parieren.

Doch noch während Gareth zum tödlichen Stoß ansetzte, schrie Lucretius auf und ließ die Waffe fallen. Er ruderte wild mit den Armen, als der Boden unter ihm nachgab.

»Nein«, schrie Lucretius. »Nein, so darf es nicht enden. *Ich bin ein Magier.*«

Gareth blieb abrupt stehen und trat eilig einen Schritt zurück.

Lucretius stürzte rückwärts in das graue Nichts, das ihn erwartete. Sein Schrei hallte endlose Sekunden in der Luft, ehe er plötzlich erstarb.

In der tödlichen Stille sah Gareth sich nach Clare um.

»Gareth.« Sie rannte auf ihn zu, warf sich in seine Arme und klammerte sich an ihm fest. »Ihr seid in Sicherheit.«

»Ja.« Gareth blickte über ihren Kopf hinweg zu Dallan hinüber, der auf die Stelle starrte, an der eben noch Lucretius gestanden hatte.

»Glaubt Ihr, er ist wirklich tot, Mylord?« fragte er mit seltsam belegter Stimme.

»Ja. Wir beide werden gemeinsam zur Bucht hinuntergehen. Ihr dürft sicher sein, daß wir dort seine Leiche finden werden. Schließlich war er auch nur ein Mensch.«

»Ein schrecklicher Mensch«, sagte Clare, ohne den Kopf von seiner Brust zu heben. »Nicht im geringsten als Rezept für einen Ehemann geeignet.«

Clare hatte sich immer noch nicht von dem Schrecken der Ereignisse erholt, als sie und Gareth sich am folgenden Abend in ihr Schlafgemach zurückzogen.

Nach außen hin hatte sich alles wieder beruhigt. Man hatte Ranulf bewußtlos auf dem Wachturm gefunden. Körperlich hatte er sich schnell von dem Schlag erholt, aber Clare nahm an, daß sein Stolz etwas länger brauchen würde.

Lucretius' Leiche war aus der Bucht gezogen worden. Die vier schwarzgewandeten Ritter, die den Kampf überlebt hatten, waren gemeinsam mit den drei glücklosen Bogenschützen sicher in einem der Kellerräume unter der Burg eingeschlossen worden.

Joanna hatte sich von ihrer Ohnmacht erholt, William geherzt und geküßt, bis er sie angefleht hatte aufzuhören, und sich dann direkt in Ulrichs Arme geworfen.

Die Dorfbewohner waren vollkommen aus dem Häuschen und erzählten sich immer wieder aufs neue, was sich in der Nacht zugetragen hatte. Mit jedem Mal wurden die Heldentaten des Höllenhundes von Wyckmere beeindruckender. Clare wußte, wie stolz ihre Leute darauf waren, daß ihr Herr sich als mächtiger erwiesen hatte als ein echter Magier.

Gareths Männer hatten beim Abendessen fröhlich gelacht

und laut gejubelt. Die Köchin hatte ein ausgezeichnetes Mahl zubereitet, um die Ereignisse zu würdigen. Die Bediensteten hatten mit den Waffenträgern geschwatzt und gescherzt.

Dallan hatte zu den Feierlichkeiten beigetragen, indem er eine bewegende Ballade über die Rettung von Desire vortrug. Er hatte sie in weniger als zwei Stunden komponiert, und alle Anwesenden bewunderten sein außerordentliches Talent.

Clare hatte es geschafft, halbwegs ernst und gefaßt zu bleiben, als der Hof aufgeräumt worden war. Aber innerlich war sie alles andere als gelassen. Sie hatte beim Essen nicht einen einzigen Bissen zu sich genommen.

»Ist alles in Ordnung, Clare?« fragte Gareth leise. Er stand vor dem Kamin und war dabei, seine Tunika und seine Schuhe abzulegen.

»Ja. Mir ist nur etwas kalt.« Sie umklammerte die Decke und sah zu, wie Gareth sich auszog.

Gareth wickelte den Ledergürtel um die geballte Faust. »Ihr habt Euch heute abend ein wenig seltsam verhalten.«

»Nun, es war ja auch ein seltsamer Tag, Mylord.«

Er zog eine Braue hoch und legte den zusammengerollten Gürtel auf eine der reich verzierten Truhen. »Ich verstehe.«

»Tut Ihr das wirklich, Gareth?«

»Ja. Ihr seid es nicht gewohnt, daß es hier auf Desire zu Gewalttaten kommt.«

»Das stimmt.«

»Nun, Ihr dürft beruhigt sein, Madam.« Gareth gähnte. »Es ist höchst unwahrscheinlich, daß es in nächster Zeit nochmals zu derartigen Ereignissen kommt. Die Burg ist gerettet. Desire ist gerettet. Unsere Leute sind gerettet.«

»Dank Eures Eingreifens, Mylord.«

Er zuckte mit seinen breiten Schultern und ging quer durch den Raum zum Bett. »Der Magier war nichts weiter als ein gut gekleideter Dieb. Und ich habe Erfahrung im Umgang mit Dieben. Schließlich habe ich mich oft genug mit ihnen abgeben müssen, falls Ihr Euch daran erinnert.«

Seine Gleichgültigkeit gegenüber den entsetzlichen Ereignissen war zuviel. Clare setzte sich kerzengerade auf. Mit zitternden Fingern zog sie sich die Decke bis zum Hals. »Beim Augenlicht der heiligen Hermione, wie kann Euch diese ganze Sache nur so kaltlassen, Mylord?«

Er blieb stehen. Ihr Wutausbruch überraschte ihn. Doch dann runzelte er besorgt die Stirn. »Clare? Ist wirklich alles in Ordnung? Braucht Ihr vielleicht etwas Warmes zu trinken, um besser einschlafen zu können? Ihr habt heute schließlich eine Menge mitmachen müssen.«

»Und ob ich eine Menge habe mitmachen müssen.« Clare rappelte sich auf und stellte sich mitten auf das Bett. Sie stemmte ihre Fäuste in die Hüften und starrte ihn böse an. *»Ihr hättet Euch heute beinahe umbringen lassen, Höllenhund von Wyckmere.«*

Er sah sie fragend an. »Das war wohl eher unwahrscheinlich.«

»Es war alles andere als unwahrscheinlich. Ich habe Euren Kampf mit dem Magier schließlich mit eigenen Augen gesehen. Ebenso gut hättet Ihr derjenige sein können, der über die Klippen gestürzt ist.«

Gareth gähnte erneut. »Aber ich bin nicht gestürzt.«

»Wagt es ja nicht, die Sache auf die leichte Schulter zu nehmen, Mylord. Was hätte ich denn tun sollen, wenn es Eure Leiche gewesen wäre, die man aus der Bucht heraufgeholt hat?«

»Clare –«

Tränen des Schmerzes und des Zornes stiegen ihr in die Augen. »Verdammt, das hätte ich einfach nicht ertragen.«

»Clare, es ist alles gut. Das verspreche ich Euch. Beruhigt Euch, Madam.«

»Behandelt mich nicht, als wäre ich ein ängstliches Pferd. Um ein Haar hätte ich Euch heute verloren.«

Gareth schenkte ihr ein Lächeln. »Ich habe nicht den geringsten Zweifel, daß Ihr mich ohne größere Probleme hättet ersetzen können, Madam. Es gibt mehr als genug heimatlose Ritter in England. Vielleicht hättet Ihr sogar einen gefunden, der Euren Vorstellungen besser entspricht als ich.«

»Macht Euch nicht über mich lustig, Sir. Ich bin nicht in der Stimmung für Scherze. Ich habe Euch bereits gesagt, daß ich Euch liebe. Versteht Ihr nicht, was das bedeutet?«

»Ich glaube, ja«, sagte Gareth langsam.

»Bah, Ihr habt keine Ahnung, was es heißt, jemanden zu lieben, nicht wahr? Wenn Ihr heute getötet worden wärt, hätte mir das das Herz gebrochen. Bedeutet Euch das denn gar nichts?«

»Es bedeutet mir alles«, sagte Gareth einfach.

»Oh, *Gareth.*« Clare warf sich in seine Arme. »Ihr seid der einzige Mann, den ich jemals getroffen habe, der mir das Gefühl gibt, nicht nur nützlich zu sein.«

Gareth zog sie eng an sich. »Ihr habt auf mich die gleiche Wirkung, Madam. Allmählich fange ich an zu glauben, daß ich hierher nach Desire gehöre.«

»Das tut Ihr auch. Dies ist Euer Zuhause, Gareth. Das dürft Ihr niemals auch nur für eine Sekunde vergessen. Ihr dürft nicht noch einmal solche verrückten Risiken eingehen.«

»Beruhigt Euch, Madam. Wir sind jetzt beide in Sicherheit, und ich habe die Absicht, dafür zu sorgen, daß es so bleibt.«

»Ich hatte so entsetzliche Angst, daß ich Euch verlieren könnte«, murmelte sie, das Gesicht an seine Schulter gepreßt.

Er fuhr ihr mit der Hand durchs Haar. »Was glaubt Ihr, habe ich gefühlt, als ich zur Burg zurückkam und sah, wie Ihr auf der Treppe neben Lucretius de Valemont gestanden und Euch mit ihm unterhalten habt?«

Clare unterdrückte ein Schluchzen. »Ich habe mich nicht mit ihm unterhalten. Ich habe mit ihm verhandelt. Und das kann ich sehr gut.«

»Ja, das stimmt.« Gareth strich ihr sanft mit seinem Daumen und Zeigefinger über den Hals. »Das war ein äußerst cleverer Trick, den Ihr da angewandt habt.«

»Ich wußte, daß der Beifuß dazu führen würde, daß er heftig niest. Ich hatte gehofft, daß dies Dallan Gelegenheit geben würde zu fliehen.«

»Statt dessen gab es Euch die Gelegenheit dazu.« Gareth machte eine bedeutungsvolle Pause. »Eine Gelegenheit, die Ihr nicht gebraucht hättet, wenn Ihr meinem Befehl gefolgt und in der Burg geblieben wärt.«

»Ich mußte etwas unternehmen. Er hat Dallans Leben bedroht.«

»Also seid Ihr ihm zu Hilfe geeilt.« Gareth entfuhr ein resignierter Seufzer. »Ich nehme an, es ist sinnlos, Euch wegen Eures Leichtsinns zu verprügeln.«

»Ich hatte keine Wahl.«

Gareth nahm ihr Gesicht zwischen beide Hände. »Wir wollen nicht weiter darüber streiten.«

Sie lächelte und blinzelte, um die letzten Tränen zurückzuhalten. »Oh, Gareth.« Sie schlang ihre Arme um seinen Hals und schmiegte sich an ihn.

Er stieß einen dunklen, heiseren Schrei aus, hob sie hoch und setzte sie auf die nach Kräutern duftenden Laken. Das Feuer im Kamin spendete genügend Licht, daß Clare das strahlende Leuchten in seinen Augen sah. Die Glut in der kristallenen Tiefe seines Blickes wärmte sie mehr, als alles andere es an diesem Tag gekonnt hätte.

»Ah, meine süße Clare.« Gareth legte sich schwer auf sie und preßte sie in die Kissen. »Ihr seid nicht die einzige, die heute einen gehörigen Schrecken bekommen hat. Tut mir so etwas ja nie wieder an.«

»Nein, Mylord.« Clare zog seinen Kopf zu sich herab und küßte ihn mit einem verzweifelten Hunger.

Seine Reaktion überwältigte sie, wie sie es immer tat.

Stunden später reckte sich Clare genießerisch neben Gareth. Keiner von ihnen hatte sich bisher die Mühe gemacht, die Bettvorhänge zuzuziehen.

Die Glut des Feuers warf ein warmes Licht auf die zerwühlten Laken.

Clare schmiegte sich enger an den warmen Körper ihres Mannes und atmete den Geruch seines entspannten, gesättigten Körpers ein.

Gerade als sie erneut die Augen schloß, schoß ihr ein Gedanke durch den Kopf.

»Gareth?«

»Hmm?« Seine Stimme war nicht viel mehr als ein dumpfes Schnurren in der Dunkelheit.

»Das hätte ich beinahe vergessen. Eadgar will wissen, wie lange wir die Gefangenen verköstigen müssen. Er sagt, er braucht zusätzliche Vorräte, wenn sie für längere Zeit in unserem Keller sitzen.«

»Er braucht sich nur noch ein, zwei Tage darum zu kümmern. Sie werden bald verschwunden sein.«

»Gut. Er wird sich freuen, das zu hören.« Clare unterdrückte ein leises Gähnen und kuschelte sich an ihn. »Wißt Ihr, das ist ein echtes Problem für ihn. Wir sind es nicht gewohnt, Gefangene zu haben.«

»M-hm.« Gareth klang, als sei er bereits halb eingeschlafen.

Clare starrte gedankenverloren in die glühenden Kohlen. »Wo gehen solche Männer hin, wenn ihr Herr tot ist?«

»Mm?«

»Ich frage mich, was aus diesen vier Rittern wird, die Sir Lucretius gedient haben. Und aus den drei Bogenschützen, die Ihr gefangengenommen habt. Arme Kerle. Es muß hart sein, weder ein Heim noch einen guten Herrn zu haben.«

»Sie werden mit der Suche nach einem neuen Zuhause keine Probleme haben, Clare.«

Sie wandte den Kopf. »Warum nicht?«

»Weil ich sie alle aufhängen lassen werde, darum nicht.«

»*Was?*« Clare schoß wie von der Tarantel gestochen hoch. »Das könnt Ihr nicht machen, Gareth.«

Er öffnete ein Auge und sah sie an, als sei sie verrückt geworden. »So verfährt man normalerweise mit Männern dieser Art.«

»Unmöglich. Vollkommen unmöglich. Ihr werdet hier auf Desire keine sieben Männer hängen, Mylord. Beim Ring der heiligen Hermione, das kommt nicht in Frage.« Clare sah im Geiste bereits vier Leichen vor sich, die an einem Galgen baumelten. »Ich verbiete es.«

Gareth öffnete auch das andere Auge und sah sie ausdruckslos an. »Ihr verbietet es?«

»Allerdings, das tue ich. Hier auf Desire ist noch nie jemand aufgehängt worden. Mein Vater fand es niemals notwendig. Und ich habe nicht die Absicht, diese Gepflogenheit zu ändern.«

»Clare«, sagte Gareth gefährlich leise. »Diese Männer sind herrenlos. Diebe. Abtrünnige Ritter. Wahrscheinlich Mörder und Schlimmeres.«

»Hier haben sie niemanden getötet.«

»Das ist reiner Zufall.«

»Sie wurden von einem bösen Mann angeführt, der jetzt tot ist.«

»Ja, und wenn ich sie freilasse, werden sie schnell einen anderen schlechten Herrn finden, dem sie dienen können. Sie sind nun einmal so.«

Clare starrte ihn an. Der unnachgiebige Ausdruck in seinem Gesicht erschütterte sie. »Mylord, ich ertrage den Gedanken an so viele Tote auf dieser Insel nicht. Das könnt Ihr nicht tun.«

Gareth zögerte. »Ich nehme an, ich könnte sie nach Seabern schicken. Sir Nicholas macht es wahrscheinlich nicht allzuviel aus, sich um die Sache zu kümmern.«

Clare trommelte mit den Fäusten auf die Bettdecke. »Darum geht es nicht. Es geht darum, daß ich nicht will, daß sie überhaupt gehängt werden.«

Gareth rang sichtlich um Geduld. »Wir sind übereingekommen, daß wir jeder unseren Aufgabenbereich haben als Herr und Herrin dieser Burg.«

»Ja, aber –«

»Ihr müßt mir schon gestatten, meine Pflicht zu erfüllen, Madam.«

»Aber Ihr müßt sie sicher nicht aufhängen. Es gibt auch andere Möglichkeiten.«

»Was für Möglichkeiten?«

»Ihr könnt sie verbannen«, schlug sie eilig vor. »Laßt sie schwören, daß sie die Gegend verlassen. Sie würden es niemals wagen, noch einmal hierher zurückzukommen.«

»Clare –«

»Sie fürchten Euch, Sir. Sie glauben, daß Ihr mächtiger seid als Lucretius de Valemont.«

»Vielleicht würden sie uns in Zukunft keinen Ärger mehr bereiten«, gab Gareth zu. »Aber wenn ich sie für vogelfrei erkläre und sie fortschicke, werden sie jemand anderem Schwierigkeiten machen.«

»Gareth, ich werde nicht zulassen, daß sieben Leichen im Wind von Desire baumeln, und das ist mein letztes Wort.«

»Nein, Madam, in dieser Angelegenheit habe ich das letzte Wort.«

»Das werden wir ja sehen.« Clare zerrte die Decke vom Bett und wickelte sich darin ein. Dann glitt sie vom Bett.

»Wo in aller Welt willst du hin, Weib?«

»Ich werde im Ankleidezimmer schlafen, bis Ihr mir den Gefallen erweist, um den ich Euch gebeten habe, Mylord.«

Die Decke wie einen überlangen Umhang übergeworfen, machte Clare auf dem Absatz kehrt und marschierte quer durch den Raum in das Ankleidezimmer.

»Verdammt, sie sind alle so jung«, murmelte Gareth. »Nicht einer von ihnen ist älter als neunzehn.« Er blickte in die Gesichter der vier Ritter von Lucretius, die heraufgeholt worden waren, damit er sie eingehend befragen konnte. »Warum mußte dieser verfluchte Magier sich ausgerechnet Jungen suchen, um seine Pläne zu verwirklichen?«

»Sie sind keine Jungen, sie sind Männer.« Ulrich zuckte mit den Schultern. »Und Ihr wißt die Antwort auf Eure Frage ebensogut wie ich.«

»Ja.« Gareth stützte den Ellbogen auf die Lehne seines schweren Eichenstuhles und legte das Kinn auf die Hand. Dieser Teil seiner Pflichten gefiel ihm immer am wenigsten. »In diesem Alter lassen sich junge Männer noch leicht beherrschen und beeindrucken. Sie stellen weder Befehle noch irgendwelche obskuren Zaubertricks in Frage.«

»De Valemont hat sie zweifellos mit einer Mischung aus Einschüchterung und Versprechen von zukünftigem Rittertum und Reichtum dazu verführt, sich in seine Dienste zu stellen. Das ist eine alte und bewährte Technik, wenn man junge Männer anheuern will.«

»Meine Frau möchte, daß ich Gnade walten lasse.« Gareth starrte die Gefangenen trübsinnig an. »Sie hat mich gebeten, sie laufen zu lassen.«

»Das hörte ich. In der Tat weiß bereits die ganze Burg Bescheid über Lady Clares, eh, Forderung.«

»Ich wußte, daß sie es nicht schaffen würde, die Sache für sich zu behalten.«

»Ich glaube, die Gerüchte haben angefangen, als eines der Dienstmädchen Lady Clare heute morgen entdeckt hat.«

Gareth strich sich über das Kinn und schwieg.

Ulrich räusperte sich höflich. »Vielleicht hat Eure Gattin Mitleid mit diesen Männern, weil sie nicht viel älter als Dallan sind. Es überrascht mich jedoch, daß sie ebensolches Mitgefühl mit den Möchtegern-Dieben zeigt, die wir im Hafen gefangengenommen haben. Sie sind zweifellos rauhe Kerle.«

»Sie möchte, daß ich sie alle einfach fortschicke und ihnen für ihre Zukunft alles Gute wünsche.«

»Frauen sind einfach zu weichherzig, vor allem, wenn sie nicht viel Erfahrung mit Gewalt haben.«

»Sie sagt, sie will nicht, daß die Äbtissin Helen auf unserer schönen Insel ankommt und sieben Leichen vorfindet, die traurig im wohlduftenden Wind von Desire baumeln.«

»Irgend etwas sagt mir, daß unsere werte Äbtissin schon Schlimmeres gesehen hat«, murmelte Ulrich.

»Das stimmt. Auf jeden Fall, wenn wir uns beeilen, könnten die Leichen bereits verschwunden sein, bis die Äbtissin ankommt.« Gareth sah, wie die vier Ritter vor seinen Stuhl traten.

Sie waren nicht nur jung, sondern sie hatten Angst, die sie hinter Masken stoischen Gleichmuts zu verbergen versuchten. Gareth nickte den Wachen zu, und sie traten einen Schritt zurück. Dann blickte er dem ältesten der jungen Männer direkt ins Gesicht.

»Ihr da. Wie heißt Ihr?«

»Sir Robert.«

»Wohin gehört Ihr?«

Robert zögerte und zuckte dann mit den Schultern. »Ich gehöre nirgends mehr hin, seit Lord Lucretius tot ist.«

»Ihr habt keine Familie?«

»Nein, Mylord.«

»Und Eure Eltern?«

Robert schienen diese Fragen zu verwirren. »Meinen Vater kenne ich nicht. Und meine Mutter starb bei meiner Geburt.«

Gareth wandte sich an den nächsten jungen Ritter. »Und Ihr? Wie ist Euer Name? Wo ist Eure Familie?«

»Mein Name ist John.« In seiner Stimme lag ein leichtes Zittern. Er atmete tief ein und es gelang ihm, das Zittern zu unterdrücken. »Ich habe dem Magier die Treue geschworen. Nun, da er tot ist, habe ich kein Zuhause mehr.«

»Ich glaube, das Ganze hat System«, sagte Ulrich leise.

»Allerdings.« Gareth blickte die anderen beiden Ritter an. »Hat einer von Euch eine Familie? Ein Zuhause?«

Beide schüttelten den Kopf.

»Wenn ich etwas sagen dürfte, Mylord.« Robert trat vor.

Gareth sah ihn an. »Worum geht es?«

»Keiner von uns hat Verwandte oder Freunde, die Lösegeld für uns zahlen könnten. Alles, was wir besitzen, haben wir von dem Magier. Unsere Rüstungen und unsere Schwerter sind das einzig Wertvolle, was wir je besessen haben.« Robert preßte die Lippen zu einem schmalen, grimmigen Strich zusammen. In seinem Blick lag Trotz, Stolz, aber auch Angst. »Und dies habt Ihr uns bereits abgenommen. Also könnt Ihr uns genausogut gleich aufhängen.«

»Alles zu seiner Zeit, Sir Robert, alles zu seiner Zeit. Der Tod kommt für die meisten von uns noch früh genug.« Gareth bedeutete den Wachen, die Ritter zurück in das provisorische Gefängnis zu führen.

Ulrich faltete die Hände hinter dem Rücken und wartete, bis sich die Halle geleert hatte. Dann wandte er sich an Gareth. »Wollt Ihr auch noch die Bogenschützen befragen, die wir im Hafen erwischt haben, Mylord?«

»Nein. Sie werden mir auch nichts Neues erzählen können. Sie sind die üblichen Halunken, die sich vom Magier haben anwerben lassen, weil er ihnen leichte Beute versprochen hat.«

»Herrenlose Gesellen.«

»Ja.« Gareth erhob sich. »Männer ohne Zuhause und ohne Familie.«

»Solche Männer sind immer gefährlich. Am besten hängt man sie schleunigst auf, und damit ist die Sache erledigt.«

»Ja.« Gareth ging hinüber zu dem Tisch, auf dem er die Dinge ausgebreitet hatte, die er und Dallan in Lucretius de Valemonts Umhang entdeckt hatten. »Habt Ihr so etwas schon mal gesehen, Ulrich?«

»Nein.« Ulrich gesellte sich zu ihm und blickte auf die Handvoll kleiner Metallspäne, die in einer Schüssel mit Wasser schwammen. »Was ist das?«

»Dallan sagt, daß de Valemont sie Eisenfische nennt. Schaut her.« Gareth tauchte einen Finger in das Wasser und rührte darin herum. Als sich das Wasser wieder beruhigte, hörten auch die Fische auf, sich im Kreis zu bewegen. »Wie Ihr seht, zeigen sie alle wieder in dieselbe Richtung wie vorher.«

Ulrich runzelte die Stirn. »Na und?«

»Sie zeigen nach Norden, mein Freund. Immer nach Norden. Das ist der geheimnisvolle Apparat, den der Magier benutzt hat, um seine Männer durch den Nebel bis zur Insel zu führen. Und er hätte ihn noch mal benutzt, um von hier zu fliehen.«

»Eisenfische?«

»Vor ein paar Jahren habe ich schon einmal davon gehört«, sagte Gareth. »Und dann habe ich nochmals in Sir Humphreys Buch etwas darüber gelesen. Aber dies ist das erste Mal, daß ich ein solches Gerät sehe. Erstaunlich, nicht wahr?«

»Allerdings.« Ulrich tauchte einen Finger in das Wasser und rührte ebenfalls ein wenig darin herum. Fasziniert beobachtete er, daß die Eisenspäne danach wieder alle in dieselbe Richtung zeigten. »Wirklich interessant.«

»In Sir Humphreys Buch heißt es, daß diese Erfindung aus China stammt. Genau wie das Rezept für das Schwefel-Holzkohlepulver, das wir benutzt haben, um de Valemonts Männer abzulenken.«

»Und was ist mit den anderen Gegenständen?« Ulrich nahm eine runde, blankpolierte Kugel vom Tisch.

»Ein Spiegel. Dallan sagt, de Valemont habe ihn benutzt, um seinen Männern damit Nachrichten zu übermitteln.« Gareth hob einen Ring seltsam geformter Schlüssel hoch. »Und damit hat er Schlösser jeder Art geöffnet.«

»Ah. So ist er also durch das Tor zum Klostergarten und in die Bibliothek gekommen.«

»Ja.« Gareth ließ die Schlüssel wieder auf den Tisch fallen. »Und so hat er auch die Zelle der Einsiedlerin verschlossen, nachdem er ihre Leiche dorthin geschafft hatte.«

»Das ist ja alles recht interessant, Sir, und wie ich Euch kenne, werdet Ihr Tage damit zubringen, die Zaubergeräte des Magiers auszuprobieren. Aber was soll ich in der Zwischenzeit mit den Gefangenen machen? Soll ich dafür sorgen, daß sie sofort aufgehängt werden?«

»Nein. Wartet noch ein wenig. Vielleicht fallen mir noch ein paar Fragen ein, die ich ihnen stellen könnte.«

Gareth war sich des amüsierten Blicks bewußt, mit dem Ulrich ihm nachsah, als er die Halle verließ. Wie gewöhnlich verstand er auch dieses Mal nicht, was seinen Freund derart erheiterte.

Der Nebel, der die Insel während der letzten beiden Tage eingehüllt hatte, war endlich verschwunden. Im Hof herrschte reges Treiben.

William und Dallan rannten hin und her, führten Eadgars Anweisungen aus und halfen den Bediensteten. Als er die Treppe hinunterging, sah Gareth, daß zwei seiner Waffenträger durch das offene Tor kamen. Sie waren über und über mit frischen Blumen beladen. Der Anblick dieser hartgesottenen Kerle im Blumenschmuck lockte ein flüchtiges Grinsen auf sein Gesicht.

Doch seine Erheiterung legte sich, als er über den Hof zu Clares Arbeitsräumen ging.

Er hätte sie gestern nacht natürlich zwingen können, wieder ins Bett zu kommen. Er war viel größer und stärker als sie. Es wäre ein leichtes gewesen, sie aus dem Ankleidezimmer zu holen. Aber er war zu wütend gewesen, um das zu tun. Er hatte sich gesagt, daß eine Nacht auf dem harten Fußboden mit nichts als einer Decke ihr eine Lehre sein würde.

Dummerweise hatte das Dienstmädchen den Raum früher als gewöhnlich betreten. Clare hatte immer noch tief und fest geschlafen.

Gareth jedoch war hellwach gewesen. Zu seiner Verärgerung hatte er die ganze Nacht über kaum ein Auge zugetan. Dreimal war er in das Ankleidezimmer hinübergegangen, um die Decke über Clares Schultern zu ziehen.

Es war eine Sache, sie auf dem harten Steinfußboden schlafen zu lassen, aber es war etwas gänzlich anderes, mit anzusehen, wie sie sich erkältete. Er würde nicht zulassen, daß sie ihre Gesundheit ruinierte, während sie mit ihm rang. Es war seine Pflicht als Ehemann, dafür zu sorgen, daß sie nicht krank wurde wegen ihres Leichtsinns.

Heute morgen hatte sie kein Wort über die Tatsache verloren, daß sie ihm den offenen Krieg erklärt hatte. Sie tat so, als ob sie bereits gewonnen hätte und als würde sie nur noch darauf warten, daß er seine Niederlage eingestand.

Gareth fragte sich, ob ihr bewußt war, daß er sich in seinem ganzen Leben noch nie jemandem unterworfen hatte.

Er erreichte den ersten Arbeitsraum und trat durch die geöffnete Tür. Der Duft von Blumen, Vanille und Minze traf ihn wie ein weiches Kissen.

»Clare?«

»Ich bin hier, Mylord«, rief sie aus dem Nebenraum.

Gareth ging durch den Mischraum in den Trockenraum, wo sie an einem der großen Tische stand. Etwas in seinem Inneren zog sich vor Verlangen zusammen.

Um ein Haar hätte er sie gestern verloren. Das letzte, was er heute wollte, war, mit ihr zu streiten. Er seufzte. Auf keinen Fall würde er jetzt Schwäche zeigen.

Clare hielt sich gerade eine Handvoll getrockneter Blumen an die Nase. Sie hatte die Augen geschlossen und konzentrierte sich ganz auf den Duft. Das Sonnenlicht fiel durch das Fenster in ihrem Rücken und umrahmte ihre schlanke Gestalt wie ein goldener Heiligenschein.

Sie war das Wunderbarste, was ihm je begegnet war, dachte Gareth. Sie hatte ihm ein Zuhause gegeben.

Er schüttelte die eigenartigen Gefühle ab, die er nicht ganz verstand, und ging zu ihr hinüber.

»Was macht Ihr da?« fragte er, weniger aus echtem Interesse, als vielmehr, um etwas zu sagen.

»Ich versuche, eine spezielle Mischung für die Äbtissin zu finden.« Clare öffnete die Augen. »Ein höchst kompliziertes Rezept nur für sie. Meint ihr, es wird ihr gefallen?«

»Da bin ich mir ganz sicher.« Gareth zögerte. »Das gesamte Haus ist in Aufruhr.«

»Sie kann jeden Tag ankommen.«

»Ah, Clare, ich weiß, daß Ihr Euch auf ihren Besuch freut.«

»Und ob ich das tue. Die Äbtissin Helen hat mir immer sehr freundliche Briefe geschrieben. Und ich möchte ihr diese Freundlichkeit gerne danken.«

»Vielleicht sollte ich Euch sagen –«

»Habt Ihr die Gefangenen schon freigelassen, Mylord?«

»Nein.«

»Ich weiß, Ihr werdet das Richtige tun, ehe der Tag vorbei ist.«

»Verdammt, Weib, es ist das Richtige, sie aufzuhängen.«

»Nicht in diesem Fall. Habt Ihr Euch Lucretius' Ritter schon einmal genauer angesehen? Sie sind kaum älter als Dallan.«

»Nun, und was ist mit den Dieben, die Ulrich im Hafen gefangengenommen hat?« erwiderte Gareth. »Ihr Tun kann nicht mehr mit ihrem Alter entschuldigt werden. Einer von ihnen ist mindestens vierzig, wenn nicht sogar noch älter. Er hat sein Leben lang Leute ausgeraubt.«

»Ja, aber wenn wir die anderen freilassen, können wir ihn ebensogut laufenlassen. Ich möchte nicht, daß auch nur eine einzige Leiche über meinen wunderbaren Blumen hängt.«

»Clare, Ihr seid eine Frau, und Ihr habt hier auf Desire ein recht behütetes Leben geführt. Wenn Ihr –« Gareth unterbrach sich, als draußen Stimmen laut wurden.

»Lady Clare, Lady Clare, Euer Besuch ist angekommen«, rief einer der Bediensteten. »Lady Joanna sagt, ich soll Euch holen.«

»Die Äbtissin Helen ist da.« Clare spreizte die Finger und ließ die getrockneten Blumen zurück in die Schüssel fallen.

»Clare, wartet.« Gareth streckte die Hand nach ihr aus, als sie an ihm vorbeisegelte, doch er erwischte sie nicht mehr.

Clare stürzte durch die Tür hinaus in den Hof. »Joanna? Wo ist die Äbtissin? Vielleicht hält sie erst noch am Kloster an, um die Priorin zu begrüßen. Beim Gürtel der heiligen Hermione, wir sind noch gar nicht mit den Vorbereitungen fertig. Ich wollte, daß alles perfekt ist, wenn sie ankommt.«

Gareth trat gemächlich aus dem Trockenraum und gesellte sich zu Ulrich, der in der Nähe stand. Gemeinsam beobachteten sie das hektische Treiben.

»Die Äbtissin ist hier?« fragte Gareth.

»Ja. Sie ist vor kurzem mit einer Eskorte von Seabern herübergekommen. Einer der Männer kam gerade mit der Neuigkeit vom Dorf heraufgeritten.«

»Mit einer Eskorte?« Gareth zog fragend eine Braue nach oben.

»Anscheinend reisen Thurston of Landry und drei seiner Ritter rein zufällig in dieselbe Richtung wie die Äbtissin. Also haben sie ihr angeboten, ihr und ihrer Gefolgschaft Begleitschutz zu gewähren. Sie alle müßten jeden Augenblick hier auftauchen.«

»Das hat mir gerade noch gefehlt«, stöhnte Gareth.

Ein Entsetzensschrei erhob sich über den Lärm im Hof.

Gareth blickte hinüber zu Clare, die wild mit den Händen in der Luft herumfuchtelte.

»Was soll das heißen, Thurston of Landry ist auf dem Weg hierher?« schrie Clare Joanna an. »Das ist vollkommen unmöglich. Was sollte er hier wollen?«

»Beruhige dich, Clare«, sagte Joanna. »Wir werden es schon schaffen.«

Clare runzelte wütend die Stirn. »Wie kann er es wagen, mir so etwas anzutun? Hat er denn kein Gefühl für Anstand? Ich habe heute abend eine Äbtissin zu Gast; da kann ich einen dämlichen Baron wirklich nicht gebrauchen.«

»Wir schaffen es schon«, wiederholte Joanna, um sie zu beruhigen.

»Nein, das ist vollkommen unmöglich. Er hat alles kaputtgemacht. Wie soll ich mich um meinen Schwiegervater kümmern, wenn ich versuche, eine hochangesehene Äbtissin zu unterhalten?«

»Das ist eine gute Frage«, sagte Gareth zu Ulrich.

»Ihr lächelt, Mylord. Ihr wißt genau, daß es mich immer zutiefst beunruhigt, wenn Ihr lächelt.« Ulrich zögerte. »Und was ist mit den Gefangenen?«

»Am besten laßt Ihr sie noch ein, zwei Tage im Keller. Im Augenblick herrscht ein zu großes Durcheinander. Wenn wir jetzt noch einen Haufen Diebe aufhängen würden, wäre das Chaos perfekt.«

»Ja«, sagte Ulrich. »Auf jeden Fall wird es bestimmt ein interessanter Abend.«

Rufe vom Wachturm und eine Staubwolke von der Straße her kündigten die Ankunft der Gäste an. »Sie sind da«, rief jemand. »Die Äbtissin und Thurston of Landry stehen vor dem Tor.«

Clare stapfte hinüber zu Gareth. »Das ist wirklich die Höhe. Euer Vater hätte mir sein Kommen wenigstens ankündigen können.«

»Ich nehme an, daß er ganz spontan auf die Idee gekommen ist, als er erfuhr, daß die Äbtissin auf dem Weg hierher ist.«

»Aber warum sollte er das tun? Das Ganze ergibt keinen Sinn.« Clare brach ab, als die Reiterschar durch das Tor kam.

Es herrschte allgemeines Durcheinander, als die Bediensteten vorwärts stürzten, um die Zügel der Pferde zu nehmen.

»Kommt, Clare. Wir müssen unsere Gäste begrüßen.« Gareth nahm ihren Arm und ging los.

»Die Dame auf dem kleinen Pferd ist die Äbtissin.« Clares böse Miene wich neuer Begeisterung. »Sie scheint bei bester Gesundheit zu sein.«

»Das ist sie im allgemeinen.«

»Was soll das heißen?«

»Egal.« Gareth beobachtete, wie Thurston abstieg und der Äbtissin galant von ihrem Pferd half. Dann wandten die beiden sich ihren Gastgebern zu.

»Meine liebe Äbtissin.« Clare stürzte vorwärts, um den Ring der großen, gutaussehenden Frau in der Benediktinerinnentracht zu küssen. »Herzlich willkommen auf Desire. Es ist uns eine große Ehre.«

»Es ist schön, Euch wiederzusehen, Lady Clare.« Die Äbtissin Helen lächelte. »Es ist mir immer ein großes Vergnügen, Euch zu besuchen. Unsere Korrespondenz bereitet mir mehr Freude als ich sagen kann.«

»Ihr seid zu freundlich.« Clare wandte sich mit offensichtlichem Widerwillen an Thurston. »Mylord, Eure Anwesenheit ist uns eine Ehre.«

Die Frostigkeit in ihrer Stimme schien Thurston zu amüsieren. »Ich habe mich darauf gefreut, Euch nach all den Jahren einmal wiederzusehen, Lady Clare.«

»Wie schade, daß Ihr Euer Kommen nicht angekündigt habt. Dann hätten wir Euch einen gebührenden Empfang bereiten können«, murmelte Clare.

Thurston küßte ihr die Hand mit der unbeschwerten Eleganz, die er Frauen gegenüber immer an den Tag legte. »Es tut mir leid. Es war ein spontaner Entschluß. Erlaubt mir, Euch zu sagen, wie froh ich bin, daß mein Sohn Euren Anforderungen an einen Ehemann Genüge tut.«

»Tja, nun, ich war mir anfangs nicht ganz sicher, daß er das tut, aber im Grunde ist er für den Posten durchaus geeignet.«

»Das hatte ich gehofft.«

Gareth beobachtete mit Genugtuung, daß Clare seinem Vater ungeduldig ihre Hand entzog. Nur wenige Frauen waren immun gegen Thurston of Landrys Charme. Clare jedoch schien ihn überhaupt nicht zu bemerken.

Sie runzelte die Stirn. »Mylord, ich möchte nicht unhöflich erscheinen, aber ich muß Euch warnen. Falls Ihr gekommen seid, um Lord Gareth abzuholen, dann vergeudet Ihr nur Eure Zeit.«

»Ach, ja?«

»Ja, Ihr könnt ihn nicht haben. Er wird hier zu Hause gebraucht. Ihr habt ihn zu mir geschickt, und ich muß darauf bestehen, daß Ihr mir gestattet, ihn zu behalten. Es gibt eine Menge zu tun. Die Insel hatte seit Jahren keinen richtigen Herrn mehr.«

»Ich verstehe.« Thurston warf Gareth einen amüsierten Blick zu.

»Wenn Ihr wollt, daß diese Ländereien profitabel bleiben...«, Clare machte eine bedeutungsvolle Pause, »oder daß die Erträge vielleicht sogar noch gesteigert werden, dann werdet Ihr Sir Gareth hier lassen müssen.«

Thurstons Mund verzog sich zu einem Lächeln. »Ich versichere Euch, Madam, daß ich nicht die Absicht habe, Euch daran zu hindern, die Erträge der Insel zu steigern.«

»Nun, das wäre also geklärt.« Clare wirkte erleichtert. »Ich nehme an, wir werden noch Platz finden für Euch und Eure Männer.«

»Vielen Dank. Das ist sehr freundlich von Euch, Madam.«

Gareth erinnerte sich an etwas, das Nicholas of Seabern auf dem Frühjahrsmarkt zu ihm gesagt hatte. *Sie wird froh sein, wenn Ihr verschwindet. Sie hat keine Verwendung für einen Ehemann.*

Nicholas hatte sich offensichtlich geirrt. Clare wollte, daß er hier auf Desire blieb. Und nicht nur, weil sie ihn nützlich fand. Sie liebte ihn. Glückliche Erleichterung wallte in ihm auf.

Clare wandte sich wieder an die Äbtissin. »Mylady, Ihr werdet Euch zweifellos nach der langen Reise erst einmal frisch machen wollen. Eure Zimmer sind vorbereitet.«

»Danke.« Die Stimme der Äbtissin war tief und dunkel. Sie strahlte ruhige Kraft aus.

Clare warf Gareth einen finsteren Blick zu. »Ihr habt die Äbtissin noch nicht ordnungsgemäß begrüßt, Mylord.«

»Das stimmt.« Gareth ergriff die Hand der Äbtissin und blickte in ein Paar grauer Augen, die das Ebenbild seiner eigenen waren. »Willkommen auf Desire, Mutter.«

Clare stapfte in ihrem Zimmer auf und ab, während Eunice versuchte, sie anzukleiden.

»Seine *Mutter*. Ich fasse es einfach nicht, Joanna. Die Äbtissin Helen ist seine Mutter. Wie peinlich. Wie konnte er mir nur so etwas antun?«

»Ich nehme an, Lord Gareth wollte einfach nicht, daß du von Anfang an weißt, daß du mit der Äbtissin verwandt bist.« Joanna beobachtete, wie Eunice hinter Clare herlief und ihr ein safrangelbes Kleid über den Kopf warf.

»Aber warum nicht?« Clare kämpfte mit den Falten des Kleides, bis es über ihren Kopf gerutscht war. Eunice nutzte die Gelegenheit, ergriff die Bänder und band sie zu.

»Vielleicht, weil er weiß, daß du sie sehr schätzt. Zweifellos wollte er deine Zuneigung um seiner selbst gewinnen.«

Clare starrte sie an. »Daran habe ich noch gar nicht gedacht. Meinst du wirklich, daß er es mir deshalb nicht gesagt hat?«

»Das wäre immerhin eine Möglichkeit.« Joanna erhob sich von ihrem Hocker und ging zur Tür. »Mach dir wegen des Abendessens keine Gedanken. Es ist alles bestens vorbereitet.« Die Hand auf dem Türknauf, drehte sie sich noch einmal um. »Ach, übrigens, Dallan hat unseren Gästen zu Ehren noch ein paar Strophen zu seiner neuen Ballade hinzugedichtet.«

Clare entfuhr trotz ihrer schlechten Laune ein Lächeln. »Noch mehr Verse, in denen der mutige, tapfere, verwegene Lord Gareth besungen wird?«

»Ich glaube, ja. Er ist ganz versessen darauf, sein neuestes Gedicht vorzutragen.«

Eunice zerrte an Clares Haaren, damit diese stehenblieb. Widerwillig ließ Clare zu, daß die alte Dienerin ihre Zöpfe unter ein golddurchwirktes Netz stopfte.

»Hat Sir Ulrich schon gesagt, wann die Gefangenen freigelassen werden?« fragte Clare.

Joanna seufzte. »Nein. Aber erwarte lieber nicht, daß Lord Gareth diese Männer laufen läßt, Clare. Du weißt genau, daß solche Dinge anders geregelt werden. Wenn du mich fragst, hat der ganze Haufen es verdient, aufgehängt zu werden.«

»Allerdings«, murmelte Eunice.

»Wenn ich daran denke, was dir und William hätte passieren können«, sagte Joanna, »dann könnte ich gleich noch einmal in Ohnmacht fallen.« Sie ging hinaus und schloß leise die Tür.

»Lady Joanna hat recht.« Eunice legte den orange-blauen Gürtel um Clares Hüfte. »Lord Gareth hat den Ruf, Mördern und Dieben gegenüber gnadenlos zu sein. Und er wird auch diesem üblen Gesindel gegenüber kaum Milde walten lassen. Wenn Ihr mich fragt, sollte er das auch nicht tun.«

»Ich frage dich aber nicht, Eunice.«

»Ihr meint, er wird es für Euch tun, nicht wahr, Mylady? Ihr meint, er liebt Euch genug, um Euch diesen großen Gefallen zu erweisen.« Eunice warf ihr einen mitleidigen Blick zu, während sie das glitzernde Haarnetz mit einem Silberreif befestigte. »Aber ich warne Euch, das würde kein Mann jemals tun, und schon gar nicht der Höllenhund von Wyckmere.«

»Vielleicht kann ich ja seinen Vater dazu bewegen, bei ihm ein gutes Wort für die Gefangenen einzulegen.«

»Das ist wirklich ein guter Witz.« Eunice brach in gackerndes Gelächter aus. »Thurston of Landry würde seinem Sohn wohl eher helfen, die Galgen zu bauen.«

»Dann kann vielleicht die Äbtissin Helen mit ihrem Sohn sprechen«, schlug Clare hoffnungsvoll vor.

»Nein, Madam. Es wird nichts nützen. Die Sache geht sie nichts an, und wahrscheinlich ist sie sowieso wie die Männer der Meinung, daß es vernünftig ist, die Kerle aufzuhängen.«

Clare schloß kurz die Augen und schickte ein Stoßgebet gen Himmel. Sie schien der einzige Mensch auf der ganzen Insel zu sein, der das Gefühl hatte, daß es falsch war, sieben Männer über den Blumenfeldern von Desire aufzuhängen.

Sah denn außer ihr niemand, daß es schon genug Gewalt gegeben hatte? Konnte denn sonst niemand verstehen, daß die Männer des Magiers nichts weiter als heimatlose Jungen waren, die sich in den Dienst des einzigen Ritters gestellt hatten, der bereit gewesen war, sie zu nehmen?

Und was die armen Bogenschützen betraf, so waren sie einfach unglückliche, herrenlose Männer, die keine andere Möglichkeit hatten, sich ihren Lebensunterhalt zu verdienen.

Sie sah bereits die sieben Männer über einem Rosenbeet baumeln, und diese gräßliche Vorstellung reichte, um ihr den Magen umzudrehen.

Kurze Zeit später führte Clare die Äbtissin in ihr Zimmer.

»Ich bin richtig aufgeregt, meine liebe Äbtissin. Ich freue mich immer so über Eure seltenen Besuche. Aber ich kann Euch nicht sagen, wie peinlich es mir ist, daß ich nicht wußte, daß Ihr die Mutter meines Mannes seid. Ich schwöre, er hat mir gegenüber diese Tatsache kein einziges Mal erwähnt.«

»Mein Sohn ist ein recht ungewöhnlicher Mann, und er zieht es meistens vor, die Dinge für sich zu behalten.« Helen strich vorsichtig über die Bücherregale. Ihr Kleid hatte einen hervorragenden Schnitt und war aus teurem Stoff. Ihr Schleier war sorgsam angeordnet, und umrahmte perfekt ihr edles Gesicht mit den unergründlichen Kristallaugen. »Er spricht nicht gern über sich selbst.«

Clare verzog das Gesicht. »Das stimmt allerdings.«

Helen lächelte. »Ich möchte Euch sagen, daß ich sehr froh bin über diese Verbindung, Clare.«

»Das bin ich auch.« Clare ging hinüber zum Fenster. »Ihr wißt besser als die meisten Menschen, daß ich eigentlich nicht unbedingt heiraten wollte, Madam.«

»Ja. Aber wir beide wissen, daß es Eure Pflicht war. Ihr hattet keine andere Wahl.«

»Ihr habt Euren Sohn für mich ausgesucht, nicht wahr? Es war alles Eure Idee.«

»Ja. Ich habe Lord Thurston geschrieben und ihm diese Verbindung vorgeschlagen.«

»Ich fühle mich geehrt, daß Ihr der Meinung wart, ich wäre eine passende Frau für Euren Sohn«, flüsterte Clare.

»Ihr seid die einzige Frau, die mir jemals begegnet ist, die Gareth das geben kann, was er am meisten von allem sucht.«

Clare sah sie fragend an. »Und das wäre?«

»Ein eigenes Zuhause.«

»Oh.«

Helen bedachte sie mit einem prüfenden Blick. »Ich habe gehört, daß er sogar gelernt hat zu lachen.«

»Euer Sohn hat einen seltsamen Sinn für Humor, Madam, aber auf jeden Fall hat er einen Sinn dafür.«

»Ihr liebt ihn, nicht wahr?«

»Ja.«

»Habt Ihr es ihm gesagt?«

»Ja.«

»Und wie hat er darauf reagiert?«

Clare zuckte mit den Schultern. »Gar nicht, es schien ihm zu reichen, daß er es weiß.«

»Aber er hat Euch nicht gesagt, daß er Euch ebenfalls liebt?«

»Nein.«

Helen seufzte. »Wie gesagt, mein Sohn hat seine Gefühle noch nie offen gezeigt. Ich weiß auch nicht, ob er das jemals können wird. Ihr müßt lernen, hinter die Fassade zu blicken, wenn Ihr ihn besser kennenlernen wollt.«

»Ich glaube, ich kenne ihn bereits sehr gut, Madam. Aber es gibt einfach gewisse Dinge, die ein Mensch in Worte fassen muß.« Sie wirbelte zu Helen herum. »Ihr könnt ebenso gut wissen, daß Gareth und ich momentan Streit haben.«

Helen bedachte sie mit einem Lächeln. »Das sagte man mir bereits. Ich bin schon gespannt zu sehen, wie er ausgeht. Mein Sohn ist es nicht gewohnt, eine Schlacht zu verlieren.«

»Deine Mutter ist schön wie immer.« Thurston betrachtete die Spielzeuge des Magiers, die Gareth vor ihm auf dem Tisch ausgebreitet hatte.

»M-hm.« Gareth blickte mit gerunzelter Stirn auf eine Seite des Buches von Sir Humphrey. »Habt Ihr schon mal von einer Maschine gehört, die mit demselben Mechanismus angetrieben wird wie eine Wasseruhr?«

»Nein.« Thurston blickte ohne großes Interesse in das Buch. »Weißt du, das Ganze war ihre Idee.«

»Was war ihre Idee?«

»Dich mit Lady Clare zu verheiraten.«

»Das habe ich bereits angenommen, als ich erfuhr, daß Mutter und Clare Kontakt haben.«

»Du scheinst mit dieser Ehe zufrieden zu sein.«

»Ja.« Gareth blätterte weiter.

»Sie scheint fest entschlossen zu sein, dich an Heim und Herd zu binden.«

»Ja.«

»Die, hm, Gerüchte über den Verlust ihrer Jungfräulichkeit während ihres Aufenthaltes in Seabern waren natürlich bedauerlich.«

»Nicht, daß es Euch etwas angehen würde, Sir, aber die Gerüchte waren vollkommen unbegründet.«

»Ah, ich verstehe. Weißt du, es war nicht der Ruf der Lady, um den ich mir Gedanken gemacht habe.«

»Ich weiß, worüber Ihr Euch Gedanken gemacht habt, Sir.« Gareth beugte sich näher über das Buch, um sich eine kleine Zeichnung anzusehen. »Ihr hattet Angst, ich könnte mich verpflichtet fühlen, Sir Nicholas zu töten.«

»Ja. Ich bin froh, daß es nicht so weit gekommen ist. Nicholas ist vielleicht nicht gerade der Traumritter vieler Frauen, aber er kann gut mit dem Schwert umgehen und er ist mir gegenüber immer loyal. Solche Männer sind selten.«

»Ja.«

»Aber mir sind noch andere Gerüchte zu Ohren gekommen«, fuhr Thurston fort.

»Ach ja?«

»Man sagte mir, daß du und deine Frau darüber streiten, ob die Männer, die ihr während des Kampfes um die Burg gefangengenommen habt, aufgehängt werden oder nicht.«

»Sie will, daß ich sie laufenlasse. Clare ist sehr weichherzig. Sie ist Gewalt und ihre Folgen nicht gewohnt.«

»Frauen.« Thurston seufzte. »Sie verstehen solche Dinge einfach nicht.«

Gareth erwiderte das amüsierte Grinsen seines Vaters. »In diesem Punkt stimme ich mit Euch überein, Sir.«

Und so öffnete sich das Tor zur Hölle.
und der Magier sah hinein.
Bösewichter, gebt gut acht,
auf des mächt'gen Sir Gareths zorn'ge Macht.

Gareth zuckte zusammen. Er beugte sich zu Clare hinüber, die wie alle anderen eifrig klatschte, als Dallan sein neuestes Lied beendete.

»Gebt acht auf meine Macht?« wiederholte er trocken.

»Ich finde, das klingt sehr nett.« Clare bedachte Dallan mit einem stolzen Lächeln, woraufhin dieser bis unter die Haarwurzeln errötete. »Das einzige, was mich an der Ballade stört, ist die vorletzte Strophe. Der Teil über die aufgehängten Männer gefällt mir nicht.«

Die Äbtissin Helen biß in eine mit Mandeln gefüllte Feige. »Welches Ende würde Euch denn besser gefallen, Clare?«

Clare warf Gareth einen Blick zu, der Bände sprach. »Ich glaube, der mächt'ge Sir Gareth sollte Milde walten lassen. Sagt mir, Madam, ist nicht auch die Kirche der Meinung, daß man barmherzig sein soll?«

»Das hängt ganz von der Situation ab«, murmelte Helen. »Die Kirche kann bemerkenswert praktisch sein in solchen Dingen. Außerdem spricht sie auch von der Notwendigkeit, Gerechtigkeit zu üben.«

»Ja, aber –«

»Es reicht.« Gareth hieb auf den Tisch, so daß sämtliche Krüge klirrten.

Alle Köpfe wandten sich zu ihm um.

Clare sprang auf. Ihr Löffel fiel klappernd in die Schüssel zurück. »Gareth, also wirklich, dies ist weder die rechte Zeit noch der rechte Ort –«

»Das sehe ich anders.« Gareth erhob sich drohend von seinem Stuhl. »Und ob es die rechte Zeit und der rechte Ort ist, werte Gattin. Wir werden diese Sache auf der Stelle klären. Ich habe genug von Eurem unaufhörlichen Geschimpfe, Madam.«

Clare starrte ihn böse an. Gareth erschien noch nicht einmal im günstigsten Augenblick klein oder auch nur durchschnittlich groß, aber wie er jetzt über ihr thronte, wirkte er riesig. »Ich schimpfe nicht, Mylord. Ich schimpfe nie.«

»Ganz im Gegenteil, Ihr piesackt mich pausenlos wegen dieser Kerle, die unten im Keller sitzen, und ich habe wirklich genug davon.«

Clare konnte sich nur mit größter Mühe zurückhalten, ihm nicht die Reste ihrer Suppe ins Gesicht zu kippen. Sie blickte in die Gesichter ihrer Gäste und stellte entsetzt fest, daß Lord Thurston und Lady Helen sich bestens zu amüsieren schienen.

»Mylord, Ihr stellt mich vor unseren Gästen bloß«, fauchte sie mit zusammengebissenen Zähnen. »Bitte nehmt wieder Platz und versucht, Euch zu benehmen.«

Gareth kreuzte seine Arme vor der Brust. »Nicht, ehe wir diese idiotische Sache geklärt haben. Die ganze Burg weiß, daß es einfach lächerlich wäre, diese sieben Halunken freizulassen. Nennt mir nur einen einzigen vernünftigen Grund, weshalb ich es tun sollte.«

Clare wurde zusehends wütender. »Es wäre ein Akt der Gnade.«

»Das reicht nicht.«

»Es wäre eine angemessene Geste zu Ehren des Geburtstages der heiligen Hermione.«

»Madam, bevor ich auf diese Insel kam, hatte ich von der heiligen Hermione noch nie etwas gehört. Und ich werde bestimmt nicht ihretwegen diese Männer laufenlassen. Nennt mir einen anderen Grund.«

»Um den Besuch Eurer Eltern zu feiern?« schlug sie verzweifelt vor.

»Nein, das ist auch kein ausreichender Grund.«

Clare hielt es einfach nicht länger aus. Sie sprang ebenfalls von ihrem Stuhl auf. »Ich bitte Euch einfach um einen Gefallen, Sir. Und, wenn Ihr auch nur einen Funken Zuneigung für mich empfinden würdet, Höllenhund von Wyckmere, dann würdet Ihr Mitleid mit diesen Männern zeigen.«

Gareths Blick war unergründlich. »Einen Funken Zuneigung, sagt Ihr?«

»Ja«, erwiderte sie, außer sich vor Zorn. »Wenn Ihr auch nur einen Bruchteil der Liebe erwidern würdet, die ich für Euch empfinde, dann hättet Ihr keine Probleme, mir diesen Gefallen zu erweisen.«

Sobald sie diese Worte ausgesprochen hatte, wäre Clare am liebsten in einer Rauchwolke verschwunden oder im Boden versunken. Sie konnte einfach nicht glauben, daß sie eine solche Närrin war.

Niemand rührte sich. Selbst die Bediensteten waren an ihren Plätzen erstarrt.

»Ich muß sicher sein, daß ich Euch richtig verstanden habe, Madam«, sagte Gareth langsam. »Ihr meint, wenn ich Euch liebte, würde ich diese Männer laufenlassen?«

Närrin. Närrin. Närrin. Clare fragte sich, wie sie diese Blamage jemals überleben sollte. Aber es gab kein Zurück. Sie reckte das Kinn und blickte direkt in die rauchigen Tiefen von Gareths Augen.

»Ja, Mylord. Genau das meine ich.«

»So soll es denn sein.«

Clare riß den Mund auf und klappte ihn wieder zu. Sie starrte ihn verständnislos an. »Wie bitte, Mylord?«

Gareths Mund verzog sich zu einem Lächeln. »Ich sagte, so soll es denn sein. Die Männer werden morgen früh von der Insel fortgeschafft. Sie werden von Desire und Seabern verbannt.«

Clare traute ihren Ohren nicht. »Ihr tut es wirklich? Ihr laßt sie laufen? Meinetwegen?«

»Als Beweis meiner Liebe.«

»Oh, *Gareth*.« Clare warf sich in seine Arme. »Ihr habt eine wunderbare Art, große und edelmütige Gesten zu machen. Vielen Dank, Mylord.«

Gareth zog sie an sich und begann zu lachen. Sein lautes, schallendes Gelächter erfüllte die Halle. Die Gäste grinsten einander an.

»Ihr liebt mich also wirklich?« Clares Stimme drang gedämpft von seiner breiten Brust herauf.

Gareth hörte auf zu lachen. Er sah auf sie hinab, und seine Kristallaugen waren plötzlich so klar, daß Clare ihm direkt in die Seele blicken konnte. Es war unverkennbar, daß er es ehrlich meinte.

»Wie sollte ich Euch nicht lieben, Clare? Ihr haltet mein Herz und meine Zukunft in Euren Händen.«

Die gesamte Halle brach in wilden, donnernden Applaus aus, als der Höllenhund von Wyckmere sich herabbeugte, um seine Frau zu küssen.

Aus den Augenwinkeln heraus sah Clare, daß Helen sich leicht zu Thurston hinüberbeugte und ihm etwas zuflüsterte. Thurston nickte und lächelte zufrieden.

Ganz verloren im Wunder dieses Augenblickes spürte Clare, wie sie von einem nie gekannten Glücksgefühl ergriffen wurde. Es umnebelte ihre Sinne wie ein einzigartiger, berauschender Duft, den sie als den Geruch der Liebe erkannte.